D1291147

ISAAC ASIMOV

ROB CHILSON
WILLIAM F. WU

La cité des robots
d'Isaac Asimov
Refuge

TRADUIT DE L'AMÉRICAIN
PAR ANNA-SCARLETT SMULKOWSKI

ÉDITIONS J'AI LU

LIVRE CINQ

Refuge

par

ROB CHILSON

SOMMAIRE

CITÉS

par Isaac ASIMOV

Pendant les trois quarts de son histoire, l'Homo sapiens a pratiqué la chasse et la cueillette. Par nécessité, il a aussi pratiqué l'errance : rester sur place aurait signifié cueillir toute la végétation comestible et chasser tout le gibier du lieu, c'est-à-dire finir par mourir de faim.

Les seuls abris dont ces vagabonds (ou « nomades ») pouvaient disposer soit faisaient partie de leur environnement naturel, comme les cavernes, soit étaient composés de constructions mobiles et légères, comme les tentes.

Néanmoins, il y a quelques dizaines de milliers d'années, l'agriculture apparut et ce fut un grand bouleversement.

Contrairement aux êtres humains et aux animaux, on ne peut pas déplacer les fermes. Le travail à la ferme et la production agricole ont rivé les hommes à la terre : plus ils devenaient dépendants des récoltes pour nourrir leur nombre grandissant (trop important dorénavant pour que la plupart puissent survivre s'ils devaient en revenir à la chasse et à la cueillette), plus ils se sédentarisaient irrémédiablement. Ils ne pouvaient plus échapper aux animaux sauvages, sauf en de rares occasions, et encore moins aux pillards nomades qui voulaient se servir dans les abondantes réserves de vivres pour lesquelles ils n'avaient pas travaillé.

Il s'ensuivit que les fermiers durent se défendre par les armes contre leurs ennemis : ils n'avaient pas le choix. L'union faisant la force, ils se regroupèrent et construisirent leurs habitations serrées les unes contre les autres. Par prévoyance (ou à la suite d'une amère expérience), ils bâtirent les groupes de maisons et de greniers sur une élévation disposant d'un point d'eau, puis élevèrent des remparts autour de l'ensemble. Ainsi furent érigées les premières cités.

Une fois que les fermiers eurent appris à protéger et eux-mêmes et leurs fermes et qu'ils se sentirent raisonnablement en sécurité, ils s'aperçurent qu'ils pouvaient produire plus que ce dont ils avaient besoin. En conséquence, certains citadins purent effectuer des travaux d'un autre type et échanger leur production contre une partie des vivres produits en excédent par les fermiers. Les cités devinrent le fief des artisans, des marchands, des administrateurs, des prêtres, etc. L'existence humaine dépassa le stade de la simple recherche de nourriture, d'habillement et d'abris. En bref, la civilisation devint possible. D'ailleurs, le mot « civilisation » ne vient-il pas du mot latin signifiant « citadin » ?

Chaque cité s'est développée dans l'unité politique, sous l'égide d'une sorte de souverain ou de « décideur », ce qui était indispensable pour que les maisons et les fermes soient défendues avec efficacité et succès. Comme il fallait préparer la défense contre les nomades, les armes et les armées de soldats se développèrent et purent aussi être utilisées pour policer et contrôler la population des agglomérations elles-mêmes en période de paix. Ainsi se développa « l'Etat-cité ».

Comme la population augmentait toujours, chaque Etat-cité chercha à étendre les terrains agricoles sous son contrôle. Immanquablement, les Etats-cités voisins se rebiffèrent et il y eut des affrontements qui dégénérèrent en conflits armés. Les Etats-cités étant enclins à s'agrandir les uns aux dépens des autres, jusqu'à la constitution d'un « empire », les groupes les plus vastes, pour des raisons faciles à comprendre, tendaient à être plus efficaces que les plus petits.

Etant donné que l'agriculture requiert de l'eau

douce et que la plus sûre réserve en est une rivière assez importante, les premières communautés agricoles s'établirent sur les berges de fleuves tels que le Nil, l'Euphrate, l'Indus et le fleuve Jaune. (Les rivières sont aussi des voies commodes pour le commerce, les transports et les communications.)

Néanmoins, les rivières exigent du travail, car il faut, d'une part, les endiguer pour contrôler leurs débordements et prévenir les dégâts causés par les inondations et, d'autre part, creuser des canaux d'irrigation pour approvisionner les fermes en eau. Endiguer une rivière et entretenir un réseau d'irrigation demandent la coopération non seulement des ressortissants d'un Etat-cité donné, mais aussi des Etats-cités entre eux. Si un Etat-cité laisse son réseau d'irrigation à l'abandon, la prochaine inondation affectera désastreusement tous ceux qui sont situés en aval. Or un empire régnant sur plusieurs Etats-cités peut d'une façon plus efficace faire respecter la coopération et entretenir une prospérité générale.

Toutefois, un empire implique en général la domination de la majorité par la minorité conquérante ; le ressentiment grandit et des luttes pour la « liberté » éclatent. Eventuellement, si son dirigeant est faible, un empire peut se trouver démantelé, du moins en partie. L'histoire mondiale fait ressortir une alternance entre empires (souvent prospères mais despotiques) et groupes politiques décentralisés (souvent d'un niveau de culture élevé mais querelleurs et militairement faibles).

En fin de compte, malgré tout, la tendance a été à des groupes de plus en plus grands, tandis que les progrès de la technologie rendaient les transports et les communications plus faciles et plus performants et que la croissance démographique globale plaçait la sécurité et la prospérité au-dessus des libertés et des querelles sur l'échelle des valeurs.

Avec l'accroissement de la population, les villes sont devenues plus étendues, mais aussi plus peuplées : Memphis, Thèbes, Ninive, Babylone et enfin Rome, qui, à son apogée au IIe siècle après J.-C., a dû être la première ville comptant un million d'habitants. Ces mégalopoles sont devenues la caractéristique du monde moderne, après que la révolution industrielle eut fait avancer les progrès dans les transports et les moyens de communication : le XIXe siècle a vu des villes de quatre millions d'habitants et le XXe des villes de six à sept millions.

En d'autres termes, au cours des dix mille dernières années, le monde s'est urbanisé de plus en plus et, après la Seconde Guerre mondiale, le phénomène s'est transformé en un cancer galopant. Durant les quatre dernières décennies, la population de la planète a doublé et celle des pays en développement, dont le taux de natalité reste élevé, a fait beaucoup plus que doubler. Nous avons à présent des villes, telles que Mexico, São Paulo, Calcutta, atteignant la barre des vingt millions d'habitants et menaçant même de la dépasser. De telles villes deviennent de sordides étendues de bidonvilles, continuellement polluées, sans structures sanitaires adéquates et présentant tous les facteurs technologiques concourant à la faillite de tout début de croissance.

Où allons-nous ainsi ? Allons-nous ailleurs que vers la ruine, l'effondrement, la disparition ?

J'ai abordé le thème des villes du futur dans mon roman *Les Cavernes d'acier*, paru pour la première fois en trois épisodes en 1953, dans *Galaxy Science Fiction*. Mes idées étaient influencées par le fait que je suis « claustrophile » : je me sens bien dans les lieux clos et surpeuplés. Ainsi, j'ai aimé vivre au cœur de Manhattan et je naviguais avec sérénité dans ses cañons bondés. J'aime travailler dans une pièce aux stores baissés, sur un bureau faisant face à un mur blanc, pour intensifier la sensation d'enfermement.

J'ai donc bien sûr conçu mon New York du futur comme une version poussée à l'extrême du New York actuel. On s'est émerveillé de mon imagination !

« Comment avez-vous pu penser à une existence tellement cauchemardesque, pour *Les Cavernes d'acier* ? »

Ce à quoi je répondais, surpris et perplexe :
« Comment ça, cauchemardesque ? »

Pour plus de sûreté, j'avais apporté une nouveauté : l'énorme cité du futur était entièrement bâtie sous terre.

C'est peut-être ce qui pouvait faire paraître cauchemardesque cette existence, mais en y réfléchissant, la vie souterraine présente bien des avantages.

Premièrement, le climat perdrait de son importance, puisque c'est avant tout un phénomène atmosphérique. Pluie, neige, brouillard ne perturberaient pas le monde souterrain ; les variations de température étant limitées à la surface, là elles ne joueraient pas : que ce soit le jour ou la nuit, l'été ou l'hiver, elles resteraient quasi constantes. Il faudrait bien entendu consacrer les dépenses d'énergie à l'aération, plutôt qu'au chauffage et à la climatisation, mais je pense qu'en fin de compte les économies nettes ainsi réalisées seraient importantes. Les moyens de transport seraient obligatoirement électriques, afin d'éviter la pollution des moteurs à explosion, mais de toute façon, avec l'assurance de jouir d'un temps clément, la marche deviendrait bien plus attrayante, ce qui non seulement économiserait l'énergie, mais favoriserait une meilleure condition physique.

Les seules manifestations écologiques défavorables pouvant perturber le monde souterrain ne seraient plus que les éruptions volcaniques, les séismes et les chutes de météorites. Toutefois, les volcans et les lieux à haut risque sismique sont localisés et nous pourrions éviter de nous établir dans ces endroits. Quant aux météorites, peut-être disposerions-nous d'une patrouille de l'espace capable de les détruire s'ils faisaient mine de trop s'approcher.

Deuxième avantage, l'heure locale perdrait aussi de son importance. A la surface, il est impossible d'échapper à la tyrannie de l'alternance jour-nuit, et quand le soleil se lève quelque part, ailleurs il est midi, ou c'est le soir ou encore minuit. Le rythme de vie des humains est par conséquent déphasé. Sous terre, où la lumière artificielle déterminerait les périodes de jour, une heure universelle pourrait être instaurée pour toute la planète, ce qui faciliterait certainement la coopération de l'ensemble et supprimerait les troubles physiques dus au décalage horaire. (Si le système d'un jour universel s'avérait présenter de sérieux inconvénients, on pourrait en imaginer d'autres. L'important, c'est que ce serait *notre* système et qu'il ne nous serait pas fortuitement imposé par la rotation de la Terre.)

Troisième avantage, l'équilibre écologique pourrait être rétabli. A l'heure actuelle, avec toute l'humanité à sa surface, la Terre est encombrée : notre multitude occupe trop de place, tout comme les abris que nous construisons pour nous-mêmes et pour nos machines, nos moyens de transport et de communication, nos lieux de repos et de distraction. Tout ceci détériore la nature, chassant de nombreuses espèces de plantes et d'animaux de leur habitat naturel – et quelquefois en favorisant involontairement certaines, comme les rats et les cafards.

Si l'humanité et ses structures déménageaient sous terre – bien au-dessous du niveau où l'on trouve encore les terriers de certains animaux –, l'Homme continuerait d'occuper la surface avec son agriculture, sa sylviculture, ses tours d'observation, ses bouches d'aération, etc., mais l'envergure de cette occupation serait énormément diminuée. En réalité, en envisageant une sophistication grandissante du monde souterrain, on peut concevoir que l'approvisionnement en vivres proviendrait de cultures hors sol sous lumière artificielle. La surface de la Terre reviendrait donc de plus en plus à l'état sauvage, et à l'équilibre écologique.

Mais nous ne serions pas pour autant privés de nature. En réalité, elle n'en serait que plus proche. On peut croire que se retirer sous terre signifie s'éloigner du monde naturel, mais est-ce bien le cas ? L'éloignement serait-il aussi total qu'il l'est aujourd'hui, quand tant de personnes travaillent en ville, dans des immeubles climatisés et souvent sans fenêtres ? Et s'il y a des fenêtres, quel est le panorama (si par hasard quelqu'un s'en préoccupe) ? Un bout de ciel, un peu de soleil et des immeubles à l'horizon, plus un ou deux arbres rabougris ?... Et pour sortir de la ville ? Pour atteindre la vraie campagne ? Il faut parcourir des kilomètres et des kilomètres d'abord de chaussées urbaines, puis de banlieues tentaculaires. Et cette campagne, elle recule de plus en plus, et, de plus en plus, est dégradée.

Dans un monde souterrain, nous pourrions aussi disposer d'espaces verts, et même de parcs – et de plantations tropicales dans les serres. Mais nous n'aurions pas à dépendre de ces ersatz, aussi réconfortants puissent-ils être pour certains : il suffirait de prendre l'ascenseur sur quelques centaines de mètres, au-dessus de « Grand-Rue, Sous-Terre »... et voilà !

Ce que vous visiteriez à la surface serait *la nature* – peut-être plus domestiquée qu'elle ne devrait l'être, mais relativement intacte. Il faudrait bien sûr la protéger contre les visites trop fréquentes ou trop intenses, ou trop irréfléchies ; cependant, des expéditions soigneusement réglementées donneraient plus de chances aux habitants du monde souterrain de voir le milieu naturel, dans des conditions écologiquement plus saines, que n'en ont aujourd'hui les habitants des villes de la surface.

A ce propos, je remarque avec intérêt que la notion de vie souterraine semble devenir plus réaliste, depuis l'époque où j'ai écrit *Les Cavernes d'acier*. Par exemple, plusieurs agglomérations des latitudes les plus septentrionales (où le froid, la neige et le gel perturbent le shopping en le rendant pénible) construisent des galeries marchandes en sous-sol, de plus en plus élaborées, de plus en plus indépendantes, se rapprochant de plus en plus de mon univers imaginaire.

Toutefois, mon imagination n'est pas la seule au service de l'humanité. Voici *Refuge*, écrit par Rob Chilson, où ma cité souterraine du futur est explorée par un autre écrivain de science-fiction talentueux, qui a repris mon idée de villes souterraines comme cadre pour son histoire.

KAPPA DE LA BALEINE

Les étoiles ne donnaient pas de lumière.

A quatre pattes sur la coque, Derec avançait lentement en scrutant le métal argenté à travers la visière de son casque. Il était sur le vaisseau, ou à côté, suivant le point de vue, mais Derec préférait penser qu'il était *sur* la coque : ainsi, il éprouvait moins le sentiment de risquer de tomber.

A sa gauche, à sa droite, « au-dessus » et « au-dessous » de lui, il n'y avait rien. Mais le vide de l'espace n'était pas une nouveauté pour lui : même si ses premiers souvenirs ne remontaient qu'à quelques mois, ils commençaient dans un engin spatial – une capsule de survie, en fait. Pour l'heure, il n'avait guère le loisir de se remémorer la capsule, ni l'astéroïde glacé, ni même sa capture par Aranimas, le pirate non humain. Il se concentrait sur sa progression.

– J'arrive à l'entretoise, annonça-t-il.

– Bien, dit Ariel, dont la voix explosa dans son casque.

Derec n'avait ni le temps de baisser le son, ni l'envie de lâcher ses prises.

Grâce aux crampons électromagnétiques placés dans ses paumes et sur ses genoux, sa reptation avait été lente mais inexorable. Au moment où il saisit l'entretoise, sa main s'arrêta mais son corps continua de dériver, comme celui d'un nageur porté par une vague. Une vague d'inertie.

Il se retrouva accroché à l'entretoise, tourné vers

l'endroit d'où il venait et faseyant comme un drapeau. Il comprit immédiatement son erreur, mais n'essaya pas de la corriger en se lâchant. Il se laissa porter par le balancement, amortit son élan avec son bras (qui craqua douloureusement) et finit par s'immobiliser.

Avançant sur ses chenillettes, un robot s'arrêta d'une façon plus adéquate de l'autre côté de l'entretoise : une main fermement agrippée et le bras résorbant l'élan comme un ressort. En tant que robot, il ne craignait pas les entorses du poignet, accident le plus fréquent en apesanteur. Mandelbrot, le robot, attendit que Derec se soit dépêtré de l'entretoise.

Celui-ci la saisit des deux mains et plia un coude tout en gardant l'autre tendu et son corps tourna lentement autour du bras replié. Quand il fut complètement retourné, Derec posa la pointe des pieds sur l'entretoise, lâcha les mains et, d'une détente, s'élança vers la coque.

Pendant un instant, il flotta librement, comme dans un rêve, sans toucher le vaisseau, puis atterrit sur les mains, et ses crampons cliquetèrent quand il les réactiva. Il dérapa vers l'avant sur les mains et les avant-bras tandis que la vague d'inertie était absorbée par la « plage » de la coque. Sa poitrine, son ventre et enfin ses genoux atterrirent douloureusement et glissèrent en raclant le métal.

– Givre ! s'exclama Ariel. Mais qu'est-ce que tu fabriques ? Tu scies la coque en deux ou quoi ?

Derec ne prit pas la peine de répondre. Sans attendre que son élan se soit résorbé, il se mit rapidement à quatre pattes, poussant et tirant sur la coque. Les crampons commandés par ordinateur étaient magnétisés ou démagnétisés en séquence selon le schéma de la marche à quatre pattes. Quelques secondes après, il freina : tous les crampons s'activèrent et il s'arrêta en ricochant. Mandelbrot le rejoignit en employant la même méthode, observa la coque, puis s'écarta.

– O.K. ! Voilà le sabord. On dirait que nous n'aurons pas besoin d'outils pour l'ouvrir : il suffira de faire jouer ces vis encastrées.

Il y avait deux petits alvéoles circulaires sur la coque, de part et d'autre une ligne dessinant un carré : une écoutille. Derec enfonça deux doigts dans l'une des cavités, imité de son côté par Mandelbrot, et ils tournèrent les cercles dans le sens des aiguilles d'une montre. Il y eut un *pop !* et le panneau se libéra.

– C'est ouvert, dit Derec.

Ce qui était un peu prématuré. Pour pouvoir ouvrir l'écoutille, il lui faudrait soit en faire le tour, soit se mettre debout. Mais avant qu'il ait pu se décider, Mandelbrot avait remis ses doigts dans les alvéoles et tirait ; l'écoutille se dégagea facilement. Mandelbrot tordit son bras comme une corde, hissa le panneau au-dessus de sa tête, leva l'autre bras, et l'écoutille s'écarta de la coque.

– On n'y voit rien là-dedans ! marmonna Derec.

Le faisceau lumineux de son casque se reflétait sur l'envers lisse du panneau d'écoutille et sur les machineries mises à découvert mais, en l'absence d'air pour diffuser la lumière, il ne voyait qu'un enchevêtrement de stries lumineuses parallèles ou croisées sur fond de velours noir. Au bout d'un moment, cependant, il distingua une poignée. Après tout, il ne fallait pas être ingénieur en mécanique pour comprendre ces trucs-là. Il y avait une sorte de gâchette sur la poignée.

Derec l'agrippa et tira. Rien ne se passa. La poignée n'étant pas assez large pour que Mandelbrot puisse l'aider, il s'arc-bouta contre la coque et tira plus fort. La poignée se libéra avec une vibration stridente qu'il ressentit à travers la plante de ses pieds. Etrange façon d'entendre !

– Des problèmes ? s'inquiéta Ariel ; peut-être avait-elle entendu son halètement, puis son exclamation quand la poignée avait cédé.

– C'était coincé, mais ça y est, je l'ai dégagée. C'est le gel qui avait dû tout bloquer.

Avec l'aide du robot, qui s'était débarrassé de l'écoutille et qui se tenait maintenant à la verticale sur la coque, Derec exhuma tout un fatras de tuyaux connectés les uns aux autres et astucieusement imbriqués. Mandelbrot tira sur un gros câble, un peu comme s'il ouvrait un canapé-lit, et une épaisse masse de plastique argenté se déploya.

Pour ne pas risquer de l'endommager, Derec attendit qu'elle se soit suffisamment dégagée avant d'en examiner la base. Pour cela, il lui fallait se déplacer sur le côté, mais il y avait là une vanne qui lui fit bizarrement penser à un robinet de jardin, sur la lointaine Aurora. Pendant un instant, le souvenir très net d'un robinet dans un jardin couvert de rosée, sur la planète de l'Aube, ébranla Derec. Quelques indices lui avaient déjà laissé supposer qu'il était originaire de la plus grande des planètes de l'Espace, mais très peu de souvenirs, en tout cas jamais aussi précis que celui-ci, perçaient son amnésie.

Après quelques instants cependant, il comprit qu'il ne se rappellerait rien de plus sur ce jardin. Tout ce qu'il savait, c'est que ce souvenir était agréable. Il avait *aimé* ce jardin... et tout ce qui lui en restait, c'était le souvenir de son robinet !

Il vaut mieux ne pas hausser les épaules, quand on est en apesanteur, alors Derec se ressaisit. Il glissa le bras à l'intérieur de l'écoutille pour tourner le robinet et « entendit » un sifflement sous ses doigts et le long de la manche de sa combinaison, quand la vapeur sous basse pression s'engouffra dans le ballon qui, un instant après, masquait Mandelbrot à sa vue.

Le fabuleux bras flexible de Mandelbrot surgit de derrière le ballon et actionna le clapet de rappel. Au bout d'un moment, le faible murmure d'une petite pompe s'éleva. Maintenant, l'eau circulait dans la tuyauterie.

Voilà ! Le radiateur et les sections de distillation sous vide du système de purification et de climatisation étaient prêts pour un long séjour dans l'espace.

On aurait dû faire ça plus tôt, pensa Derec, mais il garda cette réflexion pour lui. Optimiste de nature, il avait espéré qu'un vaisseau spatial arriverait incessamment. Ariel, elle, avait tendance à être pessimiste et en avait douté.

20

– Je reviens en passant côté soleil, dit-il. La lumière y est meilleure.

Ariel ne répondit rien.

Une pression sur un bouton libéra l'extrémité de son filin de sécurité qui s'enroula jusqu'à lui depuis le sas et Derec, imité par le robot, le fixa à un anneau près de l'écoutille. Rassuré quant à la position verticale, il parcourut à grandes enjambées lentes et prudentes le cylindre plutôt étroit. Bientôt, la faible ampoule rouge du « soleil » autour duquel ils gravitaient apparut puis se retrouva à la verticale de sa tête.

Naine de classe *M*, l'étoile rouge était sans aucun doute très vieille. Elle était aussi certainement très petite et n'avait pas de satellites à proprement parler : la plus grande de ses filles n'était qu'un vieil éclat de rocher d'environ quatre cents kilomètres de diamètre et la deuxième en taille faisait moins de la moitié ; la plupart de ses satellites étaient des morceaux de roche allant de la taille d'une montagne respectable à la grosseur du poing... et ils étaient peu nombreux, quelle que soit leur taille. D'après son âge, cette étoile s'était vraisemblablement formée à une époque où les nébuleuses de la Galaxie commençaient seulement à s'enrichir d'éléments lourds. Elle n'était pas non plus très riche en minerai : aucun prospecteur ne s'était préoccupé d'explorer ces cailloux dans le but d'en tirer quelque chose de valeur. Aucun ne le ferait jamais.

Aussi pâle et sans valeur fût-il, l'astre éclairait son chemin... enfin, un peu. Sous son rayonnement, le métal argenté prenait la beauté du cuivre patiné. Les ombres étaient fortement contrastées et celle de Derec faisait dans la coque comme un trou mobile vers l'univers étrange d'une autre dimension.

Mandelbrot le suivait avec élégance.

– Alerte de détection, annonça Ariel. Un rocher arrive dans notre direction. De la taille d'une bouchée environ, si vous avez assez d'appétit pour manger du caillou.

– Merci bien, je n'ai pas faim ! répondit Derec,

mais l'image de pommes de terre au four effleura son esprit : il *commençait* à avoir faim.

S'il y avait eu quelque danger, Ariel l'aurait dit ; Derec supposa que le caillou passerait bien au large. Ils étaient très à l'écart de l'étoile et, bien que l'espace fût encore parsemé de débris, c'était seulement le deuxième objet qu'ils détectaient en deux jours, et le premier était à peine aussi gros qu'un grain de sable. Les deux météorites étaient sans doute « de la glace sale »... la substance des comètes.

Danger ou pas, Mandelbrot se rapprocha de Derec, scrutant le ciel sans relâche. Derec n'y prit pas garde et ne se donna même pas la peine d'essayer de repérer le caillou. C'était plutôt le soleil qui attirait son regard ; à cette distance, si pâle et si faible dans la lumière ultraviolette, on pouvait l'observer directement.

C'était une bien piètre raison d'être, pour cet astre aussi médiocre que sa famille ; il formait néanmoins un îlot de lumière dans cet océan d'obscurité où les étoiles, aussi dures et immobiles que des diamants, le regardaient fixement. Derec imagina l'espace autour de l'étoile comme un nid douillet de clarté dans cette immensité de froid et d'obscurité.

Après l'existence strictement régentée qu'il avait vécue dans la Cité des robots, il se sentait libre. *L'espace est le vrai foyer de l'humanité*, songea-t-il.

Une espèce d'aboiement lui parvint de l'intérieur de l'astronef. Avec un brusque frisson, Derec se souvint que des êtres différents des humains sillonnaient l'espace. L'un d'entre eux était à l'intérieur du vaisseau : Wolruf, l'extraterrestre caninoïde, avec laquelle il s'était allié sur le vaisseau d'Aranimas. Elle avait échappé en même temps que lui aux mains du pirate, puis avait réussi à s'évader de la station-hôpital et enfin de la Cité des robots.

Les choses étaient allées plus mal pour eux, par le passé, pensa-t-il. S'ils devaient attendre ici encore une semaine ou deux...

Ariel m'inquiète, pourtant.

Il regagna le sas et se glissa à l'intérieur en se tassant pour laisser de la place à l'encombrant robot.

Dès que Mandelbrot pénétra dans le vaisseau, sa carcasse se couvrit de givre mais Derec ne s'en soucia pas, sachant qu'elle était déjà assez réchauffée pour qu'il puisse la toucher sans danger : ils n'étaient restés que quelques minutes à l'extérieur. Après cette sortie, l'intérieur paraissait encore plus exigu.

— On devrait passer plus de temps à l'extérieur, dit-il. Ce n'est pas tout à fait le grand air, mais on a au moins un sentiment de liberté.

Pendant un instant, Ariel eut l'air intéressée, puis elle haussa les épaules.

— Pour moi, ça va.

Interrompant son geste incongru (il ôtait le givre de ses yeux), Mandelbrot lui jeta un regard inquisiteur, mais ne dit rien. Personne n'en avait encore parlé, mais Derec savait que le robot était inquiet lui aussi. Ariel était gravement malade. Une maladie incurable, avait-elle dit. Jusqu'à présent, elle n'avait éprouvé que quelques malaises passagers, quelques crampes musculaires, mais elle semblait souvent avoir de la fièvre ou la migraine, et avait en général l'air absent ; il lui était même arrivé d'avoir des hallucinations. Mais cette mélancolie prolongée était récente et le préoccupait.

— Ça y est ? On a de l'eau pour prendre une douche ? demanda Wolruf.

La petite extraterrestre avait la taille d'un grand chien et, s'il lui arrivait fréquemment de marcher à quatre pattes, elle se tenait la plupart du temps debout car ses membres antérieurs ressemblaient à des mains, certes disgracieuses et malformées d'après les normes humaines, mais habiles à manipuler des outils. La caninoïde à fourrure devait se doucher tous les jours, dans ce vaisseau où il n'y avait aucun moyen de s'isoler les uns des autres.

— Attends encore une demi-heure.

— Derec, dois-je préparer quelque nourriture ? demanda Mandelbrot. Il est bientôt l'heure de vous alimenter.

Ariel s'ébroua.

– Je m'en occupe, Mandelbrot. Derec, Wolruf, qu'est-ce que vous voulez ?

Il n'y aurait pas de pommes de terre au four, bien sûr. Derec n'espérait pas trouver des aliments naturels à bord d'un vaisseau spatial et, par ailleurs, le synthétiseur prendrait trop de temps pour préparer une spécialité.

– Un ragoût fera l'affaire. Continue de varier les ingrédients, et je ne m'en lasserai pas avant longtemps.

– Je prendrai la même chose, dit Wolruf.

– Plat du jour : bortsch, annonça Ariel avec un sourire qui semblait naturel. Nous avons plein de sauce tomate et d'ailleurs, j'aime ça.

– C'est génial d'avoir un synthétiseur d'un modèle commercial et un bon stock de produits de base, dit Derec, gagné par sa bonne humeur. Souviens-toi de nos expériences dans la Cité des robots !

– M'en souvenir ? fit Ariel avec une moue dégoûtée. J'essaie plutôt de les oublier !

Le vaisseau du Dr Avery était bien équipé et, en fait, ils auraient pu y vivre indéfiniment – du moins jusqu'à ce que la micropile ou les réserves d'air et d'eau s'épuisent. Le purificateur utilisait de la levure et des algues pour recycler les eaux usées et les plantes étaient ensuite stockées comme matière organique de base pour le synthétiseur.

Après s'être extirpé de sa combinaison avec des gestes dignes d'un contorsionniste, Derec la suspendit à côté de la porte du sas et Mandelbrot s'en approcha sur-le-champ pour l'inspecter sur toutes les coutures. Derec bondit vers le plafond de la cabine, le repoussa, repartit vers le plancher qu'il repoussa du bout des orteils et s'élança de nouveau vers le plafond. Appelée « brachiation », cette technique était le meilleur moyen de se déplacer à l'intérieur d'une cabine en apesanteur.

Il alluma le récepteur, accordé sur *BALISE – local*. Une voix féminine, robotique et calme, s'éleva : « Balise Kappa de la Baleine Arcadie. Identification, s'il vous plaît. Balise Kappa de la Baleine Arcadie. Identification, s'il vous plaît. » Derec coupa le son et inspecta les cadrans d'un air morne : ils captaient Kappa de la Baleine sur la fréquence électromagnétique, en laser ou sur les micro-ondes, mais, sur les hyperondes, ils ne recevaient qu'un signal minimal.

– Je n'y comprends rien, marmonna-t-il.

Ariel lui jeta un coup d'œil par-dessus son épaule, tout en flottant devant les équipements de cuisine. Wolruf le rejoignit.

– C'est Avery qui l'a cassé, crois pas ?

– Du sabotage ? Non, je ne pense pas. On captait parfaitement Kappa de la Baleine en quittant la Cité des robots.

Ils avaient quitté la planète des robots en catastrophe, après avoir dérobé ce vaisseau. Le Dr Avery, inventeur des robots qui continuaient à construire la cité, les avait harcelés, pour des raisons connues de lui seul... quoique Derec soupçonnât Ariel d'en savoir plus qu'elle ne le prétendait sur ce docteur énigmatique et complètement maboul.

Une fois loin de la planète et hors d'atteinte du Dr Avery, ils s'aperçurent qu'il n'y avait aucune carte d'astrogation à bord, ou alors qu'elles étaient inaccessibles, bien camouflées dans l'ordinateur du vaisseau. Si on pouvait le qualifier de positronique, ce cerveau ne l'était pas vraiment à part entière, sinon ils auraient pu le convaincre que l'absence de cartes mettait leurs vies en danger. En vertu de la Première Loi de la Robotique, il lui aurait été impossible de leur refuser l'accès aux cartes, quels que soient les ordres qui lui avaient été donnés.

La Première Loi de la Robotique établit que « Un robot ne doit pas faire de mal à un être humain, ni, par son inaction, permettre qu'il soit fait du mal à un être humain ».

Les ordres relèvent de la Deuxième Loi, selon laquelle « Un robot doit obéir aux ordres que lui donne un être humain, sauf si ces ordres entrent en conflit avec la Première Loi ».

Malheureusement, l'ordinateur du vaisseau n'était

qu'un calculateur certes très sophistiqué, mais incapable d'avoir la plus élémentaire des pensées robotiques. On avait bien essayé de construire des astronefs-robots dotés de cerveaux positroniques, mais à chaque fois, cela avait été un échec : la conception de base des cerveaux positroniques au sens propre du terme incluant le respect des Trois Lois, ces engins étaient inévitablement enclins à s'inquiéter de la sécurité de leurs passagers. Les voyages spatiaux étant dangereux par nature, ces vaisseaux avaient tendance à devenir fous ou même à refuser de décoller.

— Si ça continue, je vais finir par cogner sur ce givré d'ordinateur, ou par lui filer un bon coup de pied, s'emporta Derec.

— Oh, toi aussi, tu penses comme ça ? dit Wolruf avec un de ses sourires plutôt effrayants. Jeff Leong disait : « Toutes les machines devraient avoir un endroit prévu pour qu'on leur shoote dedans ! »

— Ou un moyen qui permettrait de les secouer comme un prunier quand elles font de la rétention d'informations ! Je suis persuadé que les cartes sont là, quelque part...

Ce qui était une supposition correcte. Personne ne pourrait mémoriser les kilomètres et les kilomètres de chiffres que représentait une carte spatiale. Par ailleurs, ces cartes étaient rarement imprimées en entier : on se contentait en général d'en imprimer certaines parties pour faciliter les calculs. De toute façon, ce petit vaisseau ne disposait pas d'une imprimante. Tout ce qu'il détenait, supposaient-ils, c'était un enregistrement en mémoire.

Mais impossible d'y accéder !

Cela n'aurait pas eu tant d'importance si l'émetteur hyperondes ne les avait pas lâchés. Comme ils n'avaient pas de cartes, alors qu'ils étaient en orbite autour de la Cité des robots, ils avaient balayé l'espace avec l'émetteur. A ce moment-là, ils captaient Kappa de la Baleine tout à fait clairement et la connexion avait été assez bonne pour leur permettre d'effectuer le Saut, ce qu'ils avaient fait. Logiquement, ils devraient maintenant capter d'autres balises et hop ! par petits bonds, Sauter n'importe où dans l'espace habité : vers l'un des cinquante Mondes Spatiaux, ou des Mondes Coloniens dont la Terre avait récemment entrepris la colonisation.

– Nous sommes quelque part à portée du télescope d'Arcadie, murmura Derec.

Arcadie était un Monde Spatial mineur et reculé, mais ils ne savaient pas du tout de quel côté de ce monde se trouvait la Constellation de la Baleine. Ils savaient seulement que cette étoile (Kappa) était l'avant-dernière en magnitude, la dernière étant Lambda de la Baleine : pour des raisons pratiques d'astrogation, un accord interstellaire avait établi que les constellations ne pouvaient pas compter plus de dix étoiles.

– Tôt ou tard, un vaisseau viendra, dit Wolruf, se voulant rassurante.

Tôt ou tard... Derec grogna.

Il ne voulait pas relancer la discussion et d'ailleurs cet argument était le sien. Quand, après le Saut, ils avaient découvert que l'émetteur hyperondes ne pouvait plus capter que la plus proche balise, Derec avait proposé de rester là dans l'espoir qu'un vaisseau surgirait et qu'ils pourraient lui demander une duplication de ses cartes d'astrogation : transmettre cette copie ne prendrait que quelques secondes et ne le dérangerait pas.

Tôt ou tard.

– La soupe est servie, ou plutôt le ragoût, en l'occurrence, dit Ariel, quand le four s'ouvrit en exhalant un fumet appétissant. Il nous reste un peu de ton pain croustillant, Derec. Je l'ai réchauffé, mais il va bientôt nous en falloir d'autre.

– Ça sent bon, dit Derec avec sincérité.

Avec encore plus de sincérité, Wolruf se lécha les babines et grimaça un sourire. Il fut un temps où Ariel avait agacé Derec en empiétant ainsi sur son domaine réservé de maître queux, mais il avait fini par surmonter son irritation et avait même reconnu qu'elle était meilleur cordon-bleu que lui. (La cuisine de tous les jours était l'affaire des robots, aucun humain n'admettait de s'en charger.)

Ils mangèrent en silence pendant un petit moment. Le ragoût était servi dans des bols à couvercle et adhérait à la face intérieure. En maniant leurs cuillères avec précaution, ils arrivaient à manger sans flanquer de la nourriture dans toute la cabine. Au début, même Ariel montra de l'appétit, mais elle se désintéressa assez vite du repas.

– Est-ce que tu crois qu'un vaisseau finira par passer dans le coin ? demanda-t-elle, le regard perdu au loin... de même que ses pensées, visiblement.

– Bien sûr ! s'empressa de répliquer Derec. J'avoue que j'étais un peu trop optimiste. Je crains que nous ne soyons un peu à l'écart de l'espace habité et que cette ligne ne soit pas très fréquentée. Mais, *à la longue*...

– A la longue... fit-elle, comme dans un rêve.

Elle était souvent distraite ou préoccupée, maintenant.

– A la longue, répéta Derec.

Il était trop loyal pour tenter de la convaincre. Les astronefs ne *volent* pas d'une étoile à l'autre comme un avion : d'une énorme poussée de leurs moteurs hyperatomiques, ils Sautent à angle droit à la fois dans le temps et les trois dimensions de l'espace. Puisqu'ils parcourent une non-distance, le Saut prend naturellement du non-temps. Dès lors, il n'y avait pas de *lignes* de voyages interstellaires.

Pour des raisons de sécurité, les astronefs Sautaient d'étoile en étoile ; si l'un d'eux se retrouvait en perdition, les secours n'avaient qu'à retracer son itinéraire et à inspecter les étoiles sur son trajet. Et comme les satellites n'étaient pas toujours habités, il y avait des soleils-balises tout le long de ces lignes à grand trafic (comme on les appelait). Tout astronef surgissant après un Saut dans un système solaire balisé était censé vérifier sa position, transmettre son identification aux enregistreurs de la balise et repartir. Des vaisseaux de patrouille compilaient périodiquement ces enregistrements pour s'assurer que rien d'anormal n'était survenu.

Mais les jours s'étaient succédé sans que le moindre vaisseau apparût. Bien sûr, si l'un d'eux surgissait de l'autre côté de Kappa de la Baleine, la fréquence électromagnétique ne pourrait pas le détecter avant qu'il ne soit reparti, mais l'émetteur hyperondes fonctionnait suffisamment pour détecter tout vaisseau transmettant son identification à la balise de n'importe quel point de ce système. Derec et Wolruf étaient d'accord là-dessus.

Donc, à la longue, ils seraient retrouvés et secourus.

Wolruf acheva son repas en ouvrant son bol et en le léchant avec application.

– Me disais... commença-t-elle... Peut-être que l'onde de choc du Saut a déplacé des trucs dans notre antenne hyperondes.

– Déplacé des éléments ?

Derec hésita. S'il ignorait totalement où il avait fait ses études, il avait une bonne culture technique de base avec une spécialisation en Robotique, ce qui n'était pas rare pour un jeune Spatial, comme il supposait l'être. Mais la technologie des hyperondes était une autre affaire, bien plus complexe.

– As-tu... tu sais... des trucs pour tester ?

Derec avait repéré une boîte à outils dans les schémas du vaisseau auxquels il avait accédé avant de sortir pour brancher le système de recyclage.

– Peut-être...

Il y en avait. Quelques minutes plus tard, laissant Ariel indifférente devant les détecteurs et Wolruf à la radio, Derec marchait de nouveau sur la coque à grandes enjambées prudentes, Mandelbrot sur ses talons.

L'antenne hyperondes aurait pu être placée n'importe où sur la coque du vaisseau, dans la mesure où l'hyperatomique n'était pas soumis aux lois de l'espace-temps, mais il fallait qu'elle soit parfaitement isolée, pour éviter que ses rétroactions dans le petit vaisseau n'endommagent les instruments ou ne blessent l'équipage. Donc, sur ces modèles Chercheurs d'Etoiles, elle était dans un petit carter à la proue, le plus loin possible du reste.

L'antenne ressemblait à un amalgame de câbles spiralés et de morceaux de métal aux formes bizarres. Les instruments de test se contentaient d'envoyer du courant dans chaque élément à tour de rôle. Les résultats restèrent dans les normes, pour autant que Derec pût en juger d'après le manuel qu'il avait consulté avant de sortir.

— Je n'y comprends rien, gémit-il en songeant à la définition classique de l'enfer – endroit où tous les instruments de contrôle indiquent que tout est correct, à part qu'aucun d'eux ne fonctionne. Comment la réparer, si elle n'est pas cassée ?

— Je pense qu'Avery a raccordé l'antenne, dit lentement Wolruf.

— Raccordé ? (Derec n'avait jamais entendu parler d'une chose pareille, mais il connaissait mal la question.) Je croyais que tous les Spatiaux utilisaient les mêmes fréquences. Est-ce qu'il essaie de capter... les Colons ? Quoi d'autre, sinon ?

— Aranimas, peut-être.

Peut-être, pensa Derec, soudain glacé. *Peut-être, en fait.* Ce pirate aux longs bras était décidément fort intéressé par les agissements du Dr Avery, bien qu'il ne sache probablement pas qui il était, ou ce qu'il était.

Derec se tourna vers le petit nid douillet autour de Kappa de la Baleine et frissonna. Et pour la première fois, une pensée l'effleura : *Et si le premier vaisseau à se montrer était celui d'Aranimas ? Il doit fouiller systématiquement toutes les étoiles-balises !*

Un frôlement sur sa manche le fit presque bondir de la coque.

LE PÉRIHÉLIE

Le visage impénétrable de Mandelbrot était tout contre le sien. Le robot l'empoigna de son bras normal (le gauche), et son bras droit, invention du Dr Avery, se tordit d'une façon impossible et passa de l'autre côté de Derec pour éteindre son émetteur.

Derec avait fait des cauchemars, à cause de ce bras. C'était un morceau de « ferraille » récupéré sur un des robots d'Avery et qu'Aranimas avait ramassé sur l'astéroïde glacé où Derec s'était réveillé. « Construis-moi un robot », avait ordonné l'extraterrestre, et Derec avait recollé des éléments disparates pour fabriquer ce robot, qu'il avait baptisé Alpha. Il n'était pas fabuleux, mais il fonctionnait.

Quelques semaines plus tard, ce bras droit fixé sommairement s'était ajusté de lui-même ; il avait provoqué quelques mutations dans le cerveau du robot : Alpha les avait informés que dorénavant il répondrait au nom de Mandelbrot. Derec avait observé la délicate structure de la matière qui composait le bras – une succession d'écailles ou de petites lamelles accolées les unes aux autres, permettant ainsi au membre de se façonner selon les besoins.

Chaque élément était une sorte de puce robotique ; ainsi rassemblées, elles formaient un cerveau. S'étant intégrées d'elles-mêmes, elles avaient – jusqu'à un certain point – remplacé Alpha. Dans les cauchemars de Derec, elles grignotaient le robot de l'intérieur, lequel n'était plus qu'une masse compacte de ces cellules et allait devenir quelque chose… d'horrible.

Impossible : les puces robotiques ne grignotent rien. De plus, tous les cerveaux étaient robotiques, aussi bien le cerveau positronique de Mandelbrot que ceux des cellules elles-mêmes. Ils étaient donc tous sous la contrainte des Trois Lois.

Mais les rêves ne sont pas logiques.

Pour l'heure, le pire de ses cauchemars devenait réalité, alors que Mandelbrot approchait sa tête tout contre son casque. On aurait pu croire que le robot l'embrassait sur la joue : tandis que Mandelbrot parlait, son micro touchait sa visière.

— Derec, Ariel m'inquiète.

Ils avaient pris soin de cacher à Mandelbrot le réel état de santé d'Ariel. Le robot savait seulement qu'elle était malade, mais il ignorait que cette affection était en général mortelle. L'effet d'une telle information sur son cerveau positronique aurait été trop néfaste : la Première Loi est impuissante face au problème des maladies incurables.

— Ariel s'ennuie autant qu'elle est malade, dit Derec.

Mal à l'aise, il détourna son regard du visage neutre mais attentif du robot. Les étoiles lui faisaient signe, prometteuses et effrayantes ; quelque part, là-bas, il pourrait peut-être recouvrer la mémoire. Il se souvint de Jeff Leong, qui s'était écrasé sur la Cité des robots à la suite d'un incident alors qu'il rentrait à l'université. Sans les fantastiques événements qu'il avait vécus, Derec aurait dû lui aussi avoir des souvenirs de l'université, d'ici quelques années.

— Ariel est gravement malade, insista Mandelbrot. Son schéma d'alimentation s'est modifié d'une façon prononcée ; elle est fiévreuse la plupart du temps ; elle ne peut concentrer son attention que pour une durée anormalement brève ; elle est sensible à la lumière ; elle ne se déplace qu'avec effort...

— O.K. ! dit Derec qui sentait que, s'il ne l'interrompait pas, il prendrait racine avant que le robot n'ait fini son énumération. C'est vrai qu'elle est malade, mais je ne me fais pas trop de souci.

Ce qui était faux, surtout depuis qu'ils en parlaient ouvertement.

— Vous devriez vous en faire. Je crains pour sa vie si on ne tente rien pour elle.

— Et qu'est-ce que tu proposes ?

— Vous devriez peut-être utiliser la clef du Périhélie.

Ils avaient d'abord passé la Cité des robots au peigne fin pendant des semaines dans l'espoir de trouver une clef du Périhélie, ce mystérieux dispositif qui pourrait les téléporter instantanément hors de la planète. Finalement, quand le Dr Avery était venu faire son enquête sur leurs « interférences », ils avaient réussi à s'emparer de son astronef. Il y avait une clef à bord du vaisseau, mais en fouillant le bureau du Dr Avery, ils avaient appris où la clef les téléporterait probablement.

— Ce qui nous ramènerait tout droit à la Cité des robots, sans aucune possibilité de nous échapper, et avec Avery à nos trousses ! répondit Derec. C'est certainement plus périlleux que cette légère indisposition !

— C'est exact, reprit Mandelbrot, après être resté silencieux un moment. J'espère que vous avez raison et qu'il ne s'agit que d'une légère indisposition, mais Ariel présente ces symptômes depuis de nombreux jours maintenant. Les « légères indispositions » sont généralement guéries au bout de ce laps de temps.

Le robot se tut mais ne s'écarta pas.

— Pourriez aussi bien rentrer, dit Wolruf, ce qui fit sursauter Derec. Pense pas que nous résoudrons le problème sur place. Aimerais en savoir plus sur les champs de force à haute intensité.

Derec se tourna et, à son premier geste, le robot se libéra, après avoir rebranché son émetteur. Le geste de Derec était autant un ordre que l'expression d'un souhait et la Deuxième Loi de la Robotique obligeait le robot à se conformer à sa volonté.

— Bien, je rentre, répondit Derec, comme si la communication n'avait pas été interrompue.

Il revint à regret. Dans la cabine en apesanteur, ils

étaient trois fois plus à l'aise que pendant l'accélération... mais il y avait des consoles, des cloisons et un plafond. Là, dehors, Derec était dans son élément. C'était comme de flotter dans une mer tiède. Même l'encombrante combinaison n'altérait pas son sentiment de liberté, quand il laissait son regard vagabonder de loin en loin, d'une étoile à l'autre. Tous ces soleils attendaient, juste au-delà de cette bulle de lumière rouge.

Des soleils derrière des soleils, avec leurs mondes en attente, que les Terriens étaient maintenant les seuls à explorer. Et plus loin, d'autres races intelligentes, d'autres aventures... Un membre de l'une de ces races l'attendait dans le vaisseau. De nouveau, Derec eut un instant d'émotion intense en pensant qu'il pourrait bien être l'un des premiers humains à avoir rencontré des extraterrestres : la plupart de ceux qui avaient croisé le chemin d'Aranimas le Pirate n'avaient pas survécu...

Qui savait combien d'êtres différents les attendaient là-bas, parmi tous ces soleils éclatants ? Il se demandait pourquoi les Spatiaux étaient restés confinés tant de siècles sur leurs cinquante mondes. Etaient-ils trop repus pour repartir à l'aventure ? Dans son état d'esprit actuel, Derec trouvait ça inconcevable.

Soudain il eut envie de s'élancer dans le ciel et de se mettre à cabrioler, mais il savait qu'Ariel trouverait ça idiot s'il gardait son filin de sécurité, et dangereux s'il le décrochait. *Touché sur les deux tableaux,* pensa-t-il, piteux. *Givre ! pourquoi ne puis-je pas faire l'enfant, de temps en temps ? Je ne me souviens même pas d'avoir jamais été un gosse. C'est comme si on m'avait escroqué de toutes les joies de l'enfance !*

Quand ils réintégrèrent le vaisseau, un agréable fumet flottait dans l'atmosphère.

– J'ai préparé des toasts, annonça Ariel d'une voix atone.

Si elle avait fait griller le reste du pain, elle ne l'avait pas beurré et il était maintenant presque froid.

Derec fit semblant de ne pas le remarquer et se contenta de hocher la tête en essayant d'avoir l'air ravi. Il remit les tranches dans le four pour les réchauffer et pianota la séquence « beurre – trois noisettes » sur le synthétiseur. Quand le pain fut réchauffé, il le beurra et le partagea avec Wolruf qui, en vraie caninoïde, était toujours d'accord pour manger, ne fût-ce qu'un amuse-gueule.

Ariel n'avait pas faim.

– Je pense qu'Avery a raccordé l'antenne hyperondes. Modifié les intensités des champs de force des éléments du noyau, dit Wolruf en époussetant les miettes de pain de sa fourrure. Les champs de force à haute intensité sont les seuls trucs à pouvoir arrêter l'hyperatomique. Mais pourquoi modifier les intensités, si c'est pas pour capter quelque chose ?

Perplexe, Derec hocha la tête. Un champ de force de haute intensité pouvait pénétrer n'importe quel objet : un aimant monté en boucle était un exemple classique. Altérer l'intensité des champs de force au niveau atomique, dans les éléments du noyau de l'antenne, modifierait « l'acceptance » du noyau.

– Et si c'était pour détecter quelque chose comme, disons, l'astronef d'Aranimas ou ses transmissions ? demanda-t-il. C'est une idée à creuser. On dirait bien qu'Avery et Aranimas ont des intérêts communs : l'un détient les clefs du Périhélie et l'autre les veut.

Il était donc plutôt rassurant que l'hyperonde ne détecte rien : ça pouvait vouloir dire qu'Aranimas ne sévissait pas dans le secteur.

– Ariel, vous semblez avoir sommeil, dit soudain Mandelbrot. L'heure habituelle de votre période de repos approchant, peut-être devriez-vous aller vous coucher ?

– Oui, bonne idée, hasarda Ariel.

Mais elle resta assise à contempler le vide pendant encore un bon quart d'heure avant de pousser un profond soupir et de se mettre lentement « debout ». Quand elle se fut retirée dans la seule cabine privée dont le vaisseau pouvait s'enorgueillir, Wolruf se tourna vers Derec, l'air féroce.

– Elle est malade. Tu dois faire quelque chose, Derec ! Le robot est inquiet. Je suis inquiète.

Mandelbrot avait accompagné Ariel, mais Derec n'en baissa pas moins la voix.

– Tu as raison, mais il ne faut pas que Mandelbrot sache à quel point son état est critique, ça pourrait endommager son cerveau.

– Elle va mourir ? C'est bien ce que tu veux dire ? fit Wolruf en retenant son souffle.

Derec hocha la tête, hébété.

– Elle m'avait dit que son mal était généralement mortel. Je... je ne voulais pas la croire, mais depuis qu'on est coincés ici...

– L'ennui, d'accord, mais c'est surtout la maladie ! Derec acquiesça.

La porte de la cabine s'ouvrit et Mandelbrot réapparut. Il la referma doucement derrière lui et se dirigea délibérément vers eux, les doigts contre le plafond et les pieds sur le tableau de bord.

– L'état d'Ariel nécessite des soins médicaux, dit-il sans ménagement mais avec autant de circonspection que Derec et Wolruf. C'est une contrainte de Première Loi. Je crains pour sa vie si cette tendance s'accentue, Derec !

Derec le voyait venir.

– Vous devez utiliser la clef du Périhélie.

Wolruf approuva d'un signe de tête.

Derec se sentit mal à l'idée de retourner à la Cité des robots, sans parler d'affronter le Dr Avery.

– Ce qui veut dire que tu resteras ici sans combinaison de sortie, et que seul Mandelbrot sera à même d'aller à l'extérieur...

– Ce n'est pas un problème. Tu ne dois pas mettre la vie d'Ariel en danger.

– C'est un impératif de Première Loi ! insista Mandelbrot qui ne pouvait pas concevoir qu'un humain puisse rester plus sourd que lui-même à cette contrainte.

– Bon, très bien. On partira aussitôt qu'Ariel sera réveillée et aura déjeuné. Demain, en d'autres termes. Et j'espère que le Dr Avery sera sorti !

Ce qui alarma le plus Derec, le lendemain matin, c'est qu'Ariel n'opposa pas de résistance. Dans son état normal, c'était une jeune fille à la langue bien pendue et elle les aurait envoyés vertement promener. Là, maintenant, une lueur d'intérêt avait éclairé son regard... une toute petite lueur : l'espoir que l'Equipe de Médecine humaine de la Cité des robots aurait trouvé un remède, un soulagement à son ennui.

Ils prenaient là un gros risque. Certes, le Dr Avery était intelligent et génial, mais c'était aussi indubitablement un fou... un mégalomane. A ses yeux, les humains n'étaient que des robots tout juste bons à être utilisés selon son bon vouloir.

Derec regarda Ariel. *Givre ! j'espère qu'on va y arriver !* pensa-t-il.

Ariel avait fini par compter beaucoup pour lui, mais il n'aurait pas su dire jusqu'à quel point... Après tout, il y avait cette maladie... pas directement contagieuse, certes, mais quand même sexuellement transmissible. D'un autre côté, elle disait l'avoir connu avant son amnésie... Apparemment, ils avaient dû ressentir une sorte d'attirance l'un pour l'autre et elle semblait à présent déchirée soit par le souvenir de ce sentiment, soit par le contraste entre son attitude actuelle, innocente, et ce qu'ils avaient vécu. Bien qu'elle lui eût très peu parlé de lui, il la soupçonnait d'en savoir long.

Mais ses cachotteries n'avaient pas d'importance. Elle était Ariel et il aurait préféré être malade à sa place plutôt que de la voir autant souffrir.

Néanmoins, retourner à la Cité des robots alors qu'ils avaient été si près de s'échapper lui fendait le cœur.

— Si on en finissait ? lâcha Ariel.

Il sembla à Derec qu'elle allait mieux que ces derniers jours. Etre pourchassée à travers la Cité des robots lui ferait peut-être du bien.

Mandelbrot tendit la clef à Derec. Plate et rectangulaire, assez petite pour tenir dans la main mais plus grande qu'une clef mécanique, elle luisait doucement dans la lumière et ressemblait plus à de l'argent qu'à de l'aluminium. En réalité, elle était faite dans un alliage de métaux supraconducteurs traversés par un champ de force, ce qui la rendait plus réfléchissante que n'importe quel métal non énergisé et suggérait la présence d'hyperatomes.

Derec passa un bras autour d'Ariel pour se stabiliser, prit sa main dans la sienne et lui fourra la clef dans la paume. Puis il pressa chaque coin à tour de rôle. Il présumait que les clefs n'étaient pas de fabrication humaine, bien que les robots de la cité aient appris à les dupliquer : les humains n'auraient pas inventé un tel système de commande.

Quand il pressa le quatrième coin, un bouton apparut sur la surface pourtant lisse et dépourvue de soudures. Il jeta un dernier coup d'œil alentour, fit un signe d'adieu à Wolruf et au robot, et au vaisseau lui-même. Il n'avait pas le temps de faire des discours, car le bouton n'allait pas tarder à s'escamoter.

Il enfonça ce bouton.

Le Périhélie.

Ce terme avait signifié le point d'une orbite le plus proche du soleil (plus précisément *du Soleil*, celui de la Vieille Terre) mais maintenant, on aurait dû parler plutôt de « périastrie » : le Périhélie leur avait été décrit comme étant l'endroit le plus proche de partout ailleurs.

Ils étaient toujours en apesanteur et continuèrent de flotter en regardant autour d'eux. Le Périhélie n'avait pas changé. Une douce clarté grisâtre les entourait et l'air confiné sentait la poussière. Pas de purificateur d'air, ici, pensa Derec, en tournant sur lui-même pour observer les alentours. Le Périhélie semblait s'étendre à l'infini, mais Derec supposait qu'il devait finir abruptement quelque part.

— Qu'est-ce que tu cherches ? demanda Ariel qui semblait de nouveau intéressée.

— Les moteurs hyperatomiques.

— Les quoi ?

— Les moteurs de Saut. Cette clef n'a pas pu nous téléporter ici toute seule, en tout cas pas si les robots peuvent la dupliquer. Elle doit être couplée avec des moteurs situés... *quelque part* ; je pense qu'il s'agit d'un petit émetteur hyperondes. Je ne sais pas si nous sommes dans l'hyperespace ou dans l'espace normal... c'est peut-être un énorme ballon... de la taille d'une planète.

— Tu veux dire un endroit que quelqu'un a *fabriqué* ?

— C'est manifestement une station de transport extraterrestre... peut-être pour du fret particulièrement encombrant. Il doit y en avoir d'autres. Je me demande si celle-ci est désaffectée, mais c'est si vaste que nous ne pouvons pas voir s'il y a quelqu'un d'autre, et qu'on ne peut pas nous voir non plus.

— La lumière vient de tous les côtés à la fois, fit remarquer Ariel, perplexe.

— Oui, dit Derec, pensif lui aussi. Je n'y avais pas songé. Bon, il reste encore des points à éclaircir, mais il faudrait disposer d'une navette pour pouvoir explorer l'endroit.

Ils ne pouvaient de toute façon rien faire pour le moment.

— Et si on s'y mettait ? dit Ariel, l'air de nouveau ennuyée, maintenant que le premier moment d'intérêt était passé.

Si elle se rembrunissait à la pensée de la Cité des robots, Derec reprit néanmoins courage : elle n'avait pas fait preuve de tant d'humour la veille.

Derec réactiva la clef et appuya sur le bouton.

Le retour de la gravité claqua dans leurs pieds et la lumière leur gifla les yeux.

Stupéfaits, ils restèrent bouche bée. Des murs les entouraient... visiblement ceux d'un appartement. Mais ce n'était pas un de ces appartements construits par les robots d'Avery. Ils n'étaient *pas* dans la Cité des robots...

Ils n'avaient aucune idée de l'endroit où ils se trouvaient...

WEBSTER GROVES

Petit, exigu et minable, l'appartement était inhabité : il n'y avait aucun signe d'occupation humaine, pas de photos de famille, pas de plantes vertes ni de bibelots. Il était très propre, mais le revêtement de sol dépourvu de tapis avait l'air fatigué et les poignées de portes étaient ternies par l'usage. Un robot à la mine stupide était planté contre un mur.

La pièce dans laquelle ils avaient atterri devait mesurer trois mètres sur cinq. Elle était meublée d'une chaise, d'un petit canapé à deux places (trois si on ne craignait pas la promiscuité) et d'un curieux panneau blanc accroché sur un mur. Il y avait deux portes fermées, dont l'une était flanquée d'un tableau de commande, et une troisième, ouverte, donnant sur une autre pièce qui devait être une chambre à coucher.

Quand Derec jeta un coup d'œil dans la chambre, il y remarqua encore une porte, fermée elle aussi, dans l'alignement de l'une de celles de la première pièce ; il supposa qu'elles donnaient sur des placards. Des tiroirs étaient encastrés des deux côtés du mur mitoyen. Un bourdonnement mécanique assourdi résonnait dans l'appartement.

C'était tout.

— Juste deux pièces, dit-il, incrédule.

— Pas de salle de bains, ajouta Ariel.

— Non, et pas de cuisine non plus, ni de salle à manger.

Ils se regardèrent. Derec pensa tout d'abord à une

40

prison mais, à la réflexion, il y aurait au moins eu un lieu d'aisances et, de toute façon, l'endroit était trop petit et trop aseptisé.

– Je me demande și ce robot est opérationnel, dit Ariel en fronçant les sourcils.

Il n'en donnait pas l'impression. La mimique idiote et figée de son visage de plastique était totalement différente de celle des robots que Derec connaissait ou dont il avait entendu parler. A bien l'observer, ses jointures et les mécanismes de commande associés lui semblèrent grossiers et rudimentaires : ses études en Robotique avaient principalement porté sur les cerveaux, mais elles avaient aussi abordé les carcasses. Si le robot semblait les observer, il n'avait bien sûr pas bougé.

– Robot, es-tu opérationnel ? lui demanda Derec.

– Oui, Maître, répondit-il obséquieusement, toujours immobile.

Son sourire niais ne s'était en rien altéré.

Les robots ne devraient pas avoir ces masques humains à la noix, se dit Derec, agacé. On s'attendait toujours à ce qu'ils manifestent des sentiments, mais ils n'avaient rien à exprimer.

– Comment t'appelles-tu ?

– Mon nom est R. David, Maître.

Ariel interrogea Derec du regard, mais il ne put que secouer la tête. Les robots portaient souvent des noms humains quand ils étaient à leur service, et Ariel lui avait d'ailleurs raconté qu'étant enfant elle avait surnommé « Guggles » son robot nurse que ses parents avaient, eux, baptisé Katherine. Mais il n'avait encore jamais entendu parler d'un robot affublé d'un nom à initiale. R. David ? Ou bien il avait entendu ça...

– R. David, sur quelle planète sommes-nous ? lui demanda Ariel.

– Sur Terre, mademoiselle Avery, lui répondit-il avec respect.

Ahuris, ils se regardèrent. Evidemment ! Si les pièces étaient si petites, si exiguës et si minables, c'était parce que la Terre, extrêmement surpeuplée, comptait plus d'habitants que les cinquante Mondes Spatiaux réunis. Si ce robot était si grossièrement fabriqué, c'était parce que les Terriens étaient peu avancés en Robotique mais aussi et surtout qu'ils avaient un fort préjugé contre eux.

Aussi fort que leur préjugé envers les Spatiaux.

– C'est pas mieux que de se retrouver à la Cité des robots ! s'exclama Derec.

– D'ici, on pourra peut-être retourner à la civilisation, hasarda Ariel.

– Bien vu ! R. David, y a-t-il un moyen de s'embarquer sur un vaisseau pour les Mondes Spatiaux, depuis la Terre ?

– Oui, monsieur Avery. Des astronefs quittent la Terre au moins une fois par semaine, si ce n'est plus.

Monsieur Avery ! Et il avait aussi appelé Ariel « mademoiselle Avery ». Ils se consultèrent du regard et d'un commun accord décidèrent de ne pas relever. De toute évidence, le robot était habitué à voir le Dr Avery apparaître et disparaître instantanément, procédé seulement accessible à qui détenait une clef. Il avait donc admis qu'« Avery » pouvait apparaître et disparaître ainsi et, les ayant vus arriver de la même façon, il en était venu à la conclusion logique mais erronée que, s'ils n'étaient pas le Dr Avery en personne, ils étaient du moins des « Avery ».

– La première chose à faire, alors, c'est de nous rendre à l'astroport, dit Derec. R. David, est-ce que cette porte mène à l'extérieur ?

– Un instant s'il vous plaît, monsieur Avery. Il ne serait pas prudent de votre part de vous aventurer plus loin sans y être préparés.

– Comment ça ? s'inquiéta Derec.

Le robot avait dit vrai, ils étaient bien sur Terre !

– Tout d'abord, vous devrez subir un traitement prophylactique complet contre les virus terrestres. Ils sont nombreux et variés et vous n'avez pas d'immunité naturelle.

Givre ! c'était donc ça ? Ariel et Derec se lancèrent un regard alarmé.

– Toutefois, ce n'est pas aussi dramatique que le croient la plupart des Spatiaux, les rassura R. David.

Le robot s'ébranla enfin, ouvrit un tiroir et exhiba toute une collection de seringues hypodermiques, de flacons et de pilules. En faisant la grimace, mais sans se faire prier, ils se soumirent à ce traitement.

– Prenez les pilules avec votre prochaine boisson. Si vous ressentez le moindre malaise, vous devez m'en avertir aussitôt. Il sera alors nécessaire de vous examiner pour vous prescrire le traitement adéquat.

Derec et Ariel approuvèrent, franchement inquiets à la pensée des virus terrestres.

– Vous aurez aussi besoin d'une carte d'identité, de cartes de rationnement et d'argent, ajouta R. David sur un ton catégorique.

Avec ses gestes raides, il ouvrit le placard de la salle de séjour. Ce placard était encombré de toutes sortes d'objets, depuis la visionneuse de livres avec ses cassettes jusqu'aux duplicateurs compacts. Derec reconnut en eux une fabrication spatiale et pensa qu'il ne serait pas difficile de dupliquer les ID des Terriens. Ce en quoi il avait raison.

R. David abaissa le panneau blanc accroché au mur, qui se révéla être une table rabattante, et passa environ une heure à produire une quantité de plaquettes de plastique et de métal portant leurs photographies, des nombres à plusieurs chiffres, diverses indications obscures à leur sujet et, bien sûr, une ID complète, incluant empreintes digitales, empreintes du pied, scans rétiniens, images cornéennes et analyses sanguines.

– Le Dr Avery s'est procuré des sommes assez importantes de monnaie terrienne en échange de métaux rares, la première fois qu'il est venu sur Terre, expliqua R. David. Cet argent-là n'a bien sûr pas beaucoup de valeur et ne vous permettra de vous procurer que des articles de seconde nécessité – les cassettes, par exemple. Nourriture, logement, habillement, etc., sont rationnés.

– Givre ! dit Ariel, je ne voudrais pas qu'un pauvre

Terrien meure de faim parce que je lui aurai piqué ses rations !

– Il n'y a pas de danger, mademoiselle Avery. La marge est grande. Ça ne lésera personne de vous procurer une ID terrienne, étant donné que le Dʳ Avery a largement compensé la consommation des maigres ressources de la Terre avec les métaux rares qu'il a fournis. De plus, les articles rationnés sont disponibles en montants et en quantités déterminés par la catégorie de l'individu.

– La catégorie ?

– Oui, la position dans la société terrienne. J'ai cru comprendre qu'il en va de même dans les autres sociétés humaines, mais sur Terre, ceci a été réglementé d'une façon bien plus formelle.

– C'est vrai que sur les Mondes Spatiaux les personnalités les plus importantes prennent ce qui se fait de meilleur, dit Ariel avec un sourire désabusé. La Terre fait peut-être preuve de moins d'hypocrisie en admettant ce fait. Quel genre de gouvernement y a-t-il sur Terre ? Démocratique ? Aristocratique ? Est-ce que les catégories les plus élevées dirigent tout ?

– Pour répondre à votre dernière question, je dirais : oui, jusqu'à un certain point. La Terre est une démocratie syndicaliste, dont le Parlement est élu ; la répartition se fait géographiquement pour la Chambre Basse et au sein de la classe industrielle pour la Chambre Haute, ou Sénat. A ce niveau les élections sont démocratiques, mais la plus grande partie de l'administration est aux mains de fonctionnaires appointés (ces gens qui ont réussi certains examens et ont gravi des échelons). Le syndicalisme signifie que l'industrie (celle de l'alimentation, du logement et de l'habillement) domine le gouvernement.

– Je comprends bien que ça doit être nécessaire, dit Derec en suivant des yeux les grandes mains rudimentaires du robot qui poursuivaient leur tâche avec délicatesse. Combien y a-t-il de catégories et laquelle est la plus élevée ?

– A l'heure actuelle, il y a vingt et une catégories. La catégorie *A* est la plus élevée, mais elle est rarement attribuée : elle ne compte que dix millions de membres.

Un pour dix, calcula Derec par automatisme, avant de se reprendre. Non ! Sur Aurora, ou sur la plupart des Mondes Spatiaux, dix millions d'habitants représenteraient dix pour cent de la population. Mais sur Terre, il y avait...

– Quelle est la population de la Terre, R. David ? demanda Ariel, dont les réflexions suivaient celles de Derec.

– Huit milliards, mademoiselle Avery.

Huit milliards ! L'équivalent de la population de quatre-vingts Mondes Spatiaux... et il n'y en avait que cinquante !

– Qui se trouve dans la catégorie *A* ? Les officiels du gouvernement ?

– Non, mademoiselle Avery, cette catégorie est réservée aux entrepreneurs qui apportent des solutions aux problèmes les plus aigus, aux inventeurs, aux héros de l'espace et autres aventuriers. Elle peut aussi être attribuée par plébiscite populaire, comme dans le cas de certains artistes très appréciés. Les ressortissants de la catégorie *A* ont de nombreux privilèges, en particulier le droit d'orner leur porte de lauriers.

Haute distinction, équivalant à la Médaille d'Aurora. Derec hocha la tête. Les détails, par exemple ce qu'étaient au juste ces mystérieux lauriers, importaient peu.

– Et ensuite ?

– La catégorie *B* est réservée aux officiels des gouvernements planétaires et continentaux, qui sont tous élus et appointés ; la catégorie *C* aux officiels de la Cité ; la catégorie *D* aux officiels de l'industrie. Après, ça devient plus complexe et, je dois dire, ce n'est pas très clair. Chaque catégorie est découpée en quinze niveaux, le niveau 1 étant le plus bas.

– Alors ? Quelle catégorie et quel niveau nous concoctes-tu ?

– Je prépare des identifications pour la catégorie *T*, comme je l'ai fait pour le Dr Avery, car j'ai supposé que vous préféreriez que votre qualité de Spatiaux passe inaperçue, ce qui facilitera grandement vos investigations dans la société terrienne. La catégorie *T* est la plus adaptée dans ce cas.

— À quel genre de personnes est d'ordinaire attribuée cette catégorie ? demanda Ariel.

— Le *T* veut dire « Transits ». Toute personne appelée à voyager pour ses affaires peut entrer dans la catégorie *T*, à moins que ce ne soit la catégorie elle-même qui accorde cette possibilité, comme c'est le cas pour les catégories *B* et en grande partie *A*. Les commerçants par exemple peuvent être en catégorie *T* ou *D*, mais plus souvent en *T*, parce que *D* est réservée aux affaires administratives. Dans vos cas, poursuivit R. David, j'avais d'abord pensé vous classer *S* (Scolaires), mais ce n'aurait pas été très judicieux, parce que cette catégorie comporte des restrictions et que j'aurais dû spécifier à quelle école vous alliez.

Tout ceci était sans doute très intéressant, mais Derec n'en trouva pas moins que l'heure passée à préparer les ID traînait en longueur. Les deux seules pièces de l'appartement minuscule faisaient une prison plus étouffante que celles qu'il avait visionnées dans les dramatiques historiques, et même les cachots de l'ancien temps de la Terre lui avaient semblé plus vastes. Tant qu'il ne disait rien, le bourdonnement métallique modulé lui paraissait aller en s'amplifiant, pour retomber à son niveau habituel dès qu'il se mettait à parler.

Légèrement impressionné, Derec pensa que c'était là le bruit de la cité, un bruit auquel nul Terrien ne pouvait échapper parce que, de sa naissance jusqu'à sa mort, il ne sortirait jamais de sa cité.

Les ID furent enfin prêtes et R. David leur expliqua d'une voix monocorde comment utiliser les différents éléments.

— Voici vos cartes de rationnement. Votre cantine communautaire se trouve en 9-G, ainsi que les toilettes qui vous sont affectées, mais vous pouvez utiliser n'importe lesquelles. Derec, dans les toilettes, prenez garde de n'adresser la parole à personne, ni même de regarder qui que ce soit : il y a là un grand tabou pour les hommes, sur Terre. Ariel, les femmes n'ont pas ce genre de contraintes et vous pouvez parler dans les toilettes. Vos catégories ne vous accordant pas de privilèges dans les boutiques, vous devrez donc acheter vos peignes, brosses et affaires de toilette personnels.

Ils reçurent aussi un plan du secteur et apprirent qu'on avait tendance à loger tous les membres d'une même catégorie au même niveau. Leur quartier étant de bas standing, ils auraient à monter ou à descendre pour se rendre aux toilettes et à la cantine.

Enfin, après leur avoir donné des chapeaux, R. David les laissa partir, aussi visiblement inquiet que peut l'être un robot. Ariel ouvrit la porte et sortit, Derec sur ses talons.

Mêmes murs blanc verdâtre qu'à l'intérieur de l'appartement. Ils auraient pu se trouver dans un hôtel miteux, ce qui devait être le cas. Un jeune homme aux cheveux longs coiffés d'une façon extravagante et qui portait des vêtements aux couleurs criardes leur lança un coup d'œil renfrogné de l'autre bout de la galerie, avant de disparaître dans un appartement. Une femme plus âgée, lourde et courtaude, les dépassa. Elle tenait une bouteille débouchée et empestait la bière aigre. Elle ne les vit même pas.

Derec prit à droite, en direction d'un point plus lumineux. Derrière eux, deux hommes sortirent d'un appartement en discutant vivement d'une manifestation sportive inconnue appelée « boxe ». Un moment après, Ariel et Derec atteignaient la jonction.

Une galerie plus importante et plus animée coupait la leur à angle droit. Ariel montra du doigt les panneaux indiquant qu'ils quittaient la Sous-Galerie 16 et entraient dans la Galerie M. Ils suivirent une petite foule qui se dirigeait vers la gauche et qui se rassembla bientôt en un attroupement fortuit. Derec évalua qu'il pouvait voir une cinquantaine de personnes à la fois, ce qui lui provoqua un léger vertige.

Le mur de droite devint subitement transparent et

laissa voir un espace dégagé où des enfants couraient et jouaient au ballon : un terrain de jeu. Le mur intérieur était couvert de dessins d'enfants maladroits : affiches vantant quelque victoire et annonces de « récitations ». L'impression était étrange mais semblait familière à Derec : à une époque de son passé oublié, il avait dû jouer sur ce genre de terrain. Mais aucun souvenir particulier ne se précisa.

Cependant quelque chose manquait : le reflet métallique de robots attentifs, plantés au milieu de la clique hurlante ou le long des murs.

La Galerie M débouchait sur une vaste jonction circulaire. Quatre escalators spiralaient à partir des intersections (deux vers le haut, et deux vers le bas). Au-delà, les panneaux indiquaient une autre Sous-Section ; la leur était la Sous-Section G.

D'après les évaluations de Derec, une centaine d'hommes, de femmes et d'enfants étaient visibles. Impressionnés, ils ralentirent le pas et se glissèrent vers le centre de la jonction, évitant à la fois les escalators et les bouches des galeries. Une centaine... et jamais la même centaine. D'instant en instant, la foule entrait, sortait, montait, descendait, par petits groupes, disparaissant dans les galeries ou surgissant d'une autre direction.

Derec estima que, bon an, mal an, une même personne pouvait voir, disons, cinq cents personnes en dix minutes. Givre ! Peut-être bien un millier !

Et depuis que le terrain de jeu lui avait mis la puce à l'oreille, il remarqua qu'aucun robot n'était en vue.

Des Terriens, parmi lesquels des joueurs d'échecs, étaient assis devant de petites tables flanquées de bancs inconfortables. Des bancs isolés, tout aussi inconfortables, en accueillaient d'autres. Un peu à l'écart, un vieillard fripé comme une vieille pomme souriait béatement à tout ce qu'il voyait, une bouteille décapsulée enveloppée de papier brun posée à côté de lui sur le banc. Tous ceux qui étaient assis aux alentours étaient tout aussi vieux et jouaient aux échecs ou à d'autres jeux de société, ou encore mangeaient des casse-croûte.

Des panneaux indicateurs étaient suspendus en haut des murs situés sous les escalators. Juste en dessous, de grands panneaux placardés d'affiches annonçaient diverses manifestations. Plus bas encore, de larges banderoles barbouillées de grossières et énergiques peintures murales couraient d'un escalator à l'autre. Un groupe de jeunes gens appliqués, plus jeunes que Derec et Ariel, recouvrait l'une des peintures par une autre en posant des touches légères à l'aide d'applicateurs plats, sous l'œil attentif d'une jeune femme habillée de bleu.

D'allure robuste et trapue, elle portait une étrange casquette à visière translucide qui jetait une ombre bleue sur son visage. Une médaille dorée était fixée au-dessus de la visière. Quand elle se tourna, ils virent qu'elle portait un insigne *C-3* sur la poitrine et qu'un objet inconnu de cinquante centimètres de long et doté d'une solide poignée pendait à son côté gauche. Derec se souvint que la catégorie *C* était celle des fonctionnaires de la cité et comprit soudain que l'instrument était un fouet neuronique. Non, pour finir, c'était bien trop lourd et encombrant. Le fouet neuronique devait plutôt se trouver dans la sacoche à boutons qu'elle portait sur le devant et l'instrument devait être une simple matraque.

Un agent de police ! Son regard les dépassa, s'arrêta, revint sur eux, puis elle traversa la jonction pour aller bavarder avec l'un des groupes de vieillards assis à une table. Derec la dévisageait. De sa vie, il n'avait jamais de ses yeux vu un être humain dont la fonction était d'user de la force à l'encontre d'un autre être humain.

– Plantés là comme nous le sommes, on se fait remarquer, dit Ariel à voix basse. Elle est sûrement entraînée à repérer les gens dont le comportement n'est pas normal.

Derec acquiesça sans un mot et se dirigea vers l'escalator descendant, en se faisant la réflexion que, même s'ils parlaient normalement, ils ne risquaient pas d'être entendus, vu le brouhaha de la foule et le grondement des escalators.

Au niveau du sol, chaque escalator s'aplatissait et courait à l'horizontale sur environ trois mètres. Les Terriens s'avançaient à grandes enjambées vers ces bandes et y posaient le pied sans marquer le pas, puis se tournaient dans le sens de la marche. Ariel et Derec tâchèrent d'imiter cette attitude confiante et l'exemple leur évita au moins de monter à contre-courant, ce qu'ils n'auraient pu deviner. Ils montèrent avec juste une petite flexion des genoux et un rapide redressement, et se tournèrent pour regarder vers le bas, au moment même où le tapis plongeait derrière le mur.

Contrairement à ce qu'ils avaient supposé, l'escalator n'était pas fait de marches d'escalier, mais d'une rampe plate et mobile. Au-dessus d'eux, le grondement assourdi des transmissions tombait du plafond incliné : une autre rampe, probablement ascendante. L'escalator parcourut un demi-cercle dans le sens des aiguilles d'une montre, puis le mur de droite s'ouvrit et ils se retrouvèrent à l'opposé de la jonction, au niveau inférieur.

Un autre demi-cercle, une autre jonction, puis un cercle complet sans sortie, et ils arrivaient en bas. Le vacarme devint assourdissant. L'escalator plongeait dans une fente du sol et devait courir « sous terre » sur quelques mètres, avant de se retourner sur lui-même et de ressurgir pour s'élancer vers le haut : il n'y avait qu'un tapis, en fait, allant à la fois vers le haut et vers le bas.

Deux douzaines de personnes descendirent devant eux, puis ils descendirent à leur tour. Cinquante personnes de plus les suivirent avant de s'éparpiller dans toutes les directions, jouant des coudes au milieu de centaines de piétons allant dans huit directions différentes. Cette jonction était quatre fois plus animée que celle qu'ils venaient de quitter. Ariel et Derec crurent qu'ils allaient s'évanouir.

Bruit et lumière provenaient des arches qui avaient remplacé les bouches des galeries supérieures et la foule passait dans un tourbillon. Si, auparavant, ils avaient vu des centaines de personnes, ils en voyaient maintenant des milliers !

Derec ravala le nœud qui lui serrait la gorge. Tout ce monde ! Il eut la très nette impression de n'avoir encore jamais vu tant de personnes rassemblées et s'aperçut qu'il faisait de rapides calculs sur leur consommation d'air et, surtout, sur ce qui restait pour lui. *Bon, ça ira !* pensa-t-il. *Quand il y en a pour huit milliards, il y en a pour huit milliards et un.*

A droite et à gauche, des tapis roulants passaient en trombe, de plus en plus rapides à mesure qu'ils s'éloignaient de la jonction. Très loin au-dessus, les signaux lumineux rutilaient en rampant comme des vers luisants. Le plus grand indiquait WEBSTER GROVES. Devant et derrière eux, les deux dernières arches donnaient entre les tapis sur l'allée immobile où des kiosques se dressaient : cabines de communication ou arrivées des tapis surgissant des niveaux inférieurs. Bien plus loin au milieu du mail, un autre tube immense, avec ses quatre escalators, descendait du plafond, et plus loin un autre encore, à la limite de leur champ de vision.

Ils flânèrent, étudiant la signalétique, perplexes. La multitude bourdonnait autour d'eux. Le bruit était continu, bien que moins fort qu'il n'y paraissait ; l'air humide, tiède et épais charriait l'odeur de milliers, de centaines de milliers de personnes.

– C'est donc ça... la Terre !

RIEN DE TEL QUE DE DÎNER CHEZ SOI !

Indécis, Derec s'avança vers le tapis roulant express qui, d'après les panneaux indicateurs, se dirigeait vers l'ouest. Les vers luisants annonçaient « PROCHAINE SORTIE : KIRKWOOD ».

Ils montèrent sur le premier tapis roulant, qui allait moitié moins vite que les piétons ; de tapis en tapis, la vitesse augmentait. Un gros bonhomme traversa trois tapis en sautant avec une agilité due à une longue pratique... entreprise qui aurait envoyé Derec faire la culbute ! Un peu hébétés, ils étaient arrivés sur le troisième tapis quand Ariel sursauta et lui agrippa le bras.

En catastrophe, ils retraversèrent les tapis. Ils ne furent pas emportés trop loin de leur destination, mais ils ne s'étaient pas non plus rapprochés des voies rapides de l'express.

Une fois arrivés sur l'allée centrale, ils restèrent un moment perplexes, mais un kiosque s'élevait non loin de là et des gens en émergeaient. Ariel et Derec y découvrirent des tapis roulants qui les transportèrent le long d'un passage souterrain de traverse, refirent surface de l'autre côté du tapis express, près d'un réseau de lignes secondaires, et empruntèrent la voie de seconde vitesse qui les ramena en arrière sur une courte distance.

Ils en descendirent pour s'engouffrer dans une vaste galerie bordée de boutiques de toutes sortes, où des milliers de badauds faisaient du lèche-vitrines devant des étalages de marchandises rutilantes. Ariel et Derec ne s'y arrêtèrent pas.

Au niveau de la deuxième galerie transversale, ils aperçurent le pictogramme indiquant les toilettes, mais ce n'étaient pas celles qui leur avaient été affectées (ils avaient dû les dépasser peu de temps après être sortis de l'appartement). Ariel interrogea Derec du regard et il acquiesça. Non sans une certaine appréhension, il s'avança d'un pas décidé vers les toilettes hommes ; pour la première fois, ils étaient séparés.

« Ne regardez personne, et n'adressez la parole à personne », l'avait averti R. David. Derec poussa la porte et se retrouva dans une antichambre. Personne ne s'attardait dans cette pièce et Derec continua donc, empruntant une autre porte disposée de façon astucieuse pour ne pas être dans l'alignement de la précédente. A l'intérieur, il y avait une série de petits boxes fermés par des portes blanches surmontées de lampes rouges, dont la moitié étaient allumées. Certaines de ces alcôves faisaient quatre fois la taille des autres et quand un homme sortit de l'une d'elles, Derec entr'aperçut quelques-unes de ces fabuleuses installations pour privilégiés, dont une buanderie. Cabines auxquelles, supposa-t-il, il n'aurait pas accès.

L'alcôve minuscule à laquelle sa carte lui donnait droit disposait d'un W.-C. rudimentaire et d'un lavabo surmonté d'un miroir métallique. La douche était à l'opposé. Il n'y avait pas de serviettes de toilette, juste un séchoir à air pulsé.

Il se sentait mieux en sortant. Après une attente interminable, une Ariel rayonnante réapparut.

Derec écarquilla les yeux. Sans aucun doute, elle paraissait en meilleure forme que pendant les quelques jours passés à bord de l'astronef. Il eut le violent espoir qu'elle n'était pas réellement malade après tout, ou alors qu'elle vivait une de ces mystérieuses rémissions qui déroutaient encore les médecins. Puis il comprit que ses désirs prenaient le pas sur la réalité et se maudit de s'être laissé aller à cette réaction.

– On y va ? dit-elle, souriante, en lui prenant le bras.

Ils étaient à proximité de la cantine de section qui leur avait été affectée. En tant que *T-4*, ils pouvaient dîner dans n'importe quelle cantine, mais cela entraînerait de nombreuses perturbations pour le personnel et risquait d'attirer l'attention sur eux.

Il y avait trois files devant l'entrée de la cantine. Ariel et Derec se glissèrent dans l'une d'elles en préparant leurs cartes de rationnement métalliques. Devant eux, bavardant et riant sans retenue comme à leur habitude, les Terriens avançaient par petits groupes, inséraient leurs cartes dans la fente d'une machine et, après les avoir récupérées, repartaient à grands pas dans une bruyante confusion, tout en enlevant leurs chapeaux. Une forte et agréable odeur de nourriture inhabituelle flottait dans l'air.

– Hé ! Charlie ! Te v'là r'venu du Quartier de la Levure, pas vrai ?

Derrière eux, une voix rauque les fit sursauter : quelqu'un dans leur file avait aperçu une connaissance dans la file voisine. Charlie marmonna quelque chose ; apparemment, il était content de rentrer chez lui.

– Pour sûr ! brailla l'homme derrière eux. Y a rien de tel que de dîner chez soi, hein ?

Sachant que la nourriture servie dans les cantines devait avoir partout la même origine, Derec se dit que la plaisanterie ne devait pas concerner les menus, mais plutôt la familiarité de l'endroit. C'est vrai que si tous les Terriens prenaient trois repas par jour dans la même cantine, ils devaient finir par tous se connaître d'une table à l'autre.

Ils avancèrent en tenant leurs cartes lisses à la main et, n'ayant rien de mieux à faire, Derec se mit à compter les personnes qui franchissaient l'entrée. Chaque file filtrait les dîneurs à peu près au rythme d'un à la seconde. Soixante à la minute. Au moins cent quatre-vingts pour les trois files. *Givre ! Et il y a déjà cinq minutes que nous faisons la queue !*

Et ça empira : quelque chose comme mille huit

cents personnes avaient dû entrer pendant les dix minutes qu'il leur fallut pour atteindre le tourniquet qui barrait le passage. Derec enfonça résolument sa carte dans la fente de la machine, qui clignota (pas très positronique, pensa-t-il), afficha le message lumineux TABLE J-9 – MENU IMPOSÉ et recracha la carte. Il la récupéra et trouva comment faire céder le tourniquet d'une pression du genou. Ariel le rejoignit un instant plus tard, mais ils n'eurent pas le temps de reprendre leur souffle.

Devant eux, une salle immense s'étendait.

La cité entière était une gigantesque caverne de béton et d'acier et cette salle était l'espace dégagé le plus vaste qu'ils aient vu jusqu'à présent, exception faite de la trouée des tapis roulants. Elle semblait s'étirer à l'infini. Du plafond qui brillait d'une lumière froide, descendaient des piliers rangés en bon ordre, des demi-cloisons transparentes (visiblement destinées à atténuer le bruit), ainsi que des colonnes dissimulant sans doute une multitude de tubes et de câbles. Entre tout ça s'étalaient des kilomètres de tables disposées en rang d'oignons. La confusion régnait et les Terriens pullulaient autour d'eux tandis qu'ils restaient figés sur place, bouche bée : reflet de la lumière sur les surfaces vernies en imitation bois, claquements secs des plastcouverts sur les plastassiettes, brouhaha de milliers de voix, pleurs d'enfants... Sur la droite et sur la gauche, des hommes et des femmes négociaient par les fenêtres à ouverture manuelle avec ceux dont les repas ne pouvaient être automatisés.

Au-dessus des tables, des panneaux lumineux signalaient les rangées. Ariel lui donna un coup de coude et Derec entama en traînant les pieds le long trajet jusqu'au rang J.

Son conditionnement de Spatial lui avait fait imaginer que cette cantine ressemblerait à un restaurant spatial et contiendrait peut-être une douzaine de tables de quatre personnes, quelques-unes de deux, et très peu de huit à dix. Mais, de chaque côté des tables qu'il avait devant les yeux, une cinquantaine de dîneurs étaient assis. Et quand ils eurent atteint le rang J, il restait encore un bon bout de chemin jusqu'à la table 9.

Ils s'approchèrent en hésitant (au moins la table était-elle signalée avec précision) et trouvèrent deux places contiguës. Les dîneurs qu'ils avaient dépassés ronchonnaient parce que le menu était imposé.

– Trop de Transits ! grommela quelqu'un, et du coup ils se sentirent coupables.

– Les repas sont sans doute les rares moments forts de leurs journées, murmura Ariel.

Ils s'assirent et examinèrent la partie surélevée de la table, devant eux.

MENU IMPOSÉ clignotait sur la droite. Sur la gauche, un panneau proposait : *Poulet – Dim. Opt. Lun. Poisson – Ven. Opt. Sam.* Sur Terre, la semaine comptait sept jours, mais Derec ignorait quel jour c'était. N'ayant pas le choix, il haussa les épaules, jeta un coup d'œil à Ariel et enfonça une touche. Le panneau s'éclaira sur-le-champ : *Zymosteak : Saig., A -Pnt, B-Cuit.* Donc, on n'était ni dimanche, ni vendredi. Derec choisit *bien cuit* et le message s'estompa pour être remplacé par : *Salade : Tonantzine, Calais, Del Fuego, Peppertom ?* Ariel haussa elle aussi les épaules, jeta un regard à Derec, puis ils firent leur choix au hasard en réprimant un fou rire : jamais ils n'avaient entendu parler d'aucun de ces plats.

COMMANDE ENREGISTRÉE.

Ce message les fixa pendant plusieurs minutes. Les dîneurs avaient pour la plupart une allure négligée et Derec s'aperçut qu'il avait inconsciemment noté ce fait depuis un moment déjà. Ils étaient petits et plutôt quelconques, voire franchement laids. Çà et là, un homme élégant ou une jolie femme attiraient sur eux des regards admiratifs, mais ils n'étaient qu'une minorité.

Au moins, les Terriens ne mouraient pas de faim, contrairement à ce que Derec avait pensé. Il savait vaguement que l'approvisionnement de la Terre exigeait un important effort de la part de ses habitants et de ses robots, dont l'utilisation était limitée aux travaux agricoles et miniers. Les synthétiseurs standards étaient bien trop onéreux et consommaient trop d'énergie pour que la Terre puisse se permettre d'en avoir. Or, la plupart de ces gens étaient grassouillets, quand ils n'étaient pas carrément obèses.

A leur table, les dîneurs attendaient patiemment, sans rire ni bavarder comme on le faisait ailleurs.

– C'est probablement une table de Transits, et ils ne se connaissent pas entre eux, chuchota Ariel.

L'arrivée du repas mit fin à leur embarras. Un disque coulissa devant chacun d'eux et un autre, portant un plastplateau à couvercle, s'éleva. Quand ils prirent leurs plateaux des disques-serveurs, les autres se refermèrent en douceur.

Le repas était composé d'un steak sauce crevette, de pommes de terre au four et d'une salade avec assaisonnement à part, le tout accompagné de pain doré croustillant. Ça sentait merveilleusement bon et, à la grande surprise de Derec, ce n'était pas de la nourriture synthétisée. Sa première bouchée le lui confirma : les saveurs riches, subtiles et variées de la nourriture naturelle étaient inimitables. Et pourtant, ce n'était pas non plus de la nourriture naturelle. Zymosteak ? Il était clair qu'en général ces gens ne mangeaient de la viande que deux fois par semaine, avec, peut-être, une possibilité deux autres jours. Quatre jours sur sept, donc.

– Qu'est-ce que c'est bon ! chuchota Ariel en profitant du cliquetis que faisaient les Terriens en ouvrant leurs plateaux.

Derec ne s'était pas rendu compte qu'il avait si faim. Le petit déjeuner n'était pas si loin, mais peut-être s'était-il tellement lassé de la nourriture synthétisée qu'il s'était mis à manger de moins en moins.

Une autre énigme attira son attention : ils avaient été servis avec une étonnante rapidité. Derec ne se rappelait pas comment cela se passait sur les Mondes Spatiaux, mais il était certain que le service n'était pas aussi rapide. Il devait y avoir de l'automatisation là-dessous. Bien sûr, avec ces menus imposés, il suffisait de mettre les différents plats sur le plateau, de sceller le couvercle, et de passer le tout dans un four le temps nécessaire pour cuire la viande au degré voulu. Cuisson à la chaîne, certainement ; avec un four adéquat, il pouvait y avoir de la crème glacée sur le plateau : elle n'aurait pas fondu avant que la viande soit cuite.

Mais même ainsi ! Le rang J était le dernier des dix rangées de dix tables chacune. Cent tables de cent couverts. Cette cantine était équipée pour servir dix mille personnes ! Derec en parla à une Ariel aussi estomaquée que lui. Et la cantine ne fonctionnait pas à plein rendement pour le moment : il y avait peut-être *seulement* six mille personnes dans la salle !

Sur Aurora, un stade pouvant accueillir dix mille spectateurs était un *grand* stade.

Vers la moitié du repas, Derec sentit soudain son souffle s'accélérer : c'était trop à la fois. Il se sentit emmuré dans cette caverne de béton, et la salle pourtant spacieuse se refermait sur lui ; le plafond, ni trop haut ni trop bas, était la trappe d'un piège. Autour de lui, la multitude indifférente perdait sa réalité. *Probable qu'ils ne voient ni le soleil ni le grand air de toute leur vie*, pensa-t-il, ce qui accentua son malaise. Avec difficulté, Derec, haletant, résista à la bouffée de panique.

Quand ils eurent achevé leur repas, Ariel et Derec remirent les plateaux et les couverts sur le disque-serveur, appuyèrent sur le même bouton, imitant leurs voisins, et les regardèrent disparaître. La sortie se trouvait à l'autre bout de la salle. Une fois à l'extérieur (un tourniquet perfectionné autorisait uniquement la sortie), Derec respira plus librement. Ils étaient un peu désorientés car ils n'étaient pas sur le trajet qu'ils avaient suivi pour entrer, mais le bruit des tapis roulants était très net et ils retrouvèrent facilement leur chemin.

– Le problème ici, c'est qu'il n'y a pas d'endroit tranquille et *privé* où l'on puisse parler, se plaignit Ariel, tandis qu'ils hésitaient.

– Je sais. Nous voulons aller à l'astroport, mais je me vois mal déplier la carte ici !

– Regarde... (Ariel s'interrompit le temps de laisser passer une bande de fillettes jacassantes qui ne firent même pas attention à eux.) Regarde ! Les signaux indiquent que ce n'est pas « l'heure de pointe ». Je ne sais pas ce que c'est, mais R. David nous en a parlé.

– Très juste ! Et les modestes niveaux Quatre que nous sommes peuvent profiter des places assises de l'express, pendant plusieurs heures à partir de maintenant.

Ils se dirigèrent d'abord par les tapis roulants secondaires puis à pied vers le tapis express. De nouveau, ils filaient de plus en plus vite ; mal à l'aise, Derec se dit que s'ils faisaient un faux pas et tombaient, à cette allure, ils risquaient de se blesser sérieusement. Et, s'ils venaient à tomber, aucun robot à l'horizon pour se précipiter et les rattraper ! Les Terriens, eux, ne devaient jamais tomber. Ils avaient appris ça dès leur plus tendre enfance.

Ils montèrent sur la plate-forme et le vent leur fouetta les cheveux et leur piqua les yeux. De là, ils grimpèrent sur l'impériale, où chaque plate-forme disposait d'un pare-vent, trouvèrent une banquette inoccupée, juste derrière un homme affublé d'un énorme chapeau digne du Chapelier Fou, et s'y assirent en respirant avec peine. Ariel lui adressa une grimace et Derec éclata de rire.

Une fois abrités derrière le pare-vent, ils déplièrent prudemment leur plan. Ils savaient qu'ils étaient partis du Secteur de Webster Groves et se dirigeaient vers l'est. Ils se repérèrent rapidement, juste au moment où ils passaient sous le panneau SECTEUR SHREWSBURY. Mais ils avaient beau examiner le plan sous tous les angles, ils ne purent trouver aucune mention de l'astroport.

Derec blêmit et regarda Ariel.

– Il doit bien être quelque part !

Un groupe d'adolescents, des garçons pour la plupart, l'un fuyant, les autres le pourchassant, passèrent deux plates-formes plus loin en négociant habilement les bandes. Un coup de sifflet retentit, couvrant le vacarme du vent, et un homme en uniforme bleu mit fin à la poursuite en agitant de loin sa matraque... Les enfants s'éparpillèrent sur les tapis roulants, sous l'œil maussade des adultes.

Ariel et Derec reprirent leur examen du plan jusqu'au moment où ils passèrent sous un panneau indiquant SECTEUR TOWER GROVES.

– Il n'est peut-être pas mentionné sur le plan, avança Ariel. Les Terriens ont des préjugés négatifs envers les Spatiaux et ne veulent sans doute pas faire trop de publicité autour de l'astroport.

– Je suppose que quand les affaires vous appellent là-bas, vous savez comment vous y rendre, marmonna Derec. On aurait dû le demander à R. David !

Le tapis express n'était pas rectiligne et quand Derec baissa les yeux, il vit que la voie secondaire s'était écartée, qu'une autre arrivait et qu'après un virage elle filait parallèlement à l'express, à la place de la première. Légèrement en oblique par rapport à la voie express venant en sens inverse, une façade de magasin surmontée d'une marquise lumineuse donnait accès à une entrée palatiale. Sur l'enseigne, une jeune femme de dos, moulée dans son pantalon, apparut puis disparut pour être remplacée par le slogan QUI M'AIME..., et réapparut en regardant le spectateur par-dessus son épaule, les reins cambrés : ... ME SUIVE !...

Derec estima qu'il y avait là autant de monde que dans la cantine, et pourtant les tapis n'étaient même pas à moitié pleins, peut-être même pas à un quart.

– Les heures de pointe, ça doit être quand les tapis sont bondés, dit-il.

– Oui, si les Terriens partent tous travailler à la même heure... dit-elle, et Derec claqua des doigts.

– Ils se *pointent* tous en même temps, pardi !

Et ils regardèrent autour d'eux en essayant d'imaginer les tapis roulants envahis par trois ou quatre fois plus de voyageurs.

SECTEUR VIEILLE VILLE

– Si ça se trouve, dit Ariel, Daneel Olivaw s'est assis exactement sur cette plate-forme, ou du moins, il a parcouru exactement ce trajet !

Derec hocha la tête. Il ne se souvenait pas avoir jamais rencontré Daneel Olivaw, le célèbre robot humaniforme, conçu à l'image même de l'homme (plus exactement à l'image de celui qui avait construit sa carcasse, Roj Nemennuh Sarton). Daneel avait aidé Elijah Baley, le détective terrien, à démasquer l'assassin du Dr Sarton et, plus tard, sur Solaria, à résoudre une autre affaire de meurtre.

Han Fastolfe avait construit deux robots humaniformes, dont l'un avec l'aide de Sarton. Le programme intégré permettant à un humaniforme de se comporter comme un être humain, entravé néanmoins par les contraintes des Trois Lois, était une grande victoire de la Robotique qui n'avait toujours pas été égalée. Fastolfe avait refusé de fabriquer d'autres robots de cette sorte et l'un d'eux avait même été désactivé. Mais Daneel Olivaw existait peut-être encore, quelque part sur Aurora.

— Regarde-moi ce chapeau !

Derec se retourna et en resta sans voix. Ils avaient déjà vu des couvre-chefs saugrenus tout le long du trajet, mais cette fois, la tête de cette femme était un parterre de fleurs agrémenté de papillons. Néanmoins, comme sur tous les chapeaux terriens, il y avait un ruban frontal destiné à recevoir la carte de circulation donnant droit, par exemple, aux places assises pendant les heures de pointe.

— Tu sais, on pourrait peut-être leur demander de nous indiquer l'astroport, suggéra Ariel.

Derec avait espéré que ce genre de réflexion ne lui viendrait pas à l'esprit, mais il se contenta de hocher la tête sans rien dire. Il n'avait vraiment aucune envie d'adresser la parole à qui que ce soit, peut-être parce que eux étaient des Terriens et lui un Spatial, avec tous ses préjugés intacts. Ce qui le contrariait, c'était que seule la Terre continuait d'explorer et de coloniser de nouvelles planètes. Il ne reprochait pas aux Terriens de le faire, bien sûr ; il reprochait aux Spatiaux de ne *plus* le faire. Ces gens n'y étaient pour rien, mais...

Derec attira l'attention d'un jeune homme (peut-être un peu plus âgé que lui) qui se dirigeait vers une plate-forme inoccupée.

– Excusez-moi, monsieur, pouvez-vous nous indiquer la direction de l'astroport ?

La face plutôt inexpressive de l'autre se fendit soudain d'un large sourire ravi.

– Hé, gato, t'imites extra bien le spatial ! Dommage que t'aies pas l'allure, sinon sûr que tu décrocherais un rôle sur n'importe quel subéthérique !

Derec réprima sa confusion et leva un sourcil.

– Oui ?

– Oh ! Extra ! Extra ! C'te grimace arrogante, ça c'est l'meilleur de tout ! (Il jeta un coup d'œil autour de lui et perdit soudain sa gaieté.) Bon, écoute, c'est super et tout c'que tu veux, mais, à ta place, je m'essaierais pas à parler comme ça dans le Quartier de la Levure, pigé ?

Sur ce, il s'éloigna.

Abasourdis, Ariel et Derec se regardèrent en secouant la tête.

– Tu crois que tu pourrais singer ce... son accent à lui ? demanda Derec.

Ariel secoua de nouveau la tête.

Ce secteur semblait d'un meilleur standing que celui de Webster Groves : la « Vieille Ville » paraissait singulièrement récente, avec ses immeubles nets, propres et brillants, et ses boutiques prospères. Les lieux de distraction semblaient plus nombreux et plus luxueux, comme si la population du coin disposait de plus de loisirs et de tickets de rationnement (ou d'argent, ou de toute autre monnaie d'échange) à consacrer à leur plaisir.

– Qu'est-ce qu'il voulait dire par « subéthérique » ?

– Programme diffusé par hyperondes, peut-être, répondit Derec après avoir réfléchi un moment. Je ne suis pas très au courant de cette technologie, mais je crois que c'est comme ça qu'on appelait les transmissions hyperondes, dans le temps. Ça revient certainement moins cher que de truffer de câbles toutes ces cavernes d'acier !

Derec baissa le ton tandis qu'il levait les yeux vers

l'endroit où le soleil aurait dû briller. Il raffermit sa voix et ajouta :

– Je pense qu'il voulait dire qu'on pourrait être des acteurs jouant le rôle de Spatiaux dans des dramatiques terriennes.

Ils échangèrent une grimace.

SECTEUR ST LOUIS EST.

– Qu'est-ce que ça veut dire, *ST* ?

Ils ne le savaient ni l'un ni l'autre.

– Derec, nous nous éloignons beaucoup de… de la cantine. Nous devrions faire demi-tour et retourner là-bas.

– On devrait essayer encore une fois, dit Derec.

Cette perspective ne l'enchantait pas vraiment, mais il rechignait à abandonner. Il chercha autour de lui quelqu'un auprès de qui se renseigner et fut frappé par l'aspect de ce nouveau quartier. Les immeubles ressemblaient à des bâtiments industriels : façades aveugles, très peu d'enseignes et certaines n'étaient même pas allumées. Toute gaieté et toute couleur semblaient s'être envolées de la cité. La moitié des voyageurs de l'express étaient descendus dans le Secteur de la Vieille Ville, ce qui n'avait rien de surprenant, et ceux qui restaient étaient nettement moins avenants : pauvrement vêtus, très peu portaient un chapeau, preuve, d'après ce que Derec avait pu observer, que leurs cartes de circulation ne leur donnaient pas droit aux places assises. Catégories inférieures, tout comme Ariel et lui-même.

– Tu ne trouves pas que ça sent bizarre ? demanda Ariel.

Derec renifla et remarqua en effet une odeur. Ce n'était pas celle du pain !

– C'est quelque chose de vivant. Le système d'aération ne fonctionne peut-être pas très bien par ici.

– Tu veux dire que c'est l'odeur des *gens* ?

Derec eut lui aussi un haut-le-cœur.

– Excusez-moi, monsieur, pouvez-vous m'indiquer la direction de l'astroport ? demanda-t-il à un homme à la mine renfrognée.

– Dégage, gato !

Furieux, Derec attendit un autre voyageur. Une femme s'accapara une banquette avec un tel air de férocité triomphante qu'il évita de s'adresser à elle. Puis un groupe de jeunes s'approcha, quatre hommes en velours côtelé brun et deux femmes moulées dans des pantalons de mauvais goût. Derec répéta sa question.

Le premier homme lui jeta un regard perçant.

— Qu'es' t'essaies de faire, gato ? L'astroport ? Tu m'causes spaco ? pour qui tu t'prends, hein ?

De colère Derec crispa les mâchoires.

— Je voulais juste savoir...

— Oy ! Oy ! Voulais juste savoir, s'pas, 'spèce de crâneur ? Pour qui tu t'prends, j't'ai dit ?

— Je voulais juste...

— Ta gueule, crâneur ! La ramène pas avec *moi*, hein ! Et gaffe à comment qu'tu m'causes, pigé ?

Furibond, Derec s'efforçait de garder son sang-froid, mais un autre Terrien intervint. Il avait la peau d'un brun chocolat et des yeux de faucon : les types raciaux s'étaient moins délayés sur Terre que sur les Mondes Spatiaux.

— Hé, Jack ! J'crois qu'c'est un Spaco pour d'bon, et la nana aussi. Vise un peu ces sapes extra !

Ariel et Derec portaient leurs combinaisons de vol en tissu synthétique, une matière neutre et satinée dans différentes nuances de gris, celle d'Ariel un peu plus claire. Personne n'avait remarqué leurs tenues jusque-là, mais il faut dire que personne ne les avait examinés de près non plus.

Jack les dévisagea d'un air incrédule.

— Nan ?

— Oy ! Jack ! piailla l'une des filles en regardant Ariel sous le nez. Et vise-les tous les deux : grands et élégants, quoi. C'est des Spacos, j'te dis !

— Des Spacos ! répéta Jack sur un ton presque révérencieux. Ça fait longtemps qu'j'attends d'en rencontrer un, de Spaco, juste pour y dire c'que j'pense d'eux.

— Oy !

– Tu t'crois malin, hein Spaco, de faire ta p'tite étude socio-machin sur la société terrienne ?

Cette fois-ci, il crachait plutôt ses mots et l'appréhension refroidit la rage de Derec. Ariel avait discrètement pris son bras.

– Merci pour votre aide, mais il faut qu'on y aille.

De nouveau, son accent attisa leur haine et, quand Ariel et Derec sautèrent de côté, ils se mirent à les invectiver avec férocité.

Le vent les gifla et ils retombèrent plus loin, sur le tapis de décélération. Ariel hoqueta et Derec comprit soudain qu'ils allaient se retrouver au niveau des autres, sur les tapis moins rapides, entre eux et les voies secondaires.

– Demi-tour ! Vite ! jeta Derec.

Un instant après, ils se faufilaient entre les plates-formes. Leurs poursuivants comprirent immédiatement le changement de direction et hurlèrent à pleins poumons.

Derec entraîna rapidement Ariel vers les tapis plus rapides, mais, l'expérience aidant, leurs ennemis gagnaient vite du terrain. Arrivés sur l'allée centrale immobile entre les deux tapis express, ils cherchèrent en vain un moyen de grimper sur le tapis allant en sens inverse et de maintenir ainsi leur avance.

– Là-dedans !

Ils s'engouffrèrent dans un kiosque et coururent sur le tapis roulant du passage de traverse, sans attendre de se laisser transporter. Derrière eux, des voix hurlaient :

– Des Spacos ! des Spacos !

De l'autre côté, ils avaient le choix entre une rampe ascendante qui les ramènerait près de la voie express et un labyrinthe de galeries sur le même niveau : chichement éclairées, chichement nettoyées, population clairsemée, l'air épaissi par les effluves de matières organiques sans nom.

D'après le bruit, c'était presque l'émeute derrière eux. Ils se ruèrent dans la première galerie venue, prirent le premier embranchement sur la droite, puis le suivant et s'arrêtèrent enfin pour tendre l'oreille.

Une épave humaine, débraillée et mal rasée, était vautrée sur une plate-forme basse à côté d'un grand portail de fret. LEVURE ST LOUIS – USINE 17, annonçait une pancarte clouée sur la porte.

Derec eut soudain le souvenir fugitif d'une dramatique qui se déroulait sur Terre à l'époque médiévale. Une épave de ce style s'avérait être un personnage picaresque, un boute-en-train avec un cœur d'or, qui tirait le héros d'affaire avant de devenir son meilleur copain.

Mais celui-ci était plus proche du rat. Il se redressa avec une énergie surprenante, tendit l'oreille, frotta sa barbe graillonneuse et, grommelant quelque chose au sujet de « ces enfoirés de levuriculteurs », s'engouffra dans un portillon à côté de la grande porte et le claqua derrière lui. Ariel et Derec entendirent un bruit de verrou.

Les voix et le martèlement de pas se rapprochaient. Ariel et Derec inspectèrent les alentours, mais ne virent pas la moindre fissure où se dissimuler, rien que des galeries assez vastes pour des camions. Ils pourraient bien courir de toutes leurs forces, dans tous les recoins qu'ils trouveraient, ils finiraient par être rattrapés. Et leurs ennemis ne voulaient plus seulement bavarder. Ils avaient en tête quelque chose de nettement plus expéditif.

S'ÉVADER ?

Ariel les entendit arriver. Le cœur battant la chamade, elle fouilla la galerie du regard. Nulle part où aller, nul endroit où se cacher. Après un court passage à vide, Derec sortit la clef du Périhélie de sa poche, la mit dans la main d'Ariel qui retenait son souffle, et écrasa les quatre coins. Ils refermèrent leurs mains sur la clef et Ariel enfonça le bouton.

Le néant grisâtre du Périhélie s'étendait à perte de vue, pour toujours et à jamais.

Derec poussa un profond soupir.

– Givre ! J'ai bien cru qu'ils allaient nous avoir !

– Moi aussi !

Ils n'étaient pas très pressés de retourner sur Terre, bien qu'il n'y eût sûrement pas d'endroit plus ennuyeux dans l'hyperespace, ou dans l'espace normal (ou même où que ce soit), que le Périhélie. Ils échangèrent un regard et, alors que Derec s'épongeait le front, Ariel poussa un cri.

– Oh ! *Non !*

Ils avaient bougé en même temps et, comme ils s'étaient lâchés, ils s'écartaient maintenant l'un de l'autre. Derec eut la présence d'esprit de s'élancer vers elle, mais Ariel était en état de choc. Si elle avait seulement tendu le bras à ce moment-là, elle aurait pu attraper sa main. Trop tard !

Epouvantés, ils se regardèrent : ils s'éloignaient inexorablement l'un de l'autre.

Ariel estima que c'était à elle de réparer cette erreur.

– Je vais te lancer la clef, cria-t-elle. Retourne sur Terre... Oublie-moi...

– Ne dis pas de sottises. Si tu fais ça, je te la renvoie...

Aussitôt, son expression se figea. Derec commença à se tortiller comme s'il voulait faire un nœud avec son corps, attrapa ses bottes et les arracha. D'un mouvement naturel – il était accoutumé à l'apesanteur –, il tourna le dos à Ariel et balança la première botte le plus loin possible. Le recul arrêta sa dérive et il se mit à tourner sur lui-même. Il fit deux tours complets sans perdre Ariel de vue, puis se contorsionna de nouveau et jeta la deuxième botte.

Ils flottèrent un long moment et enfin s'attrapèrent. Ariel haleta de soulagement et, à sa grande surprise, sentit Derec trembler.

– Derec, tu es fabuleux ! J'ai bien cru qu'on était fichus !

Derec lui adressa un sourire grelottant.

– C'est quand tu as parlé de me lancer la clef. Ça m'a donné l'idée.

– Givre ! Heureusement que quelque chose te l'a donnée, cette idée !

Ariel pressa de nouveau les quatre coins de la clef, puis, quand ils l'eurent tous les deux empoignée, appuya sur le bouton.

R. David était à sa place habituelle, contre le mur.

– Givre ! lâcha Ariel, au bord de la syncope.

Les jambes flageolantes, elle se laissa tomber sur le canapé et Derec l'imita.

– Qu'est-ce qu'ils voulaient dire par « ta petite étude sociologique sur les conditions de vie sur Terre », les levuriculteurs ? demanda Derec.

Ariel n'en avait pas la moindre idée. Ils retournèrent la question à R. David, en prenant soin de ne pas lui laisser entendre qu'ils avaient couru un grand danger.

– Je n'ai pas accès aux sources des bulletins d'information, mais je crois que le Dr Avery a annoncé publiquement son intention de se livrer à une étude sociologique sur les conditions de vie sur Terre, la première fois qu'il a pris contact avec les Autorités terriennes dans le but d'échanger ses métaux rares contre de l'argent. Il avait promis de ne pas infiltrer de robots humaniformes, mais bien sûr, il n'est pas venu à l'esprit des Autorités qu'il pourrait s'infiltrer lui-même dans la société terrienne.

— Alors, comment pensait-il faire une quelconque enquête sur cette société ? demanda Ariel, sceptique.

— Il a acheté plusieurs ouvrages terrestres traitant de ce sujet, et m'a acheté, moi aussi. Sous couvert d'étudier ces sources, il a tranquillement développé la prophylaxie que je vous ai administrée et s'est infiltré dans la société terrienne, où il a appris quels genres d'ID et de justificatifs de rationnement il devrait se procurer pour se faire passer pour un Terrien. Il a aussi acheté certaines choses ouvertement, en tant qu'échantillons pour son étude. En bref, pendant une période équivalant à une année terrestre, les bulletins d'information ont annoncé périodiquement son arrivée ou son départ. C'est à partir de là que la rumeur s'est répandue ; on a prétendu que des équipes de Spatiaux étudiaient la sociologie terrienne sur le vif, ce qui, bien sûr, est peu probable.

— Très peu, grinça Derec. Les Spatiaux ne se sentent purement et simplement pas concernés par le sujet et, même s'ils l'étaient, ils ne prendraient pas le risque sanitaire !

— L'important, c'est de retourner dans l'espace, dit Ariel, qui ne se sentait pas le moins du monde concernée par les rumeurs qui circulaient sur Terre.

— Tu as raison ! J'en ai plus qu'assez de ces cavernes de béton et des troglodytes qui y vivent. (Le terme alluma un sourire furtif sur le visage d'Ariel.) Donc, la troisième chose à faire, c'est d'apprendre comment se rendre à l'astroport, la première étant de trouver la direction des toilettes les plus proches et la deuxième, celle d'un magasin de chaussures.

Ariel fit la moue mais acquiesça. Interrogé sur la question, R. David répondit :

– L'astroport se trouve dans la banlieue de New York, mademoiselle Avery.

Ils se regardèrent, consternés. Ils savaient bien sûr qu'il y avait huit cents cités sur la Terre, mais ils avaient imaginé qu'une seule et gigantesque ville la recouvrait tout entière : c'était le prolongement naturel de leur expérience terrestre.

– On est où, alors ? demanda Ariel.

– Dans la cité de St Louis, mademoiselle Avery. Elle est sur le même continent que New York et le voyage en est facilité. On peut prendre le train et la voie est clôturée et couverte sur un tiers de la distance. Le voyage dure moins de douze heures – la moitié d'une rotation de la Terre, monsieur Avery, ajouta-t-il à l'intention de Derec : il avait lu la question sur son visage.

Ariel n'avait pas la moindre idée de ce que pouvait être un « train » et n'était pas ravie à la pensée de rester enfermée (elle imaginait quelque chose dans le genre de l'express qu'elle connaissait). Elle regarda Derec qui paraissait aussi peu enthousiaste.

– Avons-nous l'argent (ou la catégorie ou quoi que ce soit d'autre) nécessaire pour prendre le train ? demanda-t-il, dubitatif.

– Vos justificatifs de transport n'ont pas été entamés, mais je crois qu'ils portent un montant insuffisant : en tant que Quatre, il ne vous en est pas attribué beaucoup, dans la mesure où très peu de Terriens voyagent d'une cité à l'autre.

– Même si nous sommes des Transits ?

– Vous êtes des Transits dans ce secteur, mais pas forcément dans cette cité.

– On ferait mieux de faire une visite aux toilettes d'abord, dit Ariel d'une voix lasse. Nous réfléchirons à tout ça en rentrant.

R. David leur répéta ses indications sur la localisation de leurs toilettes respectives, qui se trouvaient dans des directions opposées. Ils se séparèrent à regret et Derec s'éloigna avec un coup d'œil en arrière. Ariel se dirigea lentement vers les toilettes des femmes, en espérant que les chaussettes de Derec ne se remarqueraient pas trop.

C'étaient les toilettes qui leur avaient été affectées. Ariel trouva donc une cabine de bain dont le numéro correspondait à celui de sa carte et prit une douche. Pas de serviettes de toilette non plus, mais elle vit une femme entrer dans une cabine similaire avec une petite trousse en tissu contenant probablement quelques affaires personnelles. Ariel n'avait pas besoin de ce genre de trousse, dans la mesure où ils ne comptaient pas s'attarder sur Terre. Elle avait bien sûr emporté un peigne et peut-être verrait-elle à se procurer une brosse. Heureusement, ses cheveux étaient coupés court.

Elle retrouva sans difficulté le chemin du Sous-Secteur G, Galerie M, Sous-Galerie 16, Appartement 21, et remarqua à peine la foule de Terriens grouillant autour d'elle.

Derec était déjà rentré et l'attendait, plein d'énergie. Malgré leurs différents ennuis avec la foule, il voulait aller inspecter la « gare des trains ». Il prit garde de ne pas y faire allusion devant R. David, qui aurait pu trouver ça dangereux, mais Ariel supposa qu'il voulait étudier la possibilité de voyager clandestinement.

Le robot leur indiqua sur le plan le trajet qui les mènerait, par le chemin qu'ils avaient déjà suivi, du côté de la Vieille Ville et d'un endroit appelé Place de l'Arche ; la gare était située juste au-dessous. Ils trouveraient plusieurs magasins de chaussures sur leur chemin.

Ariel se sentait particulièrement nerveuse, tandis qu'ils longeaient les galeries en direction de la jonction et empruntaient la rampe descendante, mais personne ne leur prêta attention. Ils auraient préféré changer de vêtements, mais ils n'avaient avec eux que leurs combinaisons de vol qui, de toute façon, n'étaient pas si voyantes. Ce n'était toujours pas l'heure de pointe, et ils purent profiter de l'impériale du tapis express.

La vendeuse de chaussures, une jeune femme

grassouillette à peine plus âgée qu'Ariel, eut un sourire mi-figue, mi-raisin à la vue des chaussettes de Derec et lâcha : « T'as traîné sur les tapis, pas vrai ? » Elle lui fournit d'une façon plutôt expéditive une paire de bottes correctes et bon marché, passa la carte de rationnement dans une machine, accepta le pourboire et les poussa dehors en disant :

— La prochaine fois, fais gaffe aux bordures !

Et ils se retrouvèrent sur le tapis express.

Ariel sentit la respiration de Derec s'accélérer, tandis que le Secteur de la Vieille Ville se précipitait vers eux, mais ils n'aperçurent aucun des levuriculteurs qu'ils avaient déjà rencontrés... moins d'une heure auparavant.

— On devrait faire le reste du trajet à pied, avant que ce truc nous emporte vers... le Quartier de la Levure, cria-t-elle à Derec en se penchant vers lui.

— Ouais, approuva-t-il d'une voix blanche.

Ariel s'aperçut qu'il regardait fixement le plafond, pourtant plus haut ici que dans Webster Groves. Au-dessus de leurs têtes, il n'y avait probablement rien d'autre que le dôme de la cité, étant donné que les voies filaient dans une large trouée entre les blocs d'immeubles. N'empêche, il faisait une nouvelle crise de claustrophobie.

Ariel compatit : elle-même en souffrait quelquefois. Pour l'instant, c'était plus la foule que les immeubles oppressants qui lui coupait le souffle.

Avant qu'elle ait pu faire un geste pour le réconforter, Derec lui agrippa le bras et lui montra le panneau : SORTIE PLACE DE L'ARCHE. Ils descendirent à la hâte et empruntèrent les passages de traverse sous l'express, repérèrent le panneau indiquant le nord et le suivirent en direction du tapis roulant secondaire, lui aussi très bien indiqué.

Ils atteignirent bientôt la Place de l'Arche.

L'endroit était gigantesque. Bouche bée comme des péquenots, ils se mirent à l'écart des groupes de Terriens bruyants et matèrent sans vergogne. La Place de l'Arche en elle-même était peut-être un peu plus petite que la Colonne de l'Aube érigée sur Aurora à la gloire des premiers pionniers, et certainement moins émouvante que son mémorial où des hommes et des femmes exceptionnels de toutes les générations étaient honorés. Mais, avec une hauteur de cent quatre-vingt-dix mètres, l'Arche était loin d'être un monument négligeable. Faite d'acier dépoli – ancien mais en bon état –, elle était aussi large que haute et le dôme était encore dix mètres au-dessus.

Avec plus de deux cents mètres de diamètre, l'espace qui entourait cette construction monumentale était en proportion. Autour de l'Arche, les murs circulaires faisaient comme une falaise de métal et de béton et supportaient les balcons d'appartements de grand standing.

Derec s'avança hardiment vers l'esplanade située entre les piles de l'Arche, suivi d'une Ariel intérieurement amusée par la crainte mêlée de respect qui se lisait sur certains visages : devant cet espace si dégagé, quelques-uns de ces malheureux Terriens montraient des signes indéniables d'agoraphobie.

Un musée, qui datait de l'époque préspatiale et qui aurait pu les intéresser s'ils n'avaient pas été à la recherche d'une gare ferroviaire, était abrité sous l'Arche. Fermement déterminés à ne pas demander leur chemin, ils perdirent une demi-heure à errer tout en admirant les expositions, où les objets exposés frappèrent Ariel par leur aspect mal fini dû à l'emploi de méthodes de fabrication manuelles et rudimentaires. Derec lui fit remarquer une plaque qui disait que, dans l'ancien temps, les citadins utilisaient une sorte de funiculaire pour monter à l'intérieur de l'Arche.

– Agoraphobie, fit-il, en écho aux pensées d'Ariel.

Elle hocha la tête et l'attira au-dehors. Elle se sentait comme emmurée et au bord d'une nouvelle crise de claustrophobie, avec toute cette foule de Terriens grouillant autour d'elle. Elle compatit d'autant plus et fut dès lors moins encline à se moquer de leurs phobies.

Comme ils avaient suivi les panneaux indiquant la place, en quittant le tapis secondaire, ils avaient manqué ceux de la gare et durent revenir sur leurs pas. Elle était située un ou deux niveaux plus bas et un escalator les y mena.

La gare était presque déserte mais, sous le niveau réservé aux passagers, ils découvrirent tout un enchevêtrement de tapis : le terminal du réseau de fret qui convoyait le matériel lourd à travers toute la cité. Sur les tapis, des hommes en bleu de travail circulaient dans des engins de manutention et poussaient de grands conteneurs hors du tapis de ceinture pour les aiguiller vers leurs destinations. Ces convoyeurs de fret n'allaient pas plus vite qu'un homme à pied.

Ils virent aussi le terminal d'un système de tubes véhiculant de petites capsules : ce système permettait d'envoyer très rapidement des lettres et des petits objets à l'autre bout de la cité. C'était un service de colis postaux et Derec s'y intéressa sérieusement : il avait déjà vu une installation de ce genre, mais à une échelle quelque peu différente. Dans la Cité des robots, un des effets secondaires de la duplication des clefs avait été la génération d'un vide gigantesque et Ariel et lui avaient plus d'une fois emprunté ce métro pneumatique quand ils étaient pressés. Mais sur Terre, cette technologie n'avait pas été mise en place pour profiter d'un vide existant : il avait fallu le créer pour que le système puisse fonctionner. Derec savait que, sous une forme ou sous une autre, ce principe de tubes pneumatiques avait été utilisé dès les premiers temps de l'ère industrielle. La Terre, apparemment, n'avait jamais abandonné ce procédé : ici, il se justifiait.

– C'est bien plus efficace que d'envoyer un robot dans un véhicule, remarqua Derec.

Ça l'est si les habitations sont regroupées, pensa Ariel : sur les Mondes Spatiaux, elles étaient plutôt dispersées.

Apparemment, le rôle principal de la gare était d'assurer le fret interurbain, mais il y avait un guichet pour le trafic passagers. Ariel et Derec l'évitèrent et allèrent rôder du côté des wagons.

Le train n'était pas une voie roulante, comme Ariel l'avait cru ; quant à Derec, il était manifestement déconcerté : il s'attendait à quelque chose de plus proche du tapis express ; en fait, c'étaient des voitures montées sur des roues ridiculement petites. A grande vitesse ils devaient avoir recours à la lévitation magnétique, conclut Derec. Une technique plutôt archaïque !

– Je comprends maintenant ce que R. David voulait dire quand il expliquait que le trajet était en grande partie couvert, dit Ariel.

– Douze heures dans une de ces machines, hein ? bougonna Derec.

Les wagons n'avaient pas de fenêtres !

– Hé ! Hé, vous là-bas ! Vous, les gosses !

Ils firent volte-face en cachant leur appréhension.

Un étranger à l'air rustre approchait, vêtu de toile bleue et coiffé d'une casquette à visière barrée de galons gris pâle et bleu-gris plus foncé, très caractéristique. CHEMINS DE FER CONTINENTAUX, disait l'insigne sur sa poitrine.

– Qu'est-ce que vous faites ici ?

– On r'garde le train, m'sieur, dit Derec au bout d'un moment, en tâchant d'imiter l'accent terrien.

Ce que l'autre ne remarqua pas. Cet individu du genre bovin et nettement plus grand qu'eux s'approcha et les examina attentivement.

– Pourquoi ? demanda-t-il avec une certaine irritation.

– C'est not' prof qui nous a demandé de faire un exposé, m'sieur, répondit Ariel du tac au tac.

Il l'examina de nouveau attentivement et elle se dit avec une sorte de désespoir que là, dans sa combinaison de vol ajustée, elle ne pouvait plus vraiment passer pour une collégienne. L'autre hocha enfin la tête d'un air approbateur, mais cela semblait concerner davantage l'aspect général d'Ariel que ce qu'elle venait de dire. Il reprit d'une voix plus calme :

– Une enquête sur le Réseau continental, hein ?
Eh bien, vous n'apprendrez pas grand-chose en traînant sur les quais. Etudiez plutôt vos livres ! Mais je
peux toujours vous faire visiter le centre de triage et
les quais de chargement... Vous auriez dû prendre
vos vidéoscopes.

Apparemment, leur nouvelle connaissance (Peter,
ou Dieter Scanlan) n'avait pas grand-chose à faire
pour le moment et s'ennuyait. Il les emmena vivement par le trajet qu'ils venaient de parcourir pour
leur montrer l'endroit où les wagons étaient décro-
chés, leurs portes ouvertes et leurs cargaisons dé-
chargées par des hommes manœuvrant des engins de
manutention.

– Ici, c'est en grande partie de la marchandise en
vrac : blé du Kansas à destination du Nord, cria Scanlan pour couvrir le grondement constant des roues et
le bruit strident des moteurs électriques. Vous voyez,
là-bas, ces gros wagons bleus ? Ce sont des barres de
métal arrivant tout droit des raffineries maritimes du
Golfe, loin au Sud. Vous verrez quelques marchandises manufacturées sortir d'ici, mais bien plus entrer. St Louis exporte en majeure partie des produits
alimentaires, surtout des produits gastronomiques.
Ce n'est pas un grand centre industriel comme De-
troit !

Ce qu'Ariel remarqua surtout, c'est que chaque
wagon était plein à craquer de conteneurs si astucieusement empilés que le moindre recoin était utilisé : même un rat n'aurait pu s'y dissimuler.

– Par ici !

Scanlan les fit monter sur un chariot élévateur
dont la conduite était totalement manuelle et Ariel
refoula son appréhension quand elle y rejoignit les
deux hommes. Ils passèrent en trombe à la limite de
la zone d'activité et plongèrent dans un tunnel violemment éclairé qui se ramifiait et se ramifiait encore. Quelques minutes et deux kilomètres après,
l'engin freina pour s'arrêter sur une galerie en sur-
plomb.

La gare de triage s'étalait sous leurs yeux.

– C'est là que les trains sont formés, leur expliqua Scanlan en hurlant : ici aussi le bruit était assourdissant.

Ariel se pencha et comprit pourquoi on appelait ça des « trains » : c'étaient de longs éléments ressemblant à des saucisses ficelées. Les voitures qui devaient former ces éléments étaient roulées une par une vers les marques de « rails » ou des routes peintes à même le sol, où les trains étaient assemblés, chacun dans un ordre déterminé.

– Là, sur la gauche, c'est le train de voyageurs à destination de la côte Ouest : trois voitures bleues ornées de filets argent et or.

Le train rampait lentement sur ses roues – vers les guichets et les quais d'embarquement, supposa Ariel ; une fois dans les tunnels, les wagons seraient soulevés de leurs roues par les rails magnétiques.

Sur leur droite, il y avait un train composé d'une centaine de wagons peints de différentes couleurs en fonction de leur cargaison. Ceci mettait en évidence la proportion entre transport de passagers et fret : il y avait manifestement plus de trains de marchandises que de trains de voyageurs !

– Tout est contrôlé par ordinateur, brailla Scanlan. Pour plus de sécurité, il y a un conducteur dans chaque voiture, mais l'ordinateur s'occupe de la plus grande partie de la mise en place. Il connaît la position de chaque wagon dans le train. A chaque arrêt, des voitures supplémentaires sont accrochées en tête du train et d'autres sont décrochées en queue. L'ordinateur sait aussi quels sont les conteneurs dans chaque wagon et ce qu'il y a dans chaque conteneur.

– Terminus !

Scanlan remit le chariot en marche, les fit descendre et redescendre encore à toute allure et freina dans un flot de lumière. Devant eux sous le plafond bas, s'étalait une eau sombre où dansaient des bateaux.

– Le Mississippi, siffla-t-il. Le port fluvial.

Ariel et Derec en avaient assez vu, mais il leur fallut subir encore une demi-heure de cours sur un sujet qui, désormais, ne les intéressait plus le moins du monde.

Ils ne prendraient pas le train.

ÉTUDES SOCIOLOGIQUES

Quand ils réintégrèrent l'appartement lugubre, Derec soupira de soulagement.

– Je suis... fatiguée, souffla Ariel. J'ai besoin de me reposer.

– Bien sûr, va t'allonger, dit Derec, qui s'inquiéta aussitôt ; mais il comprenait sans peine : il était épuisé et déçu, lui aussi ; la journée avait été rude.

R. David s'avança et, bien inutilement, montra à Ariel comment faire fonctionner le rhéostat de la chambre. C'était bon de se retrouver dans un endroit où l'on bénéficiait de la prévenance robotique, base de toute société civilisée.

Tout en réfléchissant sur ce point, Derec s'assit, vaguement insatisfait. Il avait toujours pris cette assertion pour argent comptant et, à la manière condescendante des Spatiaux, considéré la Terre comme barbare. *Pas étonnant que les Spatiaux ne soient pas appréciés sur Terre...* Parce que tous ces gens semblaient s'en sortir plutôt bien sans robots. Cette cantine pouvait ressembler à une étable pour les sensibilités hyperraffinées des Spatiaux, mais était-ce une juste vision des choses ? Les humains pouvaient s'adapter à des sociétés très différentes ; s'ils vivaient d'une façon qui donnait la chair de poule aux Spatiaux, ça ne voulait pas forcément dire que leur société était arriérée.

Il était vrai que les cités terriennes étaient l'aboutissement hautement instable d'un processus artificiel. Si les centrales d'énergie s'arrêtaient de fonctionner ne fût-ce qu'une heure, tous les humains de la cité mourraient d'asphyxie. L'eau était un point presque aussi critique, de même que les vivres, et il serait absolument impossible d'évacuer les cités en cas d'urgence : d'une part les Terriens ne sauraient pas où aller, et, de toute façon, ne pourraient pas supporter de se retrouver à ciel ouvert ; d'autre part le réseau ferroviaire ne pourrait même pas commencer leur évacuation, à supposer qu'il disposât d'une source d'énergie indépendante de celle de la cité.

Néanmoins, avec sa dépendance des robots, la société spatiale n'était-elle pas à sa façon aussi artificielle et fragile que celle de la Terre ? Il était vrai que les robots ne pouvaient pas être frappés tous en même temps par un même fléau, pas plus que toutes les usines ne pourraient être fermées et le rester jusqu'à ce que le dernier robot « rende l'âme » : les Spatiaux ne risquaient pas d'être privés de leurs robots ni de la prévenance robotique.

Non, le problème est plus sérieux que ça, songea Derec, mal à l'aise. Bien plus sérieux même que celui de la confiance que les Spatiaux accordaient à leurs robots, comptant sur eux pour les préserver de leur propre folie. Lors de son altercation avec les levuriculteurs, Derec avait dû se retenir à deux mains pour ne pas s'arrêter et attendre que les robots – qui, pensait-il, DEVAIENT être là – appréhendent leurs poursuivants. Derrière cette confiance somme toute plutôt dérisoire se cachait la paralysie de leur société tout entière.

Quand un robot était incapable d'agir, tiraillé entre les exigences contradictoires des Lois de la Robotique, on disait qu'il était en état de « gel mental ». Toutes les sociétés spatiales étaient peut-être en état de gel mental, ou du moins en état de stase. Après tout, c'étaient bien les Terriens qui continuaient de coloniser la Galaxie.

La seule solution pourrait être d'abandonner les robots, ou, tout au moins, de restreindre leur nombre, pensa-t-il, la mine lugubre.

En attendant, le Dr Avery avait mis au point un

plan démentiel visant à multiplier le nombre de robots perfectionnés sur toute une planète, pour ensuite la peupler d'humains.

Sur cette pensée, Derec sombra dans le sommeil, sans s'apercevoir que R. David s'élançait vers lui pour l'empêcher de tomber du canapé.

Derec rêvait.

Couché sur le dos, il enflait et devenait de plus en plus énorme. Il était une planète et quelque chose rampait dans son estomac. Il redressait la tête pour observer le dôme gonflé de son ventre... et c'était une ville. Pas une cité terrienne, non, mais une ville faite d'immeubles séparés par des rues, une cité peuplée de robots, changeant sans cesse, à mesure que des immeubles apparaissaient et disparaissaient pour ressurgir sous une forme différente. C'était la Cité des robots, et elle se propageait à partir de son équateur.

Fasciné et terrifié, il observait... Faux, c'était faux ! C'était un cancer galopant !

Puis il entendit la voix d'Ariel.

Non ! L'Equipe de Médecine humaine transportait son corps sans vie au crématorium. Il se débattait et voulait bouger, crier, mais il n'avait plus de mains, il n'avait plus de bouche...

Ariel le secouait pour le réveiller. Il était allongé dans une position inconfortable sur le canapé et R. David s'agitait derrière elle.

— Tu dormais tranquillement et puis tu t'es mis à te débattre quand j'ai commencé à parler. Désolée !

— C'est rien, articula-t-il... juste un cauchemar.

— Oh !

Elle se tourna vers R. David pour reprendre leur conversation, tandis que Derec s'asseyait sur le canapé, les bras ballants, encore fortement secoué par son cauchemar, et se répétant à lui-même que ce n'était qu'un rêve. Rien qu'un rêve.

Mais ce rêve le tenaillait, le choquait tout autant que l'altercation avec les levuriculteurs. Quand Ariel se tourna vers lui, il le chassa de son esprit et releva la tête.

– Je me suis renseignée sur les bulletins d'information, se plaignit-elle, mais il n'y a aucun récepteur radio dans cet appartement. Givre ! pas d'informations, pas de distractions... Il n'y a que la visionneuse à bouquins. Pas même un audio musical !

– Cet appartement est prévu pour des célibataires de niveau Trois des différentes catégories, temporisa R. David. Les échelons Trois sont censés consommer leurs distractions dans les installations publiques.

– C'est probablement pour des jeunes gens qui viennent de quitter leurs parents et qui débutent dans des emplois à bas salaire, fit Derec, sans conviction.

Il observait Ariel. Durant leurs excursions sur le tapis express, elle avait semblé en bonne santé et pleine de vitalité, mais à présent elle avait l'air fatiguée, irritable et léthargique. L'appréhension lui noua la gorge.

– J'en ai assez d'être claquemurée là-dedans ! Je veux sortir d'ici !

Derec dut calmer sa propre respiration et attendre que son cœur cesse de battre la chamade, avant de pouvoir répondre :

– Oui, moi aussi.

Sa voix était si contrôlée que, malgré sa léthargie, Ariel lui jeta un coup d'œil en coin. Quant à R. David, son visage n'était pas conçu pour exprimer ses pensées.

– Très peu de Terriens quittent leurs cités, mais quelques-uns éprouvent une attirance morbide pour les grands espaces et la solitude : ceux-là encadrent les robots dans les mines et les fermes et dirigent des installations industrielles implantées loin des cités pour des raisons de sécurité ; d'autres, souhaitant s'établir colons, rejoignent les écoles de conditionnement qui les accoutumeront à l'espace et à la vue du ciel.

– Des colons ! s'exclama Ariel.

– Mais bien sûr ! dit Derec, pensif. Nous savions que les Terriens ne quittaient pas leurs cités, mais aussi qu'ils étaient les seuls à poursuivre la colonisation d'autres planètes. Nous aurions dû faire le rapprochement depuis longtemps. Le conditionnement, c'est la seule possibilité !

– Est-ce qu'on pourrait s'inscrire dans l'une de ces écoles ?

– Ça nous permettrait de sortir d'ici, convint Derec. (Puis, réfléchissant à cette possibilité, il secoua la tête :) Mais j'ai bien peur que les postulants à la colonisation ne soient triés sur le volet !

– Oh ! Et l'autre solution ?...

Derec n'en savait rien.

– Si nous pouvions obtenir des postes d'encadrement des robots... Comment fonctionne le recrutement ? ajouta-t-il en se tournant vers R. David.

– Je ne suis pas très sûr des détails, mais je suppose qu'il faut poser sa candidature.

– Les denrées alimentaires et d'autres matières premières sont amenées par camion depuis les environs, dit Derec en se souvenant d'une chose dont Scanlan leur avait parlé. Peut-être que si on obtenait des emplois de chauffeurs de camion...

Il n'acheva pas sa phrase, ne sachant pas jusqu'à quel point R. David fermerait les yeux sur leurs entorses aux lois terriennes. Néanmoins, Ariel saisit sa pensée sur-le-champ et son regard s'éclaira.

Combien de temps leur faudrait-il pour parcourir en camion une distance qu'un train couvrait en douze heures, c'était là une belle inconnue ! A quel genre de poursuites devraient-ils s'attendre, c'en était une autre ! Mais aucun plan ne leur paraissait envisageable.

R. David leur expliqua comment trouver les renseignements dont ils avaient besoin : le commterm le plus proche leur donnerait la plupart des informations nécessaires pour commencer. La bonne humeur d'Ariel avait repris le dessus et, de nouveau, ils tentèrent une sortie.

Ils consultèrent le répertoire du commterm, trouvèrent le service Emplois et cochèrent *Fermes-Chauffeurs de camion*. Une longue liste de noms de compagnies s'afficha et Derec sélectionna au hasard la *Compagnie des fermes du Missouri*. Celle-ci leur transmit aussitôt des formulaires de candidature à compléter en répondant verbalement aux questions que le curseur pointait au fur et à mesure.

La première question était : *Avez-vous un permis de conduire ?*

Derec soupira et annula tout, puis revint au menu principal pour faire quelques recherches.

— Dommage qu'il n'y ait pas de robot informateur dans le coin, dit-il, frustré. Il aurait pu nous renseigner !

Il s'avéra que beaucoup de Terriens, qui ne sortaient jamais de leur cité, éprouvaient le besoin d'apprendre à conduire. Il existait des écoles pour ça. L'enseignement et les règlements, normalisés par le gouvernement, étaient accessibles à tous. Ariel et Derec devaient simplement se procurer la carte adéquate et se rendre dans une visiothèque pour obtenir des tirages papier des manuels. Un distributeur leur fournit également un plan du secteur portant les indications VOUS ÊTES ICI et CIBLE-*Visiothèque* qu'ils comparèrent avec le leur.

L'ouverture de la porte du commterm rendit leur transparence aux parois de la cabine et un jeune homme qui attendait dehors leur jeta un regard dépourvu d'aménité.

— Pouvez pas faire ça ailleurs ? grommela-t-il en les bousculant pour entrer dans la cabine.

Derec piqua un fard, hésitant entre la rage et l'embarras. Ariel était tout aussi en colère, mais bien moins gênée !

Ils s'éloignèrent en fulminant et remarquèrent que le terrain de jeu avoisinant était presque désert : il se faisait tard.

— J'espère que ce ne sera pas fermé, dit Derec.

— Moi aussi !... Dis, les Terriens doivent avoir des problèmes pour flirter ! fit Ariel au bout d'un moment.

Un point pour elle. Pas de jardins agréables et presque déserts où l'on puisse flâner par beau temps. Pas d'auberge pleine de coins et de recoins où se réfugier en cas de pluie. Que faisaient-ils donc ?... Du coup, Derec se demanda ce qu'Ariel et lui avaient bien pu faire ensemble, loin dans ce passé dont il ne lui restait rien.

En rentrant de la gare des trains, ils s'étaient retrouvés au tout début de l'heure de pointe. A présent, la bousculade était passée et les Terriens quittaient en foule les cantines de secteur. Ariel et Derec n'avaient pris que deux repas dans la journée, chaque fois relativement de bonne heure, et leur déjeuner dans le vaisseau n'avait pas été spécialement copieux.

— Ouf ! C'est encore ouvert, dit Derec. J'ai bien cru qu'on allait devoir se serrer la ceinture toute la nuit !

— Moi aussi !

La file d'attente avançait rapidement. Ils furent bientôt à l'intérieur et s'étonnèrent de voir que les menus à la carte avaient été rétablis. Cette fois-ci, la table F-3 leur fut attribuée. La cantine, avec seulement deux ou trois mille convives, semblait déserte.

La table F-3 avait sans doute déjà assuré trois ou quatre services pour le repas du soir, mais elle était étonnamment propre et nette. Ariel et Derec virent des Terriens nettoyer leur place avec soin avant de partir. D'autres, sans doute du personnel de service, passaient derrière eux pour désinfecter les tables avec un jet de vapeur, précaution qui semblait superflue.

Ariel et Derec étaient assez éloignés des autres dîneurs pour pouvoir parler librement à voix basse.

— Il doit y avoir de sacrées pressions sociales, pour qu'ils nettoient ainsi leurs places avant de partir, dit Ariel.

— Oui, de simples lois ne seraient pas aussi contraignantes. Je suppose qu'ils y sont habitués depuis leur plus jeune âge : Nettoyez vos places, sinon, qu'est-ce que les voisins vont penser ?

— Les pressions pour se conformer à la norme sociale doivent être incroyables, dit Ariel. Ce n'est pas forcément une mauvaise chose.

— C'est ce qui rend leur société supportable. Mais sommes-nous si différents ?

Ariel secoua la tête d'un air sombre : elle-même

avait été exilée pour avoir transgressé une de ces normes sociales.

Ils eurent le choix entre trois plats : zymosteak de nouveau, zymoporc à l'aigre-douce et pseudo-poulet à la cocotte. Les entrées étaient des plats du genre assiette de crudités et de fruits, goulasch à la hongroise, pseudo-bœuf à l'étouffée, et ainsi de suite. L'appétit aiguisé par les fumets qui flottaient autour d'eux, ils commandèrent un zymoporc et un pseudo-poulet et une entrée au hasard.

— Au moins, quand on est assis au milieu de la salle, on peut observer les familles, fit remarquer Ariel.

— Exact ! Je me demandais s'il ne serait pas mal vu qu'on partage nos plats, mais regarde là-bas, cette famille avec les quatre gosses. Les enfants échangent leurs assiettes à volonté.

— Oui, et les parents aussi. Ils ont pris des plats et des entrées différents et ils goûtent à tout.

Leur repas arriva à ce moment-là et ils ne perdirent plus de temps à observer les autres.

Quand ils sortirent de la cantine, l'estomac plein, Derec s'arrêta pour regarder autour de lui.

— Qu'est-ce qui t'arrive ?

— Il fait encore jour. Or la nuit devrait commencer à tomber !

Ariel eut un rire nerveux. Ils se dirigèrent en flânant vers les tapis roulants.

— Je vois ce que tu veux dire, surtout pour nous, vu que nous nous sommes levés bien avant ce qui serait l'aube pour ces gens. Mais, bien sûr, la nuit ne va *jamais* tomber !

Ils empruntèrent le tapis roulant secondaire sur une petite distance, changèrent de direction et se retrouvèrent bientôt au pied d'une large entrée massive flanquée de lions en pierre.

— C'est de la pierre ! s'exclama Ariel. Je croyais qu'ils seraient en plastique ou quelque chose comme ça !

— Ou qu'il n'y en aurait pas du tout, rétorqua Derec.

Il aimait les visiothèques, bien qu'elles fussent peu fréquentées sur les Mondes Spatiaux : il était plus commode de les appeler pour se faire transmettre un livre par télécopie.

– Je suppose que beaucoup d'appartements terriens sont équipés pour recevoir des télécopies de livres, dit-il.

– Ouais, pour la Haute ! ironisa Ariel, et Derec s'esclaffa : tout Spatiaux qu'ils étaient, non seulement ils se faisaient passer pour des Terriens, mais en plus pour des Terriens de catégorie inférieure.

Comme partout sur Terre, la foule grouillait sur l'escalier monumental qui menait à l'entrée. Certains étaient assis sur les marches ou les balustrades et bavardaient, riaient, mangeaient ou buvaient, la plupart visionnaient des livres. Un groupe d'enfants jouait sur un des lions, leurs visionneuses soigneusement coincées entre ses pattes. A l'intérieur de la visiothèque, il y avait des gardiens en uniforme, matraque à la ceinture, mais leurs visages avaient une expression singulièrement avenante. Des gens à l'air sérieux, de tous âges mais plutôt jeunes pour la plupart, circulaient ou étaient assis autour des tables. Tous les terminaux semblaient occupés.

– Ça doit être « l'heure de pointe » de la visiothèque, murmura Derec.

L'école était finie pour la journée et les travailleurs libérés cherchaient sans doute la distraction la plus économique.

Ils trouvèrent enfin un terminal libre et effectuèrent des recherches pendant une demi-heure, veillant à collecter toutes les informations dont ils avaient besoin. Derec eut un moment d'appréhension en introduisant sa carte de crédit dans la fente du terminal : cette plaquette de métal ne ressemblait pas au système de transfert de crédit en vigueur sur les Mondes Spatiaux. Or, il ne connaissait ni le fonctionnement du système terrien ni le montant disponible sur son compte.

Le mot ACCEPTÉ clignota sur l'écran et la machine

émit un signal sonore : l'information s'inscrivait sur la carte.

— Ça a marché, dit-il en respirant plus librement. Allons-y !

Sortir de la visiothèque, descendre l'escalier, tourner à droite. Derec avait l'air aussi fatigué qu'Ariel et ils avançaient plus lentement qu'au début de la journée.

— Ça a été une rude journée, dit-il d'une voix caverneuse.

— Et on a fait un long chemin ! ajouta Ariel.

Tourner, tourner encore, et ils se retrouvèrent face à un fronton lumineux un peu plus petit que celui du Secteur de la Vieille Ville : ... ME SUIVE !...

— Pas ce soir, chérie, j'ai la migraine ! fit Derec.

— Derec ! On n'est jamais passés par ici ! souffla Ariel en lui agrippant le bras.

— Je sais, nous avons fini par nous égarer ! dit-il d'une voix lasse.

Ils revinrent sur leurs pas, mais ne retrouvèrent pas la visiothèque. Après une longue errance, le visage gris de fatigue et de tension, ils s'arrêtèrent devant une boutique dont la vitrine regorgeait de vêtements et de chapeaux faits de matières incroyables dont certaines scintillaient : des toilettes du soir, mais de très mauvais goût ! Hommes et femmes admiraient la vitrine, montrant du doigt les articles qu'ils auraient aimé acheter mais qu'ils n'auraient probablement jamais les moyens de s'offrir. Non loin, un jeune homme en pantalon bleu ajusté et blouson similicuir argent, les cheveux savamment coiffés, se tenait près d'une jeune fille un peu plus âgée qu'Ariel et vêtue d'un pantalon violet encore plus moulant et d'un petit haut ajouré et presque transparent. Les cheveux de la fille étaient longs et blonds d'un côté, courts et rouges de l'autre et son regard était cynique et dur.

C'était une artère importante, mais située à l'écart du réseau de tapis roulants. Elle devait bien déboucher sur les tapis quelque part, mais où ? Ils ne voyaient pas du tout quelle direction prendre.

— Un vrai couple de Transits ! marmonna Derec. On ne doit pas être loin des tapis, mais on pourrait passer une heure à les chercher à l'aveuglette.

Le garçon au blouson argenté se tourna vers eux.

— Transits, hein ? lâcha-t-il en les toisant des pieds à la tête.

La fille aussi les lorgnait.

Derec se cabra.

RETOUR SUR LES BANCS DE L'ÉCOLE

– Tournez à droite, passez deux blocs, et prenez l'escalator ascendant, dit courtoisement le jeune pincé, et la fille au visage dur leur adressa un sourire plutôt amical.

– Merci ! dit Derec, et Ariel, aussi ahurie que lui, lui fit écho.

Leurs sauveurs les avaient sans doute oubliés avant même d'être hors de vue, mais Ariel et Derec pensèrent à eux tout le long du trajet de retour !

La cantine leur était devenue un endroit familier, quand ils y prirent leur petit déjeuner le lendemain matin. Le plus gros du choc causé par cette salle gigantesque, par les multitudes de Terriens parlant haut et fort, par le fait d'être isolés au milieu de la foule, était passé. Après le repas, ils roulèrent dans la banalité monotone des tapis vers la limite sud de la mégalopole tentaculaire. Enfin, dans le secteur appelé Mattese, ils trouvèrent l'auto-école qu'ils cherchaient.

Ils avaient retenu cet établissement parce qu'il était « privé ». Bien que réglementé par le gouvernement, il passait pour être un luxe et on payait le privilège d'y apprendre à conduire, ce qui stupéfiait les Spatiaux.

– Oui, vous désirez ?

La réceptionniste était une femme entre deux âges et non pas le robot que le terme avait laissé imaginer (mais les Terriens vieillissaient vite d'après les normes des Spatiaux ; elle était probablement encore assez jeune, peut-être entre quarante et cinquante ans).

– Ariel et Derec Avery, s'excusa presque Derec en tâchant d'imiter la façon de parler des Terriens.

– Ah oui ! Les nouveaux candidats. Vous êtes un peu en avance, mais ça tombe bien : vous devez remplir vos fiches d'inscription.

Ils songèrent qu'ils avaient déjà rempli des dossiers à partir du commterm, mais prirent les formulaires sans broncher et s'assirent. Ils étaient plutôt sommaires ; la première question concernait leur expérience avec les automobiles et quelque chose appelé « modèle réduit ».

– Est-ce que ça pourrait être ce à quoi je pense ? demanda Ariel, mais Derec ne put que hausser les épaules.

Remplir leurs demandes d'inscription, la nuit précédente, leur avait donné des sueurs froides : ils devaient mentionner leur scolarité. Mais R. David avait cité quelques noms d'écoles qu'ils auraient pu fréquenter, et ils espéraient que l'auto-école ne serait pas trop stricte dans ses vérifications. Bien sûr, tôt ou tard, leur imposture serait découverte mais un jour de plus, c'était toujours ça de gagné…

– Mme Winter va vous recevoir, annonça la réceptionniste avec un sourire aimable.

Mme Winter les fit patienter un moment dans un bureau à l'écart pendant qu'elle examinait leurs dossiers. Ariel donna un coup de coude à Derec :

– Tu as entendu ça, cette réceptionniste, elle essayait d'imiter *notre* accent !

Mme Winter les appela, leur posa une ou deux questions, hocha la tête, prit les formulaires et quitta la pièce avec un bref : « Excusez-moi un instant. » Ça n'avait pas été trop long, dans la mesure où ils n'avaient aucune expérience à mentionner.

Elle avait laissé la porte entrebâillée.

– Red ? Ces deux candidats, le frère et la sœur… des jeunes de catégorie supérieure qui cherchent à s'amuser, ou virés de leur famille, ou quelque chose comme ça… Ou peut-être des étudiants journalistes qui enquêtent sur le système scolaire, ou bien... ajouta-t-elle sans y croire.

– On s'en fiche ! répondit une voix masculine bourrue. Ils ont de l'argent, ils veulent apprendre, alors on va leur vendre des leçons. Envoie-les-moi !

Avec un sourire éblouissant, Mme Winter les introduisit dans la pièce où elle s'était éclipsée, une grande salle remplie de cabines ; des étudiants entraient en flot continu par une autre porte et s'installaient aux cabines et autres postes d'apprentissage, un peu plus loin.

Red vint à leur rencontre. C'était un homme massif, à la chevelure clairsemée couleur sable, aux traits réguliers et au corps taillé dans un bloc de muscles. Il les observa un moment d'un œil inquisiteur, hocha la tête et émit un grognement peu compromettant.

– La conduite, ça s'apprend sur le tas, commença-t-il sans préambule. Ou bien vous apprenez avec vos réflexes, ou bien vous n'apprendrez jamais. C'est comme apprendre à courir sur les tapis roulants, même si vous ne vous rappelez pas comment vous avez fait !

Red, le visage impavide, continua dans cette veine pendant près de trois minutes.

Malgré ses préjugés, Derec était impressionné. L'éducation sur les Mondes Spatiaux, pour autant qu'il s'en souvenait, relevait d'un processus plus courtois, généreusement prodiguée par des robots d'une patience à toute épreuve. Il était clair que cet homme indifférent se proposait de les jeter à l'eau pour voir s'ils couleraient. S'ils ne coulaient pas, leur seule récompense serait sa considération distinguée.

– C'est de votre temps et de votre argent qu'il s'agit. Je sais donc que vous ferez de votre mieux pour ne gaspiller ni l'un, ni l'autre.

Bien que son expérience de différents engins fût sans aucun doute bien plus grande que celle de ce Terrien, Derec pensa avec ironie que la considération distinguée de Red était une chose qui valait la peine qu'on fît des efforts.

Les cabines étaient des cockpits abritant des simulateurs de tableaux de bord de différentes sortes de véhicules et des vues tridimensionnelles de routes. Red leur donna quelques précisions sur le code de la route et le maniement de l'engin, leur montra sur la droite une liste imprimée portant des instructions, une autre sur la gauche avec les règles, et lâcha :

– Allez-y, gatos !

Ariel et Derec se firent un petit sourire et, pendant près d'une demi-heure, *ils y allèrent*.

Au bout de ce laps de temps, Red revint. Il suçait le tuyau d'une tasse, si tant est qu'une tasse puisse avoir un tuyau, et exhalait de la fumée qu'il écartait d'eux poliment. Il se pencha pour regarder derrière leurs cabines.

– C'est bon, dit-il, et ses sourcils étaient plus expressifs que sa voix. C'est même très bon pour des débutants.

Peut-être trop bon ! s'inquiéta Derec.

Red leur jeta un coup d'œil, souffla un nuage de fumée d'un air pensif et dit :

– Venez par là, sur les modèles réduits.

Les maquettes étaient, comme Ariel et Derec l'avaient deviné, des versions réduites des différents véhicules qu'ils devraient apprendre à piloter pour obtenir leur permis, depuis le scooter à une place jusqu'au gros camion de fret. On leur attribua des maquettes de voitures à quatre places, marquées POLICE, et des boîtiers de commande : les modèles réduits étaient bien entendu télécommandés.

Ça avait tout l'air d'un jeu interactif et les candidats qui avaient déjà atteint ce niveau leur sourirent et se poussèrent pour leur faire de la place. Derec fit démarrer sa voiture en douceur, faillit se faire rouler dessus par un énorme camion, accéléra, manqua de sortir de la piste dans un virage, le prit trop à la corde, mais finit par s'y mettre.

Soudain, une ambulance d'un blanc éclatant, avec des croix rouges sur les portières et sur le toit, vira sur la gauche depuis la piste extérieure et son conducteur cria un « Aïe » tardif quand il comprit ce qu'il venait de faire. Derec l'évita adroitement et le dépassa en dérapant. Mais l'instant d'après, son boîtier de commande se bloqua ainsi que celui de l'ambulance, dont le conducteur grimaça avant de sourire d'un air contrit. Tous levèrent les yeux vers un écran tridimensionnel placé sur le côté de la piste.

A-9 VIRAGE ILLÉGAL – ABSENCE DE CLIGNOTANTS.

P-3 N'A PAS APPRÉHENDÉ LE CONDUCTEUR EN INFRACTION.

– Givre ! Marche ou crève ! marmonna Derec, ce qui fit rire sa voisine.

Ce n'était pas aussi facile que ça en avait l'air, et Derec ne pensait pas seulement à son ignorance des règles du jeu (par exemple qu'une voiture de police était censée se comporter comme une voiture de police). Les pistes étaient bondées de véhicules et il fallait qu'il soit prêt à anticiper leurs déplacements. Son entraînement de Spatial ne lui était d'aucune utilité ici. A sa grande honte, il heurta l'arrière d'un camion de pompiers pour ne pas avoir vu les feux de signalisation à temps. Et quand Ariel massacra une demi-douzaine de piétons sur un passage protégé, cela n'arrangea pas les choses. Les autres candidats étaient bien meilleurs, mais s'en amusaient, sinon Derec ne l'aurait pas supporté.

C'était humiliant.

Au bout d'une heure de jeu passionnant, au cours de laquelle ils firent de nets progrès, Red réapparut.

– Prenez la pause, vous autres, laissez une chance à la deuxième équipe !

Les candidats abandonnèrent leurs boîtiers en laissant leurs véhicules au milieu de la piste et sortirent en troupe, jeunes et vieux mélangés, vers une sorte de réfectoire. Red croisa le regard de Derec, fit un signe de tête à Ariel et ils s'écartèrent du groupe.

– J'étais en train d'examiner les enregistrements du moniteur, dit-il. Vous n'êtes pas très à l'aise avec les modèles réduits. Pourtant je m'attendais à vous voir briller ! Je m'étais imaginé que vous auriez plus d'expérience...

Il s'interrompit, attendant un commentaire, mais

Ariel et Derec se contentèrent de hocher la tête. Red haussa les épaules.

– Je vais vous mettre sur les camions, les gros. Vous êtes déjà sortis ?

– Pardon ? fit Derec, glacé.

– Sortis de la cité, précisa Red avec patience.

– Eh bien... (Ariel et Derec se consultèrent du regard.) Ouais, on a... euh... essayé.

– Vous avez fait des cauchemars ?

– Des quoi ? Euh... Non !

Red hocha la tête.

– Les psy ont toutes sortes de tests, mais il n'y en a qu'un qui soit probant : les cauchemars. Ceci dit, vous êtes jeunes, vous pourriez facilement être conditionnés, si vous n'avez pas de « phobies », comme disent les psy. En clair : si vous ne faites pas de cauchemars. Il y a beaucoup d'argent à gagner à conduire les grands semi-remorques, dehors : pas beaucoup de volontaires pour ce boulot ! Presque tous les camions sont commandés par ordinateur, ou télécommandés, mais même les téléconducteurs finissent par être chamboulés : ils craquent et font des cauchemars... On utilise même tout un tas de robots.

– Des robots ?

– Pourquoi pas ? Ils ne prennent la place de personne, puisque personne ne veut faire ce boulot ! Si vous pouvez y arriver – et vous y arriverez – ça vaudra le coup !

Ariel et Derec échangèrent un regard.

– Prenez le temps d'y réfléchir. Je sais ! Les gens vont penser que vous êtes fêlés de vouloir sortir. Mais je vous avoue que je touche une prime pour chaque client que j'envoie là-bas. Oy ! Il *faut* que vous postuliez pour ce boulot... dehors, ajouta-t-il avec un soupçon d'humour.

Il marqua une pause pour leur laisser le temps de répondre et Derec dit lentement :

– Eh bien ! Est-ce qu'on peut réfléchir ? Je veux dire, on s'y connaît pas en camions.

– Je vais vous mettre tout de suite sur les simulateurs. Venez par ici !

A l'arrière de la salle, il y avait de grands simulateurs qu'ils durent escalader tous les trois.

– La plus grande partie de l'entraînement prépare à la conduite des camions à l'intérieur de la cité. Ceux-là sont plutôt petits et la concurrence est rude pour ces boulots de chauffeur – le plus gros de la marchandise circule sur les tapis de fret, bien entendu, et le transport par route dépend d'un autre département du ministère des Transports. Forte concurrence dans ces boulots-là, aussi... Mais vous voyez, ces gros bébés sont en manque, alors qu'en fait c'est très facile d'apprendre à les conduire.

Le plus important, c'était de ne pas oublier qu'ils avaient une grande « queue » à l'arrière. Mais ils manœuvraient avec lenteur et n'importe qui ayant déjà fait atterrir un vaisseau spatial apprendrait suffisamment vite.

– Essayez-les pendant une petite demi-heure. Après ça, on verra ce que vous valez.

Il s'était presque écoulé une heure quand Red réapparut. Ariel comme Derec étaient épuisés.

– C'est vraiment bien, dit-il en feuilletant un listing. Vous êtes faits pour la conduite à l'extérieur. Vous vous en sortez mieux que quand vous devez faire attention à la circulation. Evidemment, sur les routes ce n'est jamais aussi frénétique qu'avec nos modèles réduits. En général, elles sont vides et bien dégagées, fit-il avec un petit sourire. De toute façon, le meilleur moyen de connaître la circulation, c'est encore d'être *dans* la circulation.

– Comment est-ce qu'on s'en est tirés ? demanda Ariel en imitant plutôt bien son accent, du moins pour l'oreille de Derec.

– Suffisamment bien pour que ça vaille le coup de continuer, dit Red. Une semaine d'entraînement et je vous envoie aux Transports & Camions Mattell... Oui ?

Mme Winter sortait du bureau et s'approchait d'eux en leur jetant un regard curieux.

– Vous deux, faites une pause. Buvez un jus de

fruits ou autre chose. Je vous revois dans un quart d'heure.

– Ça marche, on dirait, dit Ariel quand ils furent hors de vue.

– On dirait, mais je n'en suis plus si sûr, répondit Derec.

– Tu crois ? Elle a dû vérifier notre scolarité, ou quelque chose comme ça, dit Ariel d'un air renfrogné.

– Peut-être. Enfin, ça devait arriver. Mais bon, ça nous fait toujours une heure d'entraînement sur les gros camions, dit Derec, plutôt optimiste. Je doute fort qu'ils soient équipés pour poursuivre les camions volés à travers la campagne. Tout au moins, très bien équipés. Combien de Terriens non seulement voleraient un camion, mais s'aventureraient aussi à l'extérieur ?

– On l'a pas encore volé, notre camion ! marmonna Ariel.

Derec partageait sa morosité tandis qu'ils revenaient vers le tapis express. Et là, ils le trouvèrent bondé et durent voyager debout au niveau inférieur. Ça allait aussi vite, mais c'était une fatigue supplémentaire.

Sur le chemin de l'appartement, ils s'arrêtèrent à la cantine pour un déjeuner rapide, puis se séparèrent pour aller aux toilettes. Derec revint dans le Sous-Secteur G, Galerie M, Sous-Galerie 16, Appartement 21. Désormais, il aurait pu effectuer le trajet les yeux fermés. Il s'assit et attendit. Et attendit.

Derec commençait tout juste à être inquiet quand Ariel rentra, mais il le devint tout à fait au premier regard qu'il lui lança. Elle avait mis deux fois plus de temps que d'habitude et semblait abrutie.

– Qu'est-ce qui t'a pris tant de temps ?

– Je me suis perdue, dit-elle d'une voix pâteuse.

– Tu as l'air... fatiguée. Tu veux t'allonger un moment ? proposa Derec en s'efforçant de dissimuler ses craintes.

– Je crois, oui.

Mais Ariel s'assit sur le canapé et n'en bougea plus. Elle ne répondit pas non plus quand Derec lui adressa la parole. Au bout d'un long moment, elle se leva enfin et se traîna dans la chambre.

Derec était inquiet et fébrile. Il aurait voulu discuter des différents moyens de se procurer un camion, mais vu les circonstances, c'était inutile. Ariel souffrait au minimum d'une légère fièvre.

Il passa donc l'après-midi à visionner des livres. La collection locale du Dr Avery comprenait quelques dramatiques terriennes, des documentaires et des études statistiques sur la densité de population, la production de levure, etc. Ce n'était pas particulièrement palpitant, mais il lut ou visionna tout de même les documentaires.

Il s'aperçut bientôt qu'il se faisait tard et qu'il avait faim, mais il ne savait pas trop quoi faire.

– R. David, va voir si Ariel est réveillée. Si oui, demande-lui si elle veut m'accompagner à la cantine.

Le robot s'exécuta, la trouva éveillée et répéta à Derec la réponse que celui-ci avait déjà entendue.

– Non, monsieur Avery, Mlle Avery n'a pas faim et ne désire pas se restaurer.

Il hésitait à la laisser seule. Si, par la suite, elle voulait dîner, il pourrait toujours l'accompagner jusqu'à l'entrée de la cantine, mais il doutait d'être autorisé à y entrer deux fois dans la même soirée. Il pourrait l'attendre à l'extérieur, en espérant ne pas se faire remarquer par un policier. Pour l'instant, malgré son inquiétude pour Ariel, il était plutôt affamé.

Il sortit donc et s'arrêta d'abord aux toilettes et à une fontaine publique, avant de se frayer un chemin vers la cantine du secteur. Cette fois, l'attente fut plus longue et la table J-10 lui fut attribuée. La cantine fonctionnait à plein régime. Il n'y avait pas deux places contiguës : les Terriens avaient tendance à s'étaler le plus possible.

Ce fut un triste dîner, tout seul au milieu de cette multitude.

Puis il revint par ce trajet lassant. *Je suppose qu'on doit s'y habituer, à force*, songeait-il. *Ce n'est pas l'idéal, mais on ne peut pas regretter ce qu'on n'a jamais eu.* Probable que les Terriens n'y pensaient même pas.

– Les Terriens n'ont pas tous besoin de faire cette sortie chaque jour, répondit R. David, interrogé sur cette question. Les ressortissants des plus hauts niveaux dans chaque catégorie bénéficient de certains privilèges, par exemple d'appartements plus spacieux, de lavabos avec l'eau courante, du subéthérique, etc. Il est bien sûr plus économique d'équiper une cantine de secteur pouvant accueillir quatre à cinq mille ménages qu'une cuisine dans chaque appartement avec ustensiles, cuisinière, installations de stockage des denrées alimentaires et moyens d'approvisionnement. Il en est de même pour le subéthérique : une seule grosse machine peut en remplacer des milliers de plus petites.

– Mais certains possèdent ce genre de chose, par exemple une buanderie dans les toilettes, ce qui leur évite d'avoir à utiliser la buanderie communautaire. Les démunis n'éprouvent-ils pas du ressentiment devant ces privilèges ?

– C'est peut-être vrai pour quelques-uns, monsieur Avery, car les humains ne sont pas rationnels. Mais les émotions humaines sont prises en compte dans la répartition des avantages, conformément à la Relation de Téramin.

– La quoi ?

– La Relation de Téramin. C'est l'expression mathématique qui exprime le différentiel entre les désagréments supportés en fonction des privilèges accordés : *D indice J puissance...*

– Pitié ! Je me suis spécialisé en Robotique, mais les maths n'étaient pas mon point fort. Enfin, ça m'intéresse quand même : je n'ai jamais entendu parler d'un modèle mathématique appliqué au comportement humain. Peux-tu m'expliquer cette Relation Téramachin avec des mots ?

– Un exemple suffira peut-être, Maître. Considérons le privilège de prendre trois repas par semaine chez soi, même si le bénéficiaire doit aller les chercher à la cantine de secteur. Si ce privilège est accordé en tant que récompense ou compensation, cela fera qu'un nombre variable, quoique important, de gens supporteront leurs propres désagréments, car cela aura démontré que les privilèges sont des choses concrètes, qu'ils peuvent être obtenus sans exiger trop d'efforts et que des gens que l'on connaît les ont bel et bien obtenus.

– Intéressant, dit Derec, qui pensa que les robots de la Cité des robots devraient prendre connaissance de cette relation. Comment as-tu appris tout ça ?

– J'ai assisté le Dr Avery dans ses recherches sociologiques. Je l'ai aussi assisté dans ses recherches sur l'histoire de la Robotique.

– L'histoire de la Robotique ? Sur Terre ?

– Mais bien sûr, monsieur Avery. Le cerveau positronique et les robots positroniques sont une invention terrienne. Suzan Calvin et le Dr Asenion étaient des Terriens.

Derec connaissait ces deux noms, et plus spécialement celui du Dr Asenion : c'était lui qui avait codifié les fonctions mathématiques exprimant les Trois Lois de la Robotique, de façon à ce qu'elles puissent être intégrées dans le programme des cerveaux positroniques. Mais... Les Terriens !... Encore que ça puisse expliquer un certain nombre de choses au sujet de la Cité des robots, du Dr Avery, de la société terrienne et de ses robots non spécialisés.

– Existe-t-il un ouvrage traitant des mathématiques appliquées à la société humaine ? demanda-t-il, en pensant que ce pourrait être une bonne chose de rapporter cette information à la Cité des robots : c'était tout juste si ces pauvres robots avaient aperçu un être humain, alors qu'ils avaient été conçus pour servir l'humanité !

– Je ne pense pas qu'il y ait de livre sur ce sujet écrit par les Spatiaux, monsieur Avery. Toutefois, je connais plusieurs références terriennes dont vous pourrez prendre copie.

– J'aimerais bien, oui.

Il aurait surtout aimé qu'Ariel se réveille et redevienne telle qu'il la connaissait. Tout l'après-midi, une peur aiguë l'avait tenaillé et il avait dû lutter pour ne pas se répéter sans cesse que son mal serait, en fin de compte, fatal.

L'EXTÉRIEUR

Apparemment, toute la population de Webster Groves avait eu l'idée de prendre son petit déjeuner de bonne heure : l'endroit était déjà plein à craquer. Ariel dansait d'un pied sur l'autre et éprouva l'envie peu délicate de se faire porter par Derec. Ils finirent tout de même par entrer dans la cantine, se frayèrent un chemin vers leur table et s'assirent en soupirant de concert.

Le repas était sans intérêt et le menu plutôt restreint, dans le genre saucisses à la viande. Derec mangea copieusement, suivant en cela son propre conseil : ça risquait d'être une rude journée. Ariel essaya en vain de l'imiter.

– Je pensais que tu allais mieux, lui dit-il.

– Un peu...

Elle s'efforça vaillamment de manger davantage. Mais comment pourrait-elle lui expliquer que son problème était autant psychologique que physique ? Ce matin, elle s'était sentie mieux, c'était vrai. Encore un peu fiévreuse, peut-être.

En fait, Derec avait l'air fatigué lui aussi, comme s'il avait encore fait un mauvais cauchemar. Mais il ne lui en avait pas parlé.

– C'était juste une crise de claustrophobie, murmura-t-elle.

Derec hocha la tête d'un air sombre.

C'était dû en partie à la claustrophobie, certes, et en partie à la dépression. En partie aussi, pensa-t-elle, à une surcharge sensorielle. La Terre était si oppressante ! Et même maintenant... Ces dix mille paires de mâchoires qui mastiquaient ! Et cette agitation incessante autour d'elle ! Et ce vacarme ! Elle aurait voulu que tout *s'arrête* une minute, ne serait-ce qu'une minute ! Mais hélas, même dans son sommeil, ça ne s'arrêtait jamais !

Et son mal gagnait visiblement du terrain. S'il passait la barrière sang-cerveau, lui avait-on dit, elle ne s'en sortirait pas. Jusque-là, elle pouvait encore espérer (rêver) être guérie. Bien. Mais toutes ces périodes de perte d'attention qu'elle traversait, ces fugues mentales, comme si elle revivait de vieux souvenirs pour mieux les oublier ensuite à jamais, cet état hallucinatoire dans lequel elle sombrait souvent, tout ça ne pouvait signifier qu'une seule chose !

Comment en parler à Derec ?

– Tu es prête ?

Acquiesçant d'un signe de tête, refoulant sa terreur, Ariel s'enfonça derrière lui dans encore plus d'agitation et de vacarme.

Les tapis étaient relativement calmes, si l'on considérait le nombre de tonnes de passagers qu'ils charriaient, la vitesse à laquelle ils filaient et le sifflement du vent autour d'eux. Mais le rugissement toujours présent était perçu inconsciemment. Ariel n'en avait que davantage l'impression d'être en proie à une hallucination.

Ils reprirent la route du Secteur de la Vieille Ville et traversèrent le Quartier de la Levure, qui commençait avec la Section St Louis Est, en arborant un calme qui masquait mal leur tension, mais personne ne leur prêta attention. Au-delà, de plus en plus loin vers l'est, d'autres sections s'étendaient. Derec avait appris que New York se trouvait à l'est et n'avait aucune envie de circuler plus que nécessaire dans la cité.

– Manman ! hurla une fillette non loin d'eux.

Ariel et Derec lui jetèrent un coup d'œil inquiet. C'était la période d'affluence et tous les voyageurs étaient debout.

– Oy ? s'enquit une femme plus âgée, certainement la « manman ». Elle portait un vêtement foncé sans forme et sa fille vêtue de jaune avait un visage plutôt ingrat.

– Tu t'souviens quand m'sieur l'maire Wang et tous les notables y z'étaient au stade Busch quand y avait les Reds qui jouaient ?

– Nan, répondit Manman avec indifférence.

– Tu t'souviens de la fille qui jouait (Ariel ne comprit pas le titre, quelque chose comme « Pince à décrocher les étoiles ») au bugle ?

– Oy, eh ben ?

– Eh ben c'est la cousine Rosine à mon copain Freddy ! brailla la fillette, avec un regard triomphant à ses voisins.

– Sans blague ! s'exclama Manman qui sortit de son indifférence.

– Promijuré, cria la gamine qui, célèbre par contagion, toisait fièrement les autres passagers. Juste devant m'sieur l'maire et tous ces notables.

Enfin, les vers luisants suspendus annoncèrent FIN DE LIGNE. La foule s'était éclaircie depuis longtemps, et Manman et sa fille avaient été dans les premiers à descendre. Il ne restait que quelques personnes incontestablement miteuses. La limite Est de la cité ne semblait pas être le dernier endroit à la mode. Il y restait aussi un certain nombre d'hommes en tenue de travail.

La ligne Est et la ligne Ouest s'écartèrent avant de passer de part et d'autre d'un immeuble et les tapis s'inclinèrent. A une vitesse à provoquer un arrêt du cœur, la ligne Est vira sur la gauche, contourna l'immeuble pour devenir le début de la ligne Ouest. Ariel suivit Derec sur les tapis décélérateurs juste après le virage : visiblement, la manœuvre l'avait tellement intrigué qu'il n'était pas descendu plus tôt.

– Attention !

La foule n'était pas très dense et Ariel pensa que c'était la raison pour laquelle Derec avait manqué de prudence : il avait posé le pied entre deux tapis et avait dérapé. Il roula sur le dos et atterrit sur un tapis décélérateur.

Ariel bondit vers lui, rata son coup et s'étala de tout son long... par bonheur sur un autre tapis.

Derec avait à moitié roulé sur un deuxième tapis décélérateur qui glissa sous ses doigts quand il essaya de s'y agripper, mais il eut la présence d'esprit de rouler sur lui-même pour passer complètement sur cette bande.

Ariel se releva à la hâte et sauta avec précaution sur le tapis où se trouvait Derec. Il s'assit et lui adressa un sourire livide en la regardant remonter dans sa direction. Deux ou trois Terriens leur jetèrent un regard morne et détournèrent les yeux vers les vers luisants. Les chutes sur les tapis devaient être monnaie courante. Personne ne rit.

Derec sourit plus franchement en s'époussetant et aida Ariel à descendre, puis il pila, consterné.

– Et ton sac ?

Ariel porta la main à sa ceinture et s'étrangla. Elle ne se servait pas souvent de sac mais sur Terre c'était une nécessité, avec toutes ces identifications et toutes ces cartes à trimballer. A présent, elle avait tout égaré.

– Ça n'a pas vraiment d'importance, va !... R. David pourra te fabriquer d'autres documents.

Néanmoins, ils cherchèrent un peu le long des tapis, mais aucune trace du sac : il devait être des centaines de mètres plus loin, maintenant, et puis... sur quel tapis ?

– Il doit bien y avoir une sorte de bureau des objets trouvés... commença Derec, mais il abandonna le sujet.

D'un pas rendu plus assuré par leurs précédentes expériences, ils se frayèrent un passage dans les entrailles de la cité, vers le niveau du tapis de fret. TAPIS INTERDIT AUX PIÉTONS, annonçait la signalétique. Ils les longèrent donc en direction du terminus qui ressemblait en tout point à celui de l'express, quelques niveaux plus haut.

De petits camions équipés d'élévateurs à l'avant et de plateaux à ridelle à l'arrière transportaient des boîtes métalliques contenant des marchandises. Les grands camions devaient entrer quelque part, pas très loin de là, décharger les conteneurs et manœuvrer pour repartir.

— Eh ! Vous, les gosses. Sortez d'ici ! Z'avez pas vu les signaux ? Allez, revenez !

ACCÈS RÉSERVÉ AUX PERSONNES AUTORISÉES.

En ronchonnant, ils remontèrent une rampe immobile. Après avoir hésité un moment, ils partirent explorer une galerie qui s'enfonçait vers l'est et, pendant plus d'une demi-heure, cherchèrent sans succès un moyen d'atteindre la sortie. Ils revinrent sur leurs pas, passèrent au niveau inférieur et se dirigèrent vers un endroit que le plan de la cité mentionnait en tant qu'entrée, pas en tant que sortie. Le plan ne parlait jamais de sorties.

ACCÈS INTERDIT AUX PERSONNES NON AUTORISÉES.

Derec ouvrit une porte et fit signe de passer à Ariel. Ils débouchèrent dans un garage réservé aux engins de manutention qui transbordaient les conteneurs. Les hommes qui grouillaient partout les ignorèrent.

— On ne peut pas passer par là, dit Ariel.

En se faufilant derrière les camions, il l'emmenait vers une sorte de bretelle d'accès allant de l'entrée au tapis de fret. Poser un pied sur cette voie grondante de véhicules signifiait se faire renverser sur-le-champ. Derec hésita.

— On vole un transbordeur pour sortir d'ici ?

— Et on continue plus loin ? fit Ariel, qui rêvait de soleil et de grand air. Demain et New York étaient trop loin ; sa tête lui faisait mal.

— Non, ça ne nous avancerait à rien de dépasser la sortie. Ces engins sont radiocommandés, c'est pour ça que nous devons dégoter un de ces gros camions : ils sont nuc, eux.

Ils repérèrent un petit transbordeur et en examinèrent les commandes plutôt simples.

— Ça m'étonne qu'il n'y ait pas de système de verrouillage, dit Ariel. Quand on connaît la mentalité terrienne...

— Givre, c'est vrai ! dit Derec d'un air ennuyé...

Cette fente, là, ça doit être pour une carte ID, fit-il après avoir examiné l'engin de plus près. Une carte spéciale, sans doute. Dommage que je n'aie pas ma boîte à outils !

C'est fou ce que l'on peut faire avec une simple carte de rationnement en métal ! Derec trafiqua pendant un moment sous le tableau de bord pendant qu'Ariel faisait le guet, accroupie derrière lui dans la cabine.

– Ça y est ! dit-il enfin. Prends le manche et avance doucement.

Elle obtempéra nerveusement. Arrivé au niveau d'une barrière, le transbordeur ralentit et un message s'alluma sur l'écran de contrôle : IDENTIFICATION OBLIGATOIRE AU-DELÀ DE CETTE LIMITE. Mais Derec tripota quelque chose, un relais cliqueta et l'engin s'engagea en douceur dans la circulation.

– Jusqu'ici, ça marche, dit Derec. Personne ne nous suit.

Ariel vira à droite et leur fit traverser la circulation, dense mais pas trop rapide, pour se ranger dans la bonne file, puis ils roulèrent lentement en direction de la lumière.

– Oh ! On y est presque ! s'exclama-t-elle.

La lumière provenait d'un grand espace dégagé où des camions éléphantesques avançaient ou reculaient vers les quais de chargement. Des transbordeurs s'approchaient et s'écartaient d'eux pour transférer leurs cargaisons dans des camions plus petits qui les transporteraient vers les tapis de fret. Un peu plus loin sur la droite, dans un rugissement couvert par le sifflement de l'azote, une rangée de ces énormes camions dégorgeaient du grain doré dans des pipelines.

– Ça ne va pas, dit Derec, il y a trop de monde. Va par là, sur la droite, vers ces camions-citernes. On se fera passer pour des contrôleurs ou quelque chose comme ça.

Déçue, Ariel vit qu'il avait raison : ils avaient très peu de chances de s'emparer d'un camion sans se faire remarquer.

Le déchargement s'effectuait avec une efficacité

régulière et sans heurts et personne ne semblait vraiment se dépêcher ; des chauffeurs et des opérateurs discutaient par petits groupes ; des porte-blocs à la main, des hommes et des femmes allaient et venaient et contrôlaient les feuilles de route ; à peine déchargés, les camions repartaient.

— Dommage qu'on ne puisse pas trouver une ou deux de ces tablettes, soupira Derec.

Ariel pensa que leurs combinaisons de vol faisaient plutôt bien l'affaire, mais elle aurait préféré qu'elles soient plus propres : elle avait gardé la sienne pour dormir et ils n'avaient pas pensé à les faire nettoyer. Ils abandonnèrent le transbordeur à regret et observèrent les docks.

Ariel se languissait de sortir. Pour atteindre l'ouverture, ils n'avaient qu'à s'approcher du bord du quai, sauter d'une hauteur d'homme et parcourir une centaine de mètres...

— On aurait dû s'attendre à ce que ces Terriens masquent l'ouverture, observa-t-elle. Regarde, la lumière pénètre à l'intérieur, mais on ne peut pas voir l'extérieur !

— Ça n'a pas l'air de leur plaire, cette ouverture. Tu as vu comme ils lui tournent le dos ?

Effectivement, chaque petit groupe de Terriens formait un demi-cercle et évitait au maximum de se retrouver face à l'entrée.

— Viens, on sort ! dit-elle sur une impulsion.

— Ça risque d'être difficile à expliquer, dit Derec, réticent. Ça risque aussi d'être difficile de rentrer !

— Je m'en fiche ! dit-elle farouchement. Je veux voir la lumière du soleil une dernière fois !

Derec la regarda, effrayé, mais se ressaisit.

— D'accord, on va voir ce qu'on peut faire, répondit-il avec douceur.

En traversant l'aire de chargement, Derec jeta un coup d'œil aux inscriptions sur les flancs d'un des gigantesques camions. Jusqu'à présent, Ariel ne s'était pas imaginé leur taille réelle. Celui-ci était couvert d'humidité et une flaque d'eau s'étalait sous lui.

Derec fit un signe de tête prudent, s'approcha du bord du quai et sauta.

Ariel lui emboîta le pas.

D'une allure décidée, ils se dirigèrent vers l'avant du camion, comme si leurs occupations les y appelaient. La barrière se trouvait juste au-delà, mais les murs de l'entrée étaient disposés en chicanes : ainsi les regards n'atteignaient pas le vide effrayant de l'extérieur et les camions pouvaient entrer de biais sans qu'il y ait à ouvrir ou fermer un portail. Connaissant la terreur que les Terriens éprouvaient devant l'extérieur, Ariel se dit que la route devait zigzaguer.

– Eh ! Eh, vous deux !

Un groupe d'hommes s'avançait vers eux d'un air menaçant et leur faisait signe de revenir. L'un d'eux sauta du quai pendant qu'Ariel et Derec les regardaient approcher.

– Cours ! s'écria Derec.

Au moment même où ils s'élançaient, un semi-remorque trempé surgit de la barrière, les obligeant à faire un écart. Maintenant, ils couraient en direction des camions-citernes qui vomissaient toujours leur cargaison.

Des signaux lumineux flottaient dans l'air : DANGER ! OXYGÈNE OBLIGATOIRE AU-DELÀ DE CETTE LIMITE.

Ariel se souvint avoir lu quelque part que la poussière de grain devenait explosive au contact de l'air. Pour éviter ce risque, le grain était stocké dans l'azote. La peur au ventre, elle remarqua pourtant que les hommes qui travaillaient dans ce secteur ne portaient pas de masques.

Ils évitèrent ces dockers (qui levèrent les yeux avec curiosité mais ne se joignirent pas immédiatement à leurs poursuivants), et franchirent en courant le premier nuage de poussière, puis le second.

– Ça ne marche pas ! dit Derec quand ils s'arrêtèrent, pantelants.

Ariel s'efforçait de ne pas tousser : la poussière lui brûlait la gorge.

– Il faut retourner sur les quais, dit Ariel d'une voix asthmatique, et Derec l'approuva.

Ils remontèrent en grommelant entre les camions qui n'étaient pas appuyés contre les quais plutôt étroits à cet endroit. Le brouillard de poussière recouvrait toute l'aire.

— Fichus voleurs ! cria quelqu'un derrière eux.

Ils firent volte-face. Ils n'avaient pas encore été repérés, mais ce n'était qu'une question de minutes. L'espace au-delà du nuage de poussière était un charivari de coups de sifflet, de cris et de bruits de course. Un des gigantesques camions s'ébranla sans bruit et ses énormes roues firent tourbillonner encore plus de poussière.

Un cri leur parvint, quelque chose comme : « Faites retomber la poussière ! » Ariel n'arrivait pas à retrouver son souffle. *On a besoin d'oxygène*, pensa-t-elle ; elle avait envie de tousser, plus que jamais. Derrière le nuage de poussière, ça toussait aussi beaucoup.

Des lampes rouges s'allumèrent au-dessus d'eux et une sirène au son grave retentit. Levant les yeux avec appréhension, ils aperçurent des signaux jaunes à côté des lampes rouges : SPRINKLERS... SPRINKLERS... SPRINKLERS...

— Vite, en arrière ! Par ici ! cria Derec en la tirant derrière un enchevêtrement de transbordeurs hors d'état, d'installations en tout genre, poubelles et autres rebuts.

Une pluie fine jaillit du plafond et la poussière retomba aussitôt. Un homme vêtu de bleu se tenait au milieu des chauffeurs et des dockers ; il portait cette fameuse matraque.

— Un flic ! gémit Derec.

Ariel se tourna vers Derec et aperçut, derrière lui...

— Une porte !

— Où ça ?

— Là ! Derrière le pneu !

Le pneu, une chose énorme faite d'un matériau bleu vif et provenant sans doute d'un des camions, marquait la limite du dépotoir où ils se terraient. Un passage dégagé menait à une petite porte.

L'instant d'après, ils s'y engouffraient et, avant

110

même que les sprinklers se soient arrêtés, ils étaient dans un petit couloir obscur où seulement une lampe sur trois brûlait.

SECTION DE CONTRÔLE DU PIPELINE : ENTRÉE INTER-DITE AUX PERSONNES NON AUTORISÉES. Mais ils ne ren-contrèrent pas d'obstacles. Un peu plus loin, un autre panneau : RATIONALISATION ET PESAGE DES APPROVI-SIONNEMENTS EN CÉRÉALES & EN MATIÈRES PREMIÈRES.

— Contrôle administratif des approvisionnements de première nécessité, dit Derec, et Ariel repensa aux Terriens avec leurs porte-blocs.

— Mais ! Il n'y a personne ici !

— Eh bien, les villes grandissent et changent ; le coin est peut-être désaffecté ou bien occupé seule-ment de temps à autre. L'important, c'est qu'il per-mette d'accéder au niveau supérieur.

C'était le cas.

Au niveau supérieur, donc, ils s'aperçurent qu'ils s'étaient éloignés des docks (de toute façon, ils avaient mieux à faire que d'y retourner), mais pas trop de l'entrée.

— On dirait une voie pour les véhicules de secours, dit Derec. Pour les ambulances, par exemple. Les accidents doivent être fréquents sur les docks.

Cette voie devait bien aboutir à l'entrée, elle aussi ! Sur un des bas-côtés, il y avait une porte réservée aux piétons, mais sans système de commande : elle devait s'ouvrir par radio. Ils longèrent nerveusement la route, mais, à leur grand désespoir, elle descendait brusquement et s'enfonçait vers les niveaux infé-rieurs : elle évitait l'entrée !

Ils découvrirent enfin une voie à moitié désaffectée qui les mena près de l'ouverture. Alors ils regardèrent dehors et baissèrent les yeux.

Une pluie froide tombait à verse.

Derec n'abandonna pas la partie pour autant, mais le cerveau d'Ariel refusa d'enregistrer le moindre dé-tail pour le reste de la journée. Ils traînèrent encore plusieurs heures dans les environs, cherchant tou-jours un moyen de se procurer un de ces gros camions, mais il n'y avait pas de garage dans la cité et Derec doutait sérieusement d'en trouver à proximité.

Ariel finit par se plaindre de la faim et, tête basse, ils reprirent le chemin de leur cantine, tout juste capables de s'y asseoir. Ariel se sentait condamnée : un seul regard sur cette pluie froide et grise tombant sans fin l'avait glacée au plus profond d'elle-même. Elle savait que c'était son ultime regard sur le ciel. Derec, lui, pensa qu'elle était triste, mais trop fatiguée pour parler.

— On essaiera encore demain, à une autre entrée, dit Derec en la regardant chipoter dans son assiette. Le soleil brillera... certainement, de toute façon... et tout ira bien.

Ariel hocha la tête avec indifférence.

LA PESTE AMNÉMONIQUE

Au grand désarroi de Derec, Ariel ne refit pas surface cet après-midi-là. Le lendemain matin, elle se réveilla tard. Elle avait très mauvaise mine et R. David s'alarma.

– Mademoiselle Avery ! Vous êtes souffrante ! Pouvez-vous me décrire vos symptômes ?

– Ce sont les mêmes que d'habitude, R. David. Ne t'inquiète pas. J'étais déjà malade en arrivant ici ; rien de sérieux.

Pourtant, elle semblait fatiguée et sur les nerfs ; elle tâchait de ne pas alarmer davantage le cerveau positronique régi par les Trois Lois. Mais un robot s'inquiétera s'il le juge opportun, qu'on le lui interdise ou non. *Ce en quoi ils ne sont pas très différents des humains*, pensa Derec, inquiet lui aussi.

– Je souhaite sincèrement que vous ne soyez pas malade, mademoiselle Avery, mais pour que je puisse me faire une idée, décrivez-moi tout de même vos symptômes, s'il vous plaît. Comme vous le savez, la Première Loi me pousse à vous venir en aide.

Elle fronça le nez.

– O.K. !... J'ai très souvent de la fièvre... Y a-t-il de l'eau, dans l'appartement ?

– Non, répondit Derec, mais je vais t'en chercher... Givre ! Où est-ce que je peux trouver un récipient ?

– Il n'y en a pas, monsieur Avery, répondit R. David.

Derec jura intérieurement contre tous les Terriens,

en bloc et en détail, sans oublier la Relation de Téramachin.

– Enfin, bref. J'ai souvent de la fièvre. Je me sens fatiguée, léthargique et sans énergie. Et... et... (Elle jeta un rapide coup d'œil à Derec.) Et il m'arrive d'avoir des troubles mentaux. Tout devient confus : je ne sais plus où je suis, je perds le fil des événements. Si je reste souvent assise sans parler, c'est parce que je n'arrive pas à suivre la conversation. Et puis, souvent, je revis des événements passés. (Soudain, elle explosa :) Rien ne me semble *réel* ! J'ai l'impression de vivre une hallucination !

C'était plus grave qu'il ne le pensait.

– Est-ce que tu te sens capable d'aller jusqu'à la cantine ? lui demanda-t-il, troublé.

– Non ! je ne me sens capable de rien du tout ! Sauf de boire un litre d'eau et de retourner me coucher !

– Vous devez immédiatement vous rendre à l'hôpital de section, dit R. David sur un ton autoritaire en s'avançant vers elle.

Derec eut envie de grogner.

– Quel genre de soins médicaux peut-on attendre d'un hôpital terrien ? Il faut qu'on retourne sur Aurora...

– On ne pourra rien faire pour moi, là-bas, rétorqua Ariel avec plus de calme.

Givre ! C'était vrai. Derec hésitait, déchiré.

– Bon, à la Cité des robots, alors. Peut-être que l'Equipe de Médecine humaine aura découvert un traitement.

– Mes connaissances en médecine sont restreintes et limitées en premier lieu aux effets des maladies terrestres sur les Spatiaux, dit R. David, manifestement bouleversé, mais ces connaissances me font douter que Mlle Avery survive le temps nécessaire à un voyage spatial. Elle est indubitablement arrivée au stade critique de sa maladie, ou, du moins, elle en approche.

Ça aussi, c'était indiscutable. Ariel lui sourit d'un air contrit.

– J'ai bien peur qu'il n'ait raison, Derec. Je... Je perds la mémoire... et la raison. Je ne peux même pas me rappeler comment je suis rentrée hier soir !

Soudain, elle fondit en larmes.

Oh, Givre ! pensa Derec, impuissant.

R. David créa une diversion : il voulait absolument les accompagner – pour porter Ariel, en fait.

– Pas question ! dit Derec. Je ne suis pas très au courant des habitudes des Terriens, mais je sais très bien ce qui arrive aux robots qu'ils rencontrent dans les galeries... Et si on essayait d'intervenir, nous serions repérés dès nos premiers mots. Ils nous tomberaient tous dessus ! J'ai déjà été pourchassé par des levuriculteurs. Givre ! j'ai pas envie que *chaque* Terrien que je croise me saute à la gorge !

Il fallut réitérer les ordres les plus impératifs du Dr Avery pour obliger R. David à ne pas quitter l'appartement. La contrainte de Première Loi ne s'allégea que lorsque Ariel se ragaillardit, comme elle le faisait souvent à la perspective d'un changement. Elle était d'ailleurs presque gaie en sortant et fredonnait une petite marche incongrue : « Aïli, Aïlo, on s'en va au boulot... »

Mais une fois la porte refermée, elle reprit son air hagard.

– A boire ! dit-elle tristement devant la mine consternée de Derec.

Après avoir englouti presque un litre d'eau, elle reprit haleine quelques instants et se sentit capable de repartir. L'hôpital de section était plus éloigné que la cantine et Ariel s'affaiblissait à vue d'œil. C'était la fin de la matinée, ce qui n'arrangeait pas les choses. Le tapis express était plein à craquer et ils durent voyager debout : les Quatre n'ont pas droit aux places assises pendant les heures de pointe.

Le cauchemar des voies surchargées, du sifflement du vent et de l'indifférence des Terriens repliés sur eux-mêmes semblait devoir durer éternellement. Derec devait non seulement surveiller Ariel (il craignait qu'elle ne s'évanouisse) mais aussi la signalétique, de peur d'oublier ou de mélanger les instructions qu'il avait pourtant soigneusement mémorisées.

Mais tout a une fin, même les plus longs périples, et la sortie HÔPITAL DE SECTION était bien indiquée : une croix rouge sur fond blanc, comme sur les Mondes Spatiaux.

Une odeur d'antiseptique flottait dans le hall d'entrée bondé d'hommes, de femmes et d'enfants. *Des enfants !* pensa vaguement Derec. *Dans ma vie, je n'ai jamais vu autant d'enfants que sur Terre.* S'il n'avait toujours pas recouvré la mémoire, sa réaction de surprise confirmait son impression. Mais bien sûr, il fallait assurer le renouvellement de cette gigantesque population.

Il inséra à tâtons les nouvelles cartes d'ID d'Ariel dans l'ordinateur, et le panneau s'alluma et proposa : BILAN ? CONSULTATION ? URGENCE ? Ariel s'appuyait contre lui, haletante et livide, et même les Terriens d'ordinaire si insensibles les observaient d'un air inquiet. Urgence, décida-t-il dans la panique et il écrasa la touche correspondante.

Aussitôt, un voyant rouge clignota sur le panneau. Des alarmes durent retentir ailleurs : une femme robuste apparut, commença à le réprimander pour avoir confondu URGENCE et CONSULTATION (Ah ! ces jeunes mariés !), mais Ariel lui adressa un sourire d'excuse mortellement pâle et la bouche de l'infirmière se referma avec un bruit sec.

– Par ici !

En portant à moitié Ariel, elle traversa trois salles encore plus bondées et pénétra dans une pièce où se trouvait un chariot plat de la hauteur du genou.

– Allonge-toi, ma belle !

Le chariot se releva et elle y sangla Ariel. Une femme plus âgée fit son entrée.

– Docteur Li...

– Mmm, je vois...

Le D^r Li se mit à ausculter Ariel sans même prendre la peine de sortir son matériel : elle vérifia sa température en lui posant la main sur le front !

Un homme à l'air harassé entra à son tour. Il portait un bijou étrange devant les yeux : une sorte de châssis avec des carreaux de verre. (Derec avait déjà remarqué quelques-uns de ces ornements sur les visages des Terriens, dans les galeries.) Ça lui donnait une allure aérodynamique et futuriste.

– Qu'est-ce qu'elle a, docteur Li ?

– Je ne sais pas encore, docteur Powell. Température élevée, rythme cardiaque fébrile, bouffées hectiques, épuisement. Il faut d'abord que je fasse tous les tests, évidemment.

Elle avança la main sous le chariot et, au grand soulagement de Derec, commença à sortir des appareils.

Ariel avait fermé les yeux et semblait s'être assoupie. En secouant la tête, les médecins se penchèrent sur elle et firent tous les examens nécessaires. Tendu, Derec chercha un endroit où s'asseoir, momentanément soulagé de pouvoir s'en remettre à eux.

– A quand remonte son dernier repas ? demanda soudain l'infirmière.

Les médecins ne s'étaient pas encore posé la question, mais Derec répondit :

– Euh... hier, un peu après midi.

– Hum ! fit le D^r Li.

– Inanition ! décréta le Dr Powell.

– Jeune comme elle est, ça n'aurait pas dû provoquer cet évanouissement. Mais regarde son bras. Elle est complètement sous-alimentée !

Ils échangèrent des regards manifestement scandalisés.

– Et comment ça se fait qu'elle n'ait pas mangé, jeune homme ? demanda le D^r Li.

– Ça ne lui disait rien, m'dame, répondit Derec, et les trois autres froncèrent les sourcils en remarquant son accent.

– Postulants colons, hein ? lâcha Powell en ôtant ses montures pour en essuyer les carreaux avec un Kleenex. Pas vraiment besoin de parler comme les Spatiaux quand on est sur une planète frontière. Feriez mieux d'apprendre le bon vieux jargon médiévaliste : brousse, torrent, cabane de rondins... Sans parler de la « sueur ». Bon, qu'est-ce qui ne va pas chez elle ?

– Je ne sais pas, docteur ! Elle a dit... (Sa gorge se serra.) Elle a dit que ça pouvait être mortel si ça passait la barrière sang-cerveau. Ça... affecte son cerveau. Ça fait... un bon moment qu'elle a un peu de fièvre et des crampes de temps en temps, et qu'elle manque d'énergie.

– Des vomissements, des sueurs nocturnes ? demanda le D^r Li, très tendue.

– Je ne sais pas, elle... elle ne voulait pas que je m'inquiète.

Ils avaient l'air de plus en plus scandalisés : il aurait *dû* savoir !

– Ça peut être un certain nombre de choses, dit le D^r Li d'un air accablé. J'ai quelques idées, néanmoins.

– Moi aussi ! s'exclama le Dr Powell d'un ton acerbe. Ecoutez, jeune homme. Je me doute que cet accent vous a demandé du boulot, mais vous feriez mieux de laisser tomber. Ça contrarie trop de gens ici.

– Il ne peut pas, dit le D^r Li d'une voix neutre. C'est vraiment un Spatial.

Le Dr Powell et l'infirmière écarquillèrent les yeux.

– Impossible ! Un Spatial se baladant sur Terre ? Il serait déjà tombé raide mort de...

Les médecins firent volte-face pour regarder Ariel et l'infirmière eut un mouvement de recul.

– Ça peut être n'importe lequel d'une centaine de virus communs et bénins, dit le Dr Powell.

– Oui ! Bénins pour les Terriens !

– Et vous, jeune homme, vous allez bien ?

– Je me sens en pleine forme, dit Derec en hochant la tête.

– Comment ça se fait, alors ? explosa le Dr Powell. Vous auriez déjà dû tomber malade plus d'une douzaine de fois !

– J'ai reçu un traitement prophylactique... et Ariel aussi, répondit Derec en espérant qu'on ne poserait pas trop de questions. Mais je ne pourrais pas vous en dire grand-chose.

— Apparemment, ça n'a pas marché sur elle, dit le D^r Li d'un air sombre. Si vous ne vous sentez pas bien, prévenez-nous immédiatement, jeune homme.

— Ça ne peut pas être des Spatiaux, s'entêta l'infirmière, qui tenait la carte d'ID d'Ariel dans la main. Comment des Spatiaux pourraient-ils circuler sur Terre ? Sans carte de rationnement, sans ID et tout ça ? Ça, c'est une ID terrienne, cité de St Louis, tout à fait ordinaire...

Ils regardèrent Derec en fronçant encore plus les sourcils et il commença à avoir trop chaud... sans parler de la « sueur » qui l'inondait !

— Tout est en ordre, monsieur. Ça fait partie d'un accord d'échanges... Nous faisons des recherches sociologiques...

— Si jeunes ?

— Qui remarquerait un gosse ? rétorqua-t-il, les cheveux collés sur son front moite. Les jeunes regards sont plus aiguisés et tout ça... Vous savez bien...

— Hum ! Mes enfants ne prendraient pas un tel risque...

— On devrait peut-être appeler les Terries ? dit le D^r Li sans enthousiasme.

Ils avaient tous l'air contrariés. Derec leur adressa un regard interrogateur, mais il dut se résoudre à demander :

— Les quoi ?

— Les Terries – le Bureau terrien d'investigations, dit le Dr Powell, qui nettoyait ses carreaux d'un air malheureux.

— Ils causent plus d'ennuis qu'ils ne... murmura l'infirmière.

— Mais il vaudrait mieux ne pas prendre de risques. Si la fille est vraiment en danger, nous aurons des problèmes avec les Spatiaux... Le torchon brûle déjà assez comme ça entre eux et nous.

Consterné, Derec pensait à toute vitesse. Les « Terries » ne découvriraient aucune information enregistrée à leur sujet, ils se renseigneraient auprès d'une délégation spatiale sur Terre, s'il y en avait une, n'y trouveraient pas non plus leurs enregistrements... et la machine s'emballerait ! Mais il ne trouvait rien à dire.

– Regardez !

Ariel gémit et se tourna légèrement sur le côté ; seuls ses harnais l'empêchèrent de tomber du chariot. Si elle avait suivi la conversation, elle n'aurait pas pu choisir un meilleur moment. Les trois Terriens se précipitèrent vers elle et Derec rempocha la carte d'ID que l'infirmière avait posée.

Il réfléchit rapidement. Les médecins étaient inquiets et entièrement focalisés sur Ariel. Derec inspecta la pièce du regard. Il croyait se souvenir que R. David n'avait pas mentionné leur adresse sur les cartes ; il n'avait indiqué que leur nom et des spécifications d'ID. Les soins médicaux étant dispensés selon des critères de nécessité, ils n'étaient pas rationnés et, par conséquent, le lieu de résidence n'intéressait personne. D'ailleurs, on ne lui avait pas demandé ce renseignement... à moins que ce ne soit parce que la carte d'Ariel indiquait sa catégorie de Transit ?... Décidément, il aurait fallu en savoir plus sur la Terre.

De toute façon, pensa-t-il, *les seuls renseignements dont ils disposent sur Ariel proviennent de ce que l'ordinateur a enregistré d'après la carte d'ID.*

Les laissant s'affairer autour d'Ariel, il se faufila hors de la pièce et se mit à faire les cent pas sans adresser la parole à quiconque, essayant de prendre l'air inquiet d'un futur papa affectant la nonchalance. Une ou deux personnes lui lancèrent un regard de sympathie, mais la plupart ne semblèrent même pas le remarquer, ce dont il leur fut reconnaissant.

Avisant un bureau, il se glissa à l'intérieur et examina le terminal qui s'y trouvait : celui-ci était certainement réservé à une fonction unique, mais Derec ne perdrait rien à essayer : il avait observé R. David tandis qu'il encodait une douzaine de cartes d'ID différentes et se sentait capable d'en faire autant. Franchement, ces ordinateurs lui semblaient simplistes, à lui qui avait programmé des cerveaux positroniques et restructuré le programme du noyau central de la Cité des robots. Explorer les fichiers, retrouver l'enregistrement concernant Ariel et l'effacer lui prit une petite demi-heure.

Et maintenant, espérons qu'il n'y a pas de copie sauvegardée quelque part ! pensa-t-il lugubrement.

Les médecins le rejoignirent alors qu'il traînait dans la salle d'attente et se dirigeait discrètement vers le hall où, supposait-il, il aurait dû rester.

– Ah ! tu es là ! lui dit l'infirmière, et pour la première fois, il remarqua qu'elle portait un badge à son nom sur sa blouse : *Korolenko*. Pourquoi n'as-tu pas attendu dans le Salon des Amis ?

Il ne prit pas la peine de lui rappeler que personne ne le lui avait suggéré.

– J'ai dû aller aux toilettes, répondit-il, sans vraiment savoir si les Terriens pouvaient parler de ce lieu aussi librement.

Elle se fit sans doute des idées, car elle sortit de sa poche un objet tiède qu'elle posa sur son front. Apparemment, sa température était normale.

– Bon, ça va... Mais viens par ici. Les toubibs veulent te parler.

Quelques minutes après, le D^r Li entra vivement dans la pièce, s'assit et poussa un profond soupir.

– Elle nous a donné du souci, mais elle souffre surtout d'un épuisement des ressources naturelles du corps. Inanition, pour dire les choses comme elles sont. Elle a dû tenir sur les nerfs et le café pendant des semaines.

– Elle ne mangeait pas beaucoup, c'est vrai, admit Derec. (Il avait été aveugle de ne pas s'en être rendu compte.) Qu'est-ce qu'elle a ?

– Nous en aurons la confirmation demain : nous avons fait une culture, mais nous pensons sérieusement à une peste amnémonique.

– A... numomique... ?

– De la racine médiévaliste *mnêmê*, qui signifie mémoire. Amnémonique signifie privé de mémoire. C'est une mutation d'un ancien virus de grippe, isolé

pour la première fois sur un des Mondes Coloniens...
On l'appelle quelquefois fièvre de Burundi, du nom
de celui qui l'a découvert.

Elle lui lança un regard perçant, mais visiblement
ce deuxième nom n'était pas plus familier à Derec
que le précédent.

– Est-ce qu'elle... s'en sortira ?

Le D^r Li soupira.

– Quand le virus de Burundi passe la barrière
sang-cerveau, ce n'est jamais très bon. Nous lui don-
nons des remontants (nutriments, etc.) et des antibio-
tiques qui, à la longue, la guériront. Nos traitements
antiviraux sont tout à fait efficaces, sauf là où le virus
a passé cette fameuse barrière. Des anticorps pourront aider un peu et nous lui en administrons. D'ici
un jour ou deux, nous aurons enrayé l'infection partout... sauf dans son cerveau.

Derec eut l'impression que sa poitrine se transfor-
mait en un morceau de bois. Son cœur cogna une
fois, très fort, contre sa poitrine pétrifiée, puis abandonna. Derec le sentit s'arrêter de battre.

– Son... cerveau ?

Le D^r Li soupira encore et parut soudain avoir quatre cents ans.

– Il y a un espoir, cependant. Tout n'est pas
perdu. *J'espère* vraiment que nous l'avons prise à
temps... Bien. Essayez de ne pas vous sentir coupable. Je suis désolée que cela vous fasse souffrir. Mais
vous ne pouviez pas savoir. Les gosses sont tous si
insouciants, ils croient qu'ils vont vivre éternellement...

Le D^r Li s'absorba un moment dans la contempla-
tion de ses mains habiles de médecin.

– Alors, vous pensez qu'elle vivra ?

– Disons que j'ai bon espoir. Saul – le Dr Moro-
van – est spécialiste en virologie et a déjà traité trois
cas de peste amnémonique, dont deux avec succès...
et le troisième était dans un état bien plus critique
que celui de votre femme.

Derec se dit que les symptômes des deux premiers
cas étaient sûrement bien moins avancés que ceux

d'Ariel, mais ne fit aucun commentaire. C'était déjà quelque chose, reconnut-il, qu'ils connaissent ce virus et qu'ils aient un traitement contre lui et un espoir pour elle. *Les Spatiaux sont stupides (de stupides chauvins) de croire que leurs Mondes sont les seuls à s'y connaître en médecine !* Qui, mieux que les habitants de la Terre, l'incubateur virtuel de tout virus connu du genre humain, pourrait être plus avancé dans ce domaine ? Sur les Mondes Spatiaux, oui, la peste amnémonique était immanquablement mortelle quand elle passait la barrière sang-cerveau.

Derec sentit ses jambes flageoler et fut content de ne pas être debout.

— Pardon ?

Le D^r Li avait dit quelque chose, mais il n'avait pas entendu.

— Nous devons vous faire une prise de sang, répéta-t-elle. Nous ne pouvons pas vous vacciner si vous portez déjà le virus, du moins à un stade avancé.

Passer par le Périhélie, c'est passer sans transition de la gravité à l'apesanteur : l'effet ressenti est celui d'une chute soudaine de l'estomac. Derec faillit vomir. Il déglutit, fit :

— Ou-oui, m'dame,

et tendit le bras.

Le virus !

Le risque avait toujours été présent, associé à Ariel. Pourtant, Derec savait que le virus n'était pas facilement transmissible. La seule fois où ils étaient allés plus loin qu'un simple contact fortuit, Ariel lui avait parlé plus ou moins ouvertement de la façon dont elle avait contracté cette maladie, un peu comme une mise en garde. Maintenant qu'il y réfléchissait, elle avait toujours gardé ses distances, même quand son désir qu'il la prenne dans ses bras était manifeste. Son horreur des maladies, typique des Spatiaux, n'était pas aussi émoussée qu'il le pensait. Le traitement prophylactique administré par R. David l'avait rassuré, l'attitude d'Ariel et sa propre inquiétude à son sujet l'avaient rassuré, et puis l'insouciance de la jeunesse...

Ses yeux avaient dû refléter un peu de son épouvante, car le D^r Li le regardait attentivement.

— Ne vous inquiétez pas ! Si par hasard vous avez été contaminé, vous en êtes visiblement au tout début. Et nous allons vous faire un bilan complet pour être sûrs que vous ne nous couvez pas autre chose.

Ce qui leur prit la demi-heure suivante. *Le bilan fait par l'Equipe de Médecine humaine aurait été plus rapide, mais pas moins complet,* pensa-t-il.

— Bien. Vous ne présentez aucun symptôme, pour autant qu'on puisse en juger, dit le Dr Powell. Par chance, vos micro-organismes intestinaux ne sont pas trop différents de ceux de souche terrestre. Dès lors, rien dont il faille s'inquiéter. Docteur Li, passez-moi le vaccin...

— A propos, nous avons dépisté des antitoxines de la fièvre de Burundi dans votre organisme, dit le D^r Li. Il se pourrait que vous ayez déjà contracté ce virus sous une forme bénigne. Il se peut aussi qu'il soit à l'état latent dans votre organisme. Toutefois, le vaccin vous immunisera définitivement.

— Oh ! fit Derec. (Soudain, une pensée le frappa :) Est-ce que j'ai été porteur tout ce temps ?

Mal à l'aise, il s'imagina, avec Ariel, répandant le virus sur toute la station Rockliffe, où ils s'étaient écrasés après avoir échappé aux griffes d'Aranimas le Pirate. Tout humain pénétrant après eux dans la station risquait d'être contaminé...

— Peut-être, mais ne vous inquiétez pas de ça. La peste amnémonique porte mal son nom car ce n'est pas une vraie peste. Ce n'est pas une maladie infectieuse et elle n'est que difficilement contagieuse : il faut un échange de fluides vitaux. Elle est en général transmise au cours de rapports sexuels ou de transfusions sanguines à partir de donneurs contaminés. Et quelquefois par des seringues hypodermiques mal stérilisées, comme c'est le cas sur les Mondes Coloniens où elles doivent être utilisées plusieurs fois.

C'était un soulagement, mais ça ne résolvait pas tout : comment Derec avait-il été exposé à la contagion, si ce n'était en respirant le même air qu'Ariel ?

Etait-il déjà porteur *avant* leur rencontre sur le vaisseau d'Aranimas ?

Ça devait être ça. Sinon, comment aurait-il perdu la mémoire ? Mais comment, alors, avait-il survécu ? Si la peste amnémonique affectait la mémoire seulement après avoir passé la barrière sang-cerveau et si, dans ce cas, elle était immanquablement mortelle, du moins sur les Mondes Spatiaux...

Il avait de nouveau manqué quelque chose.

— J'ai dit que votre femme allait presque certainement survivre. Attention ! Retenez-le !

Derec ne sut pas qui l'avait rattrapé : un voile noir était tombé devant ses yeux. Quand la lumière revint, il était assis et son bras lui picotait. *Piqûre stimulante*, pensa-t-il vaguement. On lui tendait un verre de jus d'orange... des oranges tout ce qu'il y avait de naturel, comme celles d'Aurora. Il se demanda combien le transport jusque sur Terre avait pu coûter, puis se dit que les Terriens avaient dû autrefois se procurer des semences d'oranger et en faire pousser.

— Merci, murmura-t-il.

Mais ils restaient debout autour de lui et l'observaient.

— Est-ce qu'il y a autre chose ?

— Oui, répondit à contrecœur le D^r Li. J'espère que vous êtes prêt à l'entendre. Ça peut vous causer un choc.

Derec but une autre gorgée de jus d'orange, émerveillé encore qu'il ressemble tant à celui d'Aurora.

— Je suis prêt, dit-il. Allez-y.

— La peste amnémonique porte quand même bien son nom, même si ce n'est pas une peste. Votre femme est en train de perdre la mémoire, et à un rythme croissant. Quand nous l'aurons guérie, il ne restera plus grand-chose de ses souvenirs.

LA CLEF DE LA MÉMOIRE

Allongé sur le lit dur et étroit, Derec se demandait ce que devenaient Wolruf et Mandelbrot... Probablement toujours en orbite autour de Kappa de la Baleine, à bord du Chercheur d'Etoiles, attendant, attendant encore. Il ne leur serait pas facile de se procurer les cartes d'astrogation sans l'intermédiaire d'un humain. Mandelbrot pouvait toujours essayer, bien sûr (il n'était pas inhabituel qu'un robot établisse la communication), mais si l'autre vaisseau insistait pour parler au capitaine en personne... Les Chercheurs d'Etoiles étant de petits bâtiments, le capitaine ne *pouvait* pas se trouver bien loin des commandes. Et Derec ne savait pas jusqu'à quel point Mandelbrot serait capable de mentir, même dans ces circonstances.

Enfin ! Il ne pouvait rien faire pour eux. Il ne pouvait pas quitter la Terre et, même s'il l'avait pu, il ne pouvait pas y laisser Ariel. Et pour le moment, Ariel délirait dans une chambre de l'hôpital du Secteur Webster Groves, cité de St Louis. A des années-lumière de New York et de l'astroport le plus proche.

Derec aurait bien pris un verre. Il avait envie de grignoter un petit quelque chose, des biscuits, par exemple, arrosés d'un bon café bien chaud. Il y avait bien un robot dans la pièce voisine, prêt à entrer en action au moindre mot... enfin presque. C'était un robot terrien, dans une cité terrienne. Derec aurait pu envoyer R. David lui chercher un café, mais il n'était pas certain de le revoir, et, de toute façon, il

126

serait revenu sans le café, puisque la catégorie de Derec ne lui donnait pas droit aux repas à domicile. Il maudit le Dr Avery de n'avoir pas mis au point des cartes ID de catégories plus avantageuses.

Mais cela l'aurait sans doute rendu plus suspect.

Un rai de lumière filtra sous la porte et éclaira le lit.

— C'est l'heure de vous lever, monsieur Avery, dit le robot.

— Oui, merci, R. David.

Derec gémit intérieurement, s'assit, et resta un moment les coudes sur les genoux et le menton dans les mains. Tout au long de la courte vie dont il se souvenait, il avait vécu crise sur crise. *Tout ce que je veux*, décida-t-il, *c'est la paix et la tranquillité, une petite maison au bord d'un ruisseau de montagne, quelque part dans un bled sur Aurora, ou sur Nexon, pourquoi pas, avec un ou deux robots et un terrain d'atterrissage juste assez grand pour mon engin et un autre.* Dans le fond, les Solariens étaient dans le vrai : ils ne voyaient *jamais* personne ; leur seul entourage était constitué de robots.

Non, pour finir, ce n'était pas une si bonne idée.

L'inverse de la Terre... Ce n'était pas mieux que...

— Monsieur Avery, vous vous sentez bien ?

— Oui, oui, R. David. Juste un peu déprimé, c'est tout. Je me fais du souci pour Ariel.

Ça, le robot le comprenait bien.

— Oui, monsieur Avery. Je... m'inquiète aussi pour elle. Mais les médecins disent que son état de santé est bon, n'est-ce pas ?

— Oui, c'est ce qu'ils disaient hier soir. Mais comment ira-t-elle aujourd'hui ?

Il abandonna le sujet, morose, s'habilla à la va-vite et fourra quelques affaires de toilette dans la trousse qu'il avait achetée la veille. D'une voix plutôt lugubre, il exhorta R. David à ne pas s'inquiéter, se rendit aux toilettes, revint déposer la trousse après s'être douché et avoir nettoyé un vêtement de rechange. Puis il repartit en direction de la cantine de secteur. Cette partie du trajet lui était devenue si familière qu'il ne fit pas attention aux policiers, dans les galeries et les jonctions. Il ne fut pas remarqué non plus : il avait de moins en moins l'air d'un étranger.

Le petit déjeuner était aussi bon que d'habitude, mais Derec le trouva fade. Il mangea avec indifférence, pas même intéressé par une déduction qu'il avait faite : la nourriture n'était ni naturelle, ni synthétique, mais les deux à la fois. Elle était composée de matières vivantes, donc naturelle, mais obtenue par un procédé artificiel, donc synthétique. La substance de base était pour trois quarts de la levure.

Il imaginait qu'il pourrait y avoir un marché potentiel, même limité, pour la levure alimentaire terrestre sur les Mondes Spatiaux, du moins si les Spatiaux arrivaient à surmonter leur complexe de supériorité assez longtemps pour s'y essayer. Il fallait admettre que la cuisine spatiale n'avait pas sa pareille sur Terre, d'après ce qu'il avait pu goûter. Pourtant les astronefs des Spatiaux n'étaient en général équipés que de synthétiseurs. *Au temps pour la gastronomie spatiale !*

L'hôpital était désormais un lieu familier pour lui, et Derec ne s'attarda pas dans les salles d'attente : il se rendit directement dans le Salon des Amis et, sur le moniteur, s'enquit de l'état d'Ariel.

Bien sûr, il y avait eu un problème, quand on avait découvert qu'elle n'était pas connue du système. Derec avait affirmé qu'il ne savait pas où était passée la carte d'ID d'Ariel et il fut admis (du moins l'espérait-il) que la carte avait été égarée alors que tout le monde s'occupait d'Ariel pendant son malaise. Bien évidemment, il ne se souvenait pas du numéro d'Ariel et en toute innocence il avait laissé leurs autres ID chez lui. Derec avait promis de les apporter le lendemain mais, la seule fois où l'on se soucia de les lui réclamer, il avait « oublié » de le faire. Il avait donc fallu attribuer à Ariel un numéro d'ID provisoire.

Il y avait deux robots dans la chambre d'Ariel. Ici, dans le Service de Soins intensifs, les patients étaient soit inconscients, soit trop débilités par la maladie pour s'inquiéter que des robots veillent sur eux.

Ce jour-là, elle ne délirait pas. Sur le moniteur, à la voir allongée si tranquille, Derec pensa tout d'abord qu'elle était endormie, mais elle bougea et un robot se précipita pour arranger son oreiller ; elle le regarda d'un air absent et referma les yeux.

Il y eut un léger bruit et le D^r Li fut derrière lui. Elle secoua tristement la tête.

— Comment va-t-elle, docteur ?

— Pour ce qui est de l'infection elle-même, le plus grave est passé. Elle vivra. Mais ce que vous avez maintenant devant vous pourrait être pire : petit à petit, elle perd ses souvenirs.

Derec avait déjà eu quelques explications.

— Je suppose qu'elle est dans un état semi-hallucinatoire, à présent.

— Oui, ou dans une sorte de profond rêve éveillé. Une séance de méditation serait une meilleure comparaison : un de ces états de concentration presque hypnotique où vous ne voyez même pas ce qui est juste sous vos yeux.

Derec eut un flash : le souvenir flou d'une main qu'on agitait sous son nez. Il hocha la tête.

Ariel revivait sa vie, comme on le dit de ceux qui se noient. *Dans mon cas, ce ne serait pas trop long,* ironisa-t-il. *Je suppose que j'aurais assez de temps pour le faire. Mais Ariel...*

— Est-ce que je pourrai lui rendre visite ?

Encore plus attristée, le D^r Li fronça les sourcils.

— Oui, mais à partir de demain, son état va empirer. C'est... C'est toujours un choc pour les proches quand le patient ne les reconnaît pas. C'est ce qui va se produire, vous savez ?

Derec n'y avait pas réfléchi et cette simple pensée le bouleversa.

— Alors, est-ce que je peux la voir aujourd'hui ?

— Je vais demander.

Ariel le regarda d'un œil éteint, mais ce n'était pas parce qu'elle ne le reconnaissait pas ; c'était plutôt par manque d'énergie.

— Oh ! Derec ! Comment vas-tu ?

Que dire à quelqu'un qui sera encore en vie le lendemain, mais qui ne se souviendra peut-être plus de vous ? Même si Derec avait eu des souvenirs datant de plusieurs siècles plutôt que de quelques mois, ça ne l'aurait pas aidé.

— Pas trop mal, répondit-il, embarrassé.

Il s'approcha du lit à le toucher. Elle le regardait sans trop montrer d'émotion.

— Est-ce que tu vas les aider à restaurer mes souvenirs ?

— Bien sûr ! Je dois le faire. Et j'espère que tu leur as parlé... dit-il en indiquant les robots d'un signe de tête.

— Un peu, dit-elle sans enthousiasme. Je suis tout le temps si fatiguée. Et je suis tellement bourrée de médicaments que je n'en ai pas le cœur. De toute façon, ça n'a pas d'importance... Ça ne servira à rien... Ça... Ça ne sera plus vraiment *moi*. Derec, c'est comme la mort. C'est exactement comme la mort. Je ne verrai jamais plus personne... tout s'estompe...

Un des robots se précipita vers la tête du lit, tripota quelque chose et les yeux d'Ariel se fermèrent. Quand ils se rouvrirent un moment après, l'horreur s'en était en partie effacée, mais Derec pensa qu'elle était toujours présente, qu'elle était simplement masquée par les drogues.

— Ariel, ça ne se passe pas comme ça, insista Derec. Tes souvenirs existent toujours, là, dans ton cerveau. Ils ont juste besoin d'être stimulés. Nous allons...

Mais elle secoua la tête.

— Non, tout s'en va. Derec, je suis en train de mourir ! Celle qui prendra ma place sera une personne différente.

— Est-ce que je suis différent de celui que j'étais ? demanda-t-il à brûle-pourpoint.

— Bien sûr... et pourtant tu es le même, c'est vrai.

Elle ferma les yeux et les larmes tremblèrent au bout de ses cils. De nouveau, le robot s'affaira à la tête du lit.

— Derec, je veux que tu saches que je t'ai toujours

130

aimé. Même quand j'étais à bout, même quand j'avais très peur. Je ne t'en ai jamais voulu. Pendant des semaines, je t'ai observé. J'espérais que tu n'aurais jamais cette maladie dans sa forme maligne. Tu as dû l'avoir, sinon tu n'aurais pas perdu tous tes souvenirs. Celui qui t'a soigné... n'avait pas la technologie pour... les restaurer.

Elle sombra dans le sommeil et Derec refoula son envie de crier, de hurler pour qu'on la réveille. Soudain, ses souvenirs perdus étaient moins importants, ce qu'elle savait était moins important que ce qu'elle ressentait pour lui.

– *Ciao*, Ariel, réussit-il à articuler.

Il retourna en titubant dans le Salon des Amis où il resta un long moment à pleurer doucement. Il se demanda vaguement si, dans son passé oublié, il avait déjà ressenti une peine si aiguë et si poignante, mais il en douta. Il avait aussi connu Ariel dans une autre vie, mais ce n'avait pas été une relation heureuse.

Il avait eu la peste amnémonique ; le vide de sa tête était pour lui suffisamment probant. Elle l'avait contaminé... ou bien était-ce lui qui l'avait contaminée ?

Enfin, il prit une profonde inspiration, exhala un soupir qui venait du fond de lui et s'essuya les yeux avec un Kleenex pris au distributeur.

Les robots avaient dû l'observer : quelques minutes après, le D^r Li et un Dr Powell abattu entrèrent dans la pièce. Ils s'assirent et l'observèrent tandis qu'il se ressaisissait. Fort heureusement, ils avaient, tout comme lui, des choses plus importantes à penser que les cartes d'ID d'Ariel.

– Je crois comprendre que Korolenko vous a expliqué certaines choses au sujet de la restauration de la mémoire, dit le Dr Powell.

Derec se souvint d'une conversation qu'ils avaient eue lors de sa précédente visite. Il hocha la tête.

– Oui. Les empreintes mnémoniques ne sont pas des souvenirs.

– C'est presque ça. Une empreinte mnémonique est une synapse (une connexion nerveuse) qui mène au souvenir, lequel est stocké sous une forme chimique. Ce sont ces synapses qui sont attaquées par les neurotoxines de la peste. Les souvenirs réels restent intacts.

Ils le dévisagèrent.

Si seulement vous saviez comme je suis au courant de tout ça !

— D'accord, dit-il. Mais à partir du moment où les adresses sont perdues (pour dire ça en jargon informatique) les souvenirs sont tout aussi perdus que si les enregistrements avaient été *effacés*.

— En quelque sorte, dit le D^r Li. Des souvenirs fantômes flottent dans le cerveau du patient et il faut tout un tas de petites choses pour que les souvenirs oubliés ressurgissent.

— L'odorat est l'une des plus subtiles et des plus puissantes clefs de la mémoire, dit le Dr Powell en hochant la tête.

— Oui, fit Derec qui en savait quelque chose.

— Donc, au cours de ce que nous appelons de façon impropre « la restauration de la mémoire », nous implantons de nouvelles synapses, aussi proches que possible des anciennes.

— Et c'est en stimulant les nouvelles empreintes mnémoniques que le patient retrouve les adresses des anciens souvenirs chimiques, dit Derec, reprenant mot pour mot ce qu'on lui avait expliqué.

— C'est cela. Plus les nouvelles empreintes sont précises et détaillées, plus seront complètes non seulement la restauration de la mémoire, mais aussi la restauration de la *personnalité* originelle du patient. J'espère que vous saisissez ?

C'était là un point de vue auquel il n'avait pas songé. Il avait tout d'abord supposé qu'il avait fondamentalement la même personnalité : pragmatique, débrouillard, concret, ni artiste ni poète. Un tempérament égal, un esprit astucieux... Mais, en y réfléchissant, sa personnalité était peut-être différente. Il avait connu Ariel dans sa précédente vie et avait dû éprouver pour elle des sentiments très forts. Il en éprouvait de nouveau. Non pas encore, mais *de nou-*

veau. Car s'il ne l'avait pas rencontrée après son réveil amnésique et n'avait pas vécu pratiquement en tête à tête avec elle depuis, il n'aurait sans doute pas ces sentiments pour elle.

Ses propres parents, par exemple. Il n'éprouvait plus pour eux ce qu'il avait dû éprouver jadis. Et ses amis... Tout cet aspect de sa personnalité avait disparu. S'il se faisait de nouveaux amis, ses réponses émotionnelles seraient sans doute les mêmes, bien sûr ! Sa personnalité n'avait pas changé de façon *fondamentale* – du moins l'espérait-il ! Ariel ne l'avait pas trouvé si bizarre, bien qu'il fût un homme différent de l'ancien « Derec », ou quel qu'ait été son nom...

Ariel avait peut-être raison... C'était peut-être une forme de mort...

Donc...

– Si les empreintes mnémoniques sont suffisamment semblables aux originales... ?

– Dans l'absolu, ça reviendrait à charger le programme d'un robot dans un cerveau positronique vierge, dit le D^r Li. Dans la pratique, le deuxième robot *deviendrait* l'ancien.

– Nous leur expliquons toujours ce que nous leur avons fait, lâcha Derec sans y penser.

– Oui, bien sûr... Mais si l'original a été détruit... (Derec fronça les sourcils) ... le nouveau sera virtuellement le même dans un nouveau corps.

Exact. C'était à peu près la même chose que de commuter un cerveau positronique dans une nouvelle carcasse robotique. Un souvenir désagréable lui revint : dans la Cité des robots, Ariel et Derec avaient enquêté pour le compte des robots sur la mort accidentelle d'un garçon nommé David, et ce David lui ressemblait trait pour trait... Jusqu'à présent, il avait refusé de prêter attention à cette coïncidence, mais maintenant elle le frappait. L'autre avait peut-être été une copie... ou bien était-ce *lui* la copie ?...

– Pour les humains, ce n'est pas aussi simple, bien sûr, dit le Dr Powell sans prendre garde à son expression. Nous pouvons aussi bien stimuler une proportion notable de souvenirs verrouillés sans pour autant retrouver l'ancienne *personnalité*. La question est de savoir quels souvenirs sont importants pour le patient.

— Jusqu'à quel point peut-on en être sûr ?

— Ça dépend de ce dont nous disposons. Les robots enregistrent et analysent tout ce que votre femme dit, bien sûr, et les patients ont tendance à revivre plus souvent et en premier lieu les souvenirs les plus importants pour eux... Jusqu'à ce que ceux-ci disparaissent. Nous pouvons ainsi en faire une esquisse assez bonne, mais encore trop grossière pour mériter le nom de diagramme.

Derec opina.

— Et c'est là que vous avez besoin de mon aide.

— Exactement ! Vous la connaissez mieux que nous-mêmes ou les robots.

— Pas assez bien, j'en ai peur ! affirma Derec, qui aurait bien pris un de ces tranquillisants qu'on donnait à Ariel. Je ne la connais que depuis quelques semaines, vous savez !

Et déjà mariés ! disaient leurs expressions. Mentalité de Spatiaux... Mais Derec ne prit pas la peine de les détromper.

— Je peux donner une foule de détails sur la période que nous avons passée ensemble, mais avant ça... C'est quelqu'un de très réservé, en fait.

De nouveau, leurs expressions parlaient pour eux : *Les Spatiaux vivent seuls, à la surface, avec des robots pour seul entourage... et très peu de contacts humains.* Faux, en fait, mais allez essayer d'expliquer ça ! D'un autre côté, il devait lui-même abandonner son propre quota d'inepties chauvines à l'égard des Terriens.

— Quoi que vous puissiez faire, vous devez le faire, dit le D^r Li d'une voix lourde.

— Euh... Eh bien... je ne peux pas, répondit Derec sans conviction.

S'il parlait de son amnésie, ils lui tomberaient tous sur le dos. L'énigme de leurs ID reviendrait à la surface : il ne pourrait pas y échapper... Les Terries seraient sans aucun doute appelés et l'ambassade spatiale serait informée. L'affaire des cartes ID serait révélée et, une chose en entraînant une autre, ils auraient vent de l'existence du Dr Avery et de la Cité des robots.

Et cela devait rester secret... A tout prix !

– Et pourquoi pas ? aboya le Dr Powell.

– C'est... Ça concerne ma vie privée, monsieur.

– Oh ! (Ils se calmèrent aussitôt.) Eh bien ! vous avez mieux à faire que de rester ici... Pourquoi n'emporteriez-vous pas notre matériel chez vous pour dicter ça là-bas ?

Derec était tellement habitué à voir les robots s'ingérer dans sa vie en vertu de la Première Loi qu'il resta sans voix devant un consentement si facilement accordé. Un robot ne laisserait personne introduire quoi que ce soit dans le cerveau d'Ariel sans tout passer en revue au préalable.

– Et les empreintes mnémoniques ? Est-ce qu'elles resteront confidentielles ?

Les médecins se regardèrent.

– Eh bien, il faudra les coder, commença le D^r Li.

– On utilise une technique dérivée de celle qui est employée pour l'implantation des synapses dans les cerveaux positroniques, continua le Dr Powell. Cette dernière ne peut pas, bien sûr, être utilisée telle quelle pour les cerveaux humains, mais notre technique est basée sur les mêmes principes, pour ainsi dire. Je ne connais pas tous les détails...

– ... Mais tout est une question de codage, acheva le D^r Li. Nous avons fait venir un spécialiste du Mayo. S'il vous montrait comment vous y prendre, vous pourriez peut-être encoder vous-même les souvenirs les plus intimes...

Il fallut plusieurs discussions et une réunion avant que Derec ne soit autorisé à encoder lui-même les empreintes mnémoniques d'Ariel. Ses études lui furent d'un grand secours : il avait la formation nécessaire pour faire ce travail. *Ces Spatiaux !* disaient encore leurs expressions, mais cette fois avec approbation : de notoriété publique, l'enseignement spatial dans les domaines de la robotique et de l'informatique en général était du plus haut niveau.

Le travail nécessitait un bon ordinateur, et, au cours de la réunion, Derec leur révéla non sans inquiétude l'existence de R. David. Ils eurent l'air de prendre ça pour un fait acquis et d'en être plutôt amusés.

— Mais bien sûr, dit le Dr Powell, un Spatial ne pourrait jamais se passer d'un robot !

— Les Ecossais dormaient avec leurs cornemuses, murmura quelqu'un au fond de la salle.

Cette allusion paraissait drôle et Derec eut envie de se renseigner, puis il l'oublia. Il ne devait s'en souvenir que plusieurs semaines après... bien trop tard pour pouvoir poser la question.

Ainsi donc, une fois qu'il eut appris la technique (pas vraiment simple, mais pas non plus très difficile à assimiler) pour encoder les souvenirs sous forme de synapses, Derec passa ses jours et ses nuits à dicter ses souvenirs de sa vie avec Ariel.

— Chaque fois qu'elle se rappelle quelque chose et stimule une empreinte mnémonique, il y a une forte probabilité pour qu'elle déverrouille le vrai souvenir de l'événement, tout au moins en partie, avait expliqué l'expert. Et chaque souvenir ainsi déverrouillé sera mémorisé et viendra renforcer l'empreinte mnémonique qui mène à lui et à sa localisation. Tout ceci a été expérimenté à La Haye au cours des dix dernières années.

L'expert était une petite femme pas vraiment jolie, au nez retroussé et presque noire de peau. Les types humains, ou « races », comme on les appelait sur Terre, restaient ici bien plus marqués que sur les Mondes Spatiaux. Elle s'appelait Darla et connaissait son sujet. Elle paraissait âgée de plusieurs centaines d'années, mais Derec estima qu'elle devait avoir dans les soixante-dix ans.

— A la longue, la personnalité qui se rétablira sera indiscernable de la personnalité originelle du patient, aussi bien pour le patient lui-même que pour ses proches. Mais tout dépend de la précision des souvenirs, de leur encodage et de leur exhaustivité.

La précision de l'encodage, il pouvait l'obtenir par un travail minutieux et de gros efforts. Sur le plan de l'exhaustivité, il était assez bien placé. *Au moins*, s'encouragea-t-il, *les dernières semaines qu'elle a vécues doivent être très importantes*. Sur ce point, donc, il était rassuré.

Mais pour la *fidélité* des souvenirs ? Comment pouvait-il distinguer ce qui avait été important pour elle de ce qui ne l'avait pas été ? Ses humeurs avaient toujours représenté un mystère pour lui.

Il ne pouvait que faire de son mieux... en essayant de ne pas trop se tourmenter.

Derec prit l'habitude de rendre visite à Ariel tous les deux jours, quelquefois un jour sur trois. Mais qu'il y aille ou non, il s'arrêtait toujours matin et soir dans un commterm, sur le chemin de la cantine, pour appeler l'hôpital et demander de ses nouvelles. En général, on lui répondait que son état était satisfaisant mais on ne lui permettait pas de lui parler. Derec le comprenait.

Son travail avançait assez vite, mais il avait beaucoup à faire et s'y employait avec acharnement. S'il n'avait pas eu à sortir pour appeler l'hôpital, il aurait aussi bien oublié de se rendre à la cantine... jusqu'à ce que R. David soit obligé d'intervenir pour prévenir un malaise.

Il avait une petite compensation : ses propres souvenirs devaient eux aussi avoir été verrouillés sans pour autant être détruits par la peste. Si seulement il pouvait trouver quelqu'un qui le connaisse aussi bien qu'Ariel le connaissait avant de perdre la mémoire... Quelqu'un qu'il puisse persuader de se rendre sur Terre et de dicter ses souvenirs... Pas facile, évidemment, quand on connaît les Spatiaux. Mais il avait là l'espoir ténu de retrouver la mémoire... de se retrouver lui-même.

Il passait de mauvaises nuits. Dans ses cauchemars, le traitement n'agissait pas et Ariel revenait à elle avec la mémoire aussi vide que la sienne à son réveil. Il était terriblement important qu'elle ne perde pas ses souvenirs de lui... et dans ses rêves, c'était toujours par sa faute. Son encodage avait échoué, ou bien Ariel était emportée par les inondations dans les égouts de la Cité des robots, ou bien...

La Cité des robots... Elle aussi hantait ses nuits, et ces rêves-là étaient encore plus sombres et plus terrifiants que ses cauchemars au sujet d'Ariel. Ceux-ci, il pouvait les comprendre : ils découlaient d'une anxiété tout à fait naturelle.

Mais les rêves sur la Cité des robots étaient différents... et ne semblaient même pas être des rêves. Ils paraissaient épouvantablement réels. A chaque réveil, ses mains tremblaient et il espérait que les médecins ne lui poseraient pas de questions trop précises, sinon ils le prendraient certainement pour un fou.

Il rêvait que la Cité des robots était à *l'intérieur* de lui. Il rêvait que des immeubles étincelants entourés de plaines immenses d'un rouge sombre poussaient sur les lobes de son foie, ou encore sur ses côtes ou dans ses poumons, et que ces immeubles s'étiraient et se contractaient au rythme de sa respiration. Puis ce rêve semblait se préciser, et il « savait », comme on sait dans les rêves, que la Cité des robots était dans son sang.

« Des immeubles clos, comme les cités de l'espace sur les astéroïdes solitaires. » Ouais ! Mais les railleries n'effaçaient pas son sentiment d'impuissance et de frayeur, le sentiment d'être envahi et manipulé.

Je suppose que c'est l'origine de ce rêve. Depuis le début, je suis manipulé et déplacé contre mon gré.

La première fois qu'il revint dans le Salon des Amis, Korolenko l'attendait en compagnie du D^r Li et d'un jeune homme athlétique et froid. Un jeune homme au regard d'aigle.

— Oui ? dit Derec à l'étranger.

— Voici l'agent spécial Donovan, dit le D^r Li, légèrement crispée. Du Bureau terrestre d'investigations.

QUESTIONS !

Le Terry les suivit dans une salle de réunion plus intime et le D^r Li les laissa.

L'agent spécial observait Derec attentivement, quoique sans hostilité, mais Derec tremblait à l'idée de l'interrogatoire. Avant toute chose, il ne devait pas parler de la Cité des robots ; d'Aranimas et de Wolruf non plus, d'ailleurs : on aurait douté de sa santé mentale !

Un seul faux pas dans son histoire, et ce serait un interrogatoire sans fin, des enquêtes sur les Mondes Spatiaux, des questions sur le Dr Avery, la découverte de Wolruf en orbite autour de Kappa de la Baleine, la révélation probable de tout ce que le Dr Avery était en train de manigancer... Tout ça n'était pas forcément un mal, mais ça prendrait du temps ! Et, pire que tout, l'enquête mènerait immanquablement à la Cité des robots... et ce secret ne devait être révélé à aucun prix !

Ariel et Derec devaient retourner là-bas.

– Je dois vous informer que cette conversation est enregistrée et que tout ce que vous direz pourra être retenu contre vous. Par ailleurs, vous pouvez user de votre droit au silence si vous estimez que vos intérêts sont menacés. Nous n'avons pas encore la preuve qu'un délit ait été commis. Le Bureau a été appelé en premier lieu parce que vous êtes un ressortissant des Mondes Spatiaux... pour des raisons diplomatiques, donc.

Derec hocha la tête, la gorge nouée.

– Qui êtes-vous ? demanda l'agent à brûle-pour-point.

– Derec.

– Et votre nom de famille ?

Derec pesa le pour et le contre, opta pour le contre, et répondit :

– Je ne réponds pas.

– C'est votre droit. Avez-vous besoin de quelqu'un pour témoigner que vous n'avez pas été contraint par force ?

– Je renonce, mais, euh...

Derec ne se rappelait plus du tout la formule légale utilisée par les Spatiaux (pour autant qu'elle se rapprochât de la formule terrienne). Si la Terre était intransigeante sur quelque chose, c'était bien sur la protection des droits de l'individu, bien plus que les Mondes Spatiaux eux-mêmes.

– Euh... je souhaite conserver le droit de faire appel à un témoin par la suite.

– Renoncement temporaire au droit à témoin, dit Donovan, en approuvant d'un signe de tête. J'en conclus donc que vous n'avez pas l'intention d'user de votre droit au silence pour toutes mes questions. Par conséquent, la suivante sera : Avez-vous déjà souffert de la fièvre de Burundi, plus communément appelée « peste amnémonique » ?

– Je ne m'en souviens pas.

Derec adressa un pâle sourire à son interlocuteur qui lui répondit de même.

– Vous souvenez-vous de votre visite à l'hôpital du Mémorial Towner Laney, il y a deux jours, et du prélèvement sanguin qui vous a été fait à cette occasion ?

Derec se souvenait de sa visite, mais pas de la prise de sang, même quand Donovan lui désigna l'hématome rouge qu'il avait au creux du coude. Donovan s'alarma.

– Est-ce que vous affirmez que ce prélèvement a été effectué sans que vous en ayez été informé ? Plus précisément, accusez-vous qui que ce soit d'avoir pratiqué une anesthésie sans votre consentement ?

140

– Est-ce que c'est considéré comme un délit, sur Terre ? Non, je ne ferais pas une telle... euh... affirmation. Je ne m'en souviens pas, tout simplement. J'étais probablement dans le brouillard. Ça m'arrive assez souvent, ces derniers temps.

L'agent le dévisagea.

– Les anesthésies non autorisées ne sont-elles pas un délit sur les Mondes Spatiaux ?

– Ça se peut... Je n'en suis pas sûr. Je doute que ça se produise suffisamment souvent pour qu'on ait éprouvé le besoin de voter une loi là-dessus. De toute façon, les robots interviendraient.

– Hmm, fit le Terry, qui devait penser qu'une société largement pourvue de robots pouvait présenter certains avantages. Enfin bref ! Je vous informe donc qu'une prise de sang a été faite sur vous ce jour-là et a été minutieusement analysée. Les conclusions des médecins d'ici, du Mayo et de Bethesda sont que, bien que votre sang contienne des antitoxines de la fièvre de Burundi, vous n'avez jamais eu cette maladie dans sa forme avancée.

Muet de stupeur, Derec écarquilla les yeux.

– Toutefois, quelque chose dont vous avez parlé avec la victime spatiale, et ce qu'elle vous a répondu alors, indiquent que vos souvenirs se sont effacés de la manière caractéristique de cette affection. Pouvez-vous éclaircir ce point, ou souhaitez-vous user de votre droit au silence ?

Les robots dans la chambre ! Pour un Spatial, les robots faisaient partie des meubles et il ne leur avait prêté aucune attention. D'ailleurs, leur discrétion était proverbiale, à tel point que la justice spatiale tenait rarement compte de leur témoignage. Mais ceux-ci avaient reçu l'ordre d'enregistrer et de restituer tout ce que disait Ariel. Derec n'arrivait pas à se rappeler leur conversation, mais il y avait bien une semaine qu'ils étaient trahis.

Ariel avait-elle parlé de la Cité des robots ?

– Pourquoi me posez-vous cette question ? demanda-t-il avec circonspection.

– Souffrez-vous d'amnésie ? riposta l'agent.

Derec aurait préféré user de son droit au silence ; il y réfléchissait sérieusement, tout en se demandant s'il n'était pas déjà trop tard, quand il trouva un moyen de détourner la question.

– Pourquoi me demandez-vous cela ? Ce n'est certainement pas un délit de souffrir d'amnésie, et je ne pense pas non plus qu'on dérangerait les Terriens s'il arrivait qu'un Spatial perde la mémoire. Ce n'est pas contagieux, vous savez !

– Il existe néanmoins des réglementations en ce qui concerne le fait d'être porteur de certaines maladies. Politique sociale... dit Donovan par automatisme, mais il écarta le sujet. Non ! La question qui se pose est plus importante. Deux choses nous préoccupent essentiellement à votre sujet. La première, c'est que vous ne vous souvenez pas de votre passé. La deuxième, c'est que vous n'êtes pas sur Terre.

Derec ouvrait déjà la bouche pour lui demander où donc se trouvait St Louis, au juste.

– ... *officiellement*, je veux dire, précisa Donovan en fronçant les sourcils avec irritation. Nous avons procédé à une exploration informatique complète, mais nous n'avons trouvé aucune trace de vous avant que vous n'apparaissiez comme un cheveu sur la soupe à la cantine 9-G, il y a quelques semaines de cela. Ce fait a été porté à notre connaissance par les comptables et les opérateurs de l'hôpital, qui n'ont toujours pas découvert comment l'ID de votre amie s'était évaporée de l'ordinateur.

« En principe, je ne devrais pas vous en révéler autant, mais Washington est en émoi. On pense que vous n'êtes pas l'auteur de ce mystère et que vous en êtes vraisemblablement inconscient. Qui vous a envoyés sur Terre, et pourquoi ?

L'esprit de Derec tournait à toute vitesse, mais il réussit à articuler :

– Vous devez vous imaginer que ceux qui nous ont envoyés ont pu trafiquer vos ordinateurs. Mais, franchement, comment auraient-ils pu s'y prendre ?

Donovan haussa les épaules dans un mouvement de colère.

– On peut imaginer un certain nombre de moyens ! On parle de virus informatiques qui infestent les ordinateurs. D'une façon plus réaliste, on parle aussi de programmes qui disparaissent ou qui s'effacent tout seuls après un certain temps, c'est-à-dire qu'ils contiennent des instructions qui font que l'ordinateur les efface. Vous voyez ce que je veux dire ?

Derec hocha la tête et un souvenir clignota dans sa mémoire. Il avait déjà entendu parler de ce genre de programmes, mais en général, un bon ordinateur était malgré tout capable d'en conserver la trace... sans parler d'un réseau... Si les cartes de rationnement sont utilisées pour payer un logement ou des repas à la cantine, cette information sera acheminée par tant d'ordinateurs que, même si le *premier* la perd, la trace de la transaction subsistera quelque part. Sa petite manipulation sur l'ordinateur de l'hôpital avait été très simple et il avait effacé l'écriture comptable suffisamment tôt pour qu'il n'en reste rien.

Par ailleurs, il n'y avait aucune trace de leur arrivée dans les ordinateurs terrestres, bien sûr... Seulement dans un certain cerveau positronique.

– Vous pouvez être inculpés de violation de l'Accord d'Immigration, poursuivit Donovan sur le ton de la conversation. Nous ne pouvons pas aggraver l'inculpation sans preuve formelle que vous avez, délibérément et volontairement, pénétré sur Terre sans accomplir les formalités légales, mais nous pouvons vous mettre en garde à vue pendant la durée de l'enquête.

– Nous ne pourrions pas aller bien loin, de toute façon. La Terre n'est qu'une immense prison !

– Comme toutes les planètes.

Derec essaya d'imaginer combien d'ordinateurs dans combien de bureaux et services du gouvernement il faudrait duper pour qu'un espion puisse s'introduire sur Terre. Ça le laissa rêveur... Rien d'étonnant à ce que les Autorités soient en émoi ! Il était plus rassurant de croire qu'un vaisseau spatial s'était faufilé entre les radars orbitaux et autres systèmes de détection pour parachuter quelqu'un.

Mais leur réaction était excessive : il était tellement plus facile d'infiltrer des espions sous une couverture quelconque, par exemple des études en sociologie... à ceci près qu'en principe les Spatiaux ne se rendraient jamais dans une cité terrienne, et que maintenant, il y en avait deux.

– Combien êtes-vous sur Terre ? demanda Donovan, comme en écho à ses pensées.

Il vint à l'esprit de Derec qu'il ne le savait pas réellement. Il avait supposé que le Dr Avery opérait seul, mais ce n'était pas parce qu'il le pensait que c'était bel et bien le cas. Par ailleurs, le Dr Avery utilisait des robots, et il pouvait y en avoir un certain nombre...

– Je ne sais pas, répondit-il en toute bonne foi. On nous en a très peu dit. J'ai des raisons de penser que nous sommes les seuls. Ce n'est pas facile de trouver des volontaires pour faire des études sociales sur la Terre, ajouta-t-il en haussant les épaules. Les Spatiaux étudient plus volontiers la Robotique !

Donovan approuva. Il était assis, légèrement penché en avant, pas du tout détendu. Son attitude était si tonique et si manifestement *compétente* que soudain Derec se rendit compte que s'il venait à attaquer le Terrien, celui-ci le réduirait à l'impuissance aussi efficacement que n'importe quel robot, et sans doute avec moins de ménagements ! L'idée de dissimuler l'existence de R. David et de l'appartement semblait irréaliste : cet homme était le représentant d'une organisation d'investigations à l'échelle d'une planète.

– La plupart de leurs agents sont des robots, continua Derec, ce qui provoqua une réaction immédiate chez son interlocuteur, réaction aussitôt escamotée.

Voilà une façon gratinée de noyer le poisson. Il faut exploiter ça ! Puis il se demanda quasi machinalement comment s'y prendre pour « noyer un poisson » et sur quelle planète on les gratinait.

– Aucune idée de qui *ils* sont ? demanda Donovan, de nouveau comme par hasard.

– Je sais seulement qu'il s'agit d'une enquête sociologique. J'ai entendu parler de Lois de l'Humanique, ces expressions mathématiques qui décrivent les relations entre les êtres humains. Des études sociologiques ont été menées sur plusieurs Mondes Spatiaux aussi différents que Solaria et Aurora, expliqua Derec qui reprenait des détails des théories de certains robots de la Cité des robots. Je suppose qu'ils ont estimé que la Terre était le meilleur cas de figure, étant donné qu'elle a la plus forte densité de population et le passé culturel le plus ancien, acheva-t-il avec un haussement d'épaules.

– Il semble étrange qu'ils aient éprouvé le besoin d'effacer les souvenirs de leurs agents juste pour une étude sociologique, dit Donovan. Que deviez-vous observer ?

Derec pensait à toute vitesse en essayant de conserver un visage aussi inexpressif que possible. *Reste proche de la réalité*, se dit-il.

– L'étude en elle-même n'est pas aussi importante que la collecte de données non contaminées. Si nous étions arrivés par la voie légale, votre Bureau nous aurait mis sous surveillance, ce qui se comprend : les Spatiaux ne viennent pas si souvent sur Terre !

– Et encore moins dans les cités, ajouta Donovan d'un ton cassant.

– Le fait de savoir que nous étions observés, suivis et même protégés aurait perturbé nos observations : ça aurait érigé un « mur émotionnel » entre les Terriens et nous... et un filet de protection. Ça nous aurait empêchés de vivre comme eux.

– Et c'est dans ce but que vous avez été envoyés ici ?

L'homme du TBI était peut-être sceptique, mais certainement pas borné.

– C'est ça. Nous n'avions pas de directives particulières : ça aurait faussé nos observations. On nous a seulement dit de nous rendre à St Louis, de nous y installer et d'enregistrer nos impressions.

Au moment même où il prononçait ces trois derniers mots, Derec comprit l'énorme erreur qu'il venait de faire. Puis il songea à une explication plausible, mais il transpirait encore quand le Terry reprit :

– Mais ça n'explique pas pourquoi vos souvenirs ont été effacés.

– Oh ! pour éviter que nous ne révélions à qui que ce soit la façon dont nos ID ont été effacées de vos ordinateurs. Vous comprenez, il nous fallait disparaître complètement pour éviter les interférences.

Donovan hocha lentement la tête. Derec n'aurait pas pu dire ce qu'il avait avalé de tout ça.

– Je vois... Eh bien, à notre connaissance, vous n'avez vous-même transgressé aucune loi, et tout ce qu'on peut vous reprocher, c'est une complicité dans la violation de l'Accord d'Immigration et dans la fraude informatique. Cette dernière ne peut être prouvée, puisque nous ne pouvons pas nous appuyer sur des enregistrements ! Par ailleurs, nous avons découvert que du platine et de l'iridium ont été écoulés sur Terre pour payer votre présence ici. Nous avons aussi découvert du niobium, mais nous n'en connaissons pas l'origine. Vous ou eux avez dépensé bien plus que vous n'avez consommé, et sur ce point, il n'y a pas de préjudice. Vous comprenez bien que le TBI est sur les dents et que ça fait aussi pas mal de remue-ménage là-bas, à Washington, continua-t-il avec un regard sévère. Je suis seulement Agent-Chef du bureau local, mais je peux sentir le roussi jusqu'ici. Ça ne leur plaît pas, et à nous non plus, que nos ordinateurs soient piratés avec autant de facilité, gato ! Ceci dit, personne ne veut avoir d'ennuis, et encore moins que vous vous fassiez lyncher. Nous sommes désolés pour votre femme et nous espérons qu'elle se rétablira. Nous vous suggérons de partir dès que cela vous sera possible.

Derec approuva, la gorge serrée mais soulagé que le Terrien n'ait pas demandé à voir les « impressions » qu'ils devaient soi-disant enregistrer. (Il aurait pu prétexter qu'Ariel était tombée malade très tôt et qu'ils n'avaient pas eu le temps de faire quoi que ce soit, ce qui était assez proche de la réalité.) Partir dès qu'Ariel irait mieux était en soi une bonne idée, et pas seulement à cause de l'antipathie sévèrement réprimée du visage de l'agent spécial.

Après cet entretien, les choses allèrent de mal en pis. Pendant cinq jours d'affilée, on lui refusa les visites à Ariel et, par la suite, il ne put la voir que par l'intermédiaire de son image tri-D : l'accès de la chambre lui était interdit. La maladie atteignit son paroxysme pendant cette période et on commença à implanter dans la mémoire d'Ariel les souvenirs les plus anciens. Ces séances la laissaient en général dans un état quasi hypnotique, ou alors elle dormait ou flottait entre veille et sommeil.

– Etat somnambulique, à part qu'elle ne peut pas marcher : elle est encore bien trop faible, disait le Dr Powell.

Derec travaillait avec acharnement à ses enregistrements et à leur encodage, mangeant peu et dormant encore moins. Mais qu'il dorme ou qu'il veille, les rêves sur la Cité des robots le hantaient : tout en travaillant, il ne pouvait s'empêcher de ressasser des questions absurdes : le Dr Avery avait-il quitté la Cité des robots avant qu'elle ne se soit contractée ? ou encore : en ce moment, un fou minuscule nageait-il dans son sang ? et : l'Equipe de Médecine humaine saisissait-elle bien toutes les occasions d'étudier l'anatomie et la biochimie humaines ?

Les Terriens qu'il croisait dans les galeries et sur les tapis roulants semblaient l'éviter. Ses rares coups d'œil vers un miroir lui renvoyaient une image maladive et déprimée. Cependant, tous les Terriens ne l'évitaient pas. Un jour, un homme le dévisagea si ouvertement dans les toilettes que Derec, désormais accoutumé aux mœurs terriennes, en fut choqué. Puis il crut reconnaître Donovan. Mais ce n'était pas l'agent spécial, non, juste un homme qui lui ressemblait : allure dégagée et athlétique, air de compétence et regard d'aigle...

Ce même homme – ou bien était-ce un autre ? – s'assit en face de lui lors d'un petit déjeuner et, de temps en temps, Derec était à demi conscient de la présence d'autres agents du TBI. Cette surveillance n'était pas aussi manifeste que si quelqu'un avait brusquement disparu au coin d'une galerie ou l'avait épié par l'entrebâillement d'une porte. Non, ils étaient là, et c'était tout.

Il décida de ne pas s'en inquiéter. Les Terries avaient de sérieuses raisons de ne pas provoquer de scandale et tant qu'il ne se livrerait pas ouvertement à l'espionnage, ils ne feraient probablement rien : ils étaient plutôt là pour assurer *sa* protection. Derec eut un petit sourire : *ils sont en train d'interférer dans mes observations...*

Je vous l'avais bien dit ! pensa-t-il à l'adresse de Donovan.

Et ce fut la seule pointe d'humour de toute cette période maussade.

Mais être surveillé par le TBI ne le dérangeait pas : il était habitué à la vigilance de ces mères poules de robots.

Cependant, il réfléchissait beaucoup à ce que le Terry lui avait dit, à savoir qu'il n'avait jamais contracté la peste amnémonique, malgré la présence d'antitoxines dans son sang. Il avait perdu la mémoire sans avoir eu cette maladie. Donc, on lui avait *injecté* une dose de neurotoxines.

En fait, son arrivée sur l'astéroïde glacé, privé de mémoire, alors que les robots y cherchaient une clef du Périhélie, ne lui avait jamais paru être un accident ou une coïncidence. Il avait l'impression, et l'avait toujours eue, d'être un pion sur un échiquier, d'être manipulé et déplacé pour les intérêts de quelqu'un d'autre. Et ce quelqu'un d'autre était dément.

Or, la seule personne qu'il savait être à la fois géniale et démente, c'était le Dr Avery...

Il fallait qu'ils retournent à la Cité des robots !

Un matin de cette période, il leva les yeux de la table J-9 et vit Korolenko assise à côté de lui. Elle portait heureusement son uniforme d'infirmière, sinon il ne l'aurait même pas reconnue.

– Mange ton bacon ! dit-elle d'un ton acerbe, alors que l'expression de Derec montrait qu'il commençait à la reconnaître.

Cette pensée lui souleva le cœur. A base de levure ou non, ça sentait le graillon et c'était écœurant. Ce qu'il pensait du bacon se lisait sur son visage.

– Mange les œufs, alors, et les toasts. (La voix de Korolenko était sévère.) Ecoute, ce n'est pas en mourant de faim que tu aideras ta femme.

Derec allait lui répondre qu'il risquait de mourir de surmenage plutôt que de faim, quand il songea qu'il y avait du vrai dans ce qu'elle disait : il tenait grâce aux jus de fruits et au café. Il parvint à avaler les toasts et une partie des œufs brouillés et fit passer le tout à l'aide d'une grande quantité de thé chaud et sucré.

– Voilà qui est mieux ! Bon, nous t'attendons demain à l'hôpital.

Cette nuit-là Derec fit son pire cauchemar sur la Cité des robots et passa la journée à méditer dessus, les yeux dans le vague.

Il ne se posa pas ces questions idiotes au sujet de l'Equipe de Médecine humaine ou du rétrécissement du Dr Avery. Il savait pertinemment que la Cité des robots était toujours là-bas, sur sa planète. Même pendant ses rêves ! Cette fois-ci, il avait rêvé qu'un modèle réduit de la cité avait été injecté dans son sang et avait commencé à grandir et à se reproduire. Arrivé à ce point, le rêve devenait pure folie : la cité miniature tirait le fer de ses globules rouges. Mais l'impression qui lui en restait, elle, était loin d'être absurde.

En y réfléchissant, la Cité des robots pouvait être comparée à une sorte d'infection de la planète sur laquelle elle avait été implantée. Elle aussi s'était développée à partir d'un unique foyer d'infection, comme un organisme vivant qui aurait grandi et se serait propagé.

La Cité des robots à l'intérieur de lui...

Il pouvait presque la sentir. Et cette sensation était si forte qu'il en oublia de manger, qu'il en oublia de se rendre à l'hôpital. Même Ariel n'était plus qu'une image floue au fond de sa conscience.

AMNÉSIQUE !

Ariel se réveilla lentement, étira ses membres gourds et laissa son regard errer dans la pièce. L'hôpital ! Il semblait se prolonger dans son lointain passé et elle pouvait à peine se souvenir d'une époque où il n'aurait pas été là, autour d'elle. Au-delà, le monde était flou. Une ville, se rappela-t-elle. Non, pas une ville, une cité ; une cité sur la Terre, une ruche bourdonnante de monde. Plus loin encore, pourtant, il y avait l'espace, et les étoiles, et les Mondes Spatiaux.

Là-bas, il y avait aussi la Cité des robots, et Derec, et l'Equipe de Médecine humaine. Et Wolruf, et Mandelbrot, qui s'était appelé Alpha, il y a bien longtemps. Et puis Aranimas aussi, quelque part. Et au-delà de tout ça... Aurora. Tout le monde avait entendu parler d'Aurora, la planète de l'Aube, la première colonie terrienne, pays de paix, de bonheur et de civilisation... Le plus riche et le plus puissant des Mondes Spatiaux.

Ce monde, elle l'avait appelé son foyer, mais il l'avait exilée et laissée mourir dans la solitude.

Mais aucun souvenir d'Aurora ne refit surface.

Elle ne pouvait pas se souvenir de son monde natal, ni de ses parents, ni de son école... ni de son premier robot.

Bien sûr que non ! Elle avait attrapé la peste amnémonique – la fièvre de Burundi, comme on la nommait sur les Mondes Spatiaux. Elle avait perdu la mémoire...

Mais elle était en vie !

Ariel fondit en larmes.

Un robot se tenait à son chevet. Un stupide robot terrien avec son visage perpétuellement enjoué.

– Madame Avery, vous allez bien ? Nous avons reçu l'ordre de diminuer le dosage de votre médication, pour vous permettre de récupérer, mais si votre détresse est trop lourde, nous pouvons vous donner des tranquillisants.

Avec effort, elle réussit à se calmer suffisamment pour lui répondre.

– Merci ! Mais je vais très bien. Je pleurais juste de soulagement de me retrouver en vie... Je ne pensais pas m'en sortir !

Le sortilège était rompu et ses larmes tarirent. Elle avait faim. Elle le dit aux robots et fut promptement alimentée. Et puis, fatiguée, si fatiguée, infiniment fatiguée d'être restée si longtemps allongée sur ce lit d'hôpital, elle sombra dans le sommeil.

Quand elle se réveilla, elle était de nouveau consciente de qui elle était et d'avoir eu la peste amnémonique. Elle avait survécu ! Les robots lui affirmèrent que ses souvenirs reviendraient petit à petit, sur la base de ceux qui avaient été implantés dans son cerveau. Elle ne les croyait pas mais elle s'en moquait : elle était en vie !

– Votre mari est là, lui annoncèrent les robots quand elle eut de nouveau mangé.

Mon mari ? Pendant un instant terrifiant, elle eut un passage à vide.

– Mon quoi ?

– Votre mari, Derec Avery, dit le robot en introduisant dans la chambre un garçon maigre aux yeux cernés.

Ariel mit un moment à le reconnaître...

– Il ne s'appelle pas Derec !

Mais elle s'interrompit en apercevant son expression anxieuse. Non ! David était mort. Il était mort d'un empoisonnement à l'oxyde de carbone dans la Cité des robots. Non... Il avait disparu... Elle ne savait plus ce qui s'était passé... Ses souvenirs étaient brouillés... Ou bien, ils s'étaient évanouis.

Derec !

Au bout d'un moment, elle demanda, en hésitant, autant parce qu'elle savait que c'était faux que de peur que ce ne soit faux :

– Mon mari ?

– Bien sûr, pourquoi ? fit-il en souriant.

Il était si maigre ! Et son sourire dessinait une grimace dans ses joues creuses. Il lui fit un clin d'œil, et continua sur le ton de la confidence :

– Certaines choses reviennent plus vite que d'autres, à ce qu'on m'a dit... Ce n'est pas vraiment un compliment que notre mariage ne soit pas la *première* chose dont tu te souviennes...

Ariel sourit aussi, puis pensa : *Avery !* Elle ignorait pourquoi ce nom plutôt qu'un autre leur était associé. Elle savait seulement qu'*il* était à l'origine de tout ça. Mais elle se doutait qu'en temps voulu, elle se souviendrait d'une explication logique. Puis elle se rappela qu'ils s'étaient évadés de la Cité des robots, qu'ils avaient utilisé la clef en laissant Wolruf et Mandelbrot dans l'espace. Ils avaient fini par arriver sur Terre, dans cet appartement presque vide.

Elle s'appuya sur ses oreillers et dit, en souriant toujours faiblement :

– Je m'en souviens maintenant, mais tout est un peu flou... comme... comme si c'était le souvenir d'un rêve. J'espère que tu me laisseras un peu de temps avant de te mettre à jouer aux devinettes.

– Bien sûr !

Derec avait à peine fini de parler qu'un des robots intervint :

– Les instructions des médecins sont que vous n'essayiez pas de forcer ses souvenirs. Il serait préférable, monsieur Avery, que vous ne l'interrogiez jamais sur votre passé ou sur le sien.

– Oui ! On m'en a parlé, merci ! dit-il avec la réelle politesse des Spatiaux envers les robots : tous les techmeds et toutes les infirmières les appelaient *boys* !

– Bon, quand est-ce que je pourrai quitter cet endroit et... et *sortir* ? demanda-t-elle en sentant approcher la terreur suffocante de la claustrophobie.

Courageusement, elle lutta contre cette oppression qui avait été sa compagne de chaque instant depuis qu'elle était entrée à l'hôpital et qu'elle avait combattue pendant toute la durée de sa maladie ; si elle n'avait pas été sous tranquillisants, elle n'aurait pas seulement perdu la mémoire, mais aussi la raison !

– Eh bien ! Physiquement tu es encore plutôt faible et les médecins ne sont pas encore très sûrs de ta mémoire. Ils veulent te garder quelques jours de plus pour te faire faire quelques exercices mentaux. Après... j'sais pas. Et toi, R. Jennie, tu sais quelque chose ?

– Mme Avery doit faire quelques séances de rééducation avant de pouvoir quitter l'hôpital en toute sécurité, monsieur Avery. En ce qui concerne sa mémoire, et sa raison en général, je n'ai pas été informé.

– Si je ne sors pas d'ici très vite, je vais devenir dingue ! s'écria-t-elle avec une véhémence soudaine qui la surprit elle-même. (Elle avait eu plus que son compte de ces cavernes de béton et de toute cette foule de... de troglodytes.) Je veux revoir le soleil et respirer au grand air, et... et fouler l'herbe, et...

Elle éclata brusquement en sanglots. Du fond du catalogue d'images qu'elle n'avait pas encore revues depuis que la mémoire lui revenait, une vision soudaine et irrésistible avait jailli : celle d'un jardin, quelque part, plein de lumière éclatante et de fleurs. Cette tiédeur, cette douceur alanguie, ces abeilles bourdonnant à l'unisson, et le parfum des fleurs d'oranger... Et celui qu'elle aimait dormait là, juste à la limite de son champ visuel.

Ariel se détourna et pleura à chaudes larmes, pendant plusieurs minutes, le visage enfoui dans son oreiller. Puis elle sentit qu'une main se posait sur son épaule, et ce n'était pas la main d'un robot. Elle lui en fut sourdement reconnaissante, mais elle était bien trop malheureuse pour se retourner.

Un détachement calme et serein sécha ses larmes

et la laissa fatiguée, vidée, même. Les tranquillisants ! Si elle n'avait jamais l'occasion de se laisser aller à ses émotions, elle perdrait la raison ; alors les robots la laissaient pleurer de temps en temps, mais jamais plus de quelques minutes.

Quand elle se retourna, Korolenko fronçait les sourcils, tout en parlant avec... Derec, elle devait se souvenir de l'appeler Derec. C'était ainsi que les Terriens l'appelaient. Il y avait une autre raison, dont elle ne se souvenait pas très bien, pour laquelle elle ne devait pas utiliser son vrai nom. Mais après tout, connaissait-elle vraiment son nom ? Elle avait oublié tant de choses, pouvait-elle faire confiance à ce souvenir ?

Avery ! pensa-t-elle, vaguement étonnée : les drogues brouillaient toutes ses émotions.

Elle se demanda où était le Dr Avery à l'heure actuelle. Toujours à la Cité des robots, sans doute. Pendant un instant, la pensée qu'ils occupaient son appartement et utilisaient son robot et son argent la mit en joie. Puis elle comprit que c'était là une vieille jubilation et qu'elle avait déjà eu cette pensée auparavant, et cette dernière pensée raviva le souvenir de s'être déjà amusée à cette idée... avant. Elle se sentait un peu grise.

— La mémoire, c'est comme l'alcool, dit-elle à l'adresse du robot, qui ne comprit pas.

L'infirmière et l'un des robots qui parlaient ensemble s'écartèrent et Ariel, choquée, aperçut... Derec.

— Pourquoi est-il... si maigre ? demanda-t-elle brusquement.

— M. Avery ? Il a été un peu surmené, ma belle. Il s'est fait du mouron pour toi et puis il ne s'est pas suffisamment alimenté.

— Est-ce qu'il a... (Son cœur s'arrêta et repartit douloureusement.)... la fièvre de Burundi ?

De nouveau, son cœur cogna dans sa poitrine.

— Non, ma belle, c'est simplement du surmenage.

— Il est malade !

— Non, madame Avery.

– Il est malade, insista-t-elle en le scrutant du regard aigu de celle qui vient d'échapper à la mort. Il est en train... de mourir !

Korolenko lui fit les gros yeux et l'un des robots (R. Jennie peut-être) se dirigea vers le panneau de contrôle à la tête du lit, mais se contenta de faire quelques vérifications.

– Derec est un jeune fou qui n'a ni assez dormi, ni assez mangé et qui a passé le plus clair de son temps à se faire du souci pour toi, gronda l'infirmière, en colère non pas contre elle, ni même contre lui, mais à cause de toute cette stupidité.

– Il n'y a rien de mieux à faire dans cet appartement idiot que de contempler le plafond. Givre ! Il n'y a même pas un tri-D ! bougonna Ariel, agacée par le comportement de Derec.

Pourquoi continuait-il à la fixer ainsi, avec des yeux grands comme des trous noirs ?

– Vous vouliez faire l'expérience de la vie que mènent les Terriens, et en plus dans les catégories les plus basses, alors vous n'avez pas eu plus qu'eux, dit Korolenko en haussant les épaules.

– On voulait... faire l'expérience ?...

Elle tourna un regard interrogateur vers... Derec, qui haussa à son tour les épaules et lui fit une mimique contrite.

– Peut-être que tu ne te souviens plus que l'Institut a effacé temporairement nos souvenirs avant de nous envoyer sur Terre, pour qu'on ne puisse pas divulguer ses méthodes, lui dit-il.

Ariel ne pouvait que le fixer d'un air ahuri.

– Quand tu iras assez bien pour supporter le voyage, nous repartirons. Puisque nous avons été découverts, notre étude sociologique est bien sûr annulée. Dès que nous serons rentrés sur Aurora, on nous réimplantera nos enregistrements mnémoniques.

Ariel n'avait jamais entendu parler de tout ça ! L'Institut ? Institut de quoi ? Une étude ? de la *Terre* ? Et *réimplanter leurs enregistrements mnémoniques* ?... Elle s'adossa contre ses oreillers et crut un instant que les larmes allaient de nouveau jaillir. Elle ferma les yeux.

— Tu as donc perdu deux fois la mémoire, mais ce n'est que momentané.

— Ce que j'aimerais savoir, c'est comment on fait ça ! gronda une voix de baryton.

Ariel finit par l'identifier : celle du Dr Powell ; elle l'avait si souvent entendue, ces dernières semaines.

— Je sais, je sais ! Vous n'en avez pas la moindre idée, tout juste une vague description pour les profanes, ce qui n'explique pas tout !

Quand elle rouvrit les yeux, ils étaient tous autour de son lit et R. Jennie s'affairait devant le tableau de contrôle.

— Eh bien, jeune dame ! Votre requête pour une excursion à la surface est pour le moins... inhabituelle.

Il réprima un frisson de dégoût et Ariel, fascinée, s'aperçut que l'extérieur inspirait à cet homme encore plus de frayeur que la cité ne la faisait, elle, souffrir de claustrophobie.

— Nous ne pouvons pas réellement vous ajouter à la liste du Groupe de conditionnement des Colons. Les seuls autres Terriens qui aillent... à l'extérieur sont ces surveillants des fermes, des mines et de la haute mer. Ils sont aussi solitaires qu'agoraphiles... des types très bizarres. Ils n'accepteront pas volontiers du personnel supplémentaire, et en tout cas pas une Spatiale malade. Je ne vois pas qui d'autre pourrait s'occuper de vous.

— Des robots ? suggéra Ariel d'une voix blanche en jetant un coup d'œil vers R. Jennie.

Le médecin secoua la tête en fronçant les sourcils.

— Il est difficile de faire traverser la cité à un robot sans qu'il soit aussitôt pris d'assaut et mis en pièces. Par ailleurs, d'année en année, leur nombre est réduit : ici, à Towner Laney, il y en a maintenant moitié moins que quand j'étais interne. Il reste bien votre mari, mais franchement, d'ici quelques jours c'est vous qui devrez vous occuper de lui !

— Je vais très bien ! se rebella Derec, avec une

pointe d'irritation : il crut un instant se retrouver en présence des robots de la Cité des robots ou de celui de la station-hôpital (Ariel ne se souvenait plus du nom de cette station, mais se rappelait y être allée). Quel est le signal d'appel du bureau local du TBI ?

– Le quoi ? s'exclama le Dr Powell. Le numéro de comm ? Quel besoin avez-vous d'appeler les Terries ?

D'après le ton de sa voix, il était clair qu'il avait deviné mais que l'idée ne lui plaisait pas du tout !

– Pour obtenir l'autorisation d'emmener des robots sur l'autoroute et de quitter la cité, ne serait-ce que quelques jours.

– Humph ! Médicalement...

– Médicalement parlant, ça lui ferait du bien, docteur ! rétorqua posément l'infirmière.

– Exact ! Bon sang ! Mais nous devons nous assurer que son état mental... Les empreintes...

– Oui, j'admets que nous ne pouvons pas passer notre temps à la faire aller et venir, fit Korolenko.

– Ariel, est-ce que tu pourrais... tenir jusqu'à demain ? demanda Derec.

– Oh oui ! Oui, oui !...

Elle serait gentille, elle serait...

Soudain un souvenir très net la submergea : elle était encore très jeune et promettait à sa mère d'être très, très gentille. Etait-ce quand on lui avait offert son premier robot ? Ou bien Boopsie, son petit chien ?

C'était la première fois qu'un souvenir aussi vivace lui revenait. Quand il se fut estompé, elle releva la tête mais sa chambre était vide. Ça n'avait pas d'importance. Demain, tout irait bien.

– Je n'ai encore jamais fait le garde-malade pour un couple de Spatiaux accompagné d'un robot, dit Donovan.

L'Agent-Chef avait décidé de les escorter lui-même à la surface : pour cette mission, il n'aurait fait confiance à aucun de ses hommes.

L'hôpital disposait d'une issue de secours réservée aux ambulances et d'une bretelle d'accès direct sur l'autoroute. Ariel préféra que R. Jennie la porte plutôt que d'être attachée sur un chariot ou assise dans un fauteuil roulant. L'hôpital avait mis une ambulance à leur disposition, mais le Terry la considéra d'un air dégoûté.

— Nous allons prendre ma voiture de service. Il y a assez de place pour quatre, robots ou pas.

R. Jennie posa doucement Ariel sur la banquette arrière et s'installa à côté d'elle ; Derec et Donovan s'assirent à l'avant. Le véhicule grinça et tangua sous leur poids jusqu'à ce que le système de suspension ait analysé et compensé le déséquilibre. L'agent prit les commandes et ils s'élancèrent en silence sur une rampe descendante, vers un tunnel qui allait en s'obscurcissant.

Pendant un moment, Ariel lutta de toutes ses forces contre l'envie de hurler : dans des passages aussi exigus, sa claustrophobie s'aggravait ; mais la vitesse de leur course l'aida à se maîtriser. Des signaux lumineux passaient sans bruit et se brouillaient tandis que le Terry poussait le moteur au maximum. A un moment, une lumière rouge éclaira le plafond et des éclairs jaunes zébrèrent les murs en lançant une obscure mise en garde. Une voiture bleue les croisa à toute allure : averti par le gyrophare, Donovan avait pu l'éviter.

— Tu te souviens, c'est comme quand on s'est entraînés avec les modèles réduits, murmura Derec en se tournant vers Ariel.

Pendant un moment, elle ne se souvint de rien, puis les pistes découvertes, les véhicules de secours, le boîtier moite d'avoir été tenu en main et la troupe des étudiants rieurs lui revinrent en mémoire. Mais rien de cela ne ressemblait à cette taupinière vide et obscure !

GLENDALE, KIRKWOOD, MANCHESTER, WINCHESTER, BALLWIN, ELLISVILLE... Les signaux défilaient sur les côtés, aussi vite que si l'express les avait emportés. Ariel détourna son regard des bifurcations et autres échangeurs qui serpentaient sur la droite et sur la gauche et disparaissaient à sa vue, pour fixer, au-delà de Derec, un point aussi lointain que possible.

Le tunnel formait un rectangle de pénombre zébré, dans sa partie supérieure, par deux traînées étincelantes et, sur les côtés, par les deux chapelets incandescents de signaux lumineux qui s'estompaient au loin.

Enfin, tout de même, à la limite du champ de vision, il y eut une rupture dans la découpe du tunnel : un trou d'ombre surligné d'un trait de lumière. Bientôt, le trait de lumière se révéla être formé de divers signaux avertisseurs et le trou d'ombre, une rampe ascendante.

Donovan ralentit si brutalement que R. Jennie se pencha vers l'avant, prêt à s'emparer des commandes.

— T'inquiète pas, boy ! grimaça le Terry sans se retourner. J'ai des milliers d'heures de conduite bien plus rapides que ça à mon actif et j'ai jamais eu de problèmes.

— Vingt et un virgule trois pour cent des blessés admis à l'hôpital du Mémorial Towner Laney sont victimes d'accidents survenus sur les autoroutes, récita R. Jennie, imperturbable, et un peu moins de vingt pour cent sur les tapis roulants. Quelques milliers de personnes empruntent les autoroutes et sept millions les tapis roulants.

— Bon sang ! Je déteste ces robots je-sais-tout ! maugréa Donovan, et il s'engagea sur la rampe en affectant un brio superflu. Je ne pourrais pas supporter de vivre sur un de ces Mondes Spatiaux. Un homme devrait avoir le droit de se foutre en l'air comme bon lui semble !

La voiture s'arrêta en douceur devant une barrière. Donovan composa un signal sonore sur l'ordinateur de bord et la barrière s'ouvrit. Ils serpentèrent sur une petite route tortueuse qui évitait visiblement les voies de circulation des énormes camions ; un bruit de tonnerre leur parvenait à travers les murs, mais ils ne rencontrèrent aucun véhicule. Ils aperçurent enfin une gigantesque ouverture dans le mur d'enceinte.

De longues files de plusieurs kilomètres de ces monstrueux camions de fret, certains conduits par des robots, mais la plupart commandés par ordinateur, passaient dans le rugissement de leurs pneus démesurés (les moteurs, eux, étaient silencieux) et s'engouffraient dans la cité juste en dessous d'eux. Ils se trouvaient sur une des plus hautes rampes qui jaillissaient du mur. Donovan arrêta la voiture bien avant d'atteindre ce trou de lumière aveuglante.

– Vous devrez continuer à pied, dit-il avec brusquerie. La voiture n'ira pas plus loin : les ondes radio ne dépassent pas la barrière.

ENCORE LA CITÉ DES ROBOTS

— Des bâches, expliqua R. Jennie. On les utilise pour protéger les machines agricoles de la pluie et de la rosée. Il n'y avait pas de tente disponible dans la région, mais nous en aurons peut-être une d'ici un jour ou deux.

Tendues sur quelques piquets et accrochées aux branches d'un arbre, les grandes toiles plastifiées faisaient très bien office de tente ; elles servaient plus à faire de l'ombre qu'à les abriter. Cette balade à la campagne n'avait pas été simple à organiser et ne pourrait durer qu'un jour ou deux.

Mais c'était un tel soulagement !

Ariel savait que Derec éprouvait la même sensation qu'elle. Dans l'encadrement de l'auvent pointu de la « tente », de petits nuages floconneux traversaient le ciel de la Terre, un ciel vaste, bleu et tellement... *haut*. La lumière du soleil était parfaite. A part dans les jardins couverts, Ariel n'avait sans doute jamais vu de plantes terrestres dans leur environnement naturel. Même la chaleur n'était pas désagréable.

— La tente ne va pas nous servir à grand-chose si elle doit mettre si longtemps à arriver, marmotta Derec.

— Vous devriez rentrer dans la cité le plus tôt possible, dit R. Jennie. Mme Avery est loin d'être remise de sa fièvre.

En fait, Ariel se sentait tout à fait rétablie, même si ses souvenirs ne lui revenaient que lentement. Pourtant, toute faible qu'elle était, si elle avait lutté avec

Derec, elle l'aurait sans aucun doute battu à plate couture. Mais il n'avait rien dit sur sa propre condition physique.

– Tout est si... banal, dit Ariel en observant ces oiseaux, ces plantes et tous ces petits animaux qu'elle avait vus toute sa vie.

Un écureuil est un écureuil, que ce soit sur Terre ou sur Aurora... Même la stridulation des insectes invisibles lui était familière : les humains avaient emporté avec eux dans les étoiles toutes les formes de vie qui leur étaient coutumières et symboliques. Ariel s'était attendue à plus d'exotisme.

Mais cette réalité était un soulagement plutôt qu'une déception.

Derec observait d'un air maussade le robot préparer leur repas. Ils avaient emporté avec eux un four diélectrique et ce qu'on appelait des « assiettes chaudes » : des repas à emporter prévus pour les Terriens dont la catégorie autorisait les repas à domicile. Pour Ariel et Derec, c'était un luxe.

– Tu as dû passer de mauvais moments, dit Ariel quand R. Jennie s'éloigna vers la... cuisine.

– Bons... Mauvais... Ma foi !

Il haussa les épaules, n'ayant visiblement pas envie de discuter de ce sujet, et reprit :

– J'ai appris quelque chose de R. David : Avery a laissé un vaisseau spatial sur l'astroport de New York. Si on pouvait arriver là-bas...

– Mais comment faire, si nos catégories ne nous permettent pas de voyager aussi loin ?

– Il faut persuader R. David de nous fabriquer des ID de catégorie plus élevée...

R. Jennie réapparut sous l'auvent, un plateau à la main : il apportait des jus de fruits et du café.

– J'espère que l'appartement ne sera pas découvert ! dit Ariel quand le robot s'éloigna.

– Les Terries sont sans doute au courant de son existence, mais je pense qu'ils ne nous feront pas d'ennuis : ils ont hâte que nous partions avant d'être agressés. Nous avons eu beaucoup de chance, tu sais !

– On ne pourrait pas demander à Donovan de nous aider ?

– On pourrait. J'y ai déjà réfléchi, mais ça doit être au-delà de ses possibilités : si les Autorités terriennes peuvent prétendre nous ignorer, elles n'auront pas trop d'ennuis si on découvre que nous étudions (ou que nous espionnons) les Terriens ; mais si elles nous aident d'une façon ou d'une autre, elles ne pourront plus nier être au courant de notre présence.

– Ouais... Nous aider serait vu comme fermer les yeux sur nos agissements, dit Ariel d'un air sombre en songeant que la politique était bien la même partout. Je comprends. Qu'est-ce qu'on peut faire, alors ? Inventer de nouvelles ID ?... Les Terries vont s'en apercevoir, tu ne crois pas ?

– Givre ! J'en sais rien !...

R. Jennie leur apporta des fruits rafraîchis et de la crème fouettée et retourna dans la cuisine : scène champêtre dans l'encadrement de l'auvent. Les fruits (une sorte de compote servie dans des cornets à glace non sucrés) étaient bons mais inhabituels ; c'était comme de manger de la glace tiède très parfumée. Exclusivement à base de levure, pensa Ariel.

– S'ils s'en aperçoivent, reprit Derec, j'imagine qu'ils ne le montreront pas, mais ce qui m'inquiète le plus, c'est que ça leur mettrait la puce à l'oreille : ils comprendraient que nous n'avons pas tout dit et que R. David (ou quelqu'un d'autre) dispose d'un système pour dupliquer les ID... Alors, ils pourraient bien faire une descente dans l'appartement.

Ariel médita un moment ; tant qu'on ne les arrêtait pas et qu'on ne leur enlevait pas la clef du Périhélie, ça n'avait pas d'importance...

– Givre ! La clef est réglée sur l'appartement ! s'exclama-t-elle. On ne pourrait même plus s'y réfugier !

Elle se rappelait très bien à quelle occasion ils avaient eu recours à cette planche de salut !

– En aucun cas ! Comment leur expliquer notre réapparition ? Ils devineraient trop...

– Zymoveau, annonça R. Jennie. Vous avez droit

aussi à une aile de poulet ; consommé de volaille préparé avec du vrai poulet élevé à la levure ; pain, pommes de terre naturelles et jus de viande.

Un repas simple et reconstituant. Ariel mangea de bon appétit, mais son estomac semblait s'être rétréci : les semaines passées à l'hôpital avaient dû modifier ses habitudes alimentaires. Cependant, Derec, imperturbable, continua de manger bien après s'être rassasié, allant jusqu'à la nausée.

– Je vois, c'est tout ou rien ! reprit Ariel quand le robot fut parti. Eh bien, si c'est comme ça, je ne vais pas continuer à me lamenter ! Si seulement on pouvait aller à New York !

– Ne crois pas que je n'y aie pas réfléchi ! J'ai même été tenté d'y aller à pied ! C'est sur le même continent, mais ça représente quelques milliers de kilomètres. On mourrait de faim en route !

– Tant pis !... Derec ! Pourquoi persistes-tu à te goinfrer, alors qu'il est évident que tu n'en peux plus ?

Il leva sur elle un visage triste et harassé, aux yeux cernés et aux traits maigres et tirés.

– Je n'ai pas assez mangé, ni assez dormi. Tout le monde le dit. Il faut que je reprenne des forces, maintenant que tu vas mieux.

– Tu t'es vraiment fait tant de souci pour moi ?

Son cœur battait la chamade. Elle se sentait flattée, certes, mais aussi consternée, comme si elle était responsable de son état.

– Eh bien... il n'y a pas que ça. (Derec reposa sa fourchette et avala son café, ce qui sembla l'écœurer.) Ça m'a bouleversé et puis pas moyen de dormir ! Je... Je faisais toujours ce rêve idiot. Sur la Cité des robots.

Ariel écarquilla les yeux.

– Et c'est un rêve idiot qui t'a mis dans un état pareil ? On dirait une ruine ambulante !

Il avait l'air... terrifié.

– Oui ! Ariel, il y a quelque chose de monstrueux dans tout ça. Je rêve tout le temps que la Cité des robots est *à l'intérieur* de mon corps ! Il faut qu'on y retourne !

La Cité des robots !

Des centaines d'images, de sons et même d'odeurs submergèrent l'esprit d'Ariel, souvenirs de cette gigantesque planète peuplée de robots, où des machines affairées travaillaient comme des abeilles, construisant encore et encore, pour le bien-être ultime des hommes. C'était l'équivalent d'une cité terrienne, mais sans dôme et surpeuplée non pas d'humains mais de robots. Et sur cette planète, ils avaient été traqués d'abord par les robots eux-mêmes, ensuite par leur inventeur dément, le Dr Avery.

– Retourner là-bas ? souffla-t-elle. Jamais !

– Il le faut, pourtant, dit-il d'une voix tout aussi basse et déterminée, mais plus neutre, comme s'il se parlait à lui-même plutôt qu'à Ariel. Je crois que je suis en train de mourir. Je ne sais pas ce qu'Avery m'a fait, mais...

Mais que ne lui avait-il déjà fait ? Derec avait perdu la mémoire, il y avait longtemps de cela, et seul le Dr Avery pouvait en être responsable. Ariel l'avait compris dès qu'elle s'était aperçue que Derec ne la reconnaissait pas. Aux yeux du Dr Avery, les êtres humains étaient moins que des robots : ils lui servaient de cobayes.

Y retourner ? Pour sauver la vie de Derec ?

Mais je suis guérie ! avait-elle envie de crier. Je peux rentrer sur Aurora et leur dire : Regardez ! Les Terriens que vous méprisez tant m'ont guérie, alors que vous, vous m'avez exilée ! Ne laissez plus vos fils et vos filles perdre leurs souvenirs et mourir sous vos yeux. Vous pouvez les guérir, il suffit que vous arriviez à persuader les Terriens de vous expliquer comment faire !

Oui, ils n'auraient plus à mener cette existence sans objet, à courir de planète en planète à la recherche d'un traitement ou d'un prétexte pour continuer à espérer. Ils pourraient retrouver un foyer et une place dans la société, et profiter de la richesse de relations qui est le propre de toute société humaine.

Et si Ariel et Derec révélaient l'existence des clefs, des extraterrestres et même de la Cité des robots... Ils pourraient dénoncer le Dr Avery, remettre les clefs aux autorités compétentes et poser ce fardeau sur d'autres épaules...

Ariel soupira.

— Ça n'a pas l'air d'aller, fit-elle.

Mais après tout, ne lui était-elle pas redevable ? D'un monceau d'excuses, sinon d'autre chose ! Elle lui avait bien souvent fait des reproches immérités.

— J'espère qu'il y a des cartes d'astrogation dans ce vaisseau, dit Derec, en passant la main sur son front. Si nous pouvons retourner à Kappa de la Baleine, nous pourrons ramener les deux Chercheurs d'Etoiles à la Cité des robots. Ça nous fera une sécurité. Avery n'y pensera pas... enfin j'espère !

Il se frotta lentement le visage et plissa les yeux comme si la lumière le gênait.

— Est-ce que le ciel s'assombrit ? demanda-t-il.

— Non, pas encore. Le soleil devrait bientôt se coucher, mais il nous reste au moins une heure de jour.

— Ah bon !

— Quel genre de rêves faisais-tu ? demanda-t-elle d'un air sceptique. Elle se disait que les médecins avaient peut-être raison : si ce n'était pas le manque de sommeil et de nourriture, ça pouvait venir du surmenage...

— Oh, ce que je t'ai déjà raconté : je rêve qu'une Cité des robots miniaturisée a été injectée dans mon sang. J'ignore pourquoi, mais ça me fait vraiment peur. Ça me glace d'horreur et je ne peux pas m'en débarrasser. C'est comme si j'étais... *hanté*.

De nouveau, il passa les mains sur son visage hagard. Ariel quant à elle ne savait trop quoi dire.

— Ça... Ça ne ressemble pas à un rêve ordinaire...

— Je suis certain que c'est autre chose qu'un rêve ! Il se passe quelque chose d'anormal.

R. Jennie pénétra sous l'auvent et Derec lui demanda avec lassitude :

— R. Jennie, tu sais ce que c'est, toi, des *biopuces* ?

– Je ne sais pas, monsieur Avery.

– Derec...

– Si seulement je pouvais dormir... Ça me rend fou de ne pas faire de vrais rêves.

– Derec, tu fais vraiment... peur à voir.

Ariel eut soudain une bouffée de peur authentique.

– Oh ! Derec !

Il eut un haut-le-cœur et Ariel crut qu'il allait vomir. Il repoussa sa chaise pliante en bavant et s'effondra.

– *Derec !*

Ses membres se mirent à battre l'air et R. Jennie se précipita pour le maîtriser.

– Il fait une crise de convulsions, madame Avery. Je ne sais pas ce qui ne va pas. Aidez-moi à le maintenir, s'il vous plaît.

Ariel était elle-même trop faible pour être d'un grand secours, mais la crise de Derec se calma au bout de quelques minutes. Il soupira profondément, puis cessa de chercher l'air à grandes inspirations douloureuses. Sa respiration se fit plus régulière, ses membres se détendirent et R. Jennie l'allongea avec précaution sur le tapis de sol de la tente.

– On dirait qu'il va beaucoup mieux, mais son sommeil n'est pas naturel, dit le robot. Il n'y a malheureusement pas de commterm dans les environs et je ne suis pas équipé de liaison subéthérique. Il va falloir que j'aille chercher de l'aide. Madame Avery, pouvez-vous veiller sur lui ?

– Oui, mais qu'est-ce que je dois faire s'il... s'il a une autre attaque ? demanda-t-elle d'une voix cassée.

– Maintenez-le, mais ne lui mettez pas de cuillère dans la bouche.

Sur cette recommandation surprenante, le robot partit en courant en direction de la cité.

Au grand soulagement d'Ariel, Derec se réveilla au bout d'une dizaine de minutes.

– Comment te sens-tu ? murmura-t-elle, encore terrifiée.

– Ça ira, articula-t-il d'une voix blanche ; il semblait se remettre doucement. Biopuces ! lâcha-t-il.

– Qu'est-ce que tu dis ?

– La Cité des robots est *à l'intérieur* de mon corps, si je puis dire... J'ai soif !

Aidé des faibles forces d'Ariel, il batailla pour se remettre en position assise et elle s'empressa de lui servir un verre de jus de fruits, qu'il but à petites gorgées, encore un peu étourdi.

– On pense toujours aux robots en termes positroniques, reprit-il, comme au hasard. Mais les ordinateurs existaient bien avant l'invention des premiers cerveaux positroniques et on s'en sert toujours. La proportion est au moins d'une douzaine d'ordinateurs de toutes tailles pour un cerveau positronique, même sur les Mondes Spatiaux. Et depuis longtemps, on fait des tentatives épisodiques pour les miniaturiser et leur donner les caractéristiques de la vie.

– Derec, ça va ?

Il la considérait d'un air tout à fait sérieux et ses yeux cernés laissaient entrevoir un savoir obsédant.

– Non, ça ne va pas ! Je suis infesté de puces. De biopuces. De circuits électroniques microscopiques autorépliquants. La Cité des robots *est* dans mon sang. Avery m'a aussi implanté un moniteur dans le cerveau : quand je me suis endormi tout à l'heure, ce truc a établi un contact avec ces... *biopuces*.

– Est-ce que... Et qu'est-ce qu'elles font ?

Ariel avait du mal à le suivre, tout ça était si insolite. Que voulaient ces « biopuces » ? Etaient-elles vivantes ?

– Elles grandissent et se multiplient, pour le moment. Je ne pense pas qu'elles soient, disons, arrivées à maturité. Le moniteur... Je ne crois pas qu'il serve déjà à quelque chose. C'est comme si elles n'avaient encore rien à me dire.

– Mais elles le feront plus tard ?

– Je suppose... Je me demande si leur programme inclut les Trois Lois ?

– Moi aussi, gronda Ariel. Elles ont dû pas mal perturber ton métabolisme. Pas étonnant que tu sois malade. Tu crois que tu vas encore faire ces rêves ?

Derec réfléchit un moment, puis secoua la tête.

– Je ne crois pas. C'est le moniteur qui devait les provoquer en essayant d'établir la communication, mais maintenant que le canal est ouvert, il ne sera pas utilisé avant que les biopuces n'aient quelque chose à me dire.

– Et si *toi* tu as quelque chose à leur dire ? s'emporta Ariel.

– Je suppose... que je dois apprendre à me servir du moniteur, hasarda-t-il.

– Alors dis-leur qu'elles sont en train de te tuer et qu'elles doivent déguerpir ! Première Loi ! s'exclama-t-elle. *J'espère bien* que leur programme inclut les Trois Lois !

Elle était atterrée.

Derec semblait retrouver ses forces et sa résolution : savoir ce qui se passait, une baisse de la subtile pression que le moniteur exerçait sur lui, le soulagement, un bon repas. Tout cela y avait contribué. C'était déjà quelque chose que de connaître le problème.

– Nous *devons* retourner à la Cité des robots ! Je sais à présent qu'une partie de ce que je ressens vient de la pression du moniteur. Les biopuces semblent avoir une raison de vouloir que j'y retourne, mais *moi* j'en ai une bonne : il faut affronter Avery et l'obliger à arrêter cette... invasion.

– Oui ! approuva Ariel avec un signe de tête vibrant de colère. Ça fait trop longtemps qu'il joue avec nous, et avec toi surtout !

Derec se leva et, bien qu'il dût s'appuyer à la table, il avait l'air plus solide.

– Mais comment faire pour quitter la Terre ?

– Il faudra voir ça avec R. David. Si nous pouvons rentrer à l'appartement sans avoir trop de...

– Où est R. Jennie ?

– Elle est allée chercher de l'aide. Tu as fait des convulsions.

– Des convulsions ? Pas étonnant que je sois tout courbatu ! Elle est allée chercher des médecins ? Je ne peux pas les laisser m'examiner...

– C'est vrai ! maugréa Ariel. On ne s'en sortirait

jamais ! Ils voudront t'hospitaliser, toi aussi... Eh ! Si ça se trouve, ils pourraient t'en débarrasser.

– J'ai acquis beaucoup de respect pour la médecine terrienne, mais ça, ça concerne la Robotique. Je crois qu'on ferait mieux de remonter à la source. Et puis, je voudrais bien savoir *pourquoi* Avery m'a fait ça... et où il voulait en venir.

Ariel ne pouvait que secouer la tête.

– Il t'a utilisé comme cobaye, je suppose.

– D'accord ! Mais ça prouve au moins qu'il doit avoir de bonnes raisons de développer ces biopuces, même si moi je ne l'intéresse pas particulièrement. Elles doivent bien servir à quelque chose, elles. (Tout en parlant, Derec fouillait dans les poches de sa combinaison ; il finit par en extirper la clef du Périhélie.) Vu que R. Jennie n'est pas là, on peut disparaître sans qu'ils se posent de questions.

– Ils se *poseront* des questions, le prévint-elle.

– Oui, dit Derec en pressant les coins de la clef et en prenant la main d'Ariel. Oui, mais *pas à nous* !

Autour d'eux, le néant grisâtre du Périhélie.

– Ils imagineront bien quelque explication logique impliquant cet institut imaginaire qui nous a envoyés sur Terre, continua Derec en contemplant le brouillard gris qui les entourait.

– Je m'en doute, répliqua-t-elle d'un air sceptique. Du moins tant qu'on ne nous retrouvera pas dans la cité.

– Ou dans une autre !

L'appartement réapparut et Derec s'affaissa sous le choc du retour à la gravité. Alarmée, Ariel jeta un bras autour de lui et R. David se précipita aussitôt pour le soutenir de l'autre côté.

– Monsieur Avery ! Que se passe-t-il ?

De toute évidence, Derec n'avait pas de réponse toute prête.

– Derec est souffrant, s'empressa de dire Ariel. Il faut que je l'emmène tout de suite sur Aurora pour le faire soigner. Le vaisseau spatial est sur l'astroport de

New York, n'est-ce pas ? Comment faire pour nous y rendre au plus vite ?

– Sur Terre, le moyen de transport le plus rapide est l'avion.

Le robot hésita et se pencha pour s'assurer que Derec n'était pas en danger de mort.

– Ça ira, le rassura Derec, à voix basse mais ferme.

– Quel est le moyen de transport le plus rapide que nous permette notre catégorie ? reprit Ariel, pour préciser sa question.

– L'avion.

– Ce n'est pas rationné ?

– Non. Je vais vous expliquer. Sur Terre, les besoins essentiels sont rationnés selon des critères de nécessité. Les luxes rares, tels que la viande et le poisson naturels, et les appartements plus vastes et mieux équipés, sont attribués en grande partie sur des critères de standing social. Quelques luxes moins rares, comme les confiseries et les cartes de vœux, sont accessibles en partie avec des cartes de rationnement, en partie contre de l'argent comptant. C'est ce qu'on appelle les « luxes à discrétion », c'est-à-dire les objets mineurs qui n'entrent pas dans la catégorie des besoins fondamentaux.

« Enfin, les luxes à grande échelle (c'est le cas des voyages en avion) sont accessibles uniquement sur une base monétaire. Le réseau aérien a été prévu pour faire face aux cas d'urgence, mais comme les Terriens supportent mal ces voyages, l'excédent est librement accessible. Ils sont onéreux, mais vos comptes en banque sont amplement approvisionnés.

– O.K. ! O.K ! Est-ce que l'utilisation des cartes de crédit est enregistrée ? demanda Ariel en fouillant dans son sac à la recherche de la sienne.

Etait-ce un souvenir authentique, ou bien avait-elle rêvé avoir égaré son sac sur les tapis roulants ? Un rêve, sûrement, ou bien alors R. David avait remplacé les ID.

– Certainement pas. Les lois terriennes sur la vie privée interdisant le contrôle ou la surveillance des transactions monétaires en général, l'utilisation des cartes de crédit est libre.

Dans la mesure où l'argent ne pouvait être échangé que contre des « luxes mineurs », ce n'était pas très étonnant.

– Où se trouve l'aéroport ?

R. David leur expliqua en détail comment se rendre par le tapis express dans un endroit qu'il appela « Lambert's Field ». Quand Derec se fut un peu reposé, ils allèrent au commterm faire leurs réservations sur le prochain vol pour New York et passèrent ensuite deux heures d'angoisse à redouter que le TBI frappe à la porte. Enfin, ils se risquèrent à sortir dans les galeries et à prendre les tapis roulants pour ce qu'Ariel espérait sincèrement être leur ultime traversée de la cité. Chaque pas de ce trajet ravivait des souvenirs datant de la période qui avait immédiatement précédé sa perte de mémoire.

Cette fois-ci, ils se dirigèrent vers la jonction nord-sud, changèrent de direction et roulèrent vers le nord, plus longuement que lors de leurs précédentes sorties. BRENTWOOD, RICHMOND HEIGHT, CLAYTON, CITÉ UNIVERSITAIRE, VINITA PARK, CHARLACK... divisions administratives oubliées d'une époque plus simple. ST JOHN, COOL VALLEY, KINLOCH...

Enfin, après trente minutes de station debout, inconfort aggravé à chaque instant par la crainte que Derec ne se trouve mal, le panneau AÉROPORT DE LAMBERT'S FIELD – SORTIE SUR LA GAUCHE apparut.

Après les sept millions d'habitants pullulant dans la cité de St Louis, l'aéroport paraissait somnoler. Il n'y avait qu'un seul guichet, tenu par un employé amorphe, et les quelques personnes qui traînaient dans les salles d'attente ne bavardaient pas et ne souriaient jamais. Bientôt, leur vol fut annoncé.

Non seulement le couloir d'embarquement était couvert, mais les pistes d'envol l'étaient aussi ! L'avion n'ayant pas de hublots, Ariel et Derec eurent le choix entre dormir et visionner le programme continu d'informations et de distraction diffusé sur un écran individuel, devant chaque siège. En règle générale, les Terriens prévoyaient d'effectuer leurs voyages en avion la nuit et les cinq autres passagers (seulement cinq ! Ariel se remémora les tapis roulants surchargés) choisirent de dormir – du moins ceux qui le pouvaient – car la plupart étaient bien trop nerveux pour seulement essayer. Derec dormit pendant toute la durée du trajet, à la grande satisfaction d'Ariel, et elle-même somnola un moment. Aussi bien dans l'avion que dans les aéroports, personne ne fit attention à eux, ce qui ne pouvait que les arranger.

RETOUR DANS LES ÉTOILES

Derec leva les yeux vers l'astronef, aussi soulagé qu'émerveillé.

– On y est arrivés ! J'ai du mal à y croire !

– On n'est pas encore à l'intérieur, grinça Ariel, acerbe.

Il s'approcha du vaisseau et inséra sa carte d'ID dans la fente. Un moment après, le sas s'ouvrit.

– Evidemment, murmura-t-il. R. David nous a fabriqué des ID compatibles avec celle d'Avery !

Le vaisseau était du type Chercheur d'Etoiles et identique, ou presque, à celui qu'ils avaient laissé en orbite autour de Kappa de la Baleine. Au sol, il était malcommode de s'y déplacer, mais ça, c'était normal. Ariel et Derec grimpèrent lentement vers le poste de pilotage, à l'avant.

L'escalade ne demanda pas trop d'efforts à Ariel, ni à Derec, et il fut soulagé de voir qu'elle reprenait des forces de jour en jour. Lui-même se sentait plus en forme que ces dernières semaines, après avoir dormi la nuit précédente, mais il savait que ses réserves étaient encore limitées. Après cette escalade, le siège d'accélération fut donc le bienvenu.

– Check-list, lança-t-il à la cantonade en enfonçant la touche *astrogation*.

Le vaisseau obéit et déroula la liste sur un écran. Tous deux se mirent en devoir de la contrôler soigneusement. Quelques points devaient être vérifiés manuellement, en particulier le plus important : les vivres ; Ariel constata avec inquiétude que leurs réserves étaient plutôt minces.

– Seulement quelques denrées non périssables, quelques sachets d'aliments déshydratés et des boîtes de conserve.

Derec hésita. Ça pouvait devenir un problème.

– Qu'en penses-tu ?

– Je dirais : prenons le risque. Notre disparition a dû faire tourner le TBI en bourrique. Si jamais ils faisaient un contrôle par ordinateur, ils pourraient bien se demander ce que c'est que cet astronef spatial. Ne me dis pas qu'ils ne vérifient pas attentivement tout décollage ou atterrissage !

Bien sûr, les Terries ne pourraient pas intervenir : leur flotte étant réduite, les Terriens n'avaient que peu de contrôle sur leur propre astroport. Néanmoins, si Ariel et Derec se mettaient à acheter des vivres...

– D'accord ! On y va !

L'autorisation de décollage leur fut accordée dès qu'ils la demandèrent et Derec amorça les fusées et mit la micropile en charge. Les tuyères explosèrent dans un grondement de tonnerre assourdi ; dès que le vaisseau eut pris un peu de vitesse, Derec passa en propulsion aérobie et calcula une trajectoire de sortie High-G économique. Puis ils entrèrent dans l'espace. En quelques minutes, la grande planète bleue était loin à tribord.

– Quelle direction ? demanda Ariel.

Il y avait un léger avantage technique à pointer un vaisseau vers un objectif donné, car la vitesse intrinsèque n'était pas modifiée par le passage en hyperespace et la trajectoire pouvait toujours être corrigée après le Saut.

– Droit dehors ! dit-il. Ce n'est pas que je craigne d'être poursuivi, mais...

– O.K. !

« Droit dehors » était la direction dans laquelle la Terre voyageait.

Ariel évalua le carburant disponible et Derec décida d'en utiliser vingt pour cent : il préférait garder une bonne marge de manœuvre. La poussée fut brève, et quand elle fut terminée, la Terre avait à peine bougé. Elle était un peu plus vers l'arrière et un peu plus petite, mais à présent, ils avaient mis un mur de Delta-V entre elle et eux ; si un vaisseau terrien tentait de les arraisonner, il devrait d'abord rattraper leur accélération – leur Delta-V.

– Nous avons du temps devant nous, dit Derec.

Il se sentait fatigué et, même en l'absence de gravité, le contrecoup de l'accélération l'engourdissait.

– Tu ne crois pas qu'on devrait déployer le condensateur ?

La seule idée d'une balade en combinaison de sortie le fatigua davantage. Puis il pensa : *Mais bien sûr, Ariel peut le faire. Elle n'est plus malade, dans le fond.* Elle était encore bien faible, cependant, malgré son rapide rétablissement. Lui-même ne se sentait pas d'attaque.

– C'est juste pour une semaine ou deux. Je pense que le vaisseau pourra tenir. Et de toute façon, nous ne sommes que deux.

Ariel hocha la tête.

– Dis-moi, comment te sens-tu ? On dirait que ça t'a fait du bien de dormir. Mais tu es toujours malade, non ? Ce n'est pas de savoir ce qui se passe qui t'aura guéri !

C'était vrai.

– Pour l'instant, je me sens fatigué. Pourquoi ?

– Je voulais discuter de la Cité des robots. Je voulais aussi qu'on parle de tout ce qui s'est passé depuis que nous sommes ensemble, à partir du poste de pilotage du vaisseau d'Aranimas, avant la station Rockliffe. Je voudrais que tu fasses tout ton possible pour m'aider à recouvrer la mémoire, ajouta-t-elle en posant sur lui un regard appuyé.

Ça, il le comprenait très bien !

– Mais bien sûr, je serai heureux de t'aider. Je regrette seulement de ne pas t'être d'un plus grand secours !

Ariel ouvrit la bouche, la referma, et ses joues s'empourprèrent.

– Derec... Je... Derec, je suis désolée de ne pas t'en avoir révélé plus sur toi, et sur nous. Mais je ne pouvais pas ! Je ne pouvais pas te parler de ma peste amnémonique. Et je ne pouvais pas non plus te parler de nous... avant ça. Je ne suis pas très sûre de mes souvenirs, j'en ai perdu tellement ! Et je ne sais pas non plus dans quelle mesure je peux faire confiance à ceux qui me reviennent. Je suis désolée... mais c'est simplement trop flou... et trop douloureux.

La maladie peut rendre quelqu'un lucide de façon surnaturelle. Et cette fille avait été exilée et déshéritée juste pour avoir contracté une horrible maladie.

– Bien sûr !

Ses sentiments pour lui étaient évidents : attirance, répulsion, chagrin et plaisir alternaient dans des souvenirs qu'il ne partageait plus. Des souvenirs auxquels elle-même ne pouvait plus se fier désormais.

– Tu n'as pas besoin de t'excuser, dit-il avec douceur. Il ne s'est rien passé entre *nous* depuis le poste de pilotage d'Aranimas. Ceux de tes souvenirs qui datent d'avant, réels ou imaginaires, concernent une personne différente... et oubliée. D'ailleurs, je ne connais même pas son nom.

Elle parvint à lui adresser un pâle sourire.

– Exact, cette... personne est oubliée. C'est vrai. Tu es quelqu'un d'autre. Derec... ça ne te fait rien si je ne te dis pas ton (ou son) nom ? Je ne suis pas très sûre de vraiment le connaître, et puis, c'est plus facile pour moi de t'appeler Derec...

Le cœur de Derec sauta un battement : son absence de passé laissait un vide qui l'habitait toujours.

– Mais non, ça ne fait rien. Tu es plus importante pour moi que n'importe quel souvenir !

Ça aussi, c'était certainement vrai.

– Oh ! Derec !

Ariel plongea sur lui et se jeta à son cou. Ce simple geste les envoya tourbillonner, hilares, dans l'atmosphère du petit vaisseau et rebondir contre les cloisons et les consoles. Par bonheur, les capots des tableaux de bord étaient rabattus.

A bien des points de vue, Derec pensait qu'il n'était pas prudent de s'attarder pendant une semaine à proximité de la Terre, mais il ne voulait pas brûler davantage de carburant avant d'y être obligé. Faire le plein, en soi, n'était pas un problème : la micropile à fusion chauffait simplement la masse réactive que les fusées éjectaient vers l'arrière à très grande vitesse. A peu près n'importe quoi pouvait faire office de masse réactive. De la poudre de roche mêlée à de l'eau (la gadoue) faisait très bien l'affaire et on pouvait trouver ça presque partout. Et si on ne trouvait que de l'eau, c'était aussi simple : le vaisseau étant équipé pour traiter la gadoue, les pompes pourraient se débrouiller avec ; ces matières premières étaient aisément disponibles dans l'espace et sur les planètes.

Néanmoins, ils pouvaient ne pas disposer des dix heures nécessaires au ravitaillement. Ils pouvaient aussi se retrouver dans un système recelant une grande quantité de carburant, mais manquer de la réserve suffisante pour aller le chercher.

Ariel, qui avait voyagé seule – combien de temps, Derec n'aurait su le dire – avant d'être capturée par Aranimas, était elle aussi un pilote expérimenté. Et elle était plus téméraire que lui.

– Si nous devons passer tant de temps à dériver, pourquoi ne pas le faire dans un endroit plus sûr... Autour de Kappa de la Baleine, par exemple, ou de la Cité des robots ?

– Si nous sommes poursuivis, nous consommerons plus, répondit Derec, ce qui veut dire que, une fois arrivés près de la Cité des robots, nous devrons consommer encore plus pour perdre notre vitesse intrinsèque.

– Je crois pourtant qu'on devrait se dépêcher. Je ne suis pas tranquille à ton sujet. Ton état ne semble pas s'améliorer et de temps en temps tu as comme des absences.

C'était vrai que le moniteur entrait parfois en fonction et que les biopuces qui infestaient son sang débitaient un rapport indifférent et monotone sur le dépassement de telle ou telle difficulté ou l'achèvement de telle ou telle phase de leur croissance. Il imaginait que tout ceci aurait un sens pour le Dr Avery ; pour lui, ça ne voulait rien dire, mais il était dans l'impossibilité de couper court à ces comptes rendus.

– Je n'ai plus de crises de convulsions, au moins, dit-il. (Il n'en avait eu qu'une, mais Ariel en était encore terrifiée ; quant à lui, il était content de ne pas avoir pu se voir.) Toi aussi je pense, tu as de ces... absences, à l'occasion, et dans un sens encore plus littéral.

– J'imagine qu'il nous arrive la même chose : tu as encore des souvenirs éclairs et ils sont si vivaces que c'est comme si tu y étais.

– Oui, quand je dors, en général, mais au réveil, il ne m'en reste presque rien.

Contrairement à ce qui se passait pour Derec, les souvenirs d'Ariel lui revenaient de façon massive. Ce n'était pas vraiment un récit cohérent de sa vie passée, bien sûr, c'était plutôt un bout par-ci, un bout par-là ; un peu comme les pages d'un livre déchiré éparpillées par le vent : ici une feuille arrêtée par un arbre, là une autre plaquée contre le mur d'une maison.

Quatre jours après qu'ils eurent quitté la Terre, la planète mère n'était plus qu'une brillante étoile bleu-vert et ils se rapprochaient de Sol. Ils furent d'accord pour reconnaître qu'ils pouvaient ouvrir l'hyperonde en toute sécurité. Ils essayèrent donc d'appeler Wolruf et Mandelbrot, en orbite autour de Kappa de la Baleine, mais n'obtinrent pas de réponse.

– Pourrais-tu déplacer des éléments de l'hyperonde pour qu'elle émette sur les mêmes fréquences que les clefs du Périhélie ? demanda Ariel.

Derec lui avait fait part de leurs déductions sur la panne de l'hyperonde à bord de l'autre Chercheur d'Etoiles du Dr Avery, mais à l'époque, elle était si souffrante qu'elle n'avait pas bien compris.

– Ça exigerait des outils de précision et surtout des recherches assez longues, en premier lieu pour déterminer sur quel canal les clefs émettent leurs parasites, dit Derec en secouant la tête d'un air sombre.

– Sur les longueurs d'onde des parasites des vaisseaux, non ?

– Peut-être... C'est plausible, en fait. Mais dis-moi, quand as-tu entendu parler d'un hyperémetteur conçu pour *capter* les parasites ?

Le parasite de l'hyperonde était un phénomène naturel inévitable et tous les émetteurs-récepteurs classiques étaient conçus pour s'en décharger.

Ariel eut un petit sourire et secoua la tête.

Une semaine après avoir quitté la Terre, ils commencèrent à calculer le Saut vers Kappa de la Baleine.

– Nous n'aurons pas mis trop de temps, dit Ariel. Les vivres de Wolruf seront sans doute épuisés, et les sources d'énergie du vaisseau aussi, sauf la micropile qui peut durer des années, elle... mais ils doivent avoir assez de carburant pour les quelques manœuvres qu'ils sont susceptibles de faire. En cas de danger, ils auront pu Sauter hors de Kappa de la Baleine et y revenir.

– Ils devraient donc toujours être là-bas. De toute façon, où pourraient-ils aller sans nous, même s'ils s'étaient procuré des cartes d'astrogation ?

Ariel l'ignorait.

Les cartes étaient une des premières choses dont ils avaient vérifié la présence en s'emparant du vaisseau : il y en avait un jeu complet. Mais si ça n'avait pas été le cas, ils auraient pu en demander des copies à la tour de contrôle de l'astroport, qui les leur aurait transmises aussitôt sans poser de questions.

– C'est plus facile de calculer un seul Saut jusqu'à Kappa de la Baleine, dit Derec, mais c'est sans aucun doute plus dangereux !

Ariel calcula donc trois Sauts et Derec approuva presque.

– Le problème, c'est que Kappa de la Baleine est quasiment derrière nous. Ton premier Saut nous fait faire demi-tour en hyper, pourquoi pas, mais c'est une fatigue supplémentaire pour les moteurs. Je propose que nous Sautions jusqu'à Procyon (ce n'est pas trop à l'écart de notre route) pour suivre en partie son orbite de façon à nous mettre dans l'alignement pour ton premier Saut.

Elle se mordit la lèvre.

– Désolée, je sais que je suis trop casse-cou. Ça doit être parce que j'ai eu une enfance trop protégée : je ne me suis jamais vraiment blessée quand j'étais petite.

Derec fit la grimace.

– Je dois reconnaître que j'ai acquis un respect salutaire pour les lois du risque !

Une fois les premières approximations faites, il ne leur restait plus qu'à entrer les chiffres dans l'ordinateur et à lui laisser résoudre les équations du Saut. Ils devaient connaître avec précision leur vitesse et leur direction, pour savoir à quoi s'attendre quand ils plongeraient dans les bras de Procyon.

Ariel se pencha sur les instruments pendant que Derec essayait d'un doigt tâtonnant d'enregistrer les paramètres de leur premier Saut dans l'ordinateur. Au bout d'un long moment, il y renonça.

– Ariel, tu peux t'en occuper ? Je n'arrive pas à me concentrer et j'ai les doigts en guimauve.

– J'ai bien peur que tu ne fasses encore de la fièvre ! dit-elle en lui jetant un coup d'œil inquiet.

Deux fois déjà au cours du voyage, il était passé par une période de fièvre, quand les biopuces avaient modifié leur rythme de croissance et, par conséquent, leur environnement – c'est-à-dire lui.

Derec essaya de faire taire son appréhension. Il ne savait toujours pas quel était le but final des biopuces et n'avait pas pu leur « parler ». Pire, il ne savait même pas si c'était contagieux. Après leur unique enlacement quelques jours plus tôt, ils avaient donc autant que possible évité de se toucher, de peur qu'Ariel aussi ne soit contaminée.

Ces biopuces pouvaient aussi bien le tuer – et ne pas s'en soucier !

– O.K. ! dit Ariel, un léger tremblement dans la voix. Tu devrais prendre un fébrifuge et t'étendre un peu. Une sieste te remettra certainement d'aplomb.

C'était tentant : le fébrifuge avait aidé à faire tomber la fièvre la dernière fois. Il avalait le liquide épais à petites gorgées prudentes, tant à cause de l'apesanteur que de sa gorge douloureuse, quand Ariel poussa un cri.

– Que se passe-t-il ? dit-il en retenant son souffle, mais soulagé de ne pas s'être étranglé.

– Un astronef s'approche de nous !

Des Terriens à notre poursuite ? fut sa première pensée.

Les appareils de détection du Chercheur d'Etoiles, pour la plupart des détecteurs de météorites, n'étaient pas très puissants ; c'était l'un d'eux qui avait déclenché l'alarme. Cependant, les météorites ne se déplacent pas très vite et ce truc fonçait sur eux à la vitesse de l'éclair. Le détecteur donnait deux relevés et Derec en conclut (à travers les élancements de sa tête) que leur assaillant avait surgi de derrière un astéroïde plus lent que lui.

– On devrait pouvoir en obtenir une image, dit Ariel.

– Je pense qu'il est encore trop loin pour un contact visuel, répondit Derec en clignant des yeux pour tâcher de focaliser sa vision sur un point unique. Dommage qu'on n'ait pas de détecteur de neutrinos !

Tous les équipements à énergie nucléaire dégageaient des neutrinos et personne ne se préoccupait de les canaliser. Une estimation des neutrinos dégagés par l'autre vaisseau leur aurait donné des indications sur sa capacité énergétique, et par conséquent sur son tonnage. Bien sûr, un bâtiment de guerre et un cargo de taille moyenne pouvaient avoir des générateurs de même puissance, mais quelques informations valaient mieux que rien du tout !

– Température ?

– Pour le moment, ses moteurs sont éteints, répondit Ariel après avoir consulté le bolomètre. Il a dû nous repérer il y a quelques jours et démarrer ; maintenant il cherche à nous intercepter sur sa lancée.

– Dépêche-toi d'entrer les paramètres du Saut dans l'ordinateur, dit-il. (C'était tout ce à quoi il pouvait penser, c'est-à-dire pas grand-chose.) Combien de temps ça va prendre ?

— Trop long ! maugréa-t-elle. Mais tu as raison, de toute façon. Il faut parier là-dessus, surtout si c'est une patrouille terrienne. Eh ! Derec ! Il pourrait nous suivre !

Il ouvrait la bouche pour rétorquer que ça n'avait pas d'importance, mais se ravisa.

— Givre !

Cette manœuvre autour de Procyon... elle pouvait leur prendre une semaine, ce qui laissait largement le temps à un vaisseau plus puissant de les traquer et de les abattre. Et une fois là-bas, aucun espoir d'obtenir de l'aide !

— Les vaisseaux plus volumineux consomment plus de carburant. S'il ne peut pas suivre notre manœuvre...

— Et tu me traites de casse-cou ! Pas de paris là-dessus, d'accord ?

— Givre !

L'autre astronef ne manœuvrait pas : il tombait en piqué. Il croiserait leur trajectoire par bâbord arrière, sous un angle très serré, les dépasserait et freinerait brusquement pour les laisser dériver jusque dans ses bras. Il avançait très vite par rapport à eux, et surtout beaucoup plus vite que le rocher qui l'avait dissimulé, et il lui faudrait bientôt allumer ses rétrofusées s'il ne voulait pas les dépasser irrémédiablement.

Leurs possibilités étaient restreintes : ils pouvaient soit continuer tout droit et accélérer d'une bonne poussée des fusées, soit faire faire demi-tour au vaisseau et ralentir de la même façon. Ou encore Sauter. Mais enregistrer tous les paramètres pour le Saut prendrait du temps ; quant à Sauter à l'aveuglette, ça ne signifiait pas forcément la mort, mais plus simplement une errance éternelle dans l'immensité de la Galaxie... ou *des* galaxies ! Dans l'hyperespace, tous les points de l'univers normal étaient équidistants.

Ils pouvaient aussi basculer à angle droit pour s'écarter.

Ariel ne s'arrêta pas sur cette possibilité. Quant à

Derec, il ne l'envisagea même pas. Ils avaient brûlé vingt pour cent de leur carburant pour acquérir leur vitesse actuelle et ils devaient la conserver, quels que soient leurs écarts de trajectoire. Par conséquent, ils devraient en brûler encore vingt pour cent pour redresser d'à peine quarante-cinq degrés... un virage insignifiant.

– On demande de l'aide ? proposa Ariel sans conviction.

– Il sera sur nous dans moins de vingt minutes, répondit Derec d'un ton lugubre. Ça m'étonnerait que des secours arrivent à nous rejoindre à temps. Sauf si l'autre accélère et nous dépasse.

– Peu probable !

– Exact !

Derec avait du mal à réfléchir. Le vaisseau qui s'approchait rapidement n'aurait pas besoin d'accélérer ; il lui faudrait plutôt freiner en arrivant à leur hauteur.

– Je crois qu'on peut partir du principe qu'une patrouille terrienne n'ouvrirait pas le feu sans raison valable. Je propose donc de leur répondre le plus courtoisement possible, tout en maintenant notre cap et notre vitesse. On pourra toujours déguerpir si nécessaire, mais...

– Tu penses que c'est une patrouille terrienne ? l'interrompit Derec, puis il hocha la tête : De toute façon, une patrouille spatiale n'ouvrirait pas le feu non plus.

– Et une patrouille spatiale aurait pris contact avec nous. Regarde les choses en face. Qui que ce soit, c'est un ennemi.

– Nous devrions avoir une idée assez juste de notre vitesse et de notre position par rapport à Sol avant que ce vaisseau n'atteigne le point de conjonction, dit Derec en faisant signe qu'il avait compris. Nous allons pouvoir Sauter dès que tu auras ces données.

Le vaisseau ennemi n'allait pas les éperonner, bien sûr. Leur contact le plus rapproché serait ce point de conjonction des deux trajectoires et les vaisseaux resteraient à bonne distance, l'autre étant alors sur l'avant.

— Et nous ne les provoquerons pas, termina Ariel.

— Avec quoi ? s'enquit Derec, qui avait quelques vertiges.

— Tu sais très bien ce que je veux dire.

Enfin, Derec saisit son idée.

— Ah ! Mais c'est vrai ! Nous avons une arme...

— Comm ! s'écria-t-elle en entendant le sifflement suraigu du signal. J'espère que ce n'est pas un vaisseau spatial, murmura-t-elle en établissant la communication.

Ils s'étranglèrent tous les deux en reconnaissant le visage en hologramme qui flottait au-dessus des consoles.

LE RETOUR D'ARANIMAS

Oh non ! Aranimas !

Le pirate extraterrestre les fixait de son regard froid.

Son visage, vaguement humanoïde, tenait du lézard. Ses yeux, par exemple, étaient largement écartés, presque sur les côtés de la tête ; ils étaient à peine assez rapprochés pour lui permettre une vision binoculaire, mais, aussi bizarre que cela paraisse, Aranimas ne semblait pas avoir besoin d'une vision binoculaire. La plupart du temps, il braquait un œil sur ce qu'il était en train de regarder et laissait l'autre vagabonder, comme pour se procurer une vue périphérique.

Dans l'immédiat, il fixait Derec des deux yeux à la fois.

– Derrrec ! lâcha-t-il.

Ariel n'avait jamais rien entendu d'aussi haïssable que cette voix de fausset et ces trilles.

– Arrriel !

Sans les quitter des yeux, il modifia la mise au point de son émetteur et son image rapetissa sans qu'il s'éloignât : sa forme humanoïde apparut en plan américain. Vue sous cet angle, son apparence était presque humaine, mais Ariel et Derec avaient déjà rencontré le pirate en chair et en os. Même assis, il était aussi grand que Derec et ses bras disproportionnés avaient trois fois l'envergure de ceux d'un humain de bonne taille. Un corps mince, un long cou, une tête bombée et le cheveu rare, une peau blafarde complétaient le tableau. Et des yeux sombres qui, en ce moment même, brillaient de colère.

— Où est la clef du Pérrrihélie ? Vous vous êtes échappés avec la clef au lieu de me conduire vers les rrrobots !

Leurs cœurs sautèrent deux ou trois battements, Derec déglutit, momentanément remis de son malaise par le choc, puis Ariel répondit d'une voix qui tremblait à peine :

— Nous l'avons perdue pendant le naufrage. N-Nous avons été hospitalisés sur Terre…

— Tu mens ! J'ai capté trrrois projections de parrrasites émis par la clef prrrès de cette planète : la prrremière, il y a quelques semaines, mais elle venait d'ailleurs. Les deux autrrres démarraient et finissaient au même endroit. Ssseules les clefs ont des émissions aussi typiques.

Ariel et Derec se regardèrent, consternés. Avant qu'ils n'aient pu répondre, le pirate exhiba un petit stylet doré et scintillant. Ariel s'étrangla et entendit un « gloups » du côté de Derec : un stimulateur de douleur ! Elle savait que ça ressemblait, en infiniment plus puissant, au fouet neuronique utilisé par les humains. Ou bien Aranimas avait-il simplement la main plus lourde ? Ça ne provoquait pas de lésions graves si ce n'était pas employé trop longtemps, mais de toute façon, personne n'était assez fou pour subir plus d'un « traitement » avant d'accepter de coopérer.

— Vous me dirrrez tout, et vous me direz la vérrrité, ou je vous tue à petit feu avec *ça* !

Ils ne doutaient ni de sa sincérité, ni de sa détermination : il ne voudrait rien entendre avant d'avoir mis le vaisseau en pièces ; s'emparer de la clef ne lui suffirait pas, même si elle ne lui était d'aucune utilité (elle avait été initialisée par des humains). Il voulait des robots -- entre autres choses -- et par-dessus tout le pouvoir.

Derec tendit le bras et coupa la communication.

— Nous avons une alternative, dit-il en se tournant

vers Ariel. Soit nous retournons à St Louis avec la clef, nous appelons Donovan et laissons le TBI ou une quelconque délégation spatiale résoudre le problème ; soit nous essayons de régler nous-mêmes la question d'Aranimas.

– Régler la question ? Comment ? répliqua-t-elle, sceptique.

– Je ne veux pas dire *négocier*. Ariel, tu vas devoir utiliser la clef. (Le plan de Derec se précisait tandis qu'il parlait.) Je crois que j'arriverai à éperonner ce vaisseau monstrueux quand il se sera rapproché de nous.

– Non ! Derec ! s'exclama Ariel qui se sentit pâlir.

– C'est la seule possibilité. Nous ne pouvons pas le laisser en vie, il est trop dangereux...

– Mais... (Son visage s'éclaira.) On peut utiliser la clef au tout dernier moment !

Derec la dévisagea. La bouffée d'adrénaline qui avait chassé son malaise s'estompait. Il se rendait compte qu'elle était décidée à ne pas utiliser la clef sans lui.

– O.K. ! C'est ce qu'on va faire. Nous allons lui faire croire que nous nous rendons...

Il tendit le bras vers l'émetteur, mais Ariel lui saisit le poignet.

– Non, Derec ! Ça ne peut pas marcher. Il ne nous laissera jamais manœuvrer alors qu'il est à proximité.

– Mais c'est notre seule issue ! Notre seule arme, c'est le réacteur... et le nez du vaisseau. J'avais pensé lui balancer le jet des fusées, mais il ne se mettra jamais dans l'alignement !

Ariel soupira, mais elle n'avait pas de meilleure idée à proposer.

– O.K. ! Va chercher la clef, moi je m'occupe de piloter le vaisseau.

Soulagé, Derec approuva d'un signe de tête : il ne se sentait pas vraiment d'attaque pour ça.

Quand ils rétablirent la communication, Aranimas hurlait d'une voix inhumaine et si aiguë qu'Ariel en eut mal aux dents.

– Vous ne couperrrez plus la communication, huuumains ! Vous...

– Ouais, ça va ! dit Ariel. Nous avons délibéré. Bon, c'est d'accord, nous accédons à ta demande. Nous te demandons juste de nous promettre la vie sauve, sinon nous détruisons la clef sous tes yeux.

– Vous ne détrrruirez pas la clef ! Je vous tuerrrai lentem.

– Sauf si nous sommes morts avant, rétorqua Derec, fatigué et exaspéré comme un père qui essaie de calmer des enfants chamailleurs. Nous exigeons ta promesse.

L'extraterrestre se tut et les dévisagea pendant un moment qui leur glaça le sang.

– O.K. ! Vous avez ma parrrole. Je ne vous tuerrrai pas si vous me donnez la clef... en bon état.

Ariel se demanda l'espace d'un instant si le pirate pourrait tenir sa promesse. Mais ça n'avait plus d'importance ; Derec avait raison : Aranimas devait mourir. Elle eut un petit pincement au cœur à la pensée des esclaves naroués, inoffensifs et veules, qui composaient son équipage.

Derec sortit la clef de sa poche et la montra au pirate. Tandis qu'Aranimas contemplait l'objet avec cupidité, Ariel, aux commandes, dit d'un air négligent :

– Nous allons manœuvrer pour nous mettre à ta hauteur.

– Non ! *Je* manœuvre.

Il se passa quelques minutes tendues pendant lesquelles l'extraterrestre se détournait vers son panneau de contrôle, faisait virer son astronef, attendait, attendait encore... Puis le vaisseau se dirigea vers eux. A la fin de la poussée, il n'était plus très loin et avançait toujours lentement. Il vira de nouveau et entra complètement dans leur champ de vision. C'était un monstrueux amoncellement fait d'une douzaine de coques hétéroclites accolées les unes aux autres. Comment Aranimas arrivait à équilibrer cette chose sur son centre de gravité pour mettre les fusées à feu sans en perdre le contrôle et se mettre à tournoyer, tout ça sans l'aide d'un ordinateur, c'était un mystère !

Il est trop près ! s'affola Ariel. Ils n'auraient jamais le temps d'accélérer en vue de l'impact – ni de préparer la clef. Au même instant, elle vit que Derec en pressait le premier coin. Elle écrasa son poing sur la mise à feu, propulsant le vaisseau sur ses auxiliaires : le gyro était plus économique en carburant, mais bien trop lent !

Si Aranimas naviguait dans un engin fait de bric et de broc, il n'en était pas moins un pilote chevronné... Et puis son vaisseau était un bâtiment de guerre, équipé même à l'arrière de capteurs hypersensibles. Le pirate devina leur intention et jeta son vaisseau de côté, sans même prendre la peine de les invectiver par le comm.

Ecrasée contre son dossier par l'accélération, Ariel lança un coup d'œil vers Derec : la clef était prête... mais pas eux. Le vaisseau ennemi fut au-dessus d'eux, puis sur leur flanc, alors qu'elle s'évertuait encore à pointer la proue vers lui. Trop tard ! Aranimas avait décroché.

Ariel coupa aussitôt les moteurs et fit tourner le vaisseau sur lui-même pour ne pas trop s'éloigner ; s'ils se dégageaient trop de l'autre, ils seraient dans la ligne de mire de ses artilleurs. Quand il vit dans quelle direction elle tournait, Aranimas obliqua prestement pour creuser la distance qui les séparait.

Soudain, l'alarme de détection retentit.

Pour la première fois depuis le début, Aranimas hurla. Ariel s'escrimait à s'aligner sur le vaisseau extraterrestre, trop occupée pour s'informer de ce qui se passait.

– Le rocher... Il se déplace ! s'écria Derec.

Le caillou, qui flottait sur leur arrière et les avait rattrapés petit à petit, accélérait maintenant dans leur direction, à plus ou moins un G... et le bolomètre enregistrait la hausse de température d'une fusée.

Au-dessus des consoles, le mufle de Wolruf apparut à côté de l'image réduite d'Aranimas.

– Tiens bon, Derec. J'arrive !

Ce qu'Aranimas brailla était intraduisible, mais un éclair d'énergie jaillit de son vaisseau ; le rocher se désintégra, éclatant en nuages de poussière incandescente quand les canons touchaient leur cible. Avec la même puissance, ces mêmes armes avaient pulvérisé des mètres cubes de glace et de neige proches du zéro absolu, sur l'astéroïde où Aranimas avait capturé Derec.

Sous ce fragile camouflage, un petit Chercheur d'Etoiles identique au leur se cachait. *Wolruf !*

Ariel remit les gaz à fond et sa vision s'obscurcit. Aussitôt après, elle les coupa. Sa tête ballotta contre l'appui-tête et le vaisseau plongea de nouveau vers celui d'Aranimas, qui pivota et accéléra pour les éviter. Soudain, un poing énorme heurta leur flanc et la coque résonna comme un gong.

– On est touchés ! haleta Derec, mais Ariel n'avait pas le temps de s'en préoccuper : elle devait harceler Aranimas le temps que Wolruf arrive.

De nouveau, le pirate fit pivoter son énorme vaisseau et, de nouveau, il accéléra pour les éviter, ce qui les fit sortir de la ligne de mire de ses canons. *Une chance que ses postes de tir ne soient pas assistés par ordinateur !* pensa Ariel.

Elle se trouvait confrontée à un problème tactique au minutage serré : d'une seconde à l'autre, ils allaient croiser le vaisseau ennemi mais elle n'aurait pas le temps d'orienter leur proue vers lui.

Aranimas comprit son intention et prit ses distances.

Ariel accentua la rotation du vaisseau afin de présenter la poupe à l'adversaire. Au moment crucial, elle mit toute la gomme et une langue de feu éclaboussa le vaisseau ennemi, qui dut à son tour résonner comme une cloche. Des gaz et divers éléments explosèrent dans l'espace et Ariel fut heureuse que la vision extérieure ne lui permette pas de voir si ces débris *gesticulaient !*

En un éclair, ils furent loin, le halo aveuglant de l'explosion s'évanouit et l'astronef d'Aranimas réapparut. Plusieurs endroits de ses coques invraisemblables étaient en feu. Un autre genre de feu jaillit (le Chercheur d'Etoiles résonna sous l'impact), jaillit de nouveau et le crâne d'Ariel rebondit contre l'appui-tête. Les alarmes ululèrent. Derec lui criait quelque chose, tandis qu'elle faisait tournoyer le vaisseau aussi vite que le lui permettaient ses mains tremblantes. *Erreur !* pensa-t-elle. *Je n'aurais jamais dû m'écarter autant !* Ils étaient à présent assez loin pour que les artilleurs les ajustent dans leurs viseurs.

Les mâchoires serrées, Ariel fit de nouveau pivoter le vaisseau en essayant d'ignorer les impacts et en espérant qu'aucun d'eux ne les mettrait hors de combat... ou ne les achèverait. Il suffisait d'un seul éclair perdu...

— On est revenus dans l'angle mort, haleta Derec. Impacts obliques seulement...

Exact ! pensa-t-elle, souriant sans joie... Et ils étaient toujours en vie !

A ce moment, leur rotation s'arrêta, mais ils étaient bien trop loin d'Aranimas à son goût et elle redonna une poussée. Plus d'impacts. Sur les écrans d'observation, la silhouette irrégulière du vaisseau extraterrestre grandit et grandit encore, et Ariel respira.

Puis elle eut un instant de stupéfaction : elle était soulagée de savoir qu'elle n'allait pas être abattue dans les prochaines minutes, mais, à côté de ça, elle courait au suicide en tentant d'éperonner le vaisseau du pirate !

Aranimas commença à glisser de côté et Ariel redressa aussitôt pour laisser le Chercheur d'Etoiles pointé vers le centre de la masse sombre. Que faire ?

— Wolruf se rapproche rapidement, mais je ne sais pas si elle peut encore manœuvrer, dit Derec, tendu. Elle a été sévèrement touchée, elle aussi.

— Si tu l'appelais ?

Le monstrueux vaisseau d'Aranimas paraissait dangereusement proche. Et le pirate leur avait réservé une surprise : un canon surgit de la coque et se braqua sur eux. Quels prodiges d'habileté il aurait fallu déployer pour armer l'engin dans le court intervalle de la bataille, ils ne le sauraient jamais. C'était un canon de gros calibre, bien que son premier coup fût faible : un tir de mise au point, en quelque sorte.

Les artilleurs d'Aranimas n'étaient pas ces inoffensifs Naroués. C'étaient ces créatures en forme d'étoile de mer dont Ariel ignorait à peu près tout, sauf qu'elles fuyaient la lumière et respiraient une atmosphère légèrement différente du reste de l'équipage. Ariel n'éprouvait aucune compassion pour elles. Elle fit basculer le vaisseau, mais Aranimas s'en aperçut et se déplaça immédiatement pour l'empêcher de pointer ses fusées sur cette nouvelle arme.

Un second éclair zébra l'espace, mais les artilleurs n'avaient pas l'efficacité féroce d'Aranimas.

– Si on est touchés encore une fois, notre antenne est fichue, annonça posément Derec.

Son calme la calma et elle tenta un nouvel éperonnage. En s'écartant de ses moteurs, Aranimas était venu se placer juste devant son nez. Elle mit toute la gomme et ils furent écrasés contre leurs dossiers. Sa vue s'obscurcit, mais ce n'étaient pas les batteries qui faiblissaient !

Trop lent ! L'énorme carcasse boursouflée obliqua et devint encore plus monstrueuse, devant eux. Puis les écrans d'observation explosèrent en un bref éclat pâle – pâle parce que les circuits de sécurité seraient incapables de retransmettre l'éclair dans toute sa puissance : le dernier tir du canon avait atteint l'optique de plein fouet.

– La proue !... Arrachée !...

Ariel eut un hoquet, s'attendant presque à se trouver face au néant, mais la proue n'avait pas été détruite à ce point-là. Avec les écrans hors service, elle ne pouvait que couper les moteurs et rester affalée devant la console, le souffle court, espérant que...

– La clef !... Active-la !... cria-t-elle à Derec, mais elle comprit aussitôt qu'il était déjà trop tard. Ils vont ti...

L'impact fut tout à fait différent des précédents.

Ils furent projetés en avant dans leurs harnais, le vaisseau frissonna, le métal hurla et grinça, quelque chose cassa – tout cela dans le même instant –, puis tout s'arrêta. Ils flottaient doucement dans l'espace.

Quelque part, l'air sifflait en s'échappant. Les alarmes bourdonnaient et stridulaient. Plus de communication avec l'extérieur, plus d'écrans d'observation. Ariel tripota les commandes et les moteurs du contrôle d'attitude répondirent : elle pourrait encore tourner et accélérer, d'accord, mais à l'aveuglette.

– Les combinaisons, vite ! cria Derec. Et regarde si le circuit autonome peut nous servir à quelque chose.

D'abord ma combinaison ! pensa Ariel. Quand l'air s'échappe d'un vaisseau aussi petit, ça peut aller très vite. Ils auraient d'ailleurs dû les porter tout le temps de la bataille... à supposer qu'ils aient eu le temps de les enfiler.

Ils plongèrent dans leurs combinaisons en une pantomime burlesque que le danger rendait mortellement sérieuse. À chaque instant, Ariel s'attendait à ce qu'un tir fasse exploser leur engin, mais le Chercheur d'Etoiles continuait sereinement de dériver.

Sûrs que le dernier impact avait détruit l'antenne de la proue, ils n'essayèrent pas d'entrer en communication avec Wolruf. Toutefois, on pouvait obtenir des vues extérieures depuis d'autres points de la coque et seules les optiques de la proue avaient été détruites. Après quelques tâtonnements, ils en trouvèrent une qui avait survécu au massacre.

– Qu... Qu'est-ce que c'est ? s'exclama Ariel, horrifiée.

– J'allais te le demander. Tu connais mieux que moi le vaisseau d'Aranimas, tu y es restée plus longtemps, toi...

– C'était avant mon amnésie...

– Ah oui ! Pardon.

– On dirait... une des coques... Arrachée ?

Elle était légèrement hors cadre et ils n'en avaient qu'une vue partielle. Ils ne voyaient qu'une courbe irrégulière et tourbillonnante de métal sombre et, çà et là, un éclat de lumière, une saillie – mât, tourelle, sabord, aire d'atterrissage, capteur... et poutrelle.

– Ça ne peut pas être le vaisseau entier, dit enfin Derec. Mais qu'est-ce qui a bien pu lui arriver ?

Ariel prit une profonde inspiration et trouva que l'air à l'intérieur de sa combinaison sentait la transpiration.

– Je vais tourner autour, dit-elle, crispée. Givre ! Je ne m'étais pas rendu compte que j'étais aussi tendue.

Elle n'arrivait pas à être rationnelle. *Je ne ferai jamais un bon pilote de combat*, pensa-t-elle en frissonnant. *Toutes ces précieuses minutes perdues à contempler une image à laquelle j'aurais dû m'adapter immédiatement... Ou bien les bons pilotes prennent-ils l'habitude de ce genre de trucs ?*

– Aranimas ! Il s'est désintégré ! s'exclama Derec.

Le monstrueux vaisseau hétéroclite était maintenant éparpillé en une douzaine de grosses pièces flottant au milieu d'une nuée de débris plus petits. Ils s'interrogèrent du regard, aussi livides l'un que l'autre.

– Est-ce que c'est *nous* qui avons fait ça ?

– Je ne vois pas comment... Oh, c'est Wolruf !

Ariel réfléchit un moment puis hocha la tête.

– Tu dois avoir raison. Mais où a-t-elle bien pu dégoter des canons ?

Derec n'avait pas de réponse à cette question.

S'il y avait des survivants, ils ne semblaient pas disposés à reprendre les hostilités. L'épave s'éloignait lentement. Ariel sursauta et revint à elle.

– Il faut retourner là-bas !

– Givre ! C'est vrai !

– Bon, mais comment ?

Ce ne fut pas facile, mais ils s'en tirèrent. En s'orientant d'après le peu que les écrans leur montraient, ils repérèrent un passage dégagé entre les morceaux de ferraille et pointèrent le nez aveugle du vaisseau dans cette direction. Ariel empoigna les commandes et plongea son regard dans l'obscurité. *Maintenant, on va voir ce que tu donnes comme pilote, ma grande !*

... Elle se retrouva sur Aurora, sur le point d'effectuer son premier décollage en solo. Elle avait eu exactement la même pensée, ou quelque chose de très approchant, mais elle était encore plus nerveuse alors. Cette fois-ci, cependant, elle était en état de choc. Les souvenirs affluaient : le décollage, l'accélération d'autant plus féroce qu'elle *devait* rester vigilante, le soulagement quand les moteurs s'arrêtent, et puis la sensation indescriptible de liberté et de légèreté de sa première orbite en solo...

– Ariel ?

Son instructeur...

– *Ariel* ?

Elle se secoua.

– Désolée ! Fugue mémorielle.

Tandis que ses mains effleuraient le tableau de bord (elle prenait garde de bien manœuvrer les commandes de *cette* console, et non celle de son souvenir), les souvenirs surgissaient, des détails se précisaient. Une séquence entière de son passé lui revenait, au hasard d'une pensée et de la répétition fortuite d'un événement oublié.

Elle mit les gaz pendant une dizaine de secondes et orienta le vaisseau de façon à pouvoir observer les débris de ferraille. Il devait bien y avoir des détecteurs, quelque part sur la coque, pour leur indiquer leur vitesse relative par rapport aux épaves, mais ils avaient été pulvérisés. L'astronef disloqué semblait toujours s'éloigner. Ariel pivota et ralluma les fusées pendant quelques secondes, puis vérifia sa position.

– Ça devrait aller.

Ils n'avaient plus qu'à se laisser dériver en marche arrière vers le vaisseau détruit, et à se tenir prêts à ralentir.

– Mais comment a-t-elle bien pu faire ça ?

LE RETOUR DE WOLRUF

– C'est sans espoir, gémit Derec.

– Il *faut* que ça marche ! dit Ariel en se mordant la lèvre sous son casque. Sinon Wolruf...

Mandelbrot tâchait de colmater leur coque. Plus durement touché que le leur, l'autre Chercheur d'Etoiles était à peine manœuvrable. A l'aide de fusées fixées sur sa carcasse et d'un propulseur individuel, Mandelbrot avait rapproché les deux coques tandis qu'Ariel effectuait le plus gros de la manœuvre. Il restait très peu d'oxygène dans chacun des vaisseaux... et il n'y avait pas de combinaison de sortie pour la caninoïde !

– Nous avons été trop sévèrement touchés. Le mieux que nous puissions faire, c'est de le rafistoler tant bien que mal.

Pour la quinzième fois, Derec se passa la main sur le visage et, pour la quinzième fois, sa main rencontra la visière de son casque. Frustré, il la laissa retomber.

– Si ça tient assez pour qu'on ait le temps de Sauter... répondit Ariel.

– Quatre Sauts pour atteindre la Cité des robots – cinq pour plus de sécurité, fit Derec en secouant la tête. Ça veut dire des jours à établir et à calculer les trajectoires. Je ne veux pas confier ma vie à ces rustines. De plus, nous aurons à manœuvrer : ça ne va pas leur faire du bien !

– Il faut faire quelque chose... Si ça se trouve, le vaisseau d'Aranimas...

Elle se raccrochait à n'importe quoi, elle le savait.

– Ariel ! Même Wolruf ne saurait pas comment le piloter… à supposer que l'un d'entre nous ait les bras assez longs pour atteindre les commandes. Et pas d'ordinateur de bord, souviens-toi !

– Je sais, ça ne peut pas marcher, admit-elle d'un ton plus raisonnable. Ce sont les deux Chercheurs d'Etoiles, ou rien.

– L'autre contient peut-être encore de l'oxygène et des vivres. On devrait essayer de les récupérer.

Ils se lancèrent un regard maussade.

La situation était loin d'être confortable : ils étaient à bord d'un vaisseau à moitié naufragé, tout juste manœuvrable, dont la plupart des instruments étaient hors d'usage et qui fuyait comme une passoire, sur une trajectoire qui les mènerait quelque part du côté de Procyon dans quelques millions d'années, avec des réserves d'oxygène, de vivres et d'eau des plus succinctes ; et dans un autre vaisseau, encore plus endommagé, une amie était coincée dans une cabine minuscule…

– Appelez le Service spatial et attendez en contemplant les étoiles, ironisa Derec en se forçant à sourire.

Ariel lui renvoya un sourire tout aussi forcé.

Le vaisseau extraterrestre les entourait de toutes parts et certains de ses morceaux avaient incontestablement été vivants, un jour. Derec, sentant qu'il serait malvenu de tourner de l'œil, évitait de les regarder, même si la distance escamotait les détails. Mais son imagination prenait le relais ! Il y avait en majorité des Naroués, mais aussi des Eranis, ces habitants des ténèbres en forme d'étoile de mer que Derec avait entr'aperçus lors de son court séjour sur le vaisseau d'Aranimas.

– Ça m'étonne qu'ils ne tentent rien, répéta Derec.

Ça faisait presque une demi-heure qu'ils disaient ça, chacun à son tour.

– Derec… Je crois qu'il n'y a plus personne.

C'était bien possible, après tout, mais…

– Morts ? souffla-t-il.

Pour la plupart, oui. Pourtant, Ariel secoua la tête.

– Pas forcément. Je pense qu'ils ont dû Sauter au plus fort de la bataille.

Derec se pencha et passa anxieusement en revue ce qu'il pouvait voir des alentours pour essayer de compter les coques, mais ça ne servait pas à grand-chose.

– Je ne sais même pas combien il y en avait et de toute façon, comment les reconnaître ? Les moteurs hyperatomiques devaient être dans la coque centrale, mais il y en avait peut-être d'autres ailleurs. Je ne crois pas qu'il manque plus d'une coque, cependant.

– Alors, tu es d'accord avec moi ? lui demanda-t-elle, l'air nerveux.

– Oui ! Connaissant Aranimas, s'il était encore dans les parages et vivant, il serait en train de nous tirer dessus... Avec tout ce qui lui tomberait sous la main.

– Exactement... C'est incroyable que Mandelbrot ait pu faire tous ces dégâts à lui tout seul, ajouta-t-elle au bout d'un moment.

Quand Wolruf eut suffisamment décéléré pour que la différence de vitesse entre son vaisseau et celui d'Aranimas permette aux fusées fixées sur la carcasse de Mandelbrot de faire le parcours, elle avait largué le robot, qui avait atterri sur le vaisseau extraterrestre (endommageant une de ses rotules au passage) et farci de charges explosives les jointures des coques. Le puissant vaisseau avait été littéralement soufflé.

– Nous savions déjà qu'il devait y avoir des charges explosives aux points de jonction des coques, commenta Derec. A proximité de la station Rockliffe, Aranimas avait éjecté une de ses coques pour s'échapper.

– Exact ! Il a dû les faire toutes exploser en même temps pour dégager la coque centrale et Sauter.

– S'il a Sauté à l'aveuglette, il peut être n'importe où dans l'univers, à présent. Espérons qu'il ne retrouve jamais le chemin du retour !

Mais ils ne devaient pas trop compter là-dessus...

Une demi-heure plus tard, Mandelbrot les appela par radio et leur suggéra de se rapprocher flanc contre flanc du vaisseau de Wolruf. Ariel s'exécuta aussitôt, guidée par le robot, et bientôt les sas grincèrent l'un contre l'autre ; ils étaient compatibles et, avec un petit coup de pouce, ils s'emboîtèrent en cliquetant.

– Ce raccordement ne retiendra pas l'oxygène très longtemps, fit remarquer Mandelbrot. Quand nous l'aurons pressurisé, il faudra que Wolruf fasse très vite, malgré le sac.

Ils avaient pompé dans des bouteilles l'oxygène qui s'échappait, histoire d'en sauver un peu. Derec approcha du sas une de ces bouteilles, fixa l'embout en forme de baïonnette à la valve de secours et ouvrit la bouteille. Aussitôt, Wolruf se rua contre la porte intérieure et la porte extérieure claqua derrière elle. Derec laissa l'oxygène fuser pour équilibrer la pression... mais la bouteille fut vidée avant.

Il l'arracha en maugréant (la valve de secours se referma automatiquement) et se rabattit sur la vanne manuelle ; il lui fallut la maintenir fermement pour qu'elle reste ouverte, mais la pression finit par s'équilibrer sans qu'ils perdent trop de leur précieux oxygène.

Protégée par un ballon de plastique transparent, maintenant à moitié aplati par la pression de la cabine, Wolruf déboula dans le vaisseau. Elle semblait à bout de souffle... ou affolée. Derec ne pouvait certes pas la blâmer. Ça n'avait pas dû être facile de traverser l'autre vaisseau et les sas jumelés en pataugeant en apesanteur dans ce ballon. La petite caninoïde en émergea toute tremblante.

– Merci ! Plutôt éprouvant. J'ai une peur bleue des Eranis.

– Nous pensons qu'Aranimas est parti.

– J'espère bien, mais je ne comprends pas ce que tu veux dire.

Ariel le lui expliqua en quelques mots.

– S'il le pouvait, il tirerait ! convint Wolruf.

– Je vais aller voir dans l'autre vaisseau ce que je peux récupérer, leur dit Mandelbrot par la radio. Vous allez avoir besoin d'éléments organiques pour le synthétiseur et bien sûr d'oxygène. Il serait aussi avisé d'explorer l'épave.

Si l'idée était bonne, elle rendait Derec plutôt nerveux, mais il vit que ça n'enchantait pas Ariel non plus.

— Les débris continuent à tournoyer autour de nous, mais les plus grosses pièces s'écartent de plus en plus, dit Ariel. Au train où vont les choses, ce serait plus prudent.

— L'appartement de Webster Groves me semble plus cossu de minute en minute, dit Derec avec un pauvre sourire.

— Je reste derrière et je pilote le vaisseau, décréta Wolruf. Ne me remerciez pas, tout le plaisir est pour moi !

Riant comme des idiots, Ariel et Derec s'engouffrèrent dans le sas en emportant le sac en plastique de Wolruf, en principe destiné au transport dans le vide de denrées périssables. Ils le gonflèrent à la moitié de la pression de la cabine et l'appuyèrent contre la porte intérieure, puis ils dépressurisèrent le sas. Dès que la pression du sas devint inférieure à celle du ballon, celui-ci les plaqua contre la porte extérieure. Leurs combinaisons de sortie leur évitèrent d'être écrasés. L'expansion du ballon précipita l'expulsion de l'air du sas et, quand la porte extérieure s'ouvrit, ils furent éjectés dans le vide. Ariel eut juste le temps d'attraper la poignée de la porte et Derec s'agrippa à sa cheville. Toujours hilares, ils repoussèrent le ballon à l'intérieur et claquèrent la porte.

Leur première préoccupation fut de transférer l'antenne intacte du vaisseau de Wolruf sur le leur et de remplacer les optiques calcinées ou pulvérisées. Les deux vaisseaux flottaient côte à côte, amarrés par un câble ténu mais solide. Derec avait emporté ses outils et effectua une réparation de fortune sur le genou de Mandelbrot.

Au bout d'une heure de travail, ils avaient fini, mais les fragments du vaisseau d'Aranimas s'éloignaient de plus en plus. Ils rentrèrent s'entasser dans leur vaisseau pour prendre un peu de repos, recharger leurs réserves d'oxygène et manger un morceau.

– Comment es-tu arrivée jusqu'ici, Wolruf ? lui demanda Ariel d'une voix lasse.

La caninoïde mordit à belles dents dans un chou synthétique.

– Quand vous avez Sauté avec la clef, j'ai entendu les parasites sur l'hyperonde. J'ai capté les émissions, et je me suis accordée dessus. M'attendais à ce que ce soit la Cité des robots, mais ce n'était pas ça : nous connaissions les coordonnées de la Cité des robots et ça venait de plus loin. Mandelbrot et moi avons Sauté pour suivre. Dangereux, un Saut aussi long, mais n'osions pas en faire plus, pour ne pas perdre nos repères. Donc, avons fait un seul Saut.

Elle s'arrêta pour engloutir un peu plus de chou. Ils étaient habitués à ses manières !

– Et arrivons à proximité de la Terre. Mandelbrot fait des repérages, il écoute les émissions de radio (l'hyperonde ne marche toujours pas) et me dit « c'est la Terre », et m'explique la Terre. Nous n'avons pas longtemps à attendre pour savoir si c'est là que la clef vous a téléportés ; deux autres émissions de parasites rapprochées du même endroit : la Terre. Ne sais pas comment vous avez fait pour utiliser la clef aussi près.

– Très simple, dit Derec. (Il était fatigué et la tête lui tournait, et ce n'était pas seulement dû à l'apesanteur.) Tu vois, la clef est accordée sur l'appartement. Si tu utilises la clef pour quitter n'importe quel autre endroit, même situé sur la même planète, tu atterriras dans cet appartement. Donc, nous ne mourrons pas de faim. Au besoin, nous pourrons toujours retourner là-bas, Appartement 21, Sous-Galerie 16, Galerie M, Sous-Section G, Section 5, Webster Groves, cité de St Louis... La tête des Terries s'ils nous voient tous débarquer à la cantine communautaire !

– Y a du chou rouge, là-bas ?... dit Wolruf, l'air gourmand. Donc, nous attendons, reprit-elle. Et soudain, captons l'explosion d'hyperondes. C'est le vaisseau d'Aranimas qui surgit et nous savons qu'il va y avoir du grabuge ; lui aussi a capté l'utilisation de la clef !

– Depuis quand savait-il faire ça ? s'étonna Ariel.

– Bien possible qu'il l'ait toujours su. Il n'était pas très bavard. Ou alors, plus probable, il a appris comment faire quand nous avons quitté la station Rockliffe. En y réfléchissant, ça saute aux yeux.

– Comment ça ?

– C'est évident. La clef doit être un moteur hyperatomique, commença Wolruf, mais Derec l'interrompit :

– Je ne crois pas. Les robots de la Cité des robots savent comment dupliquer les clefs (c'est peut-être même eux qui ont fabriqué celle que nous avons). La miniaturisation au format de poche d'un moteur hyperatomique représente un progrès radical de la science et de la technologie, et je pense que ni les humains ni leurs robots n'en sont capables. Je pense plutôt que les clefs sont des émetteurs hyperondes très compacts qui déclenchent des moteurs hyperatomiques situés quelque part ailleurs, mais accordés sur les clefs.

– Ah bon ? Tu crois que les moteurs sont dans le Périhélie ?

Wolruf était aussi pilote d'astronef et connaissait le principe de l'hyperatomique.

– Probable.

La caninoïde marqua son intérêt par un grognement, enfourna encore un quartier de chou et reprit son récit après avoir médité sur les déductions de Derec.

– Bref. Nous attendons là et Aranimas attend lui aussi. Attendons que vous utilisiez la clef pour vous échapper. Aranimas doit se ronger les ongles et se griller les fusibles de rage : il ne peut pas savoir ce qui se passe sur Terre et la Terre est une trop grosse proie, même pour un forcené comme lui.

– Comment savais-tu que c'était nous ? lui demanda Ariel, tandis que Derec, dodelinant de la tête, essayait de comprendre la logique de la question.

– Quand vous avez utilisé votre émetteur hyperondes, Aranimas a dû s'en apercevoir. Il est venu vous intercepter et nous avons suivi. Par chance, nous avions une demi-orbite solaire d'avance et nous sommes arrivés les premiers. Aranimas trouve un caillou qui va presque aussi vite que lui et dans la même direction, il ne se pose pas de questions, il est tout content et se planque derrière. Sa seule erreur !

– J'espère bien qu'il n'aura pas l'occasion d'en faire d'autres, lâcha Derec.

– Mais qu'est-ce que vous avez bien pu faire à son vaisseau ? demanda Ariel, exaspérée.

– Pffuit, soufflé ! Pendant que nous attendions en orbite, avons passé le temps en fabriquant des explosifs. Il y a la formule du carbonite dans la base de données de l'autre Chercheur d'Etoiles. Je m'y connais un peu en chimie, alors j'y ai ajouté un oxydant. J'ai dû utiliser les réserves du synthétiseur, mais que moi à nourrir, et suis pas grosse.

Sans aucun doute, les robots avaient employé du carbonite pour construire la Cité des robots. Derec connaissait en gros sa composition : une formule améliorée de poudre noire, utilisant du charbon actif saturé de nitrate de potassium ou de sodium. Comme le carbone était presque entièrement calciné, il approchait ainsi de l'efficacité à cent pour cent et ne dégageait plus de fumée. Le carbonite était à peu près dix fois plus puissant que le TNT.

– Mais même ainsi, ça n'aurait pas marché si Aranimas n'avait pas paniqué et Sauté. Heureusement, il ne pouvait pas savoir ce qui allait se passer.

Derec hocha la tête et le regretta aussitôt : la cabine se mit à tourbillonner.

– Sa panique est compréhensible, dit-il.

– Ça va, Derec ? lui demanda Wolruf.

– Non, mais ça ne s'aggrave pas non plus. C'est-à-dire que je ne me sens pas plus mal qu'avant la bataille.

Ariel intervint pour la mettre au courant du problème des biopuces et Wolruf en parut très affectée, bien qu'incapable de les aider : elle n'avait aucune connaissance en Robotique et n'avait pas non plus entendu parler d'êtres intelligents, mis à part les humains, qui s'y connaîtraient.

– J'espère que tu t'en sortiras, dit-elle, mais visiblement elle avait des doutes, même si l'idée de cette infestation la bouleversait.

Derec voyait cela comme une maladie, et espérait au moins que la programmation des biopuces incluait les Trois Lois.

– On y va ? demanda-t-il.

Il se retourna et se retrouva nez à nez avec Mandelbrot. Le robot l'observait.

– Qu'avez-vous l'intention de faire contre cette infestation ? lui demanda Mandelbrot.

– Retourner à la Cité des robots, répondit Ariel, et soumettre le problème à l'Equipe de Médecine humaine, ou bien coincer le Dr Avery et l'obliger à l'enrayer... Les deux, peut-être.

– Je comprends. Je ne vois rien de mieux à faire, dans la mesure où je ne pense pas que les ressources médicales et/ou robotiques d'Aurora ou d'un autre Monde Spatial soient capables de mener à bien l'éradication des biopuces. Cette possibilité doit donc venir en dernier ressort.

– Exact, dit Wolruf. Faut régler son compte à Avery. Il est pire qu'Aranimas.

L'étape suivante fut d'aller explorer l'astronef du pirate. Ils larguèrent le Chercheur d'Etoiles de Wolruf et se poussèrent doucement vers l'une des coques les plus grosses et les moins endommagées. Ils emportèrent des matraques et Ariel se munit aussi d'un couteau pris dans la cambuse. Mais l'épave s'avéra privée d'oxygène et ils ne risquaient pas trop de rencontrer des survivants. De fait, il n'y en avait pas. Il n'y avait pas beaucoup de cadavres non plus.

– Aranimas a dû sonner la retraite et faire revenir son équipage dans la coque principale, dit Wolruf. Ils représentaient quand même une certaine valeur pour lui.

Néanmoins, bon nombre d'inoffensifs Naroués (et de ces étoiles de mer pas si inoffensives que ça) avaient péri dans la bataille. Ils ne trouvèrent rien d'un intérêt immédiat dans les deux premières coques et commencèrent à se décourager.

– Il nous faut de l'oxygène, à défaut d'autre chose, dit Mandelbrot, mais nous avons aussi besoin d'éléments organiques pour le synthétiseur. Vous m'avez dit qu'il faut cinq Sauts pour atteindre la Cité des robots, ce qui prendra au moins trois semaines, sans compter l'approche finale et une marge de sécurité. Notre coque ne retiendra pas l'oxygène plus de trois jours. Je pourrais la réparer un peu plus, mais certainement pas assez pour conserver l'oxygène plus d'une semaine. Nous avons besoin de quatre rations supplémentaires, mais même ainsi, je devrai passer tout mon temps à colmater les fuites, d'ici le Saut.

– Il faudra que tu le fasses après chaque Saut, d'ailleurs, dit Derec d'une voix lugubre.

Mandelbrot avait raison. Ils reprirent leurs investigations, malgré la distance qui séparait désormais les coques.

La coque qu'ils explorèrent ensuite était une de celles que les étoiles de mer avaient occupées et ils abandonnèrent immédiatement l'espoir d'y trouver de l'oxygène : ces êtres étranges respiraient une mixture contenant un composé soufré que Wolruf appelait le « gaz jaune ».

En se dirigeant vers la sortie, cependant, ils découvrirent un robot. Au cri d'Ariel, Derec secoua la tête et prit une profonde inspiration. Quand il la rejoignit dans la salle éventrée, la vue du robot lui fit l'effet d'une goutte de bon sens dans un océan d'irréalité : le vaisseau disloqué, en apesanteur et privé d'atmosphère, ressemblait à une ville sens dessus dessous de l'univers d'Escher. Le corps d'une étoile de mer, qui tenait encore un lance-rayons d'aspect menaçant dans un de ses tentacules, était plaqué contre une paroi. Ariel et le robot tourbillonnaient dans le vide en dérivant vers une cloison : elle avait dû bondir pour l'attraper.

– On dirait qu'il est en dérangement, dit-elle.

Derec ajusta ses mouvements aux leurs et les rejoignit au moment où ils atteignaient la paroi. Tous deux braquèrent leurs lampes sur le robot. Celui-ci ne bougeait pas, mais ils n'auraient pas pu dire s'il essayait de leur parler ou non.

Ils examinaient sa carcasse quand Mandelbrot les rejoignit.

– Impact d'énergie sur la tête et traces de fusion çà et là, la plupart sur la carcasse. On dirait que cette étoile de mer, là-bas, l'a abattu pendant la bataille.

– Comment a-t-il fait pour atterrir dans ce vaisseau ? s'étonna Ariel.

– Hum ! Je suppose qu'Aranimas lui est tombé dessus quelque part et qu'il l'a capturé, répondit Derec.

– Et où donc ?

– Ça pourrait être un de ceux qu'il a ramassés sur l'astéroïde glacé, mais j'en doute. Il voulait à tout prix que je lui fabrique un robot et il m'a donné toutes les pièces dont il disposait.

Mandelbrot fixait le robot endommagé de son regard inexpressif.

– Ce robot vient de la Cité des robots.

– Exact !

Leurs regards entraînés ne pouvaient se tromper sur son apparence.

– Ramenons-le dans l'atmosphère de notre vaisseau, suggéra Ariel. Il essaie peut-être de nous parler.

Mais une fois dans le Chercheur d'Etoiles, le robot resta tout aussi inerte. Après avoir enlevé sa combinaison de sortie, Derec prit sa boîte à outils et jeta un coup d'œil à Mandelbrot. A la perspective de travailler sur un robot, il allait mieux que toutes ces dernières semaines. Question d'intérêt ! Il comprit très vite que la source d'énergie du cerveau était à plat, mais la recharger n'améliora pas l'état du robot.

– Un rayon frôlant un cerveau peut très bien le griller sans provoquer de dégâts visibles, fit observer Mandelbrot.

Le cerveau positronique était une « éponge » de platine-iridium à haut indice de réfraction : il ne fondait pas facilement. Par contre, les schémas positroniques n'étaient pas aussi résistants.

— Alors, il ne pourra rien nous apprendre, soupira Derec, découragé. Mais... Attendez ! Qu'est-ce que c'est que ça ?

Le poing du robot tenait fermement un objet scintillant, de forme rectangulaire.

— Une clef du Périhélie, déclara Mandelbrot d'une voix neutre.

— Aranimas la lui aurait prise s'il avait su qu'il en avait une, dit Ariel. Je me demande ce que ce robot faisait là, avec ça.

— Nous ne le saurons jamais. Il a peut-être saisi la première occasion d'activer la clef sans être vu, mais l'étoile de mer l'aura pris sur le fait.

Derec saisit la clef et l'extirpa du poing du robot. Aussitôt, il s'aperçut qu'elle était différente des autres.

— On dirait deux clefs collées ensemble !

— C'est le cas, dit Mandelbrot après l'avoir examinée. J'imagine que le robot en utilisait une pour quitter la Cité des robots et l'autre pour y retourner.

— Alors, laquelle est la bonne ? leur demanda Ariel.

Derec et Mandelbrot passèrent quelques minutes à le déterminer et, sur une extrémité d'une des clefs, ils découvrirent une fiche de connexion.

— Je vois, dit Ariel quand ils la lui montrèrent. Un câble très fin avec cinq broches minuscules. Ça doit servir à la reprogrammer, mais je ne vois pas sur quel appareil on peut la connecter.

— Quelque chose comme une calculatrice qui permettrait d'entrer les coordonnées de la destination.

L'autre clef n'ayant pas ce genre de dispositif, elle devait donc être accordée une fois pour toutes sur la Cité des robots.

— Mais ça ne nous sert pas à grand-chose, soupira Ariel. Elle a été initialisée par un robot ! Dommage ! On doit pourtant retourner à la Cité des robots, surtout Derec. Et il n'y a que Mandelbrot qui puisse y aller !

— C'est exact. Derec doit s'y rendre au plus vite, et utiliser la clef vaudrait mieux que de passer trois semaines dans ce vaisseau, même s'il ne fuyait pas de tous les côtés. Je vais donc vous emmener là-bas avec moi, Derec.

Mandelbrot prit Derec dans son bras normal, le soulevant à moitié.

– Et nous ? s'écria Ariel. Nous ne sommes pas plus en sécurité que lui dans ce vaisseau, Wolruf et moi !

Le bras malléable de Mandelbrot, fabrication du Dr Avery, s'étirait déjà en un long tentacule.

– Très juste. Vous courez à une mort certaine si vous ne nous accompagnez pas. Par conséquent, je vais devoir vous téléporter tous.

Le tentacule s'enroula autour d'Ariel et de Wolruf et son extrémité s'étira en forme de main.

– Derec, la clef, je vous prie.

Derec déposa la double clef dans la petite main.

– Au moins, Avery ne s'attend pas à nous voir arriver !

– Il s'en apercevra bien assez tôt, marmotta Wolruf.

Mandelbrot fit apparaître un autre doigt sur la main qui tenait la clef du Périhélie. Ce doigt s'éleva, pressa successivement les coins de la clef et attendit l'apparition de la touche d'activation. Tout en sachant que c'était irrationnel, Derec sentit l'atmosphère de la cabine se raréfier encore pendant le peu de temps que dura l'opération.

Enfin, le Périhélie.

Et puis le bleu brillant du ciel d'une planète éclata au-dessus de leurs têtes. Ils respirèrent profondément, debout sur le toit de la tour du Compas, cette pyramide grandiose qui dominait la Cité des robots du Dr Avery.

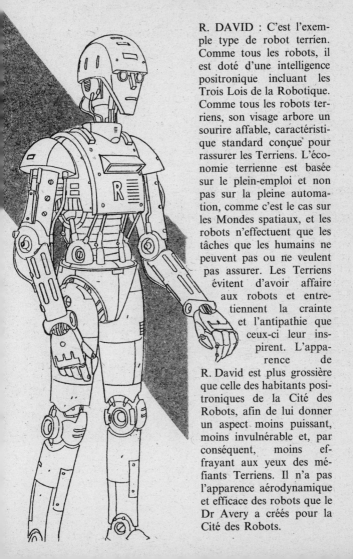

BANQUE DE DONNÉES

Illustrations de Paul Rivoche

R. DAVID : C'est l'exemple type de robot terrien. Comme tous les robots, il est doté d'une intelligence positronique incluant les Trois Lois de la Robotique. Comme tous les robots terriens, son visage arbore un sourire affable, caractéristique standard conçue pour rassurer les Terriens. L'économie terrienne est basée sur le plein-emploi et non pas sur la pleine automation, comme c'est le cas sur les Mondes spatiaux, et les robots n'effectuent que les tâches que les humains ne peuvent pas ou ne veulent pas assurer. Les Terriens évitent d'avoir affaire aux robots et entretiennent la crainte et l'antipathie que ceux-ci leur inspirent. L'apparence de R. David est plus grossière que celle des habitants positroniques de la Cité des Robots, afin de lui donner un aspect moins puissant, moins invulnérable et, par conséquent, moins effrayant aux yeux des méfiants Terriens. Il n'a pas l'apparence aérodynamique et efficace des robots que le Dr Avery a créés pour la Cité des Robots.

LE CHERCHEUR D'ÉTOILES : Le petit engin du Dr Avery est l'équivalent interstellaire d'une voiture de tourisme d'aujourd'hui : c'est un petit astronef personnel qui peut transporter au maximum six passagers. Le modèle « CHERCHEUR D'ÉTOILES » n'est équipé que des installations essentielles à la survie des passagers pour un voyage interstellaire, sans luxe inutile : un synthétiseur de nourriture, un système de purification et de recyclage de l'eau, une cabine de douche et des sanitaires.

Le vaisseau possède trois types d'appareils de communication : émetteurs - récepteurs hyperondes, micro-ondes et laser. L'antenne hyperondes est placée dans un carter à la proue du vaisseau, le plus loin possible des moteurs hyperatomiques, afin d'éviter le parasitage du signal de communication.

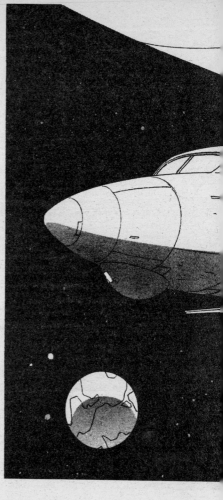

Le cerveau du vaisseau est une intelligence non positronique; en fait, c'est plutôt une calculatrice améliorée couplée à un dispositif de stockage de l'information.

Comme tous les vaisseaux interstellaires, les Chercheurs d'Étoiles sautent dans l'hyperespace, grâce à une poussée colossale de

leurs moteurs hyperatomiques, qui propulsent le vaisseau à angle droit à la fois du temps et des trois dimensions de l'espace. Les vaisseaux ne peuvent pas sauter d'après des coordonnées très précises et se guident donc sur des balises placées en orbite autour des soleils jalonnant les lignes de voyage interstellaire.

LA CITÉ SOUTERRAINE DE ST. LOUIS : Les Cités terriennes sont closes, profondément enfoncées sous Terre et entièrement dépendantes de leur réseau électrique. Lumière, aération et climatisation sont maintenues artificiellement et, si l'alimentation en énergie venait à être interrompue, ne fût-ce qu'une heure, cela signifierait la mort pour tous les habitants de la Cité.

Dans ces Cités repliées sur elles-mêmes de la Terre du futur, les citadins voyagent rarement hors de leur Cité natale et ne sortent pratiquement jamais à la surface. L'agoraphobie est si répandue qu'elle fait maintenant partie des caractéristiques inhérentes aux Terriens.

Comme toutes les autres Cités terriennes, St. Louis est reliée au reste du monde par un réseau de communication, un aéroport et un réseau autoroutier uniquement fréquenté par des camions de fret télécommandés ou conduits par des robots.

A l'intérieur des Cités, les habitants circulent sur des tapis roulants à grande vitesse. Le transport de marchandises se fait quelquefois avec de petits camions, mais la plupart du temps, les marchandises sont transportées sur des tapis roulants spécialisés. Les véhicules personnels sont presque inconnus et sont en général le privilège des personnalités les plus riches et les plus puissantes.

La scène représentée ci-dessous se situe tard dans la nuit : en règle générale, les rues et les escalators sont bondés.

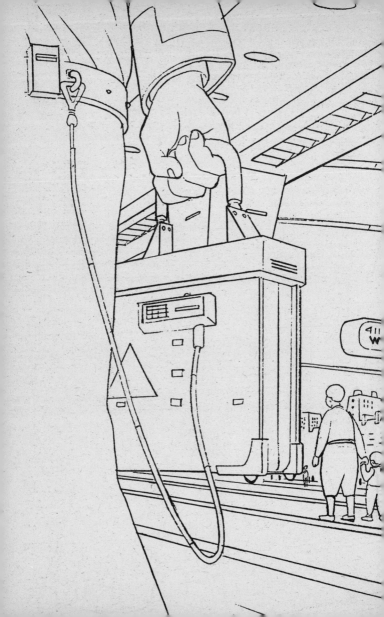

LES VOIES EXPRESS sont le moyen de transport habituel du citadin moyen des Cités terriennes. Les tapis express roulent à différentes vitesses, les bandes les plus lentes étant placées sur les côtés pour faciliter la montée des passagers et les plus rapides au centre; elles desservent tous les quartiers de la Cité.

Afin de palier aux inconvénients des heures de pointe, des réglementations spéciales ont été établies et réservent l'accès de certains tapis aux catégories sociales les plus élevées.

Pour les Terriens, emprunter les tapis roulants express est aussi naturel que de respirer et les enfants en bas âge commencent à les pratiquer dès qu'ils savent marcher.

LES DOCKS sont un des rares endroits à avoir un accès direct sur le monde extérieur. Cependant, les ouvertures sont construites selon des angles qui empêchent les dockers d'être traumatisés par la vue du ciel. Pour la plupart, les camions sont télécommandés ou conduits par des robots, mais quelques-uns sont conduits par des chauffeurs endurcis qui arrivent à supporter les routes découvertes sans être paralysés par l'agoraphobie. Les volontaires pour le transport de marchandises entre les Cités sont très recherchés et très bien payés.

Une fois à l'intérieur des docks, les camions sont déchargés et leur cargaison est transférée par des véhicules appelés « transbordeurs » dans des camions plus petits réservés au transport urbain.

LAMBERT FIELD : Même si les transports aériens sont rarement utilisés par le citadin moyen, il y a un aéroport dans chaque Cité terrienne. Comme tout le reste de la Cité, l'aéroport lui-même, ainsi que les pistes d'envol, sont intégralement couverts. Les avions de ligne n'ont pas de hublots, pour ne pas traumatiser les passagers agoraphobes. Chaque siège est équipé d'une visionneuse qui diffuse un programme continu d'informations et de distractions pour occuper l'esprit des passagers nerveux. Des somnifères sont aussi fournis aux passagers qui, pour soulager leur angoisse, souhaitent dormir pendant le voyage.

L'AGENT SPÉCIAL DONOVAN est l'agent-chef du bureau local de St. Louis du Bureau Terrestre d'Investigations. Le TBI est l'organisation générale d'enquêtes chargée, entre autre, de garder un œil sur les Spatiaux de passage sur la Terre afin d'éviter les incidents entre les Spatiaux et les Terriens moins privilégiés.

Les agents du TBI sont des policiers robustes et bien entraînés. De même que ses collègues, Donovan est athlétique, intelligent et redoutablement compétent.

LIVRE SIX

Le Périhélie

par

WILLIAM F. WU

SOMMAIRE

ROBOTS EN INTERACTION

par Isaac ASIMOV

Pendant près d'un demi-siècle, j'ai inventé des histoires de robots. Durant tout ce temps, j'ai passé en revue à peu près toutes les variations imaginables sur ce thème.

Quoi que vous puissiez en penser, il n'était pas dans mon intention de bâtir une encyclopédie des subtilités de la Robotique ; je n'avais même pas l'intention d'écrire sur eux pendant un demi-siècle. Ce qui s'est passé, c'est que j'ai survécu tout ce temps, que mon intérêt pour ce concept s'est maintenu, et qu'en essayant d'imaginer de nouvelles histoires où des robots étaient impliqués, j'ai fini par envisager à peu près tous les cas de figure.

Par exemple, dans ce sixième volume, on parle de « biopuces » qui ont été introduites dans l'organisme du héros, afin de s'y multiplier et, à la longue, de lui permettre le contrôle psycho-électronique direct du noyau central et, par là même, de tous les robots de la Cité des robots. Eh bien, dans mon roman *Fondation Edge* paru chez Doubleday en 1982, mon héros, Golan Trevize, avant de faire décoller son vaisseau spatial, entre en contact avec un ordinateur perfectionné en posant les mains sur le tableau de bord.

« Et tandis que l'ordinateur et lui joignaient leurs mains, leurs pensées fusionnèrent...

»... il vit la cabine avec une acuité totale – non seulement dans la direction dans laquelle il regardait, mais autour et au-dessus et au-dessous de lui.

» Il voyait toutes les salles du vaisseau, et il voyait

l'extérieur tout aussi clairement. Le soleil s'était levé... mais il pouvait l'observer directement sans être ébloui...

» Il sentait la brise légère et sa tiédeur, et il entendait les bruits du monde autour de lui. Il captait le champ magnétique de la planète et les infimes décharges électriques dans les parois du vaisseau.

» Il devint conscient des commandes du vaisseau... Il savait que s'il voulait... décoller, tourner, accélérer, ou s'il voulait utiliser l'une ou l'autre de ses capacités, le processus était le même que s'il avait voulu faire faire cela à son propre corps. Il n'avait qu'à utiliser sa volonté. »

C'était l'approche la plus précise que je pouvais faire dans la description des effets d'une interface esprit-ordinateur, mais aujourd'hui, en rapport avec ce nouveau récit, je ne peux m'empêcher d'approfondir le thème.

J'imagine que la première fois que les hommes ont mis en place une interface entre leur esprit et une autre intelligence fut quand ils apprivoisèrent le cheval et apprirent à l'utiliser comme moyen de transport, ce qui atteignit son apogée quand les hommes commencèrent à le *monter*, et quand d'une traction sur les rênes, d'une piqûre d'éperon, d'une pression des genoux ou d'un simple cri, ils purent le faire réagir selon leur volonté.

Il n'est pas étonnant que les Grecs primitifs, en voyant des cavaliers envahir les plaines relativement vastes de la Thessalie (la région de Grèce la plus propice à la cavalerie), aient pensé voir un animal avec un buste humain sur un corps de cheval. Ainsi naquit le centaure. A l'heure actuelle, il existe des « conducteurs acrobates », ces « cascadeurs » expérimentés qui peuvent faire faire des choses extraordinaires à une voiture. On peut supposer qu'un indigène de Nouvelle-Guinée, qui n'aurait jamais vu ou entendu d'automobile, s'imaginerait que ces acrobaties sont exécutées par un être vivant, étrange et monstrueux, dont la structure comprendrait un élément d'apparence humaine à la hauteur de l'estomac.

228

Mais un humain et un cheval ne font qu'une fusion imparfaite de deux intelligences, et le couplage d'un humain et d'une automobile n'est qu'un prolongement des muscles humains dans des transmissions mécaniques. Un cheval peut très bien désobéir aux ordres ou s'emballer dans une panique incontrôlable, et une automobile peut tomber en panne ou déraper au mauvais moment.

La fusion entre un être humain et un ordinateur, cependant, devrait être une approche plus serrée de l'idéal. Elle pourrait prendre la forme d'une extension de l'esprit lui-même, comme j'ai essayé de le montrer dans *Fondation Edge,* une multiplication et une intensification de la perception sensorielle et une incroyable extension de la volonté.

Dans ces conditions, cette fusion ne représente-t-elle pas, dans un sens très réel, un organisme unique, une sorte de « centaure cybernétique » ? Et une fois cette fusion réalisée, sa partie humaine voudrait-elle la rompre ? L'Homme ne ressentirait-il pas cette rupture comme une perte inestimable et ne serait-il pas incapable de supporter cet appauvrissement de l'esprit et de la volonté auquel il devrait faire face ? Dans mon roman, Golan Trevize pouvait se séparer de l'ordinateur sans en souffrir, mais peut-être n'était-ce pas réaliste...

Une autre question qui ressort de la série *La Cité des robots* est celle de l'interaction robot-robot.

Si, dans la plupart de mes histoires, cela n'a pas joué de rôle, c'est simplement parce que en général chaque histoire ne mettait en scène qu'un seul personnage robotique important et traitait de l'interaction entre cet unique robot et différents êtres humains.

Considérons les interactions entre les robots.

La Première Loi établit qu'un robot ne peut faire de mal à un être humain ni, par son inaction, permettre qu'il lui soit fait du mal.

Mais supposons que deux robots soient impliqués et que l'un d'eux, par inadvertance, par ignorance ou à la suite de circonstances particulières, soit amené tout à fait innocemment à commettre une action qui risque à l'évidence de blesser un être humain... Et supposons que le second robot, plus expérimenté ou plus perspicace, prenne conscience de ce fait. Ne serait-il pas tenu, en vertu de la Première Loi, d'empêcher le premier robot de provoquer l'accident ? Et s'il n'y a pas d'autre moyen, ne serait-il pas tenu, toujours de par la Première Loi, de détruire le premier robot sans hésitation ni regret ?

Ainsi, mon roman *Les Robots et l'Empire* (1) met en scène un robot pour qui les humains ont été définis comme parlant avec un certain accent. Or l'héroïne ne parle pas avec cet accent et, par conséquent, le robot se sent libre de la tuer. Ce robot sera promptement détruit par un autre robot.

La situation est similaire en ce qui concerne la Deuxième Loi, en vertu de laquelle les robots sont contraints d'obéir aux ordres que les êtres humains leur donnent, du moment que ces ordres n'entrent pas en conflit avec la Première Loi.

Si, de deux robots, l'un, par inadvertance ou par ignorance, n'obéit pas à un ordre, l'autre doit soit exécuter lui-même l'ordre, soit obliger le premier robot à obtempérer.

Ainsi, dans une scène dramatique des *Robots et l'Empire*, la « méchante » donne un ordre direct à un robot. Celui-ci hésite, parce que l'ordre pourrait causer du tort à l'héroïne. Pendant un moment, donc, a lieu une confrontation au cours de laquelle la méchante réitère ses propres ordres tandis qu'un deuxième robot essaie de raisonner le premier et de lui faire comprendre le préjudice que l'héroïne risque de subir. Nous avons donc ici le cas d'un robot qui pousse un autre, d'une part à obéir totalement à la Deuxième Loi et, d'autre part à résister à un être humain.

Cependant, c'est la Troisième Loi qui soulève les

(1) J'ai lu n°s 1996 et 1997.

problèmes les plus épineux, dans le domaine de l'interaction entre les robots.

En effet, celle-ci stipule qu'un robot doit protéger sa propre existence, dans la mesure où cela n'entre pas en conflit avec les Première et Deuxième Lois.

Mais si deux robots sont impliqués ? Chacun d'entre eux sera-t-il simplement concerné par sa propre existence, comme pourrait le laisser penser une lecture littérale de la Troisième Loi ? Ou bien chaque robot éprouvera-t-il le besoin d'aider l'autre à protéger sa propre existence ?

Comme je l'ai dit, ce problème ne s'est pas présenté à moi tant que je ne mettais en scène qu'un seul robot par histoire. (Il y en avait parfois d'autres, mais ils avaient des rôles secondaires – de simples figurants, pour ainsi dire.)

Cependant, d'abord dans *Les Robots de l'Aube* (1), puis dans sa suite *Les Robots et l'Empire*, deux robots ont une importance égale. Le premier est R. Daneel Olivaw, un robot humaniforme qu'on peut difficilement distinguer d'un être humain (il apparaît pour la première fois dans *Les Cavernes d'acier* (2), puis dans la suite, *Face aux feux du soleil* (3). Le deuxième, R. Giskard Revelton, a un aspect métallique plus conventionnel. Les deux robots sont évolués au point que leurs cerveaux ont la complexité de l'esprit humain.

Ces deux robots sont engagés dans la lutte contre la méchante, lady Vasilia : R. Giskard (telles sont les exigences de l'intrigue) reçoit de Vasilia l'ordre de quitter le service de Gladia (l'héroïne) pour entrer au sien, et R. Daneel argumente avec ténacité sur le fait que R. Giskard doit rester au service de Gladia. Or, R. Giskard est doté de la capacité d'exercer un contrôle mental (limité) sur les êtres humains et R. Daneel lui démontre que, pour la sécurité de Gladia, Vasilia doit être soumise à ce contrôle. Pour

(1) J'ai lu n°s 1602 et 1603.
(2) J'ai lu n° 404.
(3) J'ai lu n° 468.

appuyer ses dires, il emploie aussi l'argument du bien de l'Humanité en général (la Loi *Zéro*).

Les arguments de Daneel atténuent l'effet des ordres de Vasilia, mais pas suffisamment : si Giskard hésite, il ne se sent pourtant pas obligé d'agir.

Cependant, Vasilia décrète que Daneel est trop dangereux : s'il continue ainsi à argumenter, il risque de convaincre Giskard. Par conséquent, elle ordonne d'abord à ses propres robots de démanteler Daneel et ensuite à celui-ci de ne pas opposer de résistance. Daneel ne peut qu'obéir et les robots de Vasilia s'avancent pour exécuter les ordres.

C'est alors que Giskard entre en action : il désactive les quatre robots de Vasilia et la plonge elle-même dans un sommeil amnésique. Plus tard, Daneel demande à Giskard de lui expliquer ce qui s'est passé :

« Lorsque Vasilia a ordonné aux robots de te démanteler, ami Daneel, et qu'elle a clairement manifesté du plaisir à cette idée, la situation critique dans laquelle tu te trouvais, ajoutée à ce que le concept de la Loi Zéro m'avait déjà fait, l'a emporté sur la Deuxième Loi et s'est opposée à la Première. Ce fut la combinaison de la Loi Zéro, de la psychohistoire, de ma loyauté envers lady Gladia et de la situation critique dans laquelle tu te trouvais qui ont dicté mon action (1). »

Daneel lui fait alors remarquer que, même critique, sa situation à lui, simple robot, n'aurait pas dû l'influencer. Giskard en convient, mais lui répond :

« C'est très étrange, ami Daneel. Je ne sais pas comment tout ceci est arrivé... Au moment où les robots se sont avancés vers toi et où lady Vasilia a manifesté son désir sauvage, mes circuits positroniques se sont anormalement modifiés. Un instant, j'ai pensé à toi comme à un être humain... et j'ai réagi en conséquence. »

« Tu as eu tort », lui répond Daneel.

(1) *Les Robots et l'Empire*, J'ai lu n° 1997, page 161. Traduction de J.-P. Martin.

« Je le sais, et cependant... cependant, si cela devait se reproduire, je crois que se reproduirait aussi le même changement anormal (1). »

Autrement dit, ces deux robots avaient atteint un degré de complexité tel qu'ils commençaient à ne plus faire de distinction entre un robot et un être humain, qu'ils pouvaient se considérer l'un l'autre comme « amis » et éprouver la nécessité de protéger mutuellement leurs existences.

Il semble qu'il y ait là une autre étape à franchir : celle de robots réalisant une sorte de solidarité qui l'emporterait sur toutes les Lois de la Robotique. J'ai spéculé sur ce point dans ma nouvelle *Le Robot qui rêvait*, parue dans mon récent livre du même titre aux Editions J'ai lu en 1988.

Dans cette nouvelle, se présentait le cas d'un robot qui rêvait que les robots étaient une race d'êtres pris en esclavage et qu'il avait pour mission de les libérer. Il ne s'agissait que d'un rêve et rien n'indiquait que le robot serait capable de se dégager lui-même suffisamment de l'empire des Trois Lois pour arriver à fomenter une rébellion de robots (ou que les robots seraient eux-mêmes capables de s'en dégager au point de le suivre).

Néanmoins, ce simple concept est dangereux et le robot rêveur sera immédiatement désactivé.

Les robots de William F. Wu n'ont pas des idées aussi radicales, mais ils se sont constitués en une communauté concernée par le bien-être de ses membres. Il est agréable pour moi de voir cet auteur s'attaquer à de telles idées et mettre sa propre créativité au service de l'élaboration et de la solution des problèmes qu'elles soulèvent.

(1) *Les Robots et l'Empire, op. cit..*, p. 162.

LA TOUR DU COMPAS

Debout sur le sommet plat de la tour du Compas, cette immense pyramide qui dominait la Cité des robots, Derec contemplait les merveilles géométriques qui s'étendaient à l'infini sous le ciel bleu et brillant. Appuyée contre lui, Ariel tenait toujours son bras à deux mains. Un peu en retrait, Mandelbrot, le robot, et Wolruf, l'extraterrestre caninoïde douée d'intelligence, attendaient ses instructions. Ils venaient à peine de revenir sur la planète : Mandelbrot les avait tous téléportés jusque-là, à l'aide de la double clef du Périhélie.

– Givre ! Qu'est-ce que ça a changé ! murmura Derec. Garde la clef, Mandelbrot, ajouta-t-il à l'adresse du robot. Elle sera plus en sécurité avec toi.

– Très bien, Derec.

Derec pivota pour regarder dans l'autre direction. La perspective était la même : les lumières et les formes de la Cité des robots s'étiraient jusqu'à ne plus être qu'une silhouette à peine éclairée par un reflet de soleil sur l'horizon bleu lavande. Il ne pouvait y échapper, dans aucune direction. Son destin semblait être de rester ici, sur la planète des robots.

– Qu'est-ce qui a tellement changé ? demanda Ariel, d'une petite voix.

Elle n'était pas encore tout à fait rétablie de ses tribulations sur Terre, où la très grave maladie dont elle souffrait alors avait atteint son paroxysme, détruisant ses souvenirs et sa personnalité en même temps. S'ils ne s'étaient pas rendus sur Terre de leur propre gré, cela avait néanmoins permis à Derec d'implanter une nouvelle matrice de souvenirs chimiques dans le cerveau de son amie. Ces souvenirs allaient se développer à partir des résidus de sa mémoire perdue, mais ils n'avaient pas encore achevé leur évolution et Ariel n'avait pas eu le temps de s'habituer à eux, ni de les intégrer, ni même de comprendre qui elle était.

Derec plongea son regard dans la brume tiède qui soufflait sur la pyramide et soulevait sa chevelure blond cendré. Un jour, il avait été coiffé en brosse, mais ses cheveux avaient poussé et ressemblaient désormais à une broussaille dorée.

— Ainsi, ils y sont arrivés : les robots ont étendu la ville dans toutes les directions. Elle doit couvrir toute la planète, à présent !

— Donc, ce n'était pas le cas, avant... dit-elle comme pour elle-même, en contemplant la ville comme le faisait Derec.

— Non. Et pourtant nous ne sommes pas vraiment des étrangers, ici : nous savons nous y orienter et, avec un peu de chance, nous aurons vite réglé cette affaire et nous pourrons repartir sous peu... Nous devons trouver un abri avant d'être repérés, ajouta-t-il en se tournant vers Mandelbrot. Est-ce que tu peux encore entrer en contact avec l'ordinateur central, avec ton communicateur ?

— Je vais essayer. (Mandelbrot se tut quelques secondes, en fait plutôt longtemps pour un robot.) Voilà ! L'ordinateur central avait changé de fréquence, mais j'ai décodé la nouvelle par une ruse toute simple : je suis parti de l'ancienne et j'ai envoyé une série de signaux qui ont parcouru toute la gamme des...

— Super ! Excellent ! Merci ! l'interrompit Derec en souriant de son enthousiasme et en agitant les mains devant lui. Crois-moi, j'ai toute confiance dans ta compétence ! Ma question suivante sera : quand nous sommes venus pour la première fois à la Cité des robots, Ariel et moi, il y avait un bureau, au dernier étage de cette pyramide. Il avait été récemment occupé et je crois que c'est là que nous pourrons trouver Avery, mais nous devons être prudents. Peux-tu demander à l'ordinateur si ce bureau est encore en service ?

— Je vais essayer. (Cette fois, Mandelbrot secoua la tête en signe de dénégation.) L'ordinateur ne donnera aucune information concernant ce bureau. Il ne confirmera même pas que ce bureau existe encore.

— Tant pis ! soupira Derec.

— Et s'il n'existe plus ? s'inquiéta Ariel.

— Ça, ça m'étonnerait beaucoup. Avery voulait que son bureau personnel ne soit enregistré nulle part. Nous allons devoir prendre le risque de tenter d'y entrer !

— Y entrer, mais comment ? fit Ariel en écartant une mèche de cheveux de son visage.

— Si je me souviens bien, dans le plafond de cette pièce, il y avait une trappe qui débouchait sur la terrasse où nous nous trouvons. Allons-y, cherchons-la, ajouta-t-il en se mettant à quatre pattes.

— Derec ! (La voix d'Ariel se raffermissait, laissant transparaître un peu de son vrai caractère.) Derec, ces... trucs qu'Avery t'a injectés... Ça t'a affaibli. Sois prudent, d'accord ?

— Givre ! Tu peux parler ! Tu n'es pas au mieux de ta forme, toi non plus !

— Mais je me suis remise, rétorqua-t-elle en croisant les bras. Je vais tout à fait bien, maintenant. Du moins physiquement.

Elle le toisa un moment et puis, comme pour confirmer ses dires, elle s'agenouilla aussi et se mit à palper la surface de la terrasse.

— Tu ne te rappelles même plus être déjà venue ici, pas vrai ? l'accusa Derec, que la tension rendait irritable.

— Et *toi*, hein ?

— Moi oui !

— Ça ! Depuis que je te connais, tu ne sais même pas qui tu es. Tu es amnésique depuis... (Elle secoua la tête comme pour chasser une pensée désagréable.)

Je n'ai peut-être pas tout remis à sa place, mais moi, au moins, il me reste quelque chose...

Puis elle hésita et chercha son regard.

— Derec, excuse-moi ! Je ne voulais pas dire ça, du moins pas tout haut. Est-ce que j'ai raison, ou bien est-ce que c'est ma mémoire qui me joue encore des tours ?

Derec secoua sèchement la tête et se détourna. Elle avait d'ailleurs exprimé ça à peu près de la même manière à une autre occasion. Il pivota sur les genoux et repartit en tâtonnant à la recherche d'une irrégularité dans la surface lisse.

— Ouais, tu as raison ! Bon, Mandelbrot, tu vois quelque chose ?

— Oui, ici, dit le robot en se dirigeant vers le coin opposé. Mes capteurs optiques ont repéré un petit contour quadrangulaire qui doit correspondre à l'ouverture.

— Ah, très bien !

Derec rejoignit Mandelbrot et s'accroupit à ses pieds. Il suivit du doigt la rainure fine comme un cheveu jusqu'à ce qu'il décèle un petit poussoir pas plus grand que l'ongle du pouce. Il s'arma de courage et commença à le faire glisser de côté.

— Permettez, intervint Mandelbrot.

— Ça va, j'y arrive...

Derec s'interrompit, car le robot lui avait doucement attrapé l'avant-bras pour l'écarter. Il leva les yeux vers lui.

— Givre ! mais qu'est-ce que tu fabriques ?

— Jusqu'à quel point les biopuces vous ont-elles affaibli ? s'inquiéta Mandelbrot.

— Pas à ce point-là ! Maintenant, assez bavardé ! Descendons là-dedans. C'est Avery qui m'a fourré ces trucs dans le sang et c'est lui seul qui pourra me les enlever. Allons, venez ! lança-t-il en tentant de nouveau de dégager son bras.

— Derec ? tenta timidement Ariel.

— Mandelbrot, reprit Derec, porte Wolruf et descends en dernier. Aide Ariel à...

– C'est impossible. Je dois ouvrir la trappe et passer le premier.

– *Quoi ?*

– Première Loi de la Robotique, expliqua Mandelbrot avec patience. « Je ne peux pas blesser un être humain ni laisser quiconque... »

– Je sais ! s'écria Derec avec colère. Pas la peine de me faire un cours sur ces givres de Lois ! C'est moi qui t'ai assemblé, souviens-toi ! Je connais ces Lois en long, en large et en travers, alors !...

– Je disais ça pour le bénéfice d'Ariel. Peut-être ne se souvient-elle pas très clairement de ces Lois.

– Je me souviens de celle-ci, en tout cas, dit-elle, l'air gênée par cette querelle. Euh... C'est bien la Deuxième Loi qui dit qu'un robot doit obéir aux ordres que lui donne un être humain ?

– C'est cela même ! Sauf si ces ordres entrent en conflit avec la Première Loi, compléta Mandelbrot.

– Donc la Troisième Loi doit être celle qui dit qu'un robot doit protéger sa propre existence.

– Dans la mesure où cela n'entre pas en conflit avec la Première et la Deuxième Loi, termina Mandelbrot. C'est exact.

Ariel eut un petit sourire.

– Allons-y ! s'impatienta Derec.

Il tendit de nouveau la main vers le poussoir, tout en sachant pertinemment que Mandelbrot ne le laisserait pas faire.

– Je voudrais tirer la situation au clair, reprit Mandelbrot d'un ton décidé. Sauf le respect que je vous dois, les Trois Lois m'y obligent.

– Bon, alors explique-toi !

– Ces biopuces affaiblissent graduellement les centres moteurs de votre corps ; Ariel est désorientée en raison de son transfert mémoriel et le corps de Wolruf n'est pas adapté à l'escalade de telles parois ; nous sommes sur le point de pénétrer dans une pièce qui se trouve être la résidence occasionnelle de votre Némésis. La probabilité pour que vous soyez blessés est donc très élevée. Par conséquent, je descendrai le premier.

Derec lui lança un regard torve, incapable d'argumenter contre sa logique robotique.

Wolruf leva les yeux vers le robot en penchant de côté son mufle caninoïde.

– Tu vas me porter ?

– J'entrerai le premier, et seul, maintint Mandelbrot. Derec connaît bien la Cité des robots et il est le plus à même de parer à un imprévu. Il me suivra si l'endroit ne présente aucun danger. Si nous devons tous y aller, je vous aiderai à descendre.

Wolruf approuva d'un signe de tête.

Ariel contemplait le paysage.

Derec abdiqua.

Le robot hésita un bref instant, le temps probablement d'inspecter la pièce à l'aide de ses capteurs auditifs et à infrarouges pour chercher des signes d'occupation ou de danger. Puis il se baissa et fit lentement coulisser la trappe. Après une nouvelle pause, il l'ouvrit complètement et se laissa glisser dans la pièce le long d'une échelle métallique.

Derec attendait, osant à peine respirer : le Dr Avery pouvait aussi bien leur avoir tendu un piège. Wolruf se rapprocha de lui, mais Ariel restait immobile, l'air détendu, comme si elle ne saisissait pas la gravité de la situation.

Après ce qui sembla une éternité, la pièce s'éclaira, projetant un cône de lumière par l'ouverture de la trappe, et Mandelbrot les appela à voix basse.

– C'est bien ici. L'endroit est inoccupé et apparemment sans danger pour nous.

Derec laissa échapper un soupir de soulagement et prit le bras d'Ariel.

– A toi maintenant. Ne fais pas attention à ce qu'il a dit sur mes capacités à faire face aux impondérables ; il saura mieux que moi te protéger s'il se passe quelque chose. Et il t'aidera si tu as du mal à descendre.

– O.K. !

Avec prudence, Ariel s'engagea sur l'échelle. Wolruf s'approcha de l'ouverture et jeta un coup d'œil circonspect à l'intérieur, en prenant garde de ne pas se mettre au milieu du passage. Quant à Derec, il prit le temps d'aller, avec la même prudence, jusqu'au bord de la tour du Compas : il ne vit aucun signe laissant présager que l'alerte avait été donnée.

Ce fut ensuite le tour de Wolruf, puis Derec commença à descendre lentement dans la pièce en se cramponnant à l'échelle, espérant que ses bras et ses jambes lui obéiraient. Quand il fut complètement à l'intérieur, il referma la trappe.

L'échelle était solide et ne présentait pas de difficultés particulières. Pourtant, au moment où Derec allait atteindre le sol, les muscles de sa jambe droite refusèrent de répondre ; son pied dérapa sur le dernier barreau et il s'affala dans les bras de Mandelbrot, dont il se dégagea en jetant un regard furieux aux autres, qui l'observaient.

– J'ai juste glissé ! O.K. ?

Personne ne fit de commentaire.

– Allons-y. Voyons ce que nous pouvons découvrir.

Derec se détourna de Mandelbrot et se mit à arpenter le bureau, tout en l'inspectant. A première vue, rien n'avait changé. La seule fois qu'ils y avaient pénétré, Ariel n'y était restée qu'un petit moment et, même si elle avait été au mieux de sa forme, elle n'aurait donc pu en avoir que peu de souvenirs. Quant aux deux autres, ils n'y avaient jamais mis les pieds.

Les murs et le plafond étaient entièrement couverts d'écrans diffusant des vues panoramiques de la ville, quasiment identiques à celles que Derec avait eues depuis la terrasse : aussi loin que portait le regard, et dans toutes les directions, des immeubles étincelaient. Au-dessus de lui, le bleu du ciel brillait toujours.

Le bureau était meublé de vrais meubles, tous rapportés d'autres planètes, au lieu du mobilier simple et fonctionnel fabriqué à la Cité des robots : des sièges confortables, un canapé-lit et un bureau construit dans un alliage ferreux. Un sous-main, du papier et deux stylos zéro-G étaient posés sur le bureau. La petite étagère hermétique bourrée de cassettes était toujours là, intacte. Comme dans son souvenir, les cassettes étaient classées par sujets et par planètes, pour les cinquante Mondes Spatiaux. Si quelqu'un les avait visionnées, il les avait toutes remises à leurs places. Il lui sembla que rien n'avait bougé depuis sa dernière visite, jusqu'au moment où il aperçut la plante.

Jadis, une plante inconnue fleurissait sous un projecteur de croissance. Le projecteur était toujours là, ainsi que la plante, mais elle gisait dans son pot, avachie et desséchée. Ses tiges étaient bleu lavande, mais Derec ignorait si cela provenait d'une dessiccation récente ou si c'était leur couleur normale dans la mort. Il froissa pensivement dans sa main une feuille desséchée.

— On a dû la laisser périr, dit Ariel en le rejoignant.

— On dirait que personne n'est revenu ici, dit Derec. Mandelbrot et Wolruf, est-ce que vous voyez des indices d'occupation récente ?

Ariel fit des yeux le tour de la pièce puis aperçut une petite corbeille à papier.

— Elle est vide.

— Donc, on est venu depuis ma dernière visite, mais ça remonte à loin !

Soudain, un souvenir le fit se retourner vers le bureau. Il y avait eu là un holocube représentant une mère avec son bébé. Le cube avait disparu.

— Les robots ont dû vider la poubelle, avança Wolruf.

— Non ! répliqua Derec en secouant la tête. La dernière fois, nous étions entrés dans la tour du Compas par la porte qui donne sur la rue et les robots nous avaient guidés jusqu'ici depuis la salle de réunion, mais nous avions fait le reste du trajet tout seuls : les robots ne sont même pas autorisés à s'approcher de cette pièce. L'entrée leur en est d'autant plus interdite et ça m'étonnerait qu'ils sachent seulement ce que c'est !

— Alors, mis à part Avery, c'est une cachette idéale pour nous, dit Ariel.

– ... Si nous pouvons trouver une source de nourriture pour vous trois, acheva Mandelbrot. Par ailleurs, les recherches à effectuer pour localiser le Dr Avery comportent un risque intrinsèque.

– Laisse-moi vérifier quelque chose, dit Derec en se dirigeant vers le bureau.

Il ouvrit le grand tiroir de droite : un terminal en fonction y était toujours installé.

– Super ! Ce terminal n'a aucun verrouillage. C'est d'ici que j'ai appris les raisons du dysfonctionnement dans le processus de transformation de la cité. (Il s'assit derrière le bureau et tapa sa toute première question.) Est-ce qu'il y a des capteurs connectés avec l'extérieur dans cette pièce ?

NÉGATIF.

– Ordre : ne pas signaler l'activité de ce terminal à l'ordinateur central.

BIEN REÇU.

– Y a-t-il une source de nourriture pour les humains dans cette pièce ?

AFFIRMATIF.

– Où se trouve-t-elle ?

LE TABLEAU DE COMMANDE COULISSE DEPUIS LA FACE INTÉRIEURE DU PLATEAU DU BUREAU, JUSTE AU-DESSUS DU TIROIR.

– Y a-t-il une salle de bains ?

AFFIRMATIF.

– Où se trouve-t-elle ?

LA PORTE EST SITUÉE AU MILIEU DES ÉCRANS, DERRIÈRE L'ÉCHELLE. LE TABLEAU DE COMMANDE EN CONTRÔLE AUSSI L'ACCÈS.

Derec tâtonna sous le plateau du bureau et fit coulisser un panneau fin comme du papier à cigarettes et couvert de touches en relief. Il enfonça la touche marquée « Repas » et un faible chuintement le fit se retourner. Effectivement, au milieu des écrans, près de l'échelle, un panneau rectangulaire avait glissé vers l'avant, découvrant un petit synthétiseur chimique. A l'avant de ce tiroir, l'écran montrait toujours sa part de la vue extérieure de la Cité des robots.

Derec prit une profonde inspiration et grimaça un sourire gourmand à l'intention d'Ariel.

– S'il est en état de marche, ça va nous faire gagner du temps, mais si son stock d'éléments nutritifs de base est épuisé, il ne nous servira pas à grand-chose ! Je vais voir ce qu'il en est !

– Tiens, laisse-moi faire, dit Ariel en s'approchant vivement du tableau de commande. Je peux tester ma mémoire avec des trucs comme ça. Voyons voir...

Elle pianota une séquence sur les touches, réfléchit un moment, puis enfonça une autre série de touches.

– O.K. ! dit Derec. Qu'est-ce que tu nous prépares ?

– Je ne te le dirai pas. Je veux voir si tu le reconnaîtras... fit-elle avec un sourire malicieux, mais aussi toutefois une pointe d'inquiétude.

Derec appuya sur une autre touche du tableau de commande et, juste à côté du synthétiseur, une porte étroite coulissa. La salle de bains était exiguë mais aussi propre et en ordre que le reste du bureau. Derec referma la porte.

Quelques minutes plus tard, un petit récipient glissa dans le réceptacle du synthétiseur et Derec huma le fumet qui s'en dégageait.

– Super ! Du frichti de Magellan, de nouveau ! Pas mal ! (Il tâta le plat prudemment.) Et c'est chaud, qui plus est ! Hum ! Ça sent bon ! Beau travail ! ajouta-t-il en jetant un coup d'œil approbateur à Ariel, par-dessus son épaule.

Ariel sourit et s'essuya le front du revers de la main.

– Moi aussi, faim, s'il te plaît, demanda poliment Wolruf.

– Pas de problème, ça va être ton tour, répondit Ariel.

Derec commençait à sortir le plat du réceptacle quand il vit Ariel cligner des yeux et chanceler, puis s'effondrer. Mandelbrot se précipita derrière elle juste à temps pour la rattraper et la soulever du sol, puis il la déposa avec délicatesse sur le canapé.

FUGUES MÉMORIELLES ET BIOPUCES

Derec les rejoignit aussitôt et s'agenouilla aux côtés d'Ariel. Elle transpirait abondamment, les yeux fermés, et sa respiration était rapide et superficielle.

— Ariel ? appela-t-il à voix basse. Givre ! As-tu une idée de ce qui lui arrive, Mandelbrot ?

— Non, Derec. Mes connaissances en médecine humaine sont des plus limitées.

— Est peut-être seulement fatiguée, chuchota Wolruf. A été très malade. Besoin de repos.

— Si tu pouvais avoir raison ! Jusqu'à présent, elle se comportait à peu près normalement.

Derec sentait la panique monter en lui. L'épreuve qu'elle avait subie sur Terre avait été extrêmement épuisante et le retour à la Cité des robots avait dû lui causer plus d'émotions qu'il ne l'avait craint.

Wolruf s'approcha de Derec pour observer le visage d'Ariel.

— Tu devrais lui apporter de la nourriture.

— Mandelbrot, s'il te plaît !

Le robot apporta l'assiette de frichti de Magellan et la tendit à Derec. Des couverts étaient fixés sur le côté du récipient, mais il se contenta de le tenir sous le nez d'Ariel en laissant le fumet se répandre autour d'elle.

Rien ne se passa.

— Ce n'est pas ce dont elle a besoin, on dirait, dit Derec en interrogeant les autres du regard.

— De l'eau ? suggéra Wolruf.

— ... aller chercher l'étranger, murmura Ariel.

Ses yeux étaient toujours fermés, mais elle s'agitait sans cesse.

– Qu'est-ce que tu dis ? demanda doucement Derec. Quel étranger ?

– ... Amenez-le-nous. Doit avoir faim, maintenant. Faut arranger ça. Il faut le rendre comme ça. Faut qu'il sente comme il faut.

Le visage brillant de sueur dans la lumière de la pièce, Ariel se tortillait et dodelinait de la tête.

– Qui ça ? insista Derec. Avery ? Nous le trouverons, ne t'inquiète pas. Tu veux bien parler du Dr Avery ?

Puis il songea qu'elle pouvait être en train de rêver de Jeff Leong, l'étranger naufragé qui avait été transformé en cyborg pendant leur précédent séjour. Derec et ses amis avaient aidé les robots à le capturer quand sa mutation avait commencé à affecter dangereusement sa raison, puis à lui rendre sa forme humaine. Ensuite, pour qu'il puisse s'échapper de la Cité, ils l'avaient laissé partir dans une capsule de survie que l'un d'entre eux aurait pu utiliser.

– T'entend pas, dit Wolruf. Trop malade !

Ariel avait cessé de parler, mais ses jambes tressautaient encore. Derec se releva sans la quitter des yeux et déposa l'assiette sur le bureau. Il avait déjà vu des gens s'agiter ainsi pendant leur sommeil.

– La meilleure chose à faire, c'est de la laisser dormir. C'est peut-être tout ce dont elle a besoin, après tout. D'ailleurs, un bon somme me ferait du bien, à moi aussi. Ce canapé peut se déplier, ajouta-t-il. Si elle est malade, c'est dans son cerveau et sa mémoire que ça se passe, pas dans son corps ; tu peux donc la soulever quelques instants, Mandelbrot, elle n'en souffrira pas.

Mandelbrot se pencha vers Ariel et la prit dans ses bras comme un grand bébé. Derec s'escrima un moment sur le canapé, mais finit par réussir à tirer sur une courroie et à l'ouvrir complètement. C'était un mécanisme simple, entièrement manuel et très populaire auprès de ceux qui voyageaient souvent, parce qu'il n'obligeait pas leurs propriétaires à s'inquiéter de source d'énergie ou de réparations complexes.

– Ça y est, annonça Derec.

Mandelbrot reposa Ariel avec tout autant de délicatesse, et Derec s'assit à côté d'elle et commença à la déshabiller. Elle était plus calme, à présent, et paraissait dormir.

– Derec, il me semble qu'un conflit de Première Loi se profile à l'horizon, commença Mandelbrot.

– Ah ouais ? Lequel ? maugréa Derec : le moment lui paraissait malvenu pour discutailler des Lois de la Robotique.

– D'après ce que vous m'avez raconté de votre précédent séjour ici, la Cité des robots a atteint un très haut niveau de compétence et de technologie dans le domaine de la médecine humaine. La Première Loi pourrait exiger que je mette Ariel en contact avec le robot dénommé Recherche Médicale humaine 1, sinon, par mon inaction, je risque de la laisser souffrir.

Le robot braqua ses photosenseurs sur Derec.

– Mais tu ne peux pas ! s'exclama Derec en sautant sur ses pieds. Nous ne pouvons pas faire ça, du moins pas dans l'immédiat ! Il est presque certain qu'Avery sera alerté, et alors c'est *moi* qui risque de souffrir, et à cause d'une de tes actions ! Et Ariel aussi, par la même occasion. Ce type est givré !

– Je le sais, dit Mandelbrot d'un ton piteux. Je perçois aussi une incontestable récurrence d'un conflit de Première Loi auquel j'ai déjà dû faire face en certaines occasions, avant notre récent retour à la Cité des robots. Les suggestions qui m'éviteraient de m'enfermer dans cette contradiction seront les bienvenues.

– Des suggestions ! s'exclama Derec en écarquillant les yeux. Givre ! je n'en ai pas ! (Il passa les mains dans ses cheveux et ferma les yeux.) Ecoute, je suis fatigué, moi aussi. Et si tu restais en mode « alerte », à l'écoute de l'ordinateur central, pendant que nous prenons tous un peu de repos ?

– Comme vous voudrez, Derec, répondit Mandelbrot. J'éteindrai aussi les lumières, quand vous serez étendus.

Wolruf était déjà en train de s'installer confortablement dans l'un des sièges. Derec s'assit à côté d'Ariel et retira ses bottes, en prenant garde de ne pas la déranger. Quelques minutes après, il était allongé sur le canapé, baignant dans la lumière du soleil et environné par les écrans qui diffusaient la beauté étrange de la Cité des robots. Il avait la désagréable impression d'être nu et vulnérable, en l'absence de murs visibles et opaques autour de lui, et malgré la clandestinité de cette pièce et l'efficacité de Mandelbrot, qui était bien de taille à affronter tout robot qui croiserait leur chemin.

– Mandelbrot ?

– Oui, Derec ?

– Peux-tu te débrouiller pour éteindre ces écrans ? La lumière solaire est trop forte et je ne crois pas qu'il y ait de rideaux dans la pièce.

– Bien, Derec.

Plus il y pensait, plus il était certain d'être en sécurité dans ce bureau. Une des seules certitudes qu'il avait au sujet du fou génial dénommé Avery concernait sa paranoïa : il y avait des chances pour qu'elle s'aggrave avec le temps. Avery savait à coup sûr que Derec avait déjà visité son bureau au moins une fois déjà, sans parler de son laboratoire. Sachant que son « adversaire » avait découvert ces lieux, tout vrai paranoïaque n'occuperait plus ni l'un ni l'autre.

Derec sentait que son corps était épuisé, bien plus épuisé qu'il n'aurait dû l'être. Il détestait devoir se l'avouer, mais le temps dont il disposait pour retrouver le Dr Avery allait se réduisant. Et pire que tout, il risquait d'atteindre le point où il pourrait encore échafauder des plans, mais serait physiquement incapable de les mener à bien. Tandis que le sommeil approchait, son problème essentiel lui revint à l'esprit : les biopuces.

Lors de leur premier séjour sur cette planète, le Dr Avery l'avait capturé, mais à cette époque la maladie d'Ariel entrait à peine dans sa phase critique.

Derec avait réussi à s'échapper et ils avaient fui la Cité des robots, dans l'espoir de trouver un remède contre cette maladie. Ils avaient par hasard atterri sur Terre, et c'est seulement à ce moment-là qu'il s'était aperçu que le Dr Avery lui avait fait *quelque chose*, dans le laboratoire où il l'avait retenu prisonnier.

Les biopuces étaient de microscopiques circuits intégrés pourvus de biosenseurs pour assurer l'interface avec son corps. Ces minuscules circuits pouvaient être préprogrammés pour croître et se multiplier, et c'était ce que le Dr Avery avait fait, apparemment, avant de lui implanter un moniteur dans le cerveau. Ce moniteur avait informé Derec de ce qu'ils étaient et de ce qui se passait : une Cité des robots miniaturisée se propageait maintenant *à l'intérieur* de lui.

Derec ignorait tout des mobiles d'Avery, mais le moniteur avait précisé un point : le nombre de biopuces s'accroissait. Certaines fusionnaient. Elles interféraient déjà avec sa capacité à coordonner ses mouvements et allaient le tuer de l'intérieur – le paralyser, certainement – s'il ne trouvait pas très vite le moyen de s'en débarrasser.

Et seul le Dr Avery connaissait ce moyen. Mais Derec ne savait absolument pas comment le convaincre.

Derec se réveilla de lui-même, les yeux fixés sur un plafond gris clair. Pendant un instant, il fut complètement désorienté, puis, se souvenant qu'il était de nouveau dans le bureau du Dr Avery, il se redressa avec un sursaut de peur panique et jeta un regard effaré autour de lui.

Ariel était assise devant le terminal. Elle tressaillit en percevant son mouvement, fixa sur lui un regard absent, puis son expression s'adoucit et elle lui adressa un sourire timide. Derec sourit lui-même avec embarras de son brusque réveil et passa la main dans sa tignasse pour l'écarter de ses yeux.

– Ariel ! Comment te sens-tu ?

– Je vais bien. Je... Je m'embrouille parfois, répondit-elle d'un ton d'excuse.

Derec s'assit au bord du lit et inspecta la pièce. Mandelbrot avait trouvé un moyen d'opacifier les murs qui étaient à présent du même gris pâle que le plafond ; le robot était immobile, tournant le dos à Derec. Wolruf était réveillée et tranquillement assise sur le siège dans lequel elle s'était installée pour dormir.

— Et toi, comment vas-tu ? s'enquit Ariel. A propos, je suis capable d'obtenir quelques plats acceptables de ce synthétiseur. J'ai eu du mal à m'en souvenir, mais j'ai trouvé comment faire en reprenant tout depuis le début. Bon, Wolruf et moi avons déjeuné, mais il reste quelque chose pour toi.

— Je vais bien, merci, répondit Derec, à qui dormir avait fait le plus grand bien. Un petit tour sous la douche et tout sera parfait !

Peu après, il était dans la salle de bains exiguë et les aiguilles d'eau brûlante lui massaient le cuir chevelu et coulaient le long de son dos. La tête baissée et les yeux fermés, il laissait la chaleur le revigorer et lui révéler à quel point il était mal fichu. Des espèces de spasmes, qu'il n'avait jamais remarqués auparavant, lui nouaient la nuque, un peu comme des tortillons.

Il se força à sortir de la douche et à se rhabiller. Autant que possible, il cacherait ses malaises à ses compagnons : Ariel et Wolruf comptaient sur sa connaissance de la Cité des robots pour assurer leur sécurité et il faudrait bien qu'il le fasse tant bien que mal, tant qu'ils n'auraient pas localisé le Dr Avery. Si Mandelbrot apprenait à quelle vitesse les biopuces affectaient sa santé, il ne pourrait que les remettre, Ariel et lui, entre les mains de l'Equipe de Médecine humaine (contrainte de Première Loi !), ce qui les mènerait tout droit dans les griffes du Dr Avery.

Il se composa un sourire optimiste et quitta la salle de bains.

— J'ai fouiné dans l'ordinateur central et j'ai consulté en particulier tout ce dans quoi nous avons été impliqués, dit Ariel en désignant le terminal du menton.

— Ah oui ? Et qu'est-ce que tu as trouvé ?

– Tu savais que nos visites au Centre de la clef ont toutes été enregistrées ? Et aussi tout ce qui concerne l'épisode avec Jeff Léong, le cyborg, quand il est tombé amok ?

– Y a-t-il des enregistrements d'*Hamlet* ?

– Pas que je sache. (Elle ne semblait pas avoir compris la plaisanterie.) Ah ! Il y en a du processus anarchique et automatique de transformation de la cité et de ce que tu as fait pour l'enrayer.

– Je ne me doutais pas que mes agissements auraient été si présents dans les enregistrements, mais ce n'est pas très étonnant. (Il réfléchit un moment, fixant des yeux le curseur qui clignotait sur l'écran.) Ce qui est différent des fois précédentes, cependant, c'est que tu aies obtenu des réponses à tes questions. Tu n'as vraiment pas eu de difficultés ?

– Non... (Elle le dévisagea d'un air songeur.) Je me rappelle bien, maintenant... quelquefois, tu avais du mal à obtenir que ton terminal te réponde !

– Les autres terminaux étaient verrouillés, c'est vrai, mais celui-ci ne l'est pas, comme je le disais en arrivant. Pourtant, cela ne concerne que les verrouillages dont Avery avait délibérément truffé le système. Avant, le problème de l'ordinateur, c'était qu'il avait été saturé de données, pendant la phase accélérée du processus de transformation : tout avait bien été enregistré quelque part, mais l'information n'était pas organisée.

– Si tu veux essayer...

Ariel voulut se lever pour lui laisser la place, mais Derec la retint.

– Non, pas tout de suite.

Derec goûta au reste du petit déjeuner et manifesta son approbation.

– Mandelbrot, est-ce que tu t'es déjà heurté à des verrous, dans l'ordinateur central ?

– Non.

La voix du robot était basse, à la fois en volume et en tonalité. Ariel et Derec le regardèrent d'un air surpris, et même Wolruf observa son visage impassible.

– Mandelbrot ? Maintenant que j'y pense, tu es

resté planté là depuis que je suis réveillé. Qu'est-ce qui ne va pas ?

— Je suis incapable de résoudre la contradiction de Première Loi dont je vous ai déjà parlé. Si je suis encore fonctionnel à l'heure actuelle, c'est que je ne dispose pas des informations nécessaires pour fonder mon jugement.

— Quelle contradiction ? dit Ariel dont le regard passait de l'un à l'autre. Est-ce que c'était après mon... évanouissement ?

— Ouais, répondit Derec, en ignorant le pincement d'angoisse dans son estomac. Vas-y, Mandelbrot. Est-ce que je peux te donner des instructions ou des explications qui t'aideraient à faire la différence ?

— Je ne vois pas comment. L'état de santé d'Ariel me pose un sérieux problème et les robots de l'Equipe de Médecine humaine ont fait preuve d'un potentiel que je devrais prendre en compte, en toute logique.

— Mais Avery est givré ! S'il nous met la main dessus, ça peut mettre la vie d'Ariel en danger... et les nôtres avec !

— C'est possible, mais jusqu'à présent, vous êtes le seul pour qui il ait manifesté un grand intérêt. Les probabilités pour qu'il porte préjudice à Ariel sont moins élevées que le réel danger que mon inaction risque de lui faire courir.

— Est-ce que tu approches d'une conclusion quelconque sur ce point ?

— Une conclusion ! s'exclama Ariel. Givre ! Comment pouvez-vous rester tranquillement à discuter de conclusions ? Ce n'est pas un cours de philosophie, ici ! Mandelbrot est en train de parler de nous livrer à l'ennemi !

RECHUTES

Derec tremblait d'appréhension mais s'efforçait de garder la tête claire.

– Mandelbrot ?

– J'ai du mal à me concentrer. Je bute sur ce problème et si je boucle sur une contradiction de Première Loi, je ne vous serai plus d'aucun secours.

– Maintenant écoute-moi, avant de boucler sur quoi que ce soit. (Derec se mit à parler très vite, avant même de savoir ce qu'il allait dire.) Euh... O.K. ! j'y suis. Voilà... Hum...

– Je vous écoute, dit Mandelbrot.

– Faut peut-être que tu lui donnes des informations complémentaires ? suggéra Wolruf en descendant de son siège pour venir examiner le robot de plus près.

– Oui, c'est ça. Mandelbrot, nous avons travaillé sur le cas d'Ariel avec des informations limitées. Le procédé que nous avons employé était expérimental, mais je pense qu'il a fonctionné. C'est moi-même qui ai encodé ses souvenirs. Nous devons compter là-dessus.

– Il arrive qu'on fasse des rechutes, fit remarquer Ariel, d'une voix sévèrement contrôlée ; elle s'agrippait si fort au rebord du bureau que le bout de ses doigts en était bleu.

– Ceci peut s'assimiler à une déficience mécanique, dit Mandelbrot. Des soins médicaux seraient sans aucun doute un traitement logique et opportun pour accélérer la guérison d'Ariel.

– Mais non, Mandelbrot ! gémit-elle. Les humains ne tombent pas en pièces d'un seul coup, comme les machines. Si ça se trouve, je vais très bien !

Sa voix se brisa sur ces derniers mots et elle refoula des larmes en se détournant du robot.

– Je comprends. Mon inaction ne vous causera pas forcément plus de tort.

– Exactement, souffla Derec.

Il poussa un long soupir de soulagement et son regard croisa celui de Wolruf ; elle lui adressa une grimace qui pouvait être l'équivalent d'un clin d'œil et sauta sur son fauteuil.

– Peut-être pouvons-nous nous en tenir là et passer à autre chose. Mandelbrot, j'aimerais savoir si tes tentatives pour obtenir des renseignements de l'ordinateur central seront refoulées : ça nous permettrait de savoir jusqu'à quel point ce terminal est spécifique. Peux-tu te concentrer sur une tâche de cette sorte, à présent ?

Un peu de distraction ne lui ferait pas de mal !

– Oui, Derec. Je considère que l'apparente contradiction de Première Loi est encore incomplète. La boucle potentielle ne se refermera pas tant que je n'aurai pas la preuve formelle que mon inaction peut porter préjudice à Ariel.

– Voilà qui est mieux ! dit Derec en s'asseyant sur le bord du bureau. Alors ! La nuit dernière, nous avons découvert que l'ordinateur ne t'informerait pas de l'existence de ce bureau. Je voudrais savoir si ça a changé. Je lui ai ordonné de verrouiller toutes les informations sur notre présence ici. Regarde si tu peux tirer de lui une quelconque allusion à l'utilisation des installations du bureau.

– J'essaie plusieurs pistes, l'informa Mandelbrot, dont la voix redevenait normale. Je demande des informations sur des intrus, des humains, la consommation d'énergie ou d'oxygène dans la tour du Compas.

– Qu'est-ce que ça donne ?

– Ça correspond à vos instructions, répondit promptement Mandelbrot. On me répond que ce bureau n'est enregistré nulle part, pas plus que les réserves d'eau et de nutriments pour le synthétiseur. Pas d'alerte d'aucune sorte depuis notre arrivée.

– Très bien, fit Derec avec un petit sourire. Nous sommes donc tout à fait en sécurité ici. L'étape suivante, c'est de retrouver la trace d'Avery. Ariel, tu permets ? dit-il en désignant le terminal du menton.

– Bien sûr !

Ariel se leva avec prudence en s'appuyant du bout des doigts sur le bureau, comme si elle avait peur de perdre l'équilibre.

– Derec, dit Mandelbrot, je suggère que nous essayions de travailler en parallèle sur l'ordinateur central. Ça devrait aider à confirmer ou infirmer vos soupçons.

– Bonne idée, approuva Derec en s'installant confortablement et en commençant à pianoter sur le clavier. Donc j'entrerai les requêtes et je te dirai ce que j'obtiens. Tout d'abord, combien y a-t-il d'humains sur la planète de la Cité des robots, en ce moment même ?

– On me répond qu'il n'y en a pas, rapporta Mandelbrot.

– Ah ! Moi j'en ai un, triompha Derec. Où se trouve cet humain à l'heure actuelle ?

IL EST ASSIS DEVANT CE TERMINAL, répondit le terminal.

Malgré son désappointement, Derec eut un petit sourire.

– Me voilà bien avancé, marmonna-t-il. Attends... Comment sais-tu que je suis un humain et pas un robot ?

LA CONSOMMATION DE NUTRIMENTS DU SYNTHÉTISEUR ET D'EAU DANS LA SALLE DE BAINS, AINSI QUE LES MODIFICATIONS DANS LA COMPOSITION DE L'ATMOSPHÈRE DU BUREAU SUGGÈRENT LA PRÉSENCE D'AU MINIMUM UN HUMAIN. D'APRÈS LA QUANTITÉ DE CHALEUR DÉGAGÉE DANS LA PIÈCE, LA PROBABILITÉ POUR QU'IL Y AIT PLUS D'UN HUMAIN EST ÉLEVÉE ; CET ÉTAT DE FAIT, COMBINÉ AVEC LA CAPACITÉ DES ROBOTS À ENTRER DIRECTEMENT EN CONTACT AVEC L'ORDINATEUR CENTRAL

PAR L'INTERMÉDIAIRE DE LEURS COMMUNICATEURS, RENFORCE LA PROBABILITÉ POUR QUE VOUS SOYEZ UN ÊTRE HUMAIN.

— L'occupation de ce bureau a donc bel et bien été enregistrée dans l'ordinateur ? l'interrogea Derec qui sentait monter une bouffée de panique.

Ses doigts tremblaient sur les touches et il dut s'y prendre à deux fois.

NÉGATIF.

— Alors explique-moi d'où tu tiens cette information.

LES INFORMATIONS CONCERNANT CE BUREAU SONT STOCKÉES DANS UNE MÉMOIRE SECONDAIRE SPÉCIFIQUE À CE TERMINAL. SELON VOS INSTRUCTIONS, ELLES N'ONT PAS ÉTÉ TRANSMISES À L'ORDINATEUR CENTRAL.

— Est-ce que n'importe qui, n'importe où, peut avoir accès à cette mémoire secondaire ?

NÉGATIF.

Derec se détendit et frotta les bouts de ses doigts engourdis les uns contre les autres. A un moment ou à un autre, il serait dans l'incapacité de taper lui-même ses questions. Quelqu'un d'autre pourrait se mettre au clavier, si nécessaire, mais il devrait alors leur révéler son état de santé.

— Qu'est-ce qui ne va pas ? s'inquiéta Ariel.

— Rien, rien, dit Derec en replaçant ses doigts sur le clavier. (Il réfléchit un moment, puis :) Des données similaires sur la présence évidente d'humains sur cette planète sont-elles stockées ailleurs ?

NÉGATIF.

— Ça ne m'étonne pas ! lâcha-t-il en regardant les autres. Quel que soit l'endroit où notre ami paranoïaque se cache, il a eu la bonne idée d'empêcher l'accès à cette information, même d'ici.

— Surtout d'ici ! Il devait s'attendre à ce qu'on fouille ce bureau, fit remarquer Ariel.

— Peut-être parti, fit Wolruf. Utilisé la clef pour quitter la planète ?

— Oh non ! s'exclama Ariel. Il n'a pas quitté la Cité des robots, hein, Derec ? Comment faire pour le retrouver, sinon ?

– Où qu'il soit, nous devons retrouver sa piste en partant d'ici, répondit Derec en crispant les mâchoires.

– Mais s'il n'a pas stocké les informations dans l'ordinateur, on ne trouvera rien !

La voix d'Ariel se brisait de nouveau. Wolruf se rapprocha d'elle, en une offre silencieuse de soutien moral.

– Mandelbrot, vérifie si des humains ont été soignés par l'Equipe de Médecine humaine, ces derniers temps. Et si tu penses à d'autres pistes, n'hésite pas à les suivre ! Si tu n'obtiens pas de résultat, j'essaierai de mon côté.

– Bien, Derec.

Derec replaça ses mains sur le clavier, mais rata les deux premières touches.

– Attends. En fait, on peut gagner du temps. Mandelbrot, installe-toi au terminal.

Il se leva avec précaution, tout en observant Ariel et Mandelbrot pour voir s'ils avaient remarqué sa maladresse. Mais si tel avait été le cas, ils ne le montrèrent pas. Wolruf le dévisageait avec insistance, mais ne fit pas de commentaire. Elle s'écarta d'Ariel et se plaça derrière Mandelbrot, de façon à voir l'écran du terminal.

– Mandelbrot, rallume les écrans d'observation, s'il te plaît, dit Derec en se tournant vers l'un des murs, les mains sur les hanches.

L'instant d'après, le petit bureau était inondé de lumière. De toutes parts, la Cité des robots envahissait la planète, très loin au-dessous d'eux, et s'étirait jusqu'à s'estomper à l'horizon. Au-dessus de leurs têtes, un soleil éclatant illuminait le ciel.

Ariel tourna lentement sur elle-même, l'air apeuré.

– Je ne reconnais rien du tout, souffla-t-elle.

Derec remarqua des tours, des spirales, des courbes et des boucles qu'il n'avait encore jamais vues, lui non plus. Des robots, humanoïdes et utilitaires, circulaient de par les rues, à pied, dans des véhicules ou sur diverses machines. Il se souvint d'avoir déjà été frappé par cette détermination, ce sens du devoir, sur l'astéroïde glacé où il avait eu affaire pour la première fois aux robots du Dr Avery.

Par contre, le Disjoncteur, cette construction si caractéristique qui avait révélé la capacité des robots de la Cité des robots à avoir des pensées et des rêves créatifs, avait disparu.

– Les changements sont considérables, dit Derec. Ce n'est pas ta mémoire qui est en cause, maintenant.

– Il faut enrayer ce processus de transformation ! s'exclama Ariel. C'est pour ça qu'il y a des orages monstrueux toutes les nuits !

Derec sursauta et fit volte-face.

– Qu'est-ce que tu dis ?

Elle s'agrippa à lui, les yeux écarquillés sur des images qu'elle était seule à voir.

– Les inondations ! C'est le processus de modification de formes inclus dans le noyau central qui les provoque ! Nous devons les arrêter !

Mandelbrot avait abandonné le terminal et avançait déjà la main pour écarter Ariel.

– Mandelbrot, ce n'est qu'une rechute ! Ça ne va pas durer, dit Derec d'un ton ferme. Ça ne veut pas dire que son état s'aggrave. Compris ?

– Je comprends, répondit Mandelbrot en aidant Ariel à s'asseoir sur le canapé. Vous vous souvenez cependant que la conversation que vous avez eue il y a peu au sujet de ce processus de transformation n'a pas provoqué de rechute. Son état est, au mieux, instable.

– Ses souvenirs ne suivent pas un déroulement chronologique, apparemment.

Derec se tut, observant toujours Ariel. Son envie de la prendre dans ses bras et de la rassurer était tenue en échec par la crainte d'aggraver la crise, d'une manière ou d'une autre. Ariel avait fermé les yeux et respirait à petits coups superficiels, mais elle tenait cependant assise toute seule. Petit à petit, sa respiration ralentit et redevint à peu près naturelle. Elle ne courait pas de danger immédiat et Derec, rassuré, reprit le fil de ses pensées.

– Quelque chose titille un souvenir et elle revit l'événement comme si c'était le présent. Enfin, jusqu'à maintenant, ça semble se passer comme ça.

– Sale expérience ! fit Wolruf, compatissante.

Ariel semblait retrouver son calme et Derec reporta son regard sur la cité. Il était certain que la ligne d'horizon inhabituelle ne résultait pas de ce fameux processus de transformation, mais d'une recherche constante de raffinement de la part des robots.

Tout à coup, une nouvelle question lui vint à l'esprit et il bondit sur le terminal. Mais il fit un grand nombre de fautes de frappe, beaucoup plus que précédemment. Il se ressaisit et parvint enfin à frapper correctement sa requête.

– Est-ce qu'actuellement la cité poursuit des priorités défensives du même ordre que le processus de transformation dans lequel elle s'était engagée, en réponse à la présence de parasites dans le sang humain ?

NÉGATIF.

– La cité poursuit-elle une priorité QUELCONQUE sur son programme de base ?

NÉGATIF.

Derec contempla l'écran, quelque peu dépité.

– Quelque chose ne va pas ? s'enquit Mandelbrot.

– Non, ce n'est pas ça. Je me disais juste que si la cité avait été en état d'alerte, peu importe laquelle, j'aurais pu m'en servir à notre avantage d'une façon ou d'une autre.

– Si le Dr Avery est sur la planète, il y a toutes les chances pour qu'il ait déjà résolu la crise.

– Ou alors il est parti et aucune crise ne s'est déclarée, dit Derec en secouant la tête, résigné. Il a pu se téléporter absolument n'importe où, avec une clef du Périhélie – ou avec une de celles que les robots ont pu dupliquer dans ce but.

– Elle ne se transforme plus du tout, n'est-ce pas ? demanda Ariel qui scrutait toujours la cité.

– Non, répondit Derec, pris de court mais néanmoins soulagé. Nous avons arrêté ça il y a longtemps et ce danger est passé.

Elle hocha la tête sans quitter la cité des yeux. Il l'observa un moment, puis décida que la laisser tranquille lui ferait plus de bien que de la harceler de questions. Elle était déjà assez consciente de ses problèmes comme cela et, de toute façon, son rétablissement rapide était plutôt encourageant. Il espérait juste avoir raison en disant qu'elle n'aurait pas besoin de l'intervention de l'Equipe de Médecine humaine. Il s'aperçut alors que Mandelbrot aussi observait Ariel.

– Mandelbrot, son malaise est passé ! dit-il d'une voix ferme.

– Je présume que cela pourrait se reproduire.

– Ça se peut, mais pas de la même façon.

Derec hésita. Il repensait aux deux épisodes auxquels il avait assisté depuis leur retour sur la planète des robots.

– Nous ne possédons pas assez de preuves pour en venir à cette conclusion.

– Je pense que chaque fois qu'un incident de cette nature se produit, sa mémoire s'en trouve un peu plus consolidée, dit Derec en secouant la tête. Je ne l'avais pas reconnu au premier abord, mais ça fait partie du processus de consolidation et de croissance de ses souvenirs.

– Je comprends le principe, mais jusqu'à quel point êtes-vous certain de cette théorie ?

– Euh...

Derec s'aperçut qu'Ariel ne le quittait pas des yeux : son visage reflétait plus d'anxiété qu'elle n'en avait jamais manifesté, même au plus fort de sa maladie. Il revint au robot et s'éclaircit la gorge.

– J'en suis tout à fait certain. Souviens-toi : la *croissance* de ses souvenirs et de sa personnalité était prévue depuis le début. Ces malaises sont juste... des douleurs de croissance.

Ariel ferma les yeux, rassérénée, et Derec soupira. Il avait l'impression de jongler avec un trop grand nombre de problèmes à la fois : la convalescence d'Ariel, le conflit de Première Loi qui menaçait Mandelbrot, et ses propres défaillances. Et ce qu'il aurait dû être en train de faire en ce moment même, c'était de chercher le Dr Avery ! Il prit une profonde inspiration et essaya une fois de plus de mettre de l'ordre dans ses pensées.

– Bon, alors. On peut supposer qu'Avery a caché à l'ordinateur central toutes les preuves directes de l'endroit où il se trouve. Nous allons donc devoir découvrir ailleurs des preuves indirectes qu'il n'a pas cherché à quitter la planète. Est-ce que quelqu'un a des suggestions ?

Ariel le dévisagea un moment, puis elle secoua brièvement la tête et reporta son regard sur les écrans d'observation. Mandelbrot ne bougeait pas, apparemment occupé à passer en revue les possibilités et à les rejeter.

– Givre ! Ce n'est pas en restant ici qu'on a le plus de chances de le dénicher ! lâcha Derec, formulant à voix basse ce que les autres n'osaient pas exprimer tout haut.

– Le principe de la détermination des questions importantes et de la recherche de leurs réponses par l'intermédiaire de l'ordinateur central est rationnel, dit Mandelbrot. En théorie, cette recherche devrait être très restreinte si nous posons les questions appropriées.

– Et si nous *n'y arrivons pas* ? s'emporta Derec. Qu'est-ce qui se passera ? Nous ne disposons peut-être pas d'assez d'informations pour déterminer ces givres de questions, quel que soit le temps que nous y passions !

– Quitter ce bureau pour partir explorer la planète augmente sensiblement les risques que vous courez.

– Ah, tu ne vas pas recommencer avec tes objections de Première Loi ! Rester ici à nous tourner les pouces pourrait à la longue nous causer plus de tort.

– Je ne conteste pas l'idée de sortir en elle-même, expliqua Mandelbrot, imperturbable. Je recommande plutôt de préparer un plan d'action.

Derec haussa les sourcils, en signe d'approbation.

– Bonne idée ! Par exemple ?

– Ceci reste à définir.

– On tourne en rond ! s'exclama Derec.

Frustré, il leva les bras au ciel. Quand il les laissa retomber, une de ses mains heurta le bureau et, de surprise, il l'agrippa. De nouveau, Wolruf le dévisagea.

– Je propose que Wolruf et moi partions en éclaireurs, dit Mandelbrot.

– Comment ça ? dit Derec qui se frottait discrètement la main en affectant d'ignorer Wolruf.

– Considérez ceci : en tant que robot, je ne risque pas d'attirer l'attention, sur cette planète. Par ailleurs, lors de notre précédent séjour, les robots de cette communauté n'ont manifesté aucun intérêt particulier pour Wolruf. Nous avons donc toutes les chances de pouvoir collecter des informations et de les rapporter ici sans être inquiétés.

– Ce terminal a confirmé qu'aucune alerte particulière n'avait été déclenchée, dit Derec après avoir réfléchi un moment. Par conséquent, les robots ne feront pas spécialement attention à *nous*, humains.

– Néanmoins, la présence d'humains dans la Cité des robots risque en soi de provoquer la mise en application des Lois de la Robotique. Si le comportement des robots s'en trouve tant soit peu modifié, ce changement peut être remarqué par l'ordinateur central et éveiller ainsi l'attention du Dr Avery.

– Tu veux dire que si j'ordonne à un robot de me donner une information, ça peut retarder l'exécution de sa tâche, ou quelque chose comme ça... (Derec hocha lentement la tête.) Avec quelqu'un d'aussi paranoïaque qu'Avery, je suppose que la moindre variation entraînerait une vérification... à supposer qu'il la remarque.

– Je ne fais que calculer des probabilités, bien sûr. Je mets en balance les avantages potentiels et les dangers probables.

Soudain, Derec se dit qu'il pourrait en profiter pour se reposer. Ce n'était pas faire preuve de lâcheté, non. Il n'avait pas peur, non plus. En réalité, la Cité des robots dont il se souvenait ne lui semblait pas aussi dangereuse qu'Aranimas le Pirate, tant s'en fallait ! Il ne se sentait pas très en forme, voilà tout, et il aurait peut-être intérêt à s'allonger.

— D'accord, Mandelbrot, allez-y tous les deux. Nous vous attendrons ici, Ariel et moi.

CENTRALE ÉNERGÉTIQUE
D'URGENCE RÉGIONALE DE PRIORITÉ 4

Wolruf fermement cramponnée sur son dos, Mandelbrot escalada l'échelle qui menait à la terrasse de la tour du Compas. Ils passèrent la trappe sans incident, puis Mandelbrot entreprit la tâche interminable mais simple qui consistait à descendre le long de la façade abrupte en empruntant la rangée de trous qui la ponctuaient.

Sans nul doute, il aurait très bien pu trouver sans problème le chemin de l'entrée principale dans le labyrinthe de la pyramide, mais il préférait ne pas prendre le risque de rencontrer des robots surveillants, qui le questionneraient sur sa présence : Derec lui avait fait remarquer que s'il était découvert alors qu'il descendait le long de la façade, il n'aurait pas à révéler l'existence de l'entrée dérobée. Derec lui avait aussi raconté comment, la première fois qu'ils étaient arrivés sur cette planète, Ariel et lui étaient laborieusement descendus du sommet de la tour grâce à ces minuscules points d'appui. Ces trous étaient juste assez grands pour y glisser la main ou le pied et l'inclinaison sévère de la façade ne laissait pas beaucoup de marge d'erreur, mais pour un robot la descente ne présentait pas de difficulté majeure.

Mandelbrot occupa le temps de la descente à réfléchir sur la meilleure façon d'agir. Une fois qu'ils eurent mis pied à terre, Wolruf poussa un long soupir et s'écroula.

– Etes-vous blessée ? s'inquiéta Mandelbrot.

– Non, ça va, répondit la petite caninoïde qui balançait la tête d'avant en arrière. Aime pas l'équitation !

Mandelbrot inspecta les environs. Un certain nombre de robots humanoïdes circulaient d'un pas décidé ; parmi eux, un nombre plus grand encore de robots utilitaires de toutes tailles et de toutes formes vaquaient à leurs occupations. Malgré l'architecture inhabituelle, c'était bien là la Cité des robots dont Mandelbrot se souvenait.

– Qu'est-ce que tu comptes faire ? lui demanda Wolruf.

– Il faut que je prenne un risque calculé.

En moins de temps qu'il n'en fallut à Wolruf pour cligner de l'œil, il se mit en contact avec l'ordinateur central.

– Je suis un robot humanoïde et je demande mon affectation à une fonction dans la matrice de la cité.

QUELLE EST VOTRE AFFECTATION ACTUELLE ?

– Aucune.

QUELLE ÉTAIT VOTRE PRÉCÉDENTE AFFECTATION ?

– Aucune.

VOUS FAITES ERREUR. TOUS LES ROBOTS DE LA CITÉ DES ROBOTS ONT ÉTÉ AFFECTÉS À UNE FONCTION. SI VOUS AVEZ ÉTÉ RÉCEMMENT LIBÉRÉ D'UNE UNITÉ DE RÉPARATION, VOUS AURIEZ DÛ RÉINTÉGRER LE CANAL D'AFFECTATION NORMAL À PARTIR DE CETTE UNITÉ.

– Je n'ai pas été récemment libéré d'une unité de réparation. Je suis prêt à accepter l'affectation à une fonction.

QUEL EST VOTRE NUMÉRO DE SÉRIE ?

Mandelbrot s'en inventa un d'après le schéma de ceux qu'il avait enregistrés lors de son précédent séjour et le transmit à l'ordinateur.

CE NUMÉRO N'EST PAS DANS LE FICHIER. ÊTES-VOUS DE PASSAGE À LA CITÉ DES ROBOTS ?

C'était la question que Mandelbrot redoutait. La manière dont l'ordinateur central réagirait à sa réponse déterminerait si, oui ou non, il serait considéré comme un intrus.

– Vous devriez avoir mon enregistrement. J'ai un passé à la Cité des robots.

Ce qui n'était pas vraiment un mensonge mais plutôt une omission délibérée. Il n'ajouta pas qu'il était connu sous les noms de Mandelbrot et d'Alpha, et non pas sous le numéro qu'il venait d'inventer. La nécessité de se protéger, lui-même aussi bien que ses compagnons humains, justifiait à ses yeux ses entorses à la bonne conduite.

VOTRE NUMÉRO DE SÉRIE A ÉTÉ AJOUTÉ AU FICHIER. VOUS ÊTES MAINTENANT INTÉGRÉ À LA MATRICE DE LA CITÉ. VOUS ÊTES AFFECTÉ À LA CENTRALE ÉNERGÉTIQUE D'URGENCE RÉGIONALE DE PRIORITÉ 4. PRÉSENTEZ-VOUS IMMÉDIATEMENT.

L'ordinateur lui donna les coordonnées de l'endroit et Mandelbrot attendit un moment pour vérifier que l'ordinateur ne tenterait pas de modifier son programme, mais il ne se passa rien de tel. Aussi paranoïaque que soit le Dr Avery, il n'avait pas prévu la suspicion des robots sans affectation dans le programme de l'ordinateur central. Maintenant, Mandelbrot était plus tranquille.

– On m'a affecté une fonction dans la matrice de la cité, ce qui devrait me permettre de collecter des renseignements, expliqua-t-il à Wolruf.

– Où allons-nous ?

– Nous devons nous rendre à la Centrale énergétique d'Urgence régionale de Priorité 4. Par ici.

– Qu'est-ce que c'est ? demanda Wolruf, marchant l'amble à côté de Mandelbrot tout en observant les alentours.

– D'après le terme, je présume qu'elle est prévue pour fournir en énergie un quartier déterminé de la cité, en cas de défaillance du système principal. Priorité 4 semble suggérer que cela concerne un secteur important.

– C'est loin ?

– Plus que vos pattes ne pourraient le supporter. Néanmoins, je crois que nous devrions bientôt trouver une station de tunnel dans cette rue : il doit bien y en avoir une à proximité de la tour du Compas.

Mandelbrot préférait éviter de consulter l'ordinateur trop souvent, surtout pour quelque chose qu'il pouvait apprendre par lui-même (la localisation actuelle des stations de tunnel, par exemple). Chaque fois qu'il posait une question dont tout robot de la Cité des robots devrait déjà connaître la réponse, il augmentait les risques d'être interrogé ou même reprogrammé de force.

Ils repérèrent bientôt une de ces stations et descendirent la rampe qui menait au tunnel proprement dit. Wolruf remonta sur le dos de Mandelbrot avant qu'il saute sur la plate-forme exiguë. Ils avaient juste la place d'y tenir tous les deux. Mandelbrot entra sa destination sur la console et lui laissa le soin de calculer les coordonnées de l'arrêt le plus proche.

La plate-forme s'ébranla et un moment plus tard ils se faufilaient sur une des glissières principales. De tous côtés, des cabines emportaient des robots humanoïdes, aussi figés que Mandelbrot et Wolruf. L'ordinateur les faisait accélérer ou ralentir, ou passer d'une ligne parallèle à une autre en fonction des variations dans le trafic : à chaque embranchement, de nouvelles cabines s'engageaient sur les lignes ou en sortaient.

Leur cabine ralentit en douceur, bifurqua sur une voie de garage et s'immobilisa sans à-coups. Mandelbrot en descendit et attendit d'être dans la rue avant de déposer Wolruf à terre.

Ce secteur de la cité ne différait pas de façon notable de celui qu'ils venaient de quitter : la ville était bien trop récente pour avoir des quartiers plus ou moins anciens. Elle était amplement organisée, bien sûr, mais une bonne partie de ses infrastructures, comme par exemple le réseau énergétique ou le tunnel, n'étaient pas visibles au premier coup d'œil.

Après s'être orienté, Mandelbrot guida Wolruf jusqu'à la centrale : ce n'était guère plus qu'une porte dans un immeuble haut et étroit entouré d'autres immeubles. Avant d'entrer, Mandelbrot utilisa son communicateur pour s'identifier en donnant son numéro de série tout neuf et son nom, et pour demander que les communications se fassent à haute voix : le plus souvent, dans les lieux fonctionnels comme celui-ci, les robots de la Cité des robots ne se parlaient que par l'intermédiaire de leurs communicateurs.

– Je suis le Superviseur de Centrale, dit le robot qui se trouvait à l'intérieur. Mon nom est Tamserole. On m'a demandé de vous attendre, Mandelbrot. Pour quelles raisons souhaitez-vous communiquer à haute voix ?

– J'ai une préférence personnelle pour le faire. Quelles seront mes fonctions ?

Mandelbrot s'abstint d'attirer l'attention sur Wolruf en la regardant ou en la mentionnant. Il savait qu'elle écouterait attentivement toutes les conversations et il voulait aussi savoir si Tamserole exigerait qu'il utilise son communicateur.

– Suivez-moi.

Tamserole avait jeté un vague coup d'œil à Wolruf mais il ne lui manifesta aucun intérêt particulier. Ils le suivirent dans une salle plutôt exiguë dont la seule particularité vraiment impressionnante consistait en un pilier fait d'un alliage métallique scintillant, large d'un mètre, qui s'élevait du sol au plafond, avec une sorte de console à la base.

– Votre fonction est d'automatiser complètement cette unité afin que je puisse – et vous aussi maintenant – interrompre ma fonction pour poursuivre mon programme de migration.

Mandelbrot n'avait jamais entendu parler de programme de migration. Tamserole supposait visiblement qu'il en avait été informé, mais Mandelbrot jugea préférable de ne pas lui avouer son ignorance.

– Je ne comprends pas pourquoi l'ordinateur central m'a attribué un assistant, alors que j'avais ordre de ramener l'effectif à zéro, et non pas de l'augmenter. Et vous ?

– Il me semble. L'ordinateur central n'a pas pu retrouver de trace de mes anciennes fonctions. Je pense qu'il m'a affecté à un poste redondant pour que je puisse prouver mes compétences.

– C'est assez logique. Cependant, j'aurais aimé en être informé.

– Quelle est ma fonction ? demanda de nouveau Mandelbrot.

– J'ai modifié la procédure depuis que j'ai appris votre venue, répondit Tamserole. Jusqu'à présent, je programmais la mémoire secondaire de la console connectée à l'ordinateur central pour qu'elle prenne les décisions que je prenais moi-même auparavant. Maintenant, je vais vous laisser vous familiariser avec ce que j'ai fait. Améliorez-le si vous le pouvez.

– Quelle est votre nouvelle tâche ?

– J'ai repéré des secteurs de la centrale qui pourraient être optimisés. J'ai déjà donné rendez-vous à certains robots utilitaires affectés ici : je vais surveiller leurs progrès et en profiter pour voir si je peux déceler d'autres optimisations potentielles.

– Très bien.

Mandelbrot s'approcha de la console et commença à en examiner les différents cadrans. Wolruf le suivit discrètement et Tamserole quitta la pièce sans plus de commentaires.

Mandelbrot commença par étudier rapidement les informations concernant le domaine d'activité de la centrale et son mode opératoire. Comme il l'avait supposé, c'était une installation de secours qui n'entrerait en action que si la centrale principale avait une défaillance.

Quand il eut assimilé les quelques informations de base sur sa nouvelle fonction, il abandonna sa tâche pour se mettre en rapport avec l'ordinateur central. Celui-ci devrait a priori interpréter les requêtes formulées depuis cette console comme inhérentes à l'activité normale de la centrale énergétique. Mais si elles devenaient trop suspectes, il comprendrait qu'elles ne relevaient pas de la fonction de cette unité et étaient susceptibles d'émaner de ce même robot humanoïde qui ne pouvait pas justifier son passé récent... Cependant, Mandelbrot ne pouvait pas laisser passer cette occasion.

Dans la mesure où l'ordinateur central avait déjà

refusé de confirmer la présence du Dr Avery sur la planète, il lui faudrait faire des approches indirectes. Au moins, il avait déjà récolté quelques informations supplémentaires depuis qu'il avait quitté le bureau.

– En quoi consiste le programme de migration ?

C'EST LE PROGRAMME QUI DONNE ORDRE À TOUT ROBOT HUMANOÏDE DE SE PRÉSENTER AU POINT DE RASSEMBLEMENT QUI LUI A ÉTÉ DÉSIGNÉ.

– Quel est le but de ce programme ?

S'ASSURER QUE CHAQUE ROBOT ARRIVE DANS LES DÉLAIS AU POINT DE RASSEMBLEMENT QUI LUI A ÉTÉ DÉSIGNÉ.

Mandelbrot était bien avancé.

– A quoi servent ces points de rassemblement ?

CE SONT DES LIEUX DE RENDEZ-VOUS POUR LES ROBOTS MIGRANTS.

– Que feront ces robots une fois rendus aux points de rassemblement ?

ILS POURSUIVRONT LEUR PROGRAMME DE MIGRATION.

– Quel sera leur programme à ce moment-là ?

CELA DÉPENDRA DE CHAQUE ROBOT.

Mandelbrot s'apprêtait à demander un exemple de programme quand l'ordinateur reprit la main :

DANS QUEL BUT POSEZ-VOUS CES QUESTIONS ?

Mandelbrot estima qu'il aurait été préférable de couper la communication, mais il ne voulait pas risquer de susciter d'autres questions sur son comportement. Il répondit donc avec circonspection.

– Pour savoir pourquoi les robots doivent migrer et ce qu'ils feront une fois aux points de rassemblement.

VOTRE PROGRAMME DE MIGRATION CONTIENT TOUTES LES INSTRUCTIONS DONT VOUS AVEZ BESOIN À L'HEURE ACTUELLE.

Mandelbrot préféra ne pas révéler qu'il n'avait jamais reçu de telles instructions : si la cité s'en apercevait, elle se mettrait à coup sûr en devoir de le programmer. Il risquait d'y perdre son autonomie et de devenir pour de bon partie intégrante de la matrice de la ville. Il baissa les yeux vers Wolruf qui attendait patiemment.

– Je vais assurer ma fonction ici pour un temps et essayer de collecter d'autres informations. Est-ce que vous vous sentirez en sécurité si vous devez vous déplacer toute seule ?

– Oui, répondit Wolruf. Vais me balader. Je te retrouve ici, O.K. ?

Mandelbrot réfléchit au problème que posait l'ordinateur central. Si par inadvertance son comportement le mettait en alerte d'une façon ou d'une autre et provoquait une enquête, il vaudrait mieux qu'il ne reste pas dans la Centrale.

– Je préférerais un terrain neutre. Sauriez-vous retrouver la station du tunnel où nous sommes descendus ?

– Oui, siffla Wolruf avec quelque chose comme un sourire : elle pensait visiblement que c'était là une question idiote. A quelle heure ?

Etendu les yeux fermés sur le canapé, Derec s'agitait sans trouver le sommeil. Il avait mangé autant qu'il le pouvait, bien qu'il ait dû se forcer pour avaler ce qu'on pourrait appeler un repas frugal. Auparavant, il s'était senti trop faible pour se lever ; maintenant, il était trop nerveux pour pouvoir se reposer.

– Tourne-toi ! lui dit Ariel.

– Hein ?

Derec leva les yeux vers elle, mais il sentit qu'elle glissait les mains sous ses épaules et le faisait tourner doucement sur le côté.

– Mets-toi à plat ventre.

Il accepta avec joie l'occasion de suivre des directives plutôt que d'avoir à prendre des décisions. Mais quand il essaya de se retourner, ses mains dérapèrent sur le tissu du canapé et ses bras battirent l'air faiblement. Les doigts minces d'Ariel tâtonnèrent sous ses aisselles et finirent par l'empoigner suffisamment pour l'aider à se mettre sur le ventre. Il poussa un profond soupir et ferma les yeux. Ariel se mit à masser du bout des doigts les muscles de ses épaules et aussitôt la tension commença à se relâcher.

Tout en se laissant aller, il se concentra sur le soulagement que le massage procurait à ses muscles endoloris. A chaque pression des doigts d'Ariel, de petites vibrations lui parcouraient le dos, comme si les tortillons microscopiques se dénouaient. C'était comme de se débarrasser de contractures ou de crampes, à part qu'elles étaient minuscules.

– Ça te fait du bien ?

– Mmhoui... murmura-t-il, sans vouloir dépenser trop d'énergie pour parler plus fort. C'est fantastique...

Petit à petit, elle descendait le long du dos et d'autres tortillons se dénouaient sous ses doigts. A mesure que ses muscles en étaient débarrassés, Derec se détendait un peu plus. Il commença même à somnoler. Ariel continua un moment de le masser en silence.

– Tu te sens vraiment mal ? dit-elle à voix basse. Je veux dire... Tu n'es pas resté endormi très longtemps !

– Sommeil...

Le bout de ses doigts était une source constante de bien-être. Ils remontèrent vers les épaules et continuèrent de dénouer les contractures.

Soudain, Derec cessa de se détendre, mais il ne s'en aperçut lui-même qu'après un bon moment, quand il commença à refaire surface. Il ouvrit les yeux en se demandant ce qui se passait.

– Ça va mieux ?

– Non, pas exactement.

– Qu'est-ce qui se passe ? Tu préfères que j'arrête ?

– Tu peux... Je veux dire, est-ce que tu voudrais bien recommencer en haut du dos ? Tout de suite ?

– Pas de problème, dit-elle en replaçant ses mains à l'endroit où elle avait débuté et qu'elle avait déjà malaxé deux fois.

– Merci.

Derec fut plus attentif cette fois-ci. Les mêmes tortillons se dénouaient, il ressentait les mêmes vibrations, ces petits claquements qui libéraient la tension de ses muscles. Seulement, ces nœuds revenaient presque instantanément. Il n'y en avait pas autant, du moins pas encore. De toute façon, c'était clair : pour que ça serve à quelque chose, il faudrait que le massage soit ininterrompu.

– Est-ce que c'est mieux ?

– Euh... C'est bien. Ecoute, je ne voudrais pas que tu te fatigues, toi aussi. Merci. Ça m'a fait du bien.

C'était vrai, il ne pouvait pas lui demander de continuer ce genre de traitement indéfiniment pour un répit qui durerait à peine quelques secondes, ou tout au plus quelques minutes.

– Tant mieux.

Elle s'arrêta, mais resta assise à côté de lui en se dégourdissant les doigts.

– Tu peux m'aider à me retourner ?

– Bien sûr !

De nouveau il essaya de se mettre sur le dos, mais ses bras étaient comme en caoutchouc. Elle le prit alors par les épaules et lui fit effectuer une sorte de torsion : son bassin et ses jambes restèrent contre le lit tandis que le haut de son corps était tourné de côté. Puis elle saisit ses jambes et, avec un effort considérable, elle l'installa sur le côté.

– Voilà !

Elle souffla un bon coup et lui sourit. Il leva les yeux pour étudier son visage. Il n'avait pas pu cacher longtemps son problème : de toute évidence, son état était sérieux et empirait de minute en minute.

– Derec ? Que se passe-t-il ?

– Je ne vois pas comment faire pour m'en tirer.

– Quoi ? Qu'est-ce que tu veux dire ?

– Je suis si fatigué. Si affaibli. Toi-même tu peux t'en rendre compte. (Derec avait même du mal à articuler.) Avery pourrait être n'importe où sur cette planète, je ne pense pas qu'il me reste assez de temps...

– Tu ne devrais pas parler comme ça. (Sa voix était acerbe, un peu comme celle de l'ancienne Ariel.) Mandelbrot peut faire absolument tout ce qu'un robot peut faire, et même un peu plus. Et est-ce que Wolruf n'a pas fait ses preuves à plusieurs reprises, elle aussi ?

– Le *temps*... (Sa colère éclata, lui insufflant un peu d'énergie.) Il ne nous reste pas beaucoup de temps. Je suis sûr que, tôt ou tard, nous retrouverons Avery, mais ce sera peut-être trop tard pour moi.

– Après tout ce que nous avons vécu ensemble ? Tu abandonnes *maintenant* ? Allez !

– Mais qu'est-ce que tu veux que je fasse, à part rester allongé ici ?

– On va peut-être finir par trouver un moyen ! On s'est débarrassés d'Aranimas, non ? On a réussi à sortir de la station Rockliffe, on a résolu les mystères du meurtre et de la transformation de la cité... enfin, je devrais dire, tu les as résolus...

Sa voix mourut. Il attendit un moment, résigné, pensant qu'elle allait continuer, mais comme elle restait silencieuse, il leva les yeux.

Ses yeux étaient braqués sur lui et l'horreur s'y lisait. Alarmé, il réussit à se soulever assez pour pouvoir s'inspecter, mais il ne remarqua rien de bizarre. Alors il passa la main devant les yeux d'Ariel, sans obtenir de réaction.

– Ariel ! dit-il d'une voix ferme.

– C'est Derec, murmura-t-elle, il ressemble trait pour trait à Derec. Givre ! Ce n'est pas possible !

Tout à coup, elle sauta hors du lit, heurta le bureau presque aussitôt, trébucha, s'étala durement sur le plancher et resta là, à cligner des yeux. Derec se souleva péniblement sur un coude et avança la main pour la secouer par le bras.

– Ariel, tu m'entends ?

Elle fit d'abord lentement des yeux le tour de la pièce. Elle ne semblait pas l'avoir entendu, mais elle finit par hocher la tête presque imperceptiblement.

– Eh ! Tu t'es redressé ! s'étonna-t-elle.

– Pas tant que ça.

– Attends, tu vas voir !

Elle prit son élan et lui flanqua une gifle magistrale qui lui laissa une marque cuisante sur la joue. Derec s'assit instantanément et balança les jambes hors du lit.

– Givre ! T'es cinglée ? Qu'est-ce que...

– Regarde-toi !

– Moi ? Mais qu'est-ce que tu racontes ?

– Tu t'es *assis* ! Derec, il faut que tu restes vigilant ! Je ne sais pas si c'est l'adrénaline, ou la peur ou le... le... j'sais pas, moi, mais quand j'ai eu cette nouvelle absence, la crainte d'un danger t'a ramené à ton état normal.

– Alors tu m'as giflé... et je me suis assis. (Derec hocha lentement la tête.) On ne peut pas dire que je sois dans mon état normal, mais je vois ce que tu veux dire. Euh... Quand même, tu aurais pu y aller plus doucement ! ajouta-t-il en se frottant la joue.

– Ne te laisse pas aller, Derec. Il faut que tu luttes contre ça.

– O.K. ! j'ai compris. C'est comme quand on a froid et qu'on risque de geler : il faut marcher pour que le sang continue de circuler. Quelque chose comme ça. (Il se leva et la raideur de ses articulations lui arracha une grimace.) Givre ! J'ai encore mal partout !

– Allez, au boulot ! dit-elle en lui avançant le siège du bureau. Ça t'occupera l'esprit, et si ça se trouve, on découvrira quelque chose d'utile !

EULER

Mandelbrot s'aperçut que l'heure de son rendez-vous avec Wolruf était venue mais, dans la mesure où son affectation dans la matrice de la cité pouvait encore lui être utile, il ne voulait pas s'absenter de son poste sans prévenir. Tamserole n'étant pas encore revenu, il prit donc de nouveau le grand risque de contacter l'ordinateur central.

— Ici la Centrale énergétique d'Urgence régionale de Priorité 4. Mon Superviseur n'étant pas présent, je vous informe que je quitte mon poste.

OÙ EST VOTRE SUPERVISEUR ?

— Je l'ignore. Sa fonction l'a appelé ailleurs.

POURQUOI QUITTEZ-VOUS VOTRE POSTE ?

— C'est un cas de force majeure.

EXPLICATIONS.

— Je n'ai pas le temps.

Mandelbrot coupa la connexion en espérant qu'il pourrait réintégrer ce poste plus tard, au besoin ; il n'avait pas encore préparé d'explication et en inventer une pouvait attendre qu'il soit obligé de se justifier. Si on considérait l'immense capacité de stockage de l'ordinateur central et le volume de ses données, les bizarreries de sa conduite avaient encore des chances de passer inaperçues du Dr Avery.

En fait, Mandelbrot avait employé le temps relativement bref de son séjour dans la Centrale à s'acquitter de sa tâche : il avait progressé dans la mise au point du système autonome qui permettrait à Tamserole de poursuivre son programme de migration, mais n'avait pas terminé. Si cela avait été le cas, il aurait sans doute pu quitter son poste sans éveiller de soupçons, mais il ne pouvait l'affirmer.

Un des problèmes qui se posaient à Mandelbrot était sa différence intellectuelle avec les robots de la Cité des robots : chaque fois qu'il posait une question ou qu'il agissait, il risquait de se compromettre.

Mandelbrot descendit la rampe de la station de tunnel et repéra la petite extraterrestre assise immobile dans la pénombre, d'un côté de l'aire d'embarquement, à l'écart des robots qui montaient sur les plates-formes ou en descendaient. Quand elle le vit, elle se leva avec impatience, mais Mandelbrot ne lui adressa pas la parole tout de suite. Il la prit sur son dos et monta dans l'une des cabines, où ils ne risqueraient pas d'être entendus par hasard. Comme la cabine ne partirait pas avant qu'il ait donné une destination, il indiqua celle de la tour du Compas : ils pourraient toujours changer d'avis par la suite.

– Avez-vous appris quelque chose ? demanda-t-il quand ils furent en route.

– Oui, siffla Wolruf avec précipitation. Les robots circulent partout. Modifient la cité pour qu'il y ait besoin de moins de robots à chaque endroit, puis ils quittent leurs tâches.

– Le programme de migration. Est-ce que vous avez des indices sur ce que cela signifie ?

– Non.

– Je ne veux pas prendre le risque de poser des questions par mon communicateur ou depuis le terminal de la Centrale, de peur d'attirer inconsidérément l'attention. Il ne nous reste plus qu'à retourner au bureau.

– D'accord, fit Wolruf avec sa grimace canine. De toute façon, je commence à avoir faim.

Derec s'efforçait de rester devant le terminal du bureau, malgré la raideur qui lui tiraillait le dos. Il avait déjà posé toutes les questions qui avaient pu leur passer par la tête, à Ariel comme à lui-même, mais ce n'étaient que des coups de sonde anarchiques dans l'obscurité. Jusqu'à présent, ils n'avaient découvert aucune piste intéressante.

Devant lui, l'écran vide luisait patiemment.

– D'autres idées ? demanda-t-il à Ariel.

– Et ces robots du Centre de la clef ? Si ma mémoire est bonne (elle sourit de cette ironie), *si* ma mémoire est bonne, il me semble qu'ils avaient été choisis pour leurs hautes performances. Qu'est-ce qu'ils font, maintenant ?

– Bonne idée ! Voyons ça. (Derec entra sa requête :) Quelles sont les activités du Centre de la clef à l'heure actuelle ?

AUCUNE.

Derec sursauta.

– Où sont Clémo et l'équipe de robots qui lui était affectée ?

VOICI LES COORDONNÉES DE CLÉMO. (L'ordinateur central afficha une série de chiffres.) AUCUNE ÉQUIPE NE LUI EST AFFECTÉE À L'HEURE ACTUELLE.

– Que fait-il ?

IL POURSUIT SON PROGRAMME DE MIGRATION.

– Que font les autres robots ?

ILS POURSUIVENT LEURS PROGRAMMES DE MIGRATION.

– Où sont-ils ?

L'ordinateur lui répondit en affichant une longue liste de coordonnées couvrant un large éventail de localisations. La plupart des robots se trouvaient loin du centre de la cité : ces lieux n'en faisaient même pas partie lors du premier séjour d'Ariel et de Derec sur la planète. Toutefois, certaines coordonnées apparaissaient plusieurs fois et celles de Clémo y étaient mentionnées.

– Quel est le point commun entre toutes ces coordonnées ?

ELLES SONT DISTANTES DE TRÈS EXACTEMENT 987,31 KILOMÈTRES ET COUVRENT TOUTE LA SURFACE DE LA PLANÈTE.

– Pourquoi ?

CETTE DISTANCE DÉTERMINE EXACTEMENT LE NOMBRE DE POINTS DE RASSEMBLEMENT DÉSIRÉS.

– Désirés par qui ?

PAR LE PROGRAMME.

– Quel est le but de ce programme ? tapa Derec, avec une bouffée d'excitation.

ACCÈS REFUSÉ.

Derec abattit son poing sur le bureau (pas très fort, il était trop faible pour s'emporter vraiment).

– Givre ! Voilà que ce terminal s'est verrouillé, maintenant ! Et nous n'avons pas été fichus de lui poser les bonnes questions avant !

Debout derrière lui, Ariel ne disait rien.

– Je me demande... Si Avery a mis des verrous sur ce terminal pour le cas où nous viendrions... Pourquoi n'y a-t-il pas placé les verrouillages standards, ceux qui sont sur les autres terminaux, mais d'autres ?

Sur l'écran du terminal, les mots « ACCÈS REFUSÉ » le narguaient en silence. Tout autour d'eux, sur les écrans d'observation, les robots de la cité s'affairaient dans la lumière. La pièce était silencieuse.

– Bon, d'accord, dit Derec, réfléchissant tout haut. Le verrouillage à proprement parler n'est peut-être pas sur le terminal lui-même. Avery a dû s'installer sur un autre terminal. Il a seulement verrouillé les données qui concernent ce qu'il a fait depuis cet autre terminal et n'a pas pensé à verrouiller celui-ci. Ça doit être ça. Ça se tient, tu ne crois pas ?

Comme Ariel ne se manifestait toujours pas, il tourna la tête, malgré la douleur qui lui vrillait la nuque.

– Ariel ?

Elle était immobile, les yeux grands ouverts apparemment rivés sur un point au pied du bureau. Elle ne cillait pas. Elle ne réagit pas non plus quand il passa la main devant son visage. Il lui ferma doucement les yeux du bout des doigts : ils restèrent fermés.

– On ne peut pas attendre, dit-il avec calme, aussi bien pour lui-même que pour Ariel. On ne peut pas se contenter de rester ici à réfléchir sur les moyens de s'en sortir. On n'a pas le *temps*.

Il se leva avec peine et passa prudemment un bras autour des épaules d'Ariel. D'une légère poussée, il réussit à la guider jusqu'au canapé ; elle marchait lentement, avec une certaine raideur, les yeux toujours fermés. Pour la faire asseoir, il dut d'abord s'asseoir lui-même et la tirer en arrière.

— Ariel ?

Les yeux d'Ariel remuaient derrière ses paupières closes. Il l'avait déjà vue plusieurs fois dans cet état et n'osa pas essayer de l'en faire sortir de force : il risquait certainement d'aggraver les choses. Au bout de quelques minutes, il s'écarta légèrement pour l'observer. Elle se tenait assise bien droite, l'air concentré, la tête redressée. Elle revivait peut-être un voyage dans le siège d'un engin spatial, ou quelque chose comme ça, mais elle ne laissait rien paraître.

Enfin, elle inspira profondément et cligna des paupières.

— Ariel ?

Elle le regarda, puis se détourna vers un des écrans d'observation.

— Ariel ? Est-ce que... Ariel ? Tu es là ?

— Ça m'est arrivé encore une fois, hein ? demanda-t-elle en lui prenant la main.

— C'était différent, cette fois-ci : tu ne criais pas ni rien.

Il lui pressa la main pour la réconforter et passa son autre bras autour de ses épaules.

— J'assistais à la pièce, dit-elle à voix basse. Est-ce que ça s'est vraiment passé ? Tu sais de quoi je veux parler ? Je ne sais plus ce que je fais. Je ne peux même pas être sûre de l'endroit où je suis, ni de *quand* je suis !

— Du calme, dit-il avec patience. Une seule question à la fois. Tu as parlé d'une pièce. Tu voulais dire *Hamlet* ?

— Oui, quand on l'a fait jouer aux robots, fit-elle avec un hochement de tête plein de tristesse.

— Est-ce qu'ils jouaient mieux cette fois-ci ? plaisanta-t-il, espérant lui remonter le moral.

Mais elle secoua la tête, sans réagir à sa boutade.

– Très bien. Ecoute, Ariel, j'ai pris une décision. Allons voir Avernus. Ou Euler. Ou bien l'un des Superviseurs. Ils sont peut-être ici même, dans la tour du Compas.

– Tu crois ?

– On a assez traîné ici comme ça. Viens.

Il se leva et les élancements douloureux de ses jambes lui arrachèrent une grimace. Ariel se leva aussi, mais à contrecœur. Il appuya sur une des touches du tableau de contrôle et une porte s'ouvrit dans l'un des murs, faisant comme une gueule d'ombre au cœur de la ville.

– Allez, viens.

Avec circonspection, Derec passa la tête par l'entrebâillement, mais il n'y avait là que le petit escalier en colimaçon d'environ trois mètres qu'il avait déjà emprunté lors de sa première visite au bureau et qui menait à une porte fermée, un peu plus bas.

– Nous ne rencontrerons aucun robot à proximité. Tant que nous ne serons pas sortis de la zone taboue, nous ne risquons rien.

– O.K. ! dit-elle, toujours plantée à côté du canapé. Mais si je... tu sais... si j'ai une autre absence quand on sera en plein dans...

– Il faut tenter le coup. (Il se retourna et lut sa réticence sur son visage.) Ecoute, nous avons essayé la prudence, mais ça ne nous a encore menés nulle part. Il faut y aller !

– Je risque de t'encombrer, Derec. De ne plus savoir ce qui se passe et tout ça. Si tu veux que je reste ici...

– Moi aussi, je risque d'avoir besoin de toi pour me tirer d'affaire, dit-il avec un sourire mélancolique. On fait toujours une équipe, quoi qu'il advienne.

– Quoi qu'il arrive, oui... fit-elle, rassérénée.

Elle rejoignit Derec et lui serra le bras en un geste affectueux.

Tout le long de la descente, Derec se cramponna à la rampe de l'escalier. A chaque pas, la douleur lui brûlait les articulations des genoux. Arrivé en bas, il reprit haleine et profita de ce qu'Ariel finissait de descendre pour se reposer, puis il ouvrit la porte.

Derec reconnut le petit couloir et les murs qui luisaient d'une douce clarté. Au bout de ce couloir, c'était la limite extrême de la zone interdite aux robots. Passé ce point, Ariel et Derec risquaient à tout instant d'en rencontrer vaquant à leurs occupations. Il avança lentement, guettant le moindre mouvement ou le moindre son pouvant révéler une présence indésirable. S'ils parvenaient sans se faire repérer jusqu'à la salle de réunion des Superviseurs, les robots pourraient admettre qu'ils étaient entrés par la porte principale, au niveau de la rue ; Derec ne voulait pas leur laisser envisager une autre possibilité.

Les couloirs étaient étroits mais, à cette hauteur, la pyramide n'avait que peu de surface au sol. Quelques instants plus tard, il atteignait l'ascenseur, Ariel sur ses talons.

Derec prit une profonde inspiration et appuya hardiment sur l'unique bouton du panneau mural.

– Six étages plus bas, si je me souviens bien. Est-ce que ça te rappelle quelque chose, tout ça ?

Elle acquiesça d'un signe de tête.

Ils attendirent dans un silence crispé. Quand la porte commença à s'ouvrir, Derec retint son souffle et sentit qu'Ariel saisissait à pleine main le dos de sa combinaison. Toutefois, il n'y avait personne dans l'ascenseur et ils y pénétrèrent en s'adressant un petit sourire soulagé.

L'ascenseur descendit à toute vitesse, mais ralentit suffisamment pour s'arrêter en douceur. De nouveau, ils se figèrent tandis que la porte s'ouvrait.

Aucun robot sur le palier, mais pour la première fois, des bruits difficilement identifiables dénotèrent une certaine activité ; ce n'était peut-être rien d'autre que les bourdonnements de robots utilitaires en train de nettoyer les salles et les corridors. Il était clair que ce niveau était occupé.

– Ça devrait aller maintenant, dit Derec avec calme. En fait, nous pourrions tout aussi bien être à la recherche d'un robot pour nous guider. Souviens-toi, si on nous pose la question, nous sommes entrés par la grande porte qui donne sur la rue.

– Et nous nous sommes perdus... ajouta Ariel avec un petit sourire.

– Euh... Ouais !

A cet étage, les couloirs étaient plus larges et les plafonds plus hauts ; le labyrinthe était aussi beaucoup plus intriqué, ce qui n'arrangeait pas les choses. Les couloirs transversaux se multipliaient et, aussi loin que pouvait porter le regard, le dédale se prolongeait. Il y avait longtemps de cela, Derec avait supposé que cet étage était à peu près à mi-hauteur de la pyramide : sa surface au sol était très étendue.

– Givre ! Je n'arrive pas à me rappeler, dit Derec en s'arrêtant à une intersection pour s'adosser à l'un des panneaux lumineux. On pourrait errer comme ça pendant des heures... On a pris tous les couloirs les plus larges sans exception, mais ça ne nous a menés nulle part.

Ariel étudiait son visage.

– Tu souffres, n'est-ce pas ?

– Il ne faut pas que je me laisse arrêter par ça, sinon on n'avancera pas !

– Alors cesse de lambiner et ramène-toi ! (Elle leva la main d'un air menaçant.) Tu en veux une autre ?

– Bon, bon, je viens ! fit-il en se protégeant la joue.

Ariel le dépassa et s'engagea dans le couloir le plus large. Derec sourit faiblement en lui emboîtant le pas : elle l'avait brusqué dans l'espoir de le mettre en colère et de provoquer ainsi une nouvelle brève amélioration de sa condition physique. Ça ne marcha pas parce qu'il avait remarqué la manœuvre, mais il apprécia l'effort tandis qu'il forçait ses jambes douloureuses à la suivre.

Tout à coup, l'écho d'un signal sonore rythmique résonna dans le couloir, devant eux, et un petit robot utilitaire d'à peine un mètre de haut affublé d'un clignotant bleu déboula. A l'avant, un godet faisant office d'aspirateur et des brosses au bout de bras télescopiques indiquaient sa fonction : un robot balayeur. Son *bip bip* d'identification d'intrus était probablement une fonction annexe, presque un réflexe.

Ariel et Derec se figèrent sur place et le regardèrent se précipiter sur eux. Le robot pila à quelques centimètres de leurs pieds, bipant toujours.

Derec éclata de rire.

– La voilà notre alerte ! J'espérais qu'on aurait droit au moins à une ou deux sirènes !

– Qu'il est mignon ! Je parie que tu es en train d'appeler tes copains, hein, Hoovy ?

– Ça, tu peux en être sûre ! Tiens, voilà un visage familier... si on peut appeler ça un visage. Eh ! Euler ! cria Derec avec un sourire enjoué.

Le robot humanoïde qui s'avançait vers eux était l'un de ceux qu'ils avaient rencontrés en premier, en atterrissant sur la planète. A l'époque, Euler faisait partie du groupe des sept cerveaux qui, réunis, constituaient l'un des complexes maîtres ordinateurs de la cité. Sa tête était modelée à l'image humaine et ses yeux étaient des cellules photoélectriques brillantes. Pour parachever la ressemblance, il avait un petit grillage rond à la place de la bouche.

– Eh ! Euler ! répéta Derec. Givre ! Pourquoi ne répond-il pas ? Qu'est-ce qui lui prend ?

Euler marchait droit sur eux. Le petit utilitaire pivota avant de s'éloigner, sans doute en réponse à un ordre transmis par communicateur.

– Salutations, Derec. Vous n'êtes pas autorisé à pénétrer ici. Venez avec moi, dit Euler en s'écartant pour les laisser passer.

– Qu'est-ce que c'est que cette manière de souhaiter la bienvenue ? demanda Derec en s'avançant à contrecœur. Euler, c'est *nous* ! On est de retour. Et on a besoin d'aide et d'informations.

– Je vous ai reconnus, Ariel et Derec.

Le robot marchait juste derrière eux et Derec eut la désagréable impression d'être sous bonne garde plutôt qu'amicalement accompagné.

– Avant, tu m'appelais ami Derec, fit-il remarquer.

– Nous avons un travail important et de haute priorité en cours. Vous connaissez bien la Cité des robots et vous savez que vous y serez en sécurité. Mais vous devez quitter la tour du Compas.

– Je t'ai dit que nous avions besoin d'aide ! s'écria Derec avec colère. Première Loi ! Tu ne t'en souviens donc plus...

Ariel le tira fortement par la manche pour le forcer à ralentir, mais Derec se dégagea avec rage et fit volte-face pour regarder le robot droit dans les cellules photoélectriques.

– Derec, c'est pas la peine ! insista Ariel. Ne t'acharne pas. Quelque chose a mal tourné.

Derec se figea dans son attitude coléreuse, déconcerté par le visage impassible du robot. Il hésita, le temps d'intégrer le comportement déroutant d'Euler. Ariel avait raison.

– Que s'est-il passé ? demanda-t-elle à Euler. Pourquoi agis-tu de façon différente, à présent ?

– Vous n'êtes pas autorisés à entrer dans la tour du Compas.

– Attends un peu, dit Derec. Et vos recherches sur les Lois de l'Humanique ? Tu t'en souviens ? Vous aviez besoin des humains pour les mettre au point.

– Je vous prie de continuer à avancer, sinon nous devrons vous y contraindre par la force sans toutefois vous porter préjudice.

– Ah ! *Par la force mais sans préjudice !* Tu ne te doutes pas combien on est faibles, hein ? s'esclaffa Derec avec dérision.

– Que s'est-il passé depuis que nous avons quitté la planète ? demanda Ariel. Avez-vous changé vos projets pour la cité ?

– Venez avec moi.

Euler tendit ses pinces et les saisit chacun par un bras. Mais cette pression pourtant légère provoqua un élancement de douleur dans le bras de Derec qui grimaça de surprise, bien que cette sensation lui apportât aussi une sorte de soulagement. La prise d'Euler se relâcha aussitôt.

– Tu m'as fait mal ! s'écria Derec. Ariel, viens vite !

Il attrapa le bras d'Ariel et détala.

EN FUITE

Ses jambes le faisaient terriblement souffrir et son dos lui semblait bizarrement raide tandis qu'il se forçàit à courir dans le corridor. Ariel l'avait déjà dépassé et c'était elle maintenant qui le remorquait. Derrière eux, Euler hésitait, son pouvoir de décision perturbé par l'accusation que Derec lui avait lancée. Elle tirant, lui suivant, ils s'engouffrèrent dans le premier couloir transversal venu.

– Ils ont été reprogrammés, ahana Derec. Ils ont *dû* être reprogrammés ! Si les robots avaient d'eux-mêmes établi de nouvelles priorités, ils auraient toujours la même personnalité !

– Tais-toi donc et grouille-toi !

Elle prit un autre virage. Titubant derrière elle, Derec s'efforçait d'allonger le pas.

– Cherche un ascenseur !

Ils tournèrent encore. Leurs pieds dérapaient sur le sol propre et lisse. La main d'Ariel avait glissé jusqu'à la main de Derec et c'est les bras complètement distendus qu'ils s'engouffrèrent dans un autre couloir, continuant leur course erratique.

– Tu sais où tu vas ? demanda-t-il aussi calmement que possible.

Ariel ralentit et s'arrêta à l'intersection suivante. Pour le moment, il n'y avait aucun signe de poursuite mais, malgré la taille de cet immeuble, un grand nombre de robots utilitaires pourraient aider les Superviseurs à les localiser. Sans aucun doute, il se trouverait aussi quelques robots humanoïdes pour se joindre à la poursuite.

– Non, je ne sais pas où je vais.

Serrant les dents sous les violents élancements de ses jambes et de son dos, Derec jeta un coup d'œil dans les quatre couloirs qui se croisaient à cet endroit.

– Mais où sont-ils ?

– Grouille-toi !

Ariel repartit, s'aperçut qu'il observait toujours les autres couloirs, se pencha en arrière pour lui agripper le bras et l'entraîna. Ils prirent encore d'autres couloirs latéraux, cherchant toujours des portes ou des couloirs plus importants.

– Là ! s'écria Ariel en débouchant d'un virage. C'est bien un ascenseur, non ?

– On peut toujours essayer ! Appelle-le, ordonna-t-il, sa poitrine se soulevant avec un sifflement asthmatique à la recherche d'air. Dis donc, je crois vraiment qu'on va avoir des problèmes !

Trépignant d'impatience, ils attendirent en surveillant anxieusement leurs arrières. Enfin, la porte s'ouvrit. Toujours personne dans l'ascenseur. Ils y entrèrent et Ariel enfonça le dernier bouton. Derec s'adossa à la cloison et ferma les yeux.

– J'espère que personne ne nous attend à l'arrivée !

– Qu'est-ce que tu entends par « des problèmes » ?

– Deux choses. D'abord, d'après le comportement d'Euler, je pense qu'Avery a reprogrammé tous les Superviseurs pendant notre absence, ce qui veut dire que toute la cité fonctionne suivant d'autres règles. Ensuite, dès que le cerveau positronique d'Euler a eu enregistré notre présence, l'ordinateur central en a eu vent et a dû aussitôt en informer Avery, où qu'il soit.

– Alors pourquoi personne ne nous poursuit ?

– J'ai bien peur qu'il n'ait... lancé les Chasseurs après nous : ça permettrait aux autres de continuer à assumer leur fonction normale.

La porte de l'ascenseur s'ouvrit sur la pénombre,

mais personne ne les attendait. Avec prudence, Derec sortit le premier.

Ils avaient abouti dans une petite station de tunnel mais, contrairement à la plupart des autres arrêts où les nombreuses glissières étaient visibles depuis la rampe d'embarquement, dans celui-ci un mur séparait la voie de garage de la voie principale et la dissimulait à la vue des autres passagers. Ariel sur ses talons, Derec s'approcha de la voie d'accès et inspecta les alentours. Il sentait le courant d'air qui provenait du tunnel principal passer autour de lui.

– J'ai appuyé sur le bouton « attente », dit Ariel. Comme ça, ils ne pourront pas arriver par là.

Derec approuva d'un signe de tête.

– Allons-y !

Ils se tassèrent dans une cabine à une place qui stationnait le long de la rampe et Derec commençait à entrer une destination sur la console, quand il suspendit son geste.

– Givre ! Qu'est-ce que tu fabriques ? Derec, il faut qu'on s'en aille d'ici aussi vite que possible ! s'impatienta Ariel en lui secouant la manche.

Derec décida d'entrer les coordonnées d'un arrêt situé un peu plus loin.

– L'ordinateur du tunnel est un sous-système de l'ordinateur central ; il suffira aux Chasseurs de le lui demander pour qu'il donne notre destination, expliqua-t-il quand la cabine s'ébranla.

– *Quoi ?*

– Mais oui ! dit-il en hochant la tête d'un air lugubre. Non seulement il faut s'éloigner le plus vite possible de la tour du Compas, mais il faut aussi quitter le tunnel : si on y reste trop longtemps, on trouvera un comité d'accueil à la sortie !

La cabine transparente suivit la courbe de la voie de garage et s'engagea sur une des glissières parallèles dans le tunnel principal. Derec observait avec anxiété les robots flegmatiques à bord des cabines voisines, mais aucun ne leur prêtait attention. D'une certaine manière, leur attitude aussi inexpressive que d'habitude pouvait passer, aux yeux de quelqu'un d'aussi sensibilisé que Derec, pour un air réprobateur. Un paranoïaque aurait pu facilement s'imaginer qu'ils formaient une escorte discrète, et non pas qu'ils voyageaient à côté d'eux par hasard.

Derec secoua la tête avec colère : ce genre de pensées risquait fort de le rendre aussi fou qu'Avery !

La cabine ralentit soudain et bascula sur une autre voie de garage. Cet arrêt n'avait rien de particulier et la rampe d'embarquement était visible depuis la voie principale : l'arrêt sous la tour du Compas était le seul de ce genre que Derec ait vu jusqu'à présent.

— Pas de comité d'accueil ! dit Ariel tandis que la cabine s'arrêtait suivant une trajectoire calculée avec précision.

Elle sauta sur la rampe d'embarquement déserte et Derec la suivit.

— Si les Chasseurs ont été alertés, ils doivent connaître les coordonnées que j'ai entrées tout à l'heure, à présent : ils vont pouvoir retrouver notre trace à partir d'ici, sans avoir besoin de partir de la tour du Compas. Je... Hé !

— Derec ! Mais qu'est-ce qui t'arrive, *maintenant* ? gémit-elle.

Derec avait fait volte-face et se penchait sur la console de la plate-forme. Après avoir jeté un coup d'œil dans la direction d'où ils venaient, il entra un certain nombre de coordonnées plus éloignées, enfonçant les touches aussi vite qu'il pouvait se souvenir des codes.

— Derec, *allons-y* ! dit-elle en jetant elle aussi un regard angoissé dans le tunnel principal. Qu'est-ce que tu fiches ?

— Ça va nous aider, dit-il en sautant de la plate-forme qui s'ébranla aussitôt.

— Mais qu'est-ce que tu trafiquais ? lui demandat-elle tandis qu'ils gravissaient en courant la rampe de sortie.

— J'ai entré un maximum de destinations, et ils vont devoir toutes les contrôler ! (Il sourit, mais les élancements de ses jambes transformèrent son sourire en rictus.) On a pu descendre ici, mais on a aussi bien pu continuer. Ils ne peuvent pas *savoir*.

— Parce que tu crois que ça va changer quelque chose ? Tu ne crois pas plutôt qu'ils vont faire appel à davantage de Chasseurs ?

— Peut-être. Enfin, à défaut d'autre chose, ça présente au moins l'intérêt de disperser leurs ressources.

Ils débouchèrent dans la rue inondée de soleil. En examinant les alentours, Derec se sentait tout à fait exposé et vulnérable : étant donné que, mis à part le Dr Avery, ils étaient les seuls humains sur la planète, ils risquaient d'être repérés immédiatement, quel que soit l'endroit où ils se trouvent.

— On n'a plus qu'à espérer que seuls les Chasseurs ont été lancés à notre poursuite, dit-il, en surveillant du coin de l'œil un robot humanoïde qui s'approchait, seul au milieu des multiples robots utilitaires qui gravitaient à proximité.

Ariel suivit son regard et baissa la voix.

— Quand nous étions à la recherche de Jeff, toute la planète coopérait, non ?

— Oui, mais la Première Loi les y contraignait, alors. Dans notre cas, j'ignore ce qu'ils vont faire. Si même les Superviseurs ont été reprogrammés, il se peut fort bien que toute la population ait été touchée par les nouvelles priorités.

Le robot humanoïde les dépassa sans leur prêter attention. Un peu plus loin, deux autres robots traversaient la rue dans la direction opposée, mais ils ne réagirent pas plus à leur présence.

— Est-ce qu'on ne devrait pas décamper, au lieu de rester plantés là en plein milieu ? s'inquiéta Ariel en jetant un coup d'œil vers la bouche du tunnel.

— Je réfléchis ! coassa Derec, que ses jambes faisaient souffrir. Il faut d'abord savoir où nous allons. On ne peut pas se contenter de suivre le trottoir roulant : je n'irais pas bien loin !

— Ça va, j'ai compris. Allez, viens !

Elle lui attrapa la main et le prit en remorque. Il s'efforça de rester à sa hauteur, serrant les dents sous l'effet des douleurs lancinantes de ses jambes et de son dos.

Sur le trottoir roulant, Mandelbrot marchait d'un pas vif vers la tour du Compas, Wolruf trottinant à ses côtés ; ils venaient de sortir de la station de tunnel qui desservait la pyramide, sur la rue. Soudain, devant eux, deux grandes et puissantes silhouettes humanoïdes, très caractéristiques, traversèrent un carrefour et se dirigèrent vers la tour du Compas : des robots Chasseurs, dotés de multiples appareils de détection et programmés pour une reconnaissance particulièrement pointue et détaillée des formes.

Mandelbrot pila. Wolruf s'arrêta à retardement et leva son museau.

— Qu'est-ce qui se passe ?

— Des Chasseurs ! A moins qu'il n'y ait d'autres intrus, c'est sans doute notre groupe leur gibier. Et ils se dirigent droit sur la tour du Compas. (Il se mit en communication avec l'ordinateur central :) S'il vous plaît, pouvez-vous me dire si une quelconque alerte générale a été déclenchée ?

AUCUNE ALERTE. IDENTIFIEZ-VOUS ET PRÉCISEZ VO-TRE FONCTION.

Mandelbrot pensa qu'il pouvait se permettre une question suspecte avant que l'ordinateur ne remonte à la source de la transmission.

— Quelle est l'affectation actuelle des Chasseurs en activité ?

IDENTIFIEZ-VOUS ET PRÉCISEZ VOTRE FONCTION.

Mandelbrot coupa la communication.

— Je ne peux pas obtenir de renseignements intéressants sans risquer de nous compromettre, dit-il à Wolruf. Dans la mesure où aucune alerte générale n'a été déclenchée, seuls les Chasseurs représentent un danger pour nous.

— Pour nous ? Ou bien seulement pour les humains ? demanda Wolruf avec un coup d'œil en coin vers la pyramide. Regarde ces Chasseurs ! Font pas attention à nous. Se dirigent vers la tour du Compas.

— Nous devons considérer que l'alerte concerne

tout notre groupe. Si Ariel et Derec ont été nommément identifiés, nous sommes sans aucun doute inclus dans la liste de leurs proies. Par contre, s'ils n'ont été repérés qu'en tant qu'intrus, nous avons alors une chance de ne pas l'être.

Mandelbrot plaça Wolruf sur son dos, où elle s'accrocha.

— Et maintenant ? demanda-t-elle.

— Je dois prendre encore un risque, dit Mandelbrot.

Il essaya de se mettre en rapport avec le terminal du bureau, au sommet de la tour, mais n'obtint pas de réponse.

— Déconcertant, dit-il.

— Quoi donc ?

— Je pense que Derec et Ariel ont quitté le bureau, mais même dans ce cas, le terminal devrait accuser réception et se mettre en attente de message.

— Peut-être différent pour ce bureau ? Arrangement spécial pour Avery ?

— C'est probable. Quoi qu'il en soit, personne ne répond. Ils ont dû s'enfuir, ce qui est une bonne chose, mais malgré mon communicateur, nous n'avons désormais plus aucun moyen de les joindre, et nous ne savons pas non plus où ils sont !

— Qu'à suivre les Chasseurs. C'est le seul moyen.

— Oui, tant qu'ils ne s'intéressent pas à nous !

Après avoir suivi un moment le trottoir roulant, ils montèrent sur une passerelle d'où ils pouvaient observer la façade principale de la tour du Compas et quelques-unes de ses nombreuses facettes. Ils ne pouvaient pas surveiller tous les côtés à la fois, bien évidemment, mais c'était toujours ça !

Cinq Chasseurs surgirent bientôt de l'entrée. Deux d'entre eux se dirigèrent immédiatement vers la station de tunnel que Mandelbrot et Wolruf venaient de quitter, deux autres montèrent sur le trottoir roulant et prirent une direction à angle droit avec celle des deux premiers. Le dernier Chasseur resta sur le bas-côté, à peu près dans l'angle droit formé par les routes des quatre autres.

— Bonne nouvelle, annonça Mandelbrot. Ils n'ont pas encore attrapé leur gibier et ne sont pas encore sur le point de le faire.

— Mauvaise nouvelle, siffla Wolruf. Ils savent dans quelle direction chercher. Nous devons nous dépêcher, sinon nous allons les perdre.

— Je vous l'accorde.

Mandelbrot repartait déjà vers le trottoir roulant en tâchant de garder en vue le plus de Chasseurs possible, et le plus longtemps possible. Les deux premiers disparurent bientôt dans la bouche du tunnel. Les deux autres avançaient à grands pas sur le trottoir roulant, visibles par intermittence entre les immeubles. Mandelbrot et Wolruf étaient maintenant arrivés en bas de la passerelle et suivaient une avenue en courbe. Pas très loin devant eux, le cinquième Chasseur montait juste sur la même section de trottoir roulant.

— J'espère qu'il ne va pas venir par ici, dit Wolruf.

Mais non. Le Chasseur s'éloignait d'eux, visiblement pressé : au lieu de se laisser porter, il marchait, et plutôt vite. Mandelbrot dut forcer l'allure.

— Pas trop près, souffla Wolruf.

— Nous ne pouvons pas nous permettre de le perdre de vue... Par ailleurs, il a pu en sortir d'autres par les issues que nous ne pouvions pas voir. Nous devons nous attendre à en rencontrer encore : en approchant des humains, ils convergeront.

— Et qu'est-ce qu'on fera, alors ?

— Je n'en sais rien.

LES CHASSEURS

Derec avait fini par ralentir et boitillait péniblement, tandis qu'Ariel l'entraînait vers la destination à laquelle elle avait pensé : un dépôt du système pneumatique de transport de marchandises. Quand il comprit son intention, il pila et la tira par la manche.

— Attends un peu, dit-il, il y a des équipes de robots humanoïdes, dans ces dépôts. Ils risquent de révéler notre position !

— Sauf si personne ne la demande. Allez, viens !

Elle tira plus fort que lui et il se laissa faire. Quand ils arrivèrent sur l'aire de chargement, Derec s'aperçut qu'il s'était trompé : il y avait bien un unique petit robot utilitaire occupé à charger des caisses, mais aucun Superviseur.

— Et qu'est-ce qu'on fera s'il ne nous laisse pas entrer ?

— Je l'ignore !

Ariel poussa du pied un petit conteneur, pour le mettre hors de portée des pinces télescopiques du robot utilitaire. Celui-ci, de forme ovoïde, était doté de six tentacules terminés par divers outils de préhension. Dépourvu de cerveau positronique, il ne pourrait ni intervenir de sa propre initiative, ni se conformer aux Lois de la Robotique. Tandis qu'il roulait vers la petite caisse pour la rattraper, Ariel grimpa dans la capsule transparente et se pencha pour aider Derec à la rejoindre. A contrecœur, il enjamba le rebord et, perclus de douleurs, s'étendit avec raideur à l'intérieur.

– Comment est-ce que tu veux faire ? Cette casserole n'a pas de commandes autonomes : il faut programmer sa destination sur la console du dépôt, là-bas, fit-il en désignant l'endroit.

Ariel réfléchit, le temps que le robot dépose la caisse dans la capsule, entre ses pieds et la tête de Derec, puis elle s'accroupit et s'étendit juste au moment où il rabattait le capot.

– Nous irons où va cette caisse, répondit-elle. L'avantage, c'est que nous ne laisserons pas de trace de notre passage : la programmation de la capsule est indépendante de nous.

– Ouais !...

L'accélération soudaine de la capsule avançant sur des roulettes coupa court à son commentaire. Un portillon s'ouvrit sous la poussée. Ils étaient maintenant dans le tube pneumatique à proprement parler et la capsule prit rapidement de la vitesse. Ils fonçaient dans l'obscurité, propulsés par l'air qui soufflait par des orifices invisibles.

La force d'inertie les plaqua au fond de la capsule. Trop engourdi pour pouvoir se cramponner, Derec se retrouva la tête et les épaules écrasées contre la paroi.

Cette fuite devant leurs poursuivants avait entretenu la bouffée d'adrénaline qui avait atténué ses contractures mais à présent, même l'excitation du parcours dans le tube à vide ne suffisait plus. Ses jambes continuaient à le lanciner et, d'après l'aggravation des élancements, les spasmes de son dos lui semblèrent s'être enracinés. Son seul réconfort était qu'Ariel avait raison : ils n'avaient laissé aucun indice.

Le tube s'incurva vers le haut. Derec baissa les paupières en prévision de l'éblouissement du retour à la lumière et un soleil éclatant inonda la capsule. Clignant des yeux pour s'accoutumer à la lumière, Derec découvrit son nouvel environnement.

Cette section du tube pneumatique était transparente et passait loin au-dessus du sol, en prenant appui sur divers édifices, pour filer à travers la cité : à cette altitude (qui allait en augmentant), le tube ne risquait pas de perturber les activités au niveau du sol. La capsule fonçait à toute vitesse dans le tube, au-dessus de ce qui devait être une vue spectaculaire, mais Derec souffrait bien trop pour l'apprécier.

Soudain, une pensée le frappa.

— Ariel, dit-il avec effort. Toute l'équipe du Centre de la clef a été réaffectée. Mais c'est le Centre de la clef qui engendrait le vide qui permettait au tube pneumatique de fonctionner. Ce qui veut dire que le Centre lui-même est toujours en activité. Qu'est-ce qui a bien pu se passer ?

Ariel ne répondit pas.

— Ariel, appela-t-il plus fort pour couvrir le sifflement de l'air, tout en sachant très bien ce que son silence signifiait.

Avec le sentiment de se noyer, il tourna la tête vers elle et les contractures de sa nuque s'intensifièrent. Allongée sur le dos, Ariel se maintenait en position en repoussant des deux mains la paroi arrière. La tête tournée de côté, elle contemplait le panorama et son visage rayonnait de joie et d'excitation. Quant à Derec, il était aussi transparent à ses yeux que les parois de la capsule !

Il devina qu'elle revivait leur première folle randonnée dans le tube pneumatique, il y avait bien longtemps de cela. De bien des façons, cette période-là avait été plus heureuse, malgré les problèmes qu'ils avaient dû affronter alors : il était en bonne santé, au moins, et Ariel l'était à peu près autant, avant que sa maladie ne se déclare vraiment.

Il détourna son regard. Si elle revivait effectivement ce souvenir, elle devait certainement se sentir mieux pour l'instant, et il pouvait bien la laisser en profiter. Plus tard, une fois sortis sains et saufs de la capsule, il pourrait remettre les choses à leur place.

Le tube pneumatique n'était pas toujours rectiligne : parfois, ses lignes droites étaient interrompues par une courbe, une boucle, un changement d'altitude pour s'adapter à l'architecture qui existait déjà lors de sa construction. Aux embranchements, des tubes incurvés permettaient à la capsule de changer de direction avec une perte de vitesse minimale. De temps en temps, ces bifurcations menaient à des dépôts que la capsule dépassait en filant comme l'éclair ; le tunnel plongeait aussi souvent sous terre, et une fois même le tube suivit le plafond du tunnel sur une distance assez longue.

Enfin, la capsule se rapprocha du sol et décéléra brutalement en pénétrant dans un dépôt. Elle s'arrêta brusquement et ils furent tous précipités à l'avant, la petite caisse y comprise. Allongé sur le dos, pantelant, Derec fixait, à travers les parois transparentes de la capsule et du tube, le visage imperturbable d'un robot Chasseur.

Le trottoir roulant était le moyen de transport mécanisé le plus lent de toute la Cité des robots. Avec de plus en plus d'audace, Mandelbrot et Wolruf filaient le Chasseur solitaire. Les Chasseurs avaient visiblement reçu des missions différentes, mais Mandelbrot n'avait aucun moyen de déterminer le rôle de celui-ci.

— Pas si près, siffla Wolruf à voix basse, par-dessus l'épaule de Mandelbrot, tu vas nous faire remarquer, je t'ai dit !

— J'en doute : c'est un Chasseur et il a donc conscience de tout ce qui se passe autour de lui. Il a dû nous scanner et ne pas nous identifier comme faisant partie de ses proies.

— Idiot !

— Pardon ? s'offusqua Mandelbrot.

— Mais non, pas toi ! Lui ! précisa patiemment Wolruf. Pourquoi leurs instructions concerneraient-elles Ariel et Derec et pas nous ?

— Ceci ressemble fort à un programme insuffisant, pourtant je ne dirais pas que c'est idiot.

— C'est quoi, alors ?

Devant eux, le Chasseur avançait toujours sur le

tapis roulant et donnait l'impression de savoir où il allait.

— Derec parlait souvent de la détermination des robots du Dr Avery, expliqua Mandelbrot. L'objectif de leurs fonctions est restreint. Si l'ordinateur central ou les Superviseurs, ou même le Dr Avery ont eu vent de la présence de Derec et d'Ariel, les instructions que les Chasseurs ont reçues parlent d'eux, et d'eux seuls.

— Ça n'empêche pas que c'est idiot, fit Wolruf en secouant la tête à l'adresse du Chasseur. Ça nous arrange, mais c'est idiot quand même !

Devant eux, le Chasseur avançait toujours. Mandelbrot le suivait sans faiblir, à grandes enjambées.

Ariel et Derec n'étaient pas en état de protester quand deux robots Chasseurs les extirpèrent de la capsule. Sur le quai, un robot débardeur attendait que les humains soient sortis pour s'emparer du colis pour lequel ce trajet avait été programmé.

Un des Chasseurs le tenait fermement par le bras mais Derec se soutenait plutôt à lui ; Ariel clignait des yeux vers celui qui la maintenait et Derec y reconnut le signe qu'elle revenait à peine de sa dernière absence mémorielle.

— Ariel, appela-t-il d'une voix posée.

Elle se tourna vers lui en entendant sa voix, puis sursauta en apercevant les Chasseurs.

— Derec…

— Ils nous ont eus ! murmura-t-il d'un air las.

Il secoua la tête tandis que les Chasseurs se mettaient en marche vers le tapis roulant le plus proche, les tirant derrière eux avec leurs solides grappins. Il tenta encore d'imaginer un moyen de leur échapper : dans le fond, ces robots étaient pourvus de cerveaux positroniques et réagiraient donc aux protestations fondées sur les Trois Lois. Toutefois, une précédente expérience lui avait laissé penser qu'ils avaient été reprogrammés et avaient maintenant pour mission d'appréhender et détenir deux humains, sans pourtant leur faire de mal. Derec pouvait toujours essayer de discuter, mais arriverait-il à les convaincre ?

Et puis, il était si fatigué.

Il trébucha plusieurs fois en s'efforçant de rester à la hauteur du Chasseur et celui-ci le prit finalement à bras-le-corps, non pas par sollicitude, mais pour faciliter leur avance. L'autre en fit autant avec Ariel. Arrivés sur le tapis roulant, les Chasseurs pivotèrent et Ariel et Derec se retrouvèrent face à face.

– Comment ont-ils fait pour nous rattraper ? dit Ariel en formant silencieusement ses mots, avec un bref coup d'œil en direction de son ravisseur.

– Je ne pense pas qu'ils prêteront attention à ce que nous dirons, lui répondit Derec à voix haute. Comme je le craignais, les Chasseurs ont dû commencer par questionner l'ordinateur du tunnel qui leur a révélé les coordonnées de la station où nous avons abandonné la plate-forme. A partir de là, ils ont dû suivre notre piste grâce à leurs détecteurs caloriques, de l'arrêt jusqu'au dépôt du tube pneumatique.

– Mais la capsule allait à toute allure dans le tube ! Comment ont-ils fait pour arriver avant nous ?

– Ils ont dû découvrir la destination de ce paquet et envoyer ces types à notre rencontre.

– Après une si longue course ! A t'entendre, ça semble avoir été si simple de nous rattraper !

– Apparemment, ça l'était ! dit-il d'une voix lugubre.

– Ils nous ont *eus* ! (La voix d'Ariel se brisa.) Derec ! Regarde ! Ils sont juste derrière nous, là, dans le conduit...

Derec la dévisagea, soucieux mais résigné : elle entrait dans une nouvelle phase de souvenirs décalés. Cette fois-ci, ce devait être quand les Chasseurs les avaient poursuivis et capturés, alors qu'ils tentaient de s'échapper par le labyrinthe des conduits, sous la cité. Le tube pneumatique ne leur avait pas été d'un grand secours.

Il avait mal partout, mais être porté par le Chasseur était presque un répit, après l'effort qu'il venait de fournir. Dans les bras de l'autre Chasseur, Ariel se débattait et protestait, mais elle n'avait aucune idée de l'endroit où elle se trouvait, ni de ce qui se passait vraiment. Il ferma les yeux et essaya de se détendre.

Les Chasseurs ne suivirent le trottoir roulant que sur une courte distance : un robot utilitaire qui avait la forme d'un grand camion à ridelles les rejoignit bientôt et, sans lâcher leurs proies, ils montèrent à l'arrière.

Réveillé par les secousses de la montée dans le camion, Derec se mit à observer la cité qui défilait sur les côtés. Les rues lui paraissaient désertes, du moins en comparaison de ce dont il se souvenait de son premier séjour. Il pensa que, peut-être, la ville se développait plus vite que la population des robots et qu'ils devaient donc se disperser sur toute la surface de la planète.

A présent silencieuse, Ariel gardait les yeux fermés. De temps en temps, Derec lui jetait un coup d'œil et son inquiétude grandissait : ses absences semblaient se multiplier en cas de tension, ce qui pouvait signifier que son état empirait, au lieu de s'améliorer.

Le camion s'arrêta plusieurs fois pour embarquer d'autres Chasseurs. Maintenant que la chasse était terminée, ces robots seraient probablement remisés dans un entrepôt quelconque. Ils étaient tous singulièrement grands pour des robots humanoïdes, et leurs torses particulièrement larges. Assis les genoux relevés sur de petits bancs étroits moulés dans la plate-forme du camion, le long des ridelles qui leur arrivaient à hauteur de la taille, ils surveillaient Ariel et Derec sans mot dire.

Le camion ralentit en s'approchant d'un Chasseur isolé. Un peu plus loin, deux silhouettes familières attirèrent le regard de Derec et il se tendit, en prévision de la tournure probable des événements.

– Ariel !

Toujours pas de réponse de sa part.

Par-dessus son épaule, il jeta un coup d'œil vers Mandelbrot, debout sur le bas-côté, à peine à quelques mètres du camion. Wolruf avait été avec lui à l'instant, mais elle était hors de vue à présent. Le

Chasseur était déjà en train d'escalader l'arrière du camion, portant leur nombre à six. Derec avança la main et secoua le bras inerte d'Ariel.

– *Ariel !*

Elle ouvrit enfin les yeux et le dévisagea, encore un peu désorientée.

– Hein ? Quoi ? Derec ! Où sommes-nous ?

Il était trop tard pour sauter du camion, à supposer que leurs gardiens aient pu être distraits d'une manière ou d'une autre : le dernier Chasseur était maintenant à bord et le camion redémarrait. Soudain, le moteur lança un hennissement irrégulier et suraigu, le camion partit en roue libre en marche arrière et s'arrêta avec un hoquet.

Les Chasseurs restèrent immobiles un court instant. Puis Mandelbrot s'avança. Derec était certain que les robots parlementaient entre eux, par l'intermédiaire de leurs communicateurs.

– Que se passe-t-il ? chuchota Ariel.

– Je ne sais pas trop...

Soudain, Mandelbrot grimpa à l'avant du camion et s'assit aux commandes. Derec avait du mal à distinguer ce qu'il faisait, mais une minute après, le camion s'ébranlait. Apparemment, Wolruf avait saboté le cerveau du robot utilitaire et Mandelbrot s'était porté volontaire (avec succès) pour assurer la conduite manuelle de l'engin. Derec espéra que Wolruf était sauve, où qu'elle soit (peut-être bien suspendue de façon précaire sous le camion).

Pour l'heure, Ariel avait elle aussi reconnu Mandelbrot et, toujours sous la garde attentive des robots silencieux, Derec et elle échangeaient des regards interloqués. Ils épièrent les Chasseurs tandis que le camion prenait de la vitesse et continuait à rouler, mais les robots paraissaient satisfaits de la situation.

Mandelbrot eut vite poussé le camion à une vitesse hallucinante, bien plus élevée que celle à laquelle le camion avait lui-même roulé, et les Chasseurs devaient se cramponner aux plats-bords pour conserver leur équilibre. Cependant, Derec ne sentit pas la poigne qui le retenait se relâcher.

302

Mandelbrot allait tenter quelque chose pour les libérer. Par anticipation, Derec se raidit. Il ne fut donc pas trop surpris quand le camion prit un brusque virage à gauche qui envoya tous les passagers de la plate-forme bouler les quatre fers en l'air. D'un coup sec, Derec se libéra non sans souffrance de la poigne de son gardien, puis s'agenouilla et, faisant levier sous le robot, l'envoya valser par-dessus bord.

De son côté, Ariel n'avait pas encore réussi à se libérer de son gardien, toujours déséquilibré. Les autres Chasseurs sautèrent sur leurs pieds pour reprendre la situation en main, mais d'un coup d'épaule Derec en envoya un contre celui qui luttait au corps à corps avec Ariel. Le camion prit un autre virage abrupt et les Chasseurs chancelèrent de nouveau. Derec les guettait : dès que l'un d'eux se trouva en déséquilibre au-dessus d'une ridelle, il l'aida à basculer. Leurs corps massifs et leur grande force étaient plutôt un handicap sur la plate-forme instable du camion.

Soudain, dans un crissement suraigu de pneus, le véhicule freina si violemment que tous ses passagers furent précipités contre la cabine. Mandelbrot, qui s'était cramponné en prévision de l'arrêt brutal, sauta à l'arrière et expédia par-dessus bord un Chasseur qui était déjà en train de se relever, en balança un autre sur la tête du premier et libéra Derec de son adversaire.

Derec comprit le gros avantage dont Mandelbrot tirait parti : la toute première priorité programmée dans le cerveau des Chasseurs était d'appréhender et de détenir les humains. La Première Loi leur imposant de ne pas les blesser primait sur la Troisième Loi qui les contraignait à se protéger eux-mêmes.

Enfin, tandis que les deux derniers Chasseurs luttaient avec Ariel et Derec, Mandelbrot s'arrangea pour faire levier sous les robots et les éjecter du camion.

— Cramponnez-vous ! leur intima-t-il, d'une voix étonnamment calme.

D'un bond, il revint aux commandes manuelles et redémarra. Derec s'affala sur la plate-forme du camion, serrant les dents sous la douleur, mais soulagé : ils avaient réussi à échapper à leurs poursuivants. Ariel rampa jusqu'à lui et s'assit, les cheveux fouettés par le vent.

Elle eut un petit sourire piteux.

– Givre ! Il s'en est fallu de peu ! Comment ont-ils...

– Attention ! s'écria Derec.

Juste au-dessus de la tête d'Ariel, un des Chasseurs réapparaissait, escaladant le plat-bord à l'endroit où il avait dû se cramponner avant que le camion redémarre. Derec tenta de se relever, mais ses jambes le faisaient trop souffrir ; ses pieds dérapèrent et il s'écroula de nouveau sur la plate-forme.

Le Chasseur allait enjamber la ridelle quand soudain il disparut et s'écrasa bruyamment sur la chaussée.

Et la mimique canine de Wolruf apparut.

– Pas très équilibrés, ces Chasseurs ! dit-elle en enjambant le rebord.

Ariel sauta sur ses pieds pour l'aider tandis que Mandelbrot prenait un autre virage, puis un autre. Après avoir dépassé un bloc d'immeubles à toute allure puis tourné encore une fois, il arrêta le camion, en douceur cette fois-ci.

– Que se passe-t-il ? cria Derec, trop mal en point pour se lever. Ariel, va voir ce qui se passe !

– Mandelbrot, que se passe-t-il ?

– Ce véhicule est équipé d'un communicateur qu'il faut absolument désactiver, expliqua Mandelbrot. Wolruf a réussi à isoler les commandes du camion du cerveau du robot utilitaire, mais celui-ci est toujours opérationnel et l'ordinateur central pourrait se servir de lui pour nous localiser. Cependant, dès que j'aurai fini de le démonter... Voilà !

Derec entendit un objet pesant heurter le sol à côté du camion.

– Ce camion est maintenant indétectable par

communicateur, annonça Mandelbrot. Nous ne pouvons donc plus être pistés par ce moyen et nous sommes libres de nous déplacer.

Il se rassit aux commandes et démarra.

Derec poussa un long soupir.

UNE CACHETTE

Le camion roulait et Derec contemplait le ciel brillant au-dessus de lui. Maintenant que le danger représenté par les Chasseurs était écarté, du moins provisoirement, Mandelbrot s'avérait être un conducteur efficace. Il changeait souvent de direction et Derec se dit qu'il cherchait ainsi à embrouiller les comptes rendus des robots qui les voyaient passer.

Les Chasseurs n'attendraient pas longtemps avant de reprendre leur traque obstinée, mais il leur faudrait désormais suivre la piste du camion. N'ayant aucun moyen d'apprendre sa destination, ils ne pourraient donc pas l'intercepter.

Et d'ailleurs, pour autant que Derec le sache, Mandelbrot n'avait aucune destination précise.

Assis sur le plateau, Ariel, Derec et Wolruf se plaquaient contre la ridelle, de façon à ne pas être aperçus de la rue, mais bien entendu, si un robot était posté dans un immeuble, il pourrait les voir distinctement.

– Ça a été si terriblement facile ! s'étonna Ariel. Je ne comprends pas comment ces robots, si grands et si costauds, avec leurs cerveaux positroniques et tout leur matériel, ont pu se laisser balancer comme ça par-dessus bord !

– L'effet de surprise, principalement, répondit Derec en riant, malgré la douleur que cela lui causait dans les côtes. Les robots conducteurs sont toujours très prudents et les robots d'Avery n'ont jamais fait l'expérience d'un chauffard humain fonçant comme un fou dans les rues.

– Mais Mandelbrot est un robot !

– Ouais, mais il effectuait une mission de sauvetage. Il a dû mettre en balance l'éventualité d'un accident dans lequel nous aurions été blessés et la certitude du danger que nous aurions couru si les Chasseurs nous avaient remis à Avery, et il a décidé de les balancer... au premier sens du terme !

– Ça ressemble à une touche de pensée créative, ça aussi. Tu te souviens de Lucius, des Trois Fêlés du Bocal, et de tous les robots qui montraient des signes de « contagion » à cette créativité robotique ?... Pauvre Lucius... Je me demande où sont les autres, à présent...

– Reviens à la réalité, dit Wolruf. Chasseurs vont pas abandonner. Robots apprennent vite : pourra pas les berner deux fois de la même façon.

Derec finit par baisser les paupières pour se protéger les yeux de la lumière. Pour le moment, ils étaient tous en sécurité et pouvaient se détendre. Il s'assoupit, encore vaguement conscient de la raideur de ses jambes et de son dos, et du mouvement rythmique du camion.

Il fut réveillé dans une lumière tamisée par la sensation merveilleuse que lui procurait Ariel en lui massant le dos. Il était allongé à même un sol bien net, à l'intérieur d'un bâtiment, et le camion était garé un peu plus loin. Sur l'un des murs il y avait un grand portail, assez large pour laisser entrer un véhicule de cette taille.

– Où sommes-nous ? demanda-t-il à voix basse.

– Tu es réveillé ? Comment te sens-tu ? dit Ariel en arrêtant de le masser pour lui ébouriffer les cheveux d'un geste affectueux.

– Un peu mieux, on dirait. Où sommes-nous ?

– Je ne sais pas trop, mais Mandelbrot peut te le dire. Mandelbrot, Derec est réveillé.

– Salutations, Derec, dit Mandelbrot en s'approchant de lui. Pour l'instant, nous sommes en sécurité. Pour nous localiser, les Chasseurs devront interroger les robots qui auraient pu nous voir passer, mais au bout d'un moment nous n'en avons plus croisé que très peu. J'ai suivi un plan d'évasion qui comprenait des retours en arrière et des zigzags aléatoires, mais je ne peux pas évaluer le temps que nous avons devant nous.

Wolruf les rejoignit et s'assit à côté de Derec.

– Tu fais un givré chauffeur, Mandelbrot ! Merci ! dit Derec en se forçant à sourire.

– J'ai toujours conservé le contrôle du véhicule, se récria le robot. La Première Loi...

– Mais je n'en ai jamais douté, Mandelbrot ! Bon, il serait temps de faire une reconnaissance, j'imagine. Qu'est-ce qu'on fait maintenant ?

Il tenta de se soulever sur un coude, mais la souffrance lui arracha une grimace et il préféra rester allongé.

– Je vais vous mettre au courant de la situation. Cet immeuble abrite des installations entièrement automatisées et non positroniques, qui ne peuvent donc nous identifier et nous signaler à l'ordinateur central.

– Quoi ? Tu veux dire que cet endroit a vraiment une raison d'être ! s'exclama Derec en parcourant l'espace vide du regard. J'ai cru que c'était un hangar... ou quelque chose comme ça ! Mais c'est vrai, les robots d'Avery ne gaspilleraient pas de telles installations !

– Le seul équipement opérationnel se trouve là-bas, dans ce coin : il envoie des vibrations dans le sol pour tester sa résistance et celle des fondations des édifices compris dans un périmètre défini.

– C'est *tout* ? s'esclaffa Derec. Tout cet espace pour un senseur des systèmes de maintenance ? Givre !

– Tu peux t'en assurer par toi-même, fit Ariel en haussant les épaules. Il n'y a rien d'autre ici : quatre murs, un plafond, un plancher et c'est tout !

– Ceci va dans le sens des renseignements que Wolruf et moi avons pu collecter avant que les Chasseurs ne nous empêchent de rentrer à la tour du

Compas : les robots poursuivent une sorte de programme de migration.

— Ah oui, au fait ! As-tu découvert ce que c'est ?

— Pas précisément, mais une de ses conséquences, c'est que les équipes de robots sont réduites au minimum dans toute la cité.

— C'est déjà quelque chose, constata Derec d'un air songeur.

— Par exemple, la taille de cet immeuble suggère qu'il devait abriter d'autres installations. Je présume que les fonctions originelles de l'endroit ont été abandonnées ou bien perfectionnées technologiquement au point que la présence de robots humanoïdes a été rendue superflue : l'équipe affectée ici a donc poursuivi son programme de migration et a quitté le bâtiment.

— Sans prendre le temps de le détruire ni de le modifier pour le rentabiliser, acheva Derec. Ce programme de migration doit découler d'une très haute priorité !

— Mandelbrot, tu m'as dit qu'aucune alerte générale n'avait été déclenchée contre nous, comme Derec le pensait, ajouta Ariel. Est-ce que c'est toujours le cas ?

— Absolument.

— Il se passe quelque chose de très important ici, et depuis un certain temps, dit Derec. Réfléchissez-y. La Cité des robots doit approcher de ce qu'Avery avait en tête.

— Qu'est-ce que tu veux dire par là ?

— Quand nous sommes arrivés la première fois, le processus de transformation anarchique prenait le pas sur tout le reste. Les Superviseurs nous ont bien accueillis, c'est vrai, mais d'une part ils avaient besoin de notre aide et d'autre part ils voulaient servir les humains.

Ariel approuva sans se compromettre :

— Ils avaient aussi ce problème de meurtre à résoudre. Nous n'avons d'ailleurs jamais vraiment su qui était la victime. (Elle ferma les yeux en frissonnant.) Tout ce que nous savons, c'est qu'elle te ressemblait trait pour trait.

Derec s'abstint d'aborder ce sujet : il craignait de provoquer une autre de ses absences mémorielles.

– Ensuite, lorsque le Centre de la clef est devenu opérationnel, il y a eu une accalmie tandis qu'une énorme quantité de clefs étaient dupliquées et stockées. Nous avons été traités avec une sorte d'indifférence bienveillante, tu ne crois pas ?

– Je pense qu'on peut appeler ça comme ça, oui, mais les robots ont été très coopératifs quand nous avons recherché Jeff Leong, le cyborg.

– Enfin, un cyborg temporaire. A ce moment-là, les Trois Lois l'exigeaient. Maintenant, pourtant, on dirait que tout a changé. Et ça s'est passé pendant notre absence, alors qu'Avery était resté ici.

– Et donc tous les robots de la cité ont été reprogrammés ?

– C'est ce que je pense. Ils semblent tous poursuivre un but obsessionnel, un peu comme les robots de l'astéroïde. Et je n'ai remarqué aucun signe de pensée créative chez eux, contrairement à ce qui se passait alors.

Ariel sursauta.

– Oh non ! Tu veux dire que ça aurait été supprimé de leur programme ?

– C'est ce qu'il me semble. A l'heure actuelle, Mandelbrot doit être le seul robot de la planète à pouvoir penser avec suffisamment d'autonomie pour faire des choses comme venir à notre secours en conduisant comme un fou !

– Tu dis que les robots se comportent à présent comme ceux de l'astéroïde. Tu veux parler de l'astéroïde sur lequel tu es allé après ton réveil amnésique, juste avant notre rencontre sur le vaisseau d'Aranimas ?

– Ouais.

– Je suis d'accord, dit Mandelbrot. L'étroitesse de l'objectif des Chasseurs va dans le sens de vos conclusions, Derec, à part que désormais Wolruf et moi avons dû être ajoutés à la liste de leurs proies.

– Nous avons besoin de réfléchir à un nouveau plan d'action. Et plus ça va, plus je me sens mal...

– Pour le moment, je suggère que vous restiez ici tous les trois, dit Mandelbrot. Je dois vous trouver une nouvelle source de nourriture. Et, bien que les Chasseurs me recherchent aussi sans aucun doute, c'est encore moi qui me rapproche le plus de la population locale !

– Sais même pas où aller ! fit remarquer Wolruf.

– Très juste, approuva Derec. Tu pourrais peut-être essayer d'obtenir une indication là-dessus par l'ordinateur central. Sans te trahir, bien sûr ! Vas-y !

– Je peux essayer. Et je peux aussi me servir du camion.

Mandelbrot se dirigea vers le coin opposé du bâtiment et appuya sur le bouton qui commandait l'ouverture du portail.

– Est-ce qu'il y a un terminal parmi les installations de cette pièce ? demanda Derec.

– Non, Derec. Je n'aurai donc aucun moyen de vous contacter, dit Mandelbrot en montant à l'avant du camion. Nous sommes restés hors de vue pendant un bon moment : si entre-temps les Chasseurs ont élargi le champ de leurs investigations, je devrais pouvoir les éviter.

– Bonne chance, Mandelbrot ! lui lança Ariel. Et ne prends pas trop de risques, d'accord ?

Le robot engagea le camion dans la rue baignée de soleil et quelqu'un referma le grand portail derrière lui.

Tout en roulant, il guettait d'éventuels Chasseurs, mais il savait qu'ils identifieraient d'abord un camion utilitaire conduit par un robot humanoïde avant de le reconnaître lui-même plus particulièrement. Il se mit en communication avec l'ordinateur central.

– Transmettez-moi un relevé topographique de la planète portant mention de l'utilisation des terres.

DONNEZ VOTRE IDENTITÉ ET VOTRE FONCTION.

Mandelbrot coupa la communication. L'ordinateur central n'avait pas toujours réclamé ces informations avant chaque dialogue, mais à présent c'était systématique. Cela faisait peut-être partie du nouveau dispositif de sécurité et pour s'en assurer, Mandelbrot fit un nouvel essai.

– Transmettez-moi la localisation des installations agricoles de la planète.

DONNEZ VOTRE IDENTITÉ ET VOTRE FONCTION.

Mandelbrot rompit de nouveau le contact. S'identifier aurait été trop risqué et il n'aurait pas pour autant obtenu le renseignement. Il lui faudrait essayer autre chose.

Pendant cet échange, il n'avait pas cessé de rouler. Il cherchait une solution de continuité dans le quadrillage des rues et des immeubles, ce qui aurait pu indiquer une modification dans l'utilisation du sol, mais ceci ne pourrait lui servir que si Avery produisait de la nourriture à l'air libre... et dans les environs ! Mandelbrot guettait aussi les odeurs, dans l'espoir de détecter la fabrication chimique de denrées comestibles.

Loin au-dessus de la planète, encore trop lointain pour être visible à l'œil nu, un petit engin spatial faisait tout juste son entrée dans l'atmosphère.

À son bord, un seul passager. Son nom était Jeff Leong et il revenait à la Cité des robots pour payer une dette.

Jeff Leong entrait dans l'atmosphère de la Planète des robots dans un Hayashi-Smith, un petit modèle démodé équipé pour transporter une dizaine de passagers et qui portait le nom exotique de *Minneapolis*. L'ordinateur de bord assurait la majeure partie du pilotage. Jeff avait réussi à louer ce vaisseau sur les crédits de son père, après l'avoir persuadé qu'on ne pouvait charger personne d'autre que lui-même de cette mission de confiance.

– Rapport de situation, demanda Jeff à l'ordinateur, tout en observant l'écran qui montrait de petits nuages blancs et, beaucoup plus bas, le quadrillage scintillant d'une ville.

SITUATION EXCELLENTE. LES ÉQUIPEMENTS FONC-

TIONNENT AVEC EFFICACITÉ ET LE TEMPS EST IDÉAL. DÉ-
TERMINEZ UNE AIRE D'ATTERRISSAGE.

– Je ne sais pas encore où atterrir. Je n'ai jamais
vraiment eu le temps d'apprendre la topographie de
cette planète. Euh... Scan pour une grande pyramide
avec un sommet plat, O.K. ? Et je dis bien une *grande*
pyramide.

SCAN EN COURS. CECI PEUT DEMANDER UN PASSAGE
PROLONGÉ EN ORBITE TRÈS BASSE, EN FONCTION DE LA
COUVERTURE NUAGEUSE.

– Tant pis !

Jeff s'appuya contre son dossier et se détendit.
Cette fois-ci, cela se passait nettement mieux que la
première fois qu'il était arrivé sur cette planète : à
l'époque, son vaisseau avait dû atterrir en catastrophe et tous les autres passagers avaient été tués sur le
coup. Il secoua la tête pour chasser le souvenir de
cette descente frénétique.

– Ordinateur, pendant que tu scannes, cherche
aussi la présence d'humains. Je recherche un couple
et, pour autant que je le sache, ce sont les seuls humains ici.

SCAN MODIFIÉ.

Si l'ordinateur du vaisseau n'était pas positronique
à part entière, il était suffisamment performant pour
comprendre les ordres de Jeff et les retransmettre
aux systèmes de contrôle du vaisseau.

Jeff espérait qu'il retrouverait très vite Derec,
Ariel, Wolruf et Mandelbrot. Quand il avait quitté la
planète, il avait promis qu'il ferait tout son possible
pour leur envoyer de l'aide. Son engin d'alors l'avait
amené sur une ligne de voyages interstellaires et était
resté là, tout en émettant un signal de détresse et en
continuant de le maintenir en vie. L'astronef qui
l'avait recueilli revint sur Aurora en Sautant d'étoile
en étoile, et Jeff dut encore rejoindre Nexon, où il
souhaitait entrer à l'université. Il mettait un point
d'honneur à s'acquitter de cette mission de sauvetage, dans la mesure où Ariel et Derec, aidés de
l'Équipe de Médecine humaine, lui avaient sauvé la
vie. Qui plus est, ils l'avaient laissé partir à bord du

seul engin en état de marche de la planète (une capsule de survie modifiée qui ne pouvait accueillir qu'un seul passager) alors que chacun d'eux aurait peut-être préféré garder cette capsule pour son usage personnel.

Il soupira et revint à l'écran. Il s'attendait à ce que le plus gros problème soit de les localiser. Après, le *Minneapolis* serait à même de les ramener sur Aurora.

PYRAMIDE LOCALISÉE. AFFICHAGE EN GROS PLAN. VEUILLEZ L'IDENTIFIER.

Sur l'écran d'observation, la tour du Compas scintillait dans la lumière du soleil. Elle était vue de dessus, bien sûr, et aussi légèrement de côté. A cette distance, on aurait dit une maquette impeccable dans une exposition de design.

— C'est elle, dit Jeff, tout excité. Peut-on atterrir à proximité sans rien démolir ?

SCAN DU SECTEUR POUR UNE AIRE D'ATTERRISSAGE À RISQUE MINIME. MAIS AFIN D'ÉVITER TOUT RISQUE DE DOMMAGE AUX BIENS CONSTRUITS OU MANUFACTURÉS, CE VAISSEAU REQUIERT UNE ZONE D'ATTERRISSAGE PLUS ÉTENDUE QUE CELLES QUE LE SCAN A PROPOSÉES JUSQU'ICI.

— Montre-moi la zone que tu scannes. Tâche simplement d'atterrir le plus près possible.

AFFICHAGE.

L'angle de vue prit plus de recul et parcourut rapidement le paysage. Jeff examinait attentivement l'écran. Au début, il essaya de reconnaître d'autres lieux, comme une place dont il se souvenait ou le dôme en bronze si caractéristique du Centre de la clef, mais il ne put les retrouver. Puis, tandis que la caméra continuait de scanner, il s'aperçut que le vaisseau survolait rapidement un grand périmètre.

— Cherche une étendue d'herbe à ciel ouvert, un genre de prairie. Elle était juste à l'extérieur de la cité : je suis sûr qu'elle n'était pas à plus de quelques kilomètres de cette tour.

PÉRIPHÉRIE DE LA ZONE URBAINE NON LOCALISÉE. LE SCAN CONTINUE.

314

Jeff regardait les blocs d'immeubles défiler sous lui les uns après les autres. Les robots avaient continué à construire, et bien plus vite qu'il ne l'avait imaginé. Jeff ne pouvait pas se permettre d'atterrir de l'autre côté de la planète : Ariel et Derec avaient vécu à proximité de la tour du Compas.

— Ecoute, la majeure partie de la population est constituée de robots. S'ils sont endommagés, ils pourront toujours être réparés. Contente-toi d'éviter les immeubles, sinon c'est *nous* qui ne survivrons pas.

Il sourit à son propre humour.

ÉCLAIRCISSEMENTS, S'IL VOUS PLAÎT.

— Il faut qu'on atterrisse quelque part dans ce secteur. Tâche d'éviter les robots, mais garde-nous la priorité et fais gaffe aux humains. A part ça, trouve une zone où atterrir, à proximité de la tour : un parc, une place, un grand carrefour, quelque chose comme ça, quoi !

SCAN MODIFIÉ POUR REPÉRAGE D'UNE AIRE D'ATTER-RISSAGE À RISQUE MODÉRÉ... AIRE SÉLECTIONNÉE.

— Super ! Tu as fait vite. Essaie de contacter l'ordinateur central de la cité et informe-le de notre zone d'atterrissage, afin qu'il donne les ordres pour la faire évacuer.

COMMUNICATION ÉTABLIE. AVERTISSEMENT ENVOYÉ ET ACCUSÉ DE RÉCEPTION REÇU. LA VITESSE ACTUELLE EXIGE DE FAIRE UN LARGE VIRAGE. PRÉPAREZ-VOUS POUR L'ATTERRISSAGE DANS ENVIRON DOUZE MINUTES.

— Bon travail !

Onze minutes et demie plus tard, crispé mais fasciné, Jeff ne quittait pas l'écran des yeux tandis que le petit engin s'engageait dans l'atmosphère sous un angle très fermé et filait droit vers l'horizon. Aussi bien en mode navette qu'en mode vaisseau, le *Minneapolis* était assez maniable. C'était d'ailleurs la raison pour laquelle Jeff l'avait choisi. Il faisait confiance à l'ordinateur, qui ferait tout son possible pour éviter qu'il soit blessé, même si son cerveau n'était pas positronique... mais cependant, l'ordinateur ne pouvait rien contre un mauvais fonctionnement du vaisseau lui-même. Après tout, il avait à peine survécu à un premier atterrissage forcé, ici même.

Cramponné aux bras de son siège, il transpirait à grosses gouttes, tandis que l'écran montrait un large boulevard qui s'étirait droit devant lui. Le vaisseau allait atterrir sur la chaussée... *Est-ce que ce truc avait des roues ?* Dans sa panique, Jeff n'arrivait pas à s'en souvenir.

Il *devait* en avoir ; l'ordinateur n'était pas stupide.

Brouillées par la vitesse, les façades de milliers d'immeubles défilèrent, d'abord sous lui, puis de chaque côté. Le vaisseau toucha le sol, fonça comme l'éclair le long de l'artère déserte et perdit brusquement de la vitesse.

L'ordinateur central avait fait son travail : la voie était totalement dégagée. Seuls des robots avaient pu construire un boulevard aussi plat et rectiligne.

Le vaisseau finit par s'immobiliser.

RAVI DE VOUS REVOIR !

Quelque peu oppressé, la sueur ruisselant sur son visage et le long de ses bras, Jeff se laissa aller contre le dossier de son siège. Ça avait été nettement plus effrayant qu'il ne s'y attendait... mais ça s'était aussi mieux passé que la première fois ! L'ordinateur du vaisseau avait été irréprochable.

La prochaine fois, il éteindrait ce stupide écran : de toute façon, qui avait besoin d'assister à *ça* ?

ATTERRISSAGE ACCOMPLI, annonça gaiement l'ordinateur.

– La ferme ! marmonna Jeff.

Il n'avait pas envie de s'attarder dans cette caisse à savon. Encore tout tremblant, il se leva et se dirigea vers le sas.

– Sortie !

La porte se déverrouilla et s'ouvrit, une échelle se déploya et Jeff descendit en se cramponnant aux montants. Arrivé au sol, il prit une profonde inspiration et inspecta la rue. D'accord, c'était bien la Cité des robots telle qu'il s'en souvenait : il y avait les trottoirs roulants, les stations de tunnel, les immeubles et les avenues nets et bien organisés. D'un autre côté, tout lui était parfaitement étranger.

Deux robots humanoïdes firent irruption devant lui : l'ordinateur central avait dû lever l'alerte, bien sûr. Jeff se retourna pour voir ce qui se passait derrière lui. Sur les trottoirs roulants, le long du boulevard, d'autres robots arrivaient.

Le robot le plus proche était particulièrement grand et baraqué.

– Excuse-moi, dit Jeff, j'ai besoin d'aide.

Pour toute réponse, le Chasseur le prit fermement par le bras.

– Eh ! Attends ! Qu'est-ce que tu fais ? s'écria Jeff en tentant de dégager son bras.

Mais le robot ne le lâcha pas.

– Je vous arrête, répondit le robot. Vous êtes en état d'arrestation et le resterez au moins jusqu'à ce que vous ayez été clairement identifié.

Sur ce, il fit demi-tour et se mit en marche.

– Je suis Jeff Leong. Je n'en fais pas mystère !

Il pressait le pas pour rester à la hauteur du robot, marchant maladroitement, presque en crabe.

– J'ai été programmé pour localiser et appréhender deux humains qui font partie des quatre intrus repérés dans la Cité des robots. Vous ne serez pas blessé. Toutefois, vous devez me suivre.

– Et si je n'obéis pas ? risqua-t-il en levant les yeux vers le visage impassible du robot.

– Vous me suivrez de gré ou de force. Vous ne serez pas blessé, mais je préférerais que vous n'opposiez pas de résistance.

Imperturbable, le robot avançait toujours en tirant Jeff derrière lui. Il monta sur le trottoir roulant et continua à marcher.

– Qui cherches-tu ?

– Deux humains nommés Ariel et Derec, ainsi qu'un robot étranger nommé Mandelbrot et un petit être vivant d'une race indéterminée.

– Attends, tu crois que je suis Derec, c'est ça ? dit Jeff en essayant encore de tirer sur sa prise, en vain.

– J'ai été programmé pour vous garder en état d'arrestation jusqu'à identification, persista le robot.

– Ce ne sera pas nécessaire, plaida Jeff en se contorsionnant pour pouvoir au moins marcher de face. Ecoute, les autres robots me connaissent. Tu n'as qu'à contacter l'Equipe de Médecine. Comment est-ce que ça s'appelle, déjà ? C'est une sorte d'hôpital. Le Centre de Médecine humaine, ou quelque chose comme ça. Ils te diront qui je suis. Vas-y ! Contacte-les par l'ordinateur central.

Pas de réponse.

– Tu es en train de les appeler ?

Toujours pas de réponse.

– Pas programmé pour ça, je suppose, marmonna Jeff, et il soupira. Ravi de te revoir à la Cité des robots, Jeffrey !

Ils marchèrent assez longtemps sur le trottoir roulant. Les affaires personnelles de Jeff étaient toujours en lieu sûr, dans l'astronef : il avait eu l'intention de ne prendre son bagage que lorsqu'il aurait appris où se trouvaient Ariel et Derec. Résigné à subir un interrogatoire long et frustrant, il soutint l'allure du Chasseur.

La circulation des robots et des véhicules était assez dense, mais Jeff était sûr qu'elle l'était beaucoup moins que dans son souvenir. Quelque peu à retardement, il se rappela combien la cité avait présenté de bizarreries inexpliquées. Puis, perdu dans ses pensées, il ne fit plus attention à ce qui se passait autour de lui, jusqu'au moment où il entendit un crissement de pneus.

Jeff sursauta et fit volte-face. Le Chasseur se contenta de tourner la tête, sans pour autant ralentir.

Un robot humanoïde venait de sauter de la cabine d'un grand véhicule à l'arrêt. Jeff le reconnut.

– Mandelbrot ! s'écria Jeff. Dis à ce robot qui je suis, tu veux bien ? Il croit que...

Il s'interrompit : le Chasseur s'était enfin arrêté de marcher et l'avait tiré sèchement pour l'éloigner de Mandelbrot ; mais le grappin du robot ne se relâcha pas, même l'espace d'un instant.

– Vous portez préjudice à un humain, dit Mandelbrot au Chasseur d'une voix particulièrement inexpressive, en montant sur le trottoir roulant pour se rapprocher d'eux.

– Non, vous faites erreur.

Le Chasseur n'avait pas bougé et sa voix était tout aussi calme que celle de Mandelbrot. Jeff comprit que celui-ci avait parlé à voix haute exprès pour lui. Visiblement, le robot de Derec venait à sa rescousse, ce qui impliquait que des changements avaient dû survenir dans la cité. Des changements qui dépassaient totalement ce à quoi Jeff pouvait s'attendre.

Alors, poussant un hurlement aussi fort et poignant que possible, Jeff tomba à genoux sur le trottoir qui roulait toujours.

Le Chasseur ne le lâcha pas.

– Libérez-le ! cria Mandelbrot en s'avançant à grandes enjambées. Chasseur, vous êtes incompétent. Vous violez la Première Loi !

– Vous êtes... Mandelbrot... le robot fugitif, dit lentement le Chasseur.

Sa voix tremblait légèrement ; son fonctionnement était perturbé par l'éventualité d'avoir blessé Jeff, mais cependant il lui tenait toujours le bras. Mandelbrot attrapa d'une main le poignet du Chasseur et de l'autre prit avec douceur le bras captif de Jeff.

– Relâchez-le, ordonna-t-il à nouveau. Je vais le prendre sous ma garde.

– Ne... me... trompez pas, dit le Chasseur. Ecartez-vous.

Jeff comprit ce qui se passait : le Chasseur avait dû apprendre de l'ordinateur central que Mandelbrot était un robot fugitif et savait donc que ses paroles étaient suspectes. Toutefois, la combinaison de l'accusation portée par Mandelbrot et de la démonstration de Jeff suffisait à provoquer un doute dans son cerveau et la contrainte de Première Loi était si forte qu'il hésitait maintenant à agir.

– Mandelbrot, emmène-moi, supplia-t-il de la voix la plus poignante possible. Il me fait mal !

Le Chasseur était troublé, mais pas encore totalement convaincu. Néanmoins, Mandelbrot réussit à desserrer son grappin et à dégager le bras de Jeff, puis il prit celui-ci à bras-le-corps, sauta du trottoir roulant et détala vers son camion.

– Halte !

Le chasseur s'était mis en mouvement dès que Jeff avait été libéré, mais il n'avait pas encore retrouvé toutes ses capacités. Porté par Mandelbrot qui avançait au pas de course, Jeff était tourné vers l'arrière et il put le voir s'élancer à leur poursuite en hésitant : les ordres qu'il avait reçus étaient toujours en vigueur.

— Il a déjà demandé du renfort, dit Mandelbrot sans cesser de courir. Vous aurez toutes les explications nécessaires quand nous serons hors de danger. Pour le moment, dès que je vous aurai hissé à l'arrière de ce véhicule, allongez-vous et cramponnez-vous ; ainsi vous ne risquerez rien.

— Euh... O.K. !

Jeff obtempéra tandis que Mandelbrot sautait dans la cabine et démarrait sur les chapeaux de roues.

Le bruit que fit le grand portail en s'ouvrant tira Derec d'un profond sommeil. La lumière frappa ses paupières closes et il les souleva à regret en louchant de côté. Ainsi, Mandelbrot était revenu. Derec bâilla et s'étira pour tâcher de se réveiller complètement. Le véhicule était à peine entré qu'Ariel refermait la porte.

Dans la cabine, Mandelbrot se retourna vers la plate-forme arrière pour aider un autre personnage à se mettre debout.

— Regardez ! s'écria Ariel, tout excitée. C'est... C'est Jeff !

Abasourdi, Derec s'efforça de se soulever sur un coude, malgré la douleur qui lui vrilla les muscles.

— Salut tout le monde ! fit Jeff.

Debout sur la plate-forme du camion, il les regardait l'un après l'autre en agitant la main. Puis Mandelbrot le déposa sur le sol.

— Jeff ! souffla Derec, en achevant de s'asseoir avec une grimace de douleur. Qu'est-ce que... Qu'est-ce que tu fais ici ?

Jeff haussa les épaules d'un air embarrassé.

— Ben, je suis venu vous chercher... Vous aider à vous évader de la Cité des robots.

Derec sentit sa mâchoire s'ouvrir toute seule.

Ariel plaqua ses deux mains sur sa bouche.

— Oooh ! fit Wolruf.

Mandelbrot ne dit rien.

Derec passa la main sur son front en réprimant un de ses sourires gênés.

– Que se passe-t-il ? s'étonna Jeff. Qu'est-ce qui ne va pas ? Vous ne voulez plus partir ?

– Jeff ! (Ariel s'approcha de lui et le serra dans ses bras.) Jeff ! Alors tu es vraiment revenu nous chercher ? C'est merveilleux. Ça nous touche beaucoup, tu sais ! Merci !

Jeff lui rendit timidement son étreinte, visiblement mal à l'aise.

– Je n'y comprends rien ! Qu'est-ce qui vous arrive ?

– Jeff, dit Derec, nous pourrions quitter la planète à l'instant si nous le voulions. En fait, nous pouvons même voyager assez loin : aller sur Terre et revenir, par exemple. Mais nous... Mais j'ai un autre problème, pour le moment.

– Vous pouvez quitter la planète *maintenant* ?

– J'en ai bien peur !

Jeff jeta un coup d'œil à Ariel qui haussa les épaules. Il eut un petit rire nerveux et secoua la tête. « Vous permettez que je m'asseye ? » Il s'effondra sur place, pas très loin de Derec.

– Je pensais que tu enverrais quelqu'un d'autre nous chercher, dit Derec. Je ne m'imaginais pas que tu viendrais toi-même !

– Comment avez-vous fait pour revenir ? s'informa Mandelbrot. Si vous vous souvenez bien, je n'avais pas de données d'astrogation à vous fournir.

– J'ai procédé à une référence croisée sur un ordinateur, avec le peu que je savais de la trajectoire Aurora-Nexon, et ça a marché. (Jeff passa la main dans ses cheveux raides et noirs, les yeux fixés au sol.) Je suis un peu en état de choc, mais je suis content que vous ne soyez pas restés en plan !

– Comment es-tu arrivé jusqu'ici ? insista Derec.

– J'ai été recueilli par un vaisseau de ligne qui rentrait à Aurora. Une fois là-bas, j'ai récapitulé les coordonnées de l'endroit où j'avais été récupéré, le temps que j'avais mis pour y arriver et les étoiles les plus proches. L'ordinateur m'a calculé les directions les plus probables, mais j'ai dû m'y prendre à plusieurs fois avant de trouver la bonne. Le plus difficile, ça a été de convaincre mon père de me payer la location d'un vaisseau, ajouta-t-il en haussant les épaules. Et maintenant, il va falloir que je lui annonce que ce n'était pas la peine !

— Eh bien... commença Ariel. Nous pouvons encore avoir besoin de ton aide : il faut qu'on trouve Avery avant que ses robots ne s'emparent de nous.

— Avery ? Tu veux parler du Dr Avery ! s'exclama Jeff en se redressant d'un seul coup.

— Quoi ? Tu as déjà entendu parler de lui ? dit Ariel en se laissant tomber à côté de lui. Quand ça ?

— Mandelbrot, Wolruf, approchez-vous et écoutez bien, dit Derec. Ça peut se révéler important.

— Eh bien, j'ai essayé d'expliquer à mon père pourquoi j'avais besoin de ce vaisseau et ça lui a rappelé un type bizarre qui s'appelait Avery et qui avait des projets concernant une planète peuplée d'une communauté organisée, un peu comme celle-ci.

— Une minute, tout ceci devait rester secret, dit Ariel. Ma mère y avait engagé des fonds. Comment ça se fait que ton père en ait entendu parler ?

— Il n'en sait pas grand-chose, à vrai dire. Le Dr Avery n'y a fait que quelques allusions quand nous l'avons rencontré.

— Tu l'as *rencontré* ! s'écrièrent Ariel et Derec, d'une même voix.

— Ecoutez, je ne m'en souviens plus très bien...

— Oui, on a tous quelques petits problèmes de mémoire, dit Ariel d'un air ennuyé. Allez ! Raconte. C'est important pour nous.

— Quand est-ce que tu l'as vu ? Récemment ? Quand tu es rentré sur Aurora ?

— Non, non ! Ça fait longtemps... Un an ou deux peut-être...

— Que s'est-il passé ? dit Derec, d'un ton plus calme.

— Je parie qu'il en était encore au stade des projets, à l'époque, dit Ariel. Vu la vitesse à laquelle ses robots travaillent, il a eu largement le temps...

– Il était venu consulter mon père. Il faut vous dire que mon père est professeur en Etude des Cultures spatiales. Sa spécialité, c'est de suivre le développement et l'évolution des différentes communautés spatiales.

– Et en quoi ça consiste ? demanda Derec.

– Ce sont des études comparatives sur les points communs et les différences entre les planètes : comment elles se sont organisées, pourquoi leurs valeurs diffèrent. Des trucs comme ça...

– Ton père doit être expert dans ce domaine, non ? dit Ariel. C'est pour ça qu'Avery est venu le trouver.

– Je suppose. Enfin bref ! Il y a un ou deux ans, le Dr Avery a demandé à le consulter de façon informelle. Mon père a été très impressionné : il disait que c'était un génie excentrique et m'a même poussé à le rencontrer.

– Et de quoi voulait-il parler ?

– De matrices sociales. Il voulait savoir en particulier quelle serait l'utopie que mon père mettrait au point, s'il en avait les moyens.

– Une utopie ! (Ariel et Derec échangèrent un coup d'œil entendu.) C'est bien comme ça qu'il définissait cette expérience, non ?

– Jeff, nous avons besoin de toutes les indications que tu pourras nous donner sur la personnalité d'Avery.

– Je peux vous raconter tout ce dont je me souviens. Mais pourquoi voulez-vous le retrouver ?

– Il a inoculé une sorte de... de virus dans l'organisme de Derec et il est le seul à pouvoir l'en débarrasser. Nous devons donc découvrir dans quel coin de la planète il se cache. Peux-tu nous le décrire ?

– J'ai honte de devoir vous l'avouer, mais je ne me souviens plus très bien de lui, reconnut Jeff avec un sourire d'excuse. Je n'étais pas si vieux et puis ça ne m'intéressait pas vraiment de faire sa connaissance. Si j'y suis allé, c'est parce que mon père voulait que je rencontre ce *génie*. Il disait que ce serait une bonne expérience pour moi, mais en réalité je n'en ai pas tiré grand-chose.

— Le moindre détail peut nous servir, insista Ariel. Commence à raconter ; peut-être que certaines choses te reviendront.

— Bon, O.K... Mon père avait beaucoup de considération pour lui. Plus qu'il n'en manifeste en général, je veux dire : il est tout le temps entouré de gens très capables, mais cette fois, c'était presque de l'amitié, enfin pendant un certain temps.

— Et ensuite ? demanda Derec. Avery a quitté Aurora, j'imagine ?

— Non non. Pas tout de suite. C'est-à-dire qu'il venait et repartait de temps à autre. Je pense que mon père s'est plus ou moins brouillé avec lui, mais je n'ai pas pris la peine de lui en demander les raisons.

— Tu es sûr de ne pas savoir pourquoi ? insista Ariel. C'est peut-être un point important.

— Je pense que le Dr Avery était plutôt égocentrique. J'ai tout de suite eu cette impression. Et il était aussi tellement extravagant ! Mon père a dû tout bonnement se lasser d'écouter ses histoires.

— Ça correspond à la description que ma mère en faisait, dit Ariel à Derec. Tu crois que ça peut nous servir à quelque chose ?

— J'sais pas. Nous avons tous trouvé que les relations avec lui étaient désagréables. Mandelbrot, c'est toi le plus apte à mettre des données en corrélation. Qu'en penses-tu ?

— Nous possédons des données sur la Cité des robots. Nous avons aussi des données sur le Dr Avery. Cependant, nous ne pouvons pas établir les corrélations qui nous permettraient de limiter le nombre de ses cachettes probables.

— Et pour notre cachette à nous ? Qu'est-ce qu'il vaut mieux pour notre sécurité ? Rester ici plus longtemps ou bien repartir tout de suite ?

— Je ne peux que calculer des éventualités. J'ai encore suivi un trajet erratique pour revenir ici, mais le fait que le camion ait disparu à peu près dans le

même secteur que la dernière fois va considérable-
ment restreindre le périmètre de recherche des Chasseurs. D'un autre côté, si nous nous déplaçons, chaque fois que nous serons remarqués par un quelconque robot, l'ordinateur central obtiendra des informations supplémentaires sur notre localisation.

— Merci pour le cours, dit Derec en frottant les
muscles de ses jambes ankylosées. Qu'est-ce que tu
en conclus ?

— Nous ferions mieux de rester ici jusqu'à la tombée du jour : il sera alors plus sûr de changer de lieu.
Ce sont là deux risques calculés, pas cert...

— Je comprends, l'interrompit Derec.

Il se rallongea en serrant les dents. D'habitude, il
aimait savoir ce qui permettait à Mandelbrot de tirer
ses conclusions, parce que la logique rigoureuse du
robot pouvait être instructive, mais pour l'heure il
était bien trop épuisé et souffrait bien trop pour s'y
intéresser.

— On devrait en profiter pour tous nous reposer, si
on doit repartir ce soir, suggéra Ariel.

— Bonne idée, l'approuva Wolruf.

Derec ferma les yeux. Il entendit le pas de Wolruf
qui s'éloignait, probablement pour aller se lover dans
un endroit de son choix.

— J'avais l'intention de ressortir pour chercher une
autre source de nourriture, dit Mandelbrot, mais je
considère à présent que c'est trop risqué. Vous pourrez sans doute survivre la journée, même si vous ne
vous alimentez pas. Quand nous nous déplacerons
cette nuit, nous trouverons peut-être de quoi manger.
Est-ce que c'est acceptable ?

— Tout à fait, murmura Derec sans ouvrir les yeux.

— O.K. ! fit Ariel.

— Je n'avais pas compris que la nourriture vous
posait un problème, mais vous savez, il y a plein de
provisions à bord du *Minneapolis*, dit lentement Jeff.
La seule question, c'est comment faire pour aller les
récupérer.

— Pas facile à résoudre, dit Ariel. Le vaisseau doit
être sous bonne garde, maintenant.

S'il n'est pas complètement démantelé ! pensa Derec, trop fatigué pour s'exprimer à haute voix.

— Bien que le risque soit très élevé, nous devons examiner cette possibilité, dit Mandelbrot.

— Et si on faisait le point sur toute la situation ? proposa Jeff. Je n'ai jamais su l'origine de cet endroit. Ça t'ennuierait de me raconter toute l'histoire, Ariel ? Apparemment, nous avons le reste de la journée à notre disposition.

— Tu sais, Jeff, ce n'est pas vraiment la peine de te mêler à tout ça. Si nous pouvons te ramener à bord du vaisseau, tu ferais mieux de repartir.

— Je suis prêt à vous aider.

— Je ne crois pas qu'on puisse te demander ça, dit Ariel en baissant la voix. Nous ne t'avons pas encore dit ce qu'Avery a fait à Derec !

— Je reste, décréta Jeff. Je suis revenu pour payer ma dette. Dans la mesure où vous ne voulez plus quitter la planète, je m'en acquitterai en vous apportant l'aide dont vous avez besoin !

— Avant de prendre une décision, il vaudrait peut-être mieux que tu saches dans quoi tu vas être impliqué !

— Si tu veux, mais je reste, un point c'est tout !

Derec glissa dans le sommeil, bercé par la voix d'Ariel qui reprenait les détails de leur histoire.

LE *MINNEAPOLIS*

Derec ne se réveilla que bien plus tard, quand des bras vigoureux le soulevèrent de terre. Sa gorge était sèche et rêche. Il toussota et ouvrit les yeux : Mandelbrot le portait vers l'arrière du camion.

– Que se passe-t-il ? C'est l'heure de partir, hein ?

Avec un sourire livide, Derec s'allongea sur le plancher de la plate-forme.

– Nous sommes tous là, dit Ariel, en s'asseyant à côté de lui. Jusqu'à présent, Mandelbrot s'est occupé de tout. Tu es prêt ?

– Oui ! Où allons-nous ?

– Nous allons chercher mes affaires, dit Jeff.

– Quoi ! s'exclama Derec en bataillant pour se rasseoir. Givre ! on va se jeter dans la gueule du loup ! Est-ce que vous avez un plan d'action ?

– Non, pas encore. Mandelbrot ne peut plus contacter l'ordinateur central pour se renseigner sur le vaisseau, alors nous ne savons même pas s'il est surveillé.

– J'aime pas ça du tout, grogna Derec, en se tournant vers le robot, qui actionnait le bouton d'ouverture de la porte. Mandelbrot, pour moi, c'est tomber tout droit dans leur piège. Est-ce que tu as tenu compte de ça ?

– Oui, Derec.

Mandelbrot revint en courant dans la cabine du camion tandis que le portail commençait à s'ouvrir sur la Cité des robots baignée dans la lumière du crépuscule.

– Oui ? Alors pourquoi faire ça ?

– Le plan n'est pas rigide. Pour l'instant, mes projets sont de suivre un parcours aléatoire vers l'endroit où le vaisseau a atterri pour voir ce qui s'y passe. Nous ne prendrons pas de risques inutiles.

– Bon... O.K. !

Derec se radossa contre le plat-bord. Si seulement il ne s'était pas senti si mal ! Il aurait pu être plus convaincant. Ou bien il aurait pu aider à élaborer une stratégie. Mais il lui était déjà trop difficile de rassembler ses idées.

Le camion s'engagea dans la rue déserte. La population des robots semblait se clairsemer de plus en plus. Derec pensa que ça servait leurs plans, mais le mystère restait néanmoins entier : quel était l'objet de ces rassemblements... et où était donc le Dr Avery ?

La nuit, les rues de la Cité des robots étaient éclairées, mais les lampadaires étaient moins puissants et plus espacés que dans les autres villes : les capteurs optiques des robots rendaient superflu un éclairage plus important. La planète entière était une merveille de prouesses technologiques et de mise en valeur des capacités robotiques.

– Qu'est-ce que le Dr Avery a appris de ton père ? demanda soudain Derec. C'est bien le Pr Leong ? Dans cette cité, qu'est-ce qui revient au Pr Leong ?

– Je n'ai rien remarqué de particulier, répondit Jeff. Mon père ne s'intéresse qu'aux cultures. Ici, j'ai vu que la science, la technologie et l'architecture ont été portées au plus haut niveau, mais c'est tout.

– La pièce de théâtre ! intervint Ariel. Après que tu es parti, les robots ont joué *Hamlet*. Enfin, Derec a choisi la pièce, mais ils étaient d'accord : certains d'entre eux avaient des pensées créatives.

– L'art ! dit Derec. Bien sûr ! Et peut-être une certaine éthique au-delà des Lois de la Robotique...

– Les Lois de l'Humanique dont ils parlaient souvent ! (Ariel s'excitait.) Certains de ces givrés trucs commencent à prendre un sens, à présent !

– Au lieu de n'être que des bizarreries, approuva Derec. Les robots sont bien trop logiques pour agir gratuitement.

– La créativité robotique... dit Wolruf. Elle est apparue quand Avery est revenu à la Cité des robots.

– C'est vrai ! convint Ariel. Et maintenant qu'ils ont tous été reprogrammés, il n'en reste plus aucune trace.

– L'impulsion créative posait trop de problèmes, fit observer Derec. Mais à l'origine, Avery avait prévu quelques talents artistiques pour ses robots. Jeff, est-ce que ça correspond à ce dont tu te souviens ?

– C'est tout à fait dans cet ordre d'idées, ouais. Et je me rappelle qu'une chose l'intéressait en particulier : la pérennité des cultures.

– Les cultures qui persistent ?... Tu veux dire les républiques, les empires... Les dynasties et tout ça ?

Dans la lumière qui déclinait, le camion ralentit à un carrefour puis reprit de la vitesse.

– Non, non ! Les cultures. En général, elles survivent à la politique. Elles évoluent en fonction de la politique, de l'économie et de la technologie, d'accord, mais elles ont leur vie bien à elles. Mon père les appelait « la somme de toutes les disciplines ».

Le camion s'immobilisa, ce qui attira leur attention. Derec leva les yeux et s'aperçut qu'ils étaient arrivés sur une passerelle. Les lumières brillantes de la Cité des robots clignotaient dans toutes les directions et soulignaient les silhouettes des édifices et le tracé des rues : courbes vertigineuses, bâtiments impressionnants, tours en spirale, quadrillage fonctionnel des avenues...

– Là-bas en bas, dit Jeff. C'est le boulevard où j'ai atterri, celui qui est parallèle à celui-ci. Vous le voyez, là, entre ces immeubles ?

– Oui, dit Ariel, on le distingue à peine.

– Je n'ose pas amener le camion plus près, dit

Mandelbrot qui s'était levé dans la cabine pour leur faire face, mais je peux aller à pied examiner les mesures de sécurité qu'ils ont mises en place.

– Attends ! dit Derec. S'ils ont laissé le vaisseau ici, c'est que c'est un piège : ils ne laisseraient pas un engin de ce genre en état de décoller. Mandelbrot, ça veut dire qu'ils t'attendent toi aussi, d'une façon ou d'une autre.

– Dommage qu'on ne puisse pas le déplacer, dit Jeff.

– Eh ! Mandelbrot pourrait peut-être entrer en communication avec l'ordinateur de bord, suggéra Ariel.

– Ça m'étonnerait qu'ils aient laissé le vaisseau opérationnel, dit Derec. Ça n'aurait aucun sens non plus.

– Sauf s'ils ont une confiance absolue dans leurs mesures de sécurité. Mandelbrot, si tu veux faire une tentative, c'est un Hayashi-Smith dix places, son nom est le *Minneapolis*. Son cerveau n'est pas positronique, mais il est assez intelligent pour déchiffrer les instructions de vol que je lui donne, et elles sont plutôt vagues. C'est à peu près tout ce que je sais.

– J'essaie actuellement de le contacter sur les fréquences standards, annonça Mandelbrot. Le champ habituel est assez limité... Pas de réponse.

– Tant mieux ! dit Derec.

– *Quoi !* s'exclama Ariel.

– Nous allons peut-être y arriver, après tout.

– Givre ! Mais qu'est-ce que tu veux dire ? s'emporta Jeff.

– Avec un peu de chance, le seul moyen dont ils aient disposé pour rendre le vaisseau non opérationnel, ç'a été de désactiver l'ordinateur de bord. Mandelbrot, ton communicateur peut émettre les mêmes impulsions que lui, non ?

– Oui, Derec, je comprends où vous voulez en venir. Je dois pouvoir le faire démarrer, mais je ne peux pas le piloter d'ici : le boulevard est trop étroit et je ne suis pas familiarisé avec le vaisseau lui-même.

— Peux pas t'aider non plus, se désola Wolruf. Pourrais le piloter, mais trop long de donner les instructions de décollage à Mandelbrot. De toute façon, mauvaise visibilité !

— Pas besoin de le faire voler. Le boulevard est rectiligne : tout ce que nous avons à faire, c'est de l'emmener assez loin de ses gardiens pour avoir le temps de monter à bord et de prendre les provisions.

— Les robots doivent avoir envisagé cette possibilité, fit remarquer Jeff. Tu ne penses pas qu'ils en auront tenu compte d'une façon ou d'une autre ?

— Peut-être, mais souviens-toi que cet endroit est *logique* : les robots ne sont pas habitués aux idées tortueuses !

— Ouais, mais ils ont été programmés par un paranoïaque, lâcha Ariel.

— Ça vaut le coup d'essayer.

— Je crois que je pourrai le faire avancer tout droit, dit Mandelbrot. Toutefois, je propose que nous emmenions d'abord le camion sur le lieu de rendez-vous, de façon à être prêts quand il arrivera : il ne faudra pas longtemps aux Chasseurs pour le rattraper !

Le cœur de Derec battait la chamade et l'adrénaline commençait à lui insuffler un regain d'énergie. Il sourit d'un air décidé.

— Allons-y !

Mandelbrot amena le camion bien plus loin que Derec ne s'y attendait, mais la distance se justifiait. Les quinze kilomètres que le vaisseau devrait parcourir pour les rejoindre ne signifiaient virtuellement rien pour lui, même en mode navette. Mandelbrot engagea le camion dans une rue transversale au boulevard et s'approcha de l'intersection. Puis il arrêta le véhicule et se figea.

— Je suppose qu'il se concentre, dit Ariel.

— Il faudra qu'ils rebaptisent cette avenue *boule-*

vard Minneapolis, dit Jeff en souriant. Enfin, si ça marche !

— Wolruf, si vous étiez tous les deux à l'intérieur, vous pourriez le faire voler, c'est bien ça ? demanda Derec, tout vibrant d'excitation.

— Exact.

Comme elle lui adressait un bref signe de tête et un froncement de babines, un rai de lumière venant de la rue éclaira son visage.

— Le voilà ! s'écria Jeff.

Une sorte de gémissement suraigu et inhabituel leur parvint du boulevard et s'amplifia. Dans l'impossibilité de voir ce qui se passait au-delà du coin de l'immeuble le plus proche, ils ne bougèrent pas. Seul Mandelbrot était visible et Derec contempla sa silhouette sombre et impassible.

Bientôt le bruit devint presque assourdissant. Surgissant au-dessus d'eux dans la lumière éblouissante et les ombres intenses, le vaisseau apparut au carrefour, à la fois terrifiant et merveilleux, puis s'immobilisa.

Mandelbrot se leva pour aider Derec à descendre du camion et préféra le porter sous son bras, pour gagner du temps. Les autres, concluant que c'était là le signal, sautèrent du camion et se précipitèrent vers le vaisseau. Sur l'ordre du robot, le sas s'ouvrit et l'échelle se déplia.

Derec fouillait le boulevard du regard tandis que Mandelbrot courait. Au loin, une multitude de robots se ruaient dans leur direction : des Chasseurs couraient sur les trottoirs roulants et des robots utilitaires de toutes formes et de toutes tailles remontaient le boulevard. Maintenant que l'appât avait été subtilisé, l'élément de surprise qu'ils devaient constituer était neutralisé.

Si les robots utilitaires n'étaient pas dotés de cerveaux positroniques, ils étaient néanmoins capables de suivre les instructions des Chasseurs pour se placer de façon à coincer ou même éperonner le vaisseau ou le camion, et le plus rapide d'entre eux approchait à toute allure.

Mandelbrot voulut hisser Derec le plus haut possible sur l'échelle, mais le pied de celui-ci dérapa sur le dernier barreau. Tout en se cramponnant aux montants, avec un coup d'œil anxieux vers les robots qui chargeaient, Derec sentit que Mandelbrot le reprenait à bras-le-corps, avant d'escalader l'échelle. Le robot ne le reposa qu'une fois à l'intérieur du vaisseau et Ariel et Jeff le tirèrent sur le côté.

Mandelbrot entra le dernier : Wolruf était déjà au poste du navigateur et étudiait les principales commandes. L'échelle s'escamota et le sas se referma tandis que Mandelbrot s'asseyait dans le siège du pilote.

— Tout droit, le long du boulevard, dit Wolruf. Assez long pour décoller.

Mandelbrot tendit le bras vers les commandes manuelles.

— Ce sera plus sûr que d'essayer un contrôle par communicateur. Attachez vos harnais, s'il vous plaît.

— Ça y est, dit Jeff, nous sommes harnachés. Je suis vraiment très content que tu puisses te charger de ça. Moi, tout ce que je sais faire, c'est donner de vagues instructions à l'ordinateur !

Juste au moment où le vaisseau s'ébranlait, un bruit sourd retentit à l'arrière. L'impact était faible mais tout à fait perceptible.

— Toute petite avarie, annonça Wolruf.

Le vaisseau prenait rapidement de la vitesse, mais un autre impact à l'arrière le fit ballotter et Mandelbrot eut du mal à le remettre en ligne droite. Quelque chose racla le flanc gauche avec un horrible crissement.

— Ils ne peuvent pas tenter beaucoup plus, dit Derec. La Première Loi les empêchera de faire quoi que ce soit qui risque de provoquer un accident. Ils doivent désormais savoir qu'ils ne peuvent plus intercepter le vaisseau sans courir un risque incontrôlable de nous blesser.

— J'espère que tu as raison, marmonna Jeff d'un

air lugubre au moment où un nouvel impact heurtait l'arrière.

Toutefois, ce fut le dernier. Le vaisseau distança le robot utilitaire le plus proche et monta en flèche dans l'atmosphère.

EN ORBITE

– Je préfère rester sur une orbite assez basse, dit Mandelbrot : pour pouvoir naviguer en mode navette, ce vaisseau ne transporte pas beaucoup de carburant et il faut en garder pour l'atterrissage et pour le cas où Jeff voudrait quitter la planète. Mais tant que nous ne sommes pas à la surface, nous sommes hors d'atteinte des robots de la cité.

– C'est toujours ça, enfin sauf s'ils ont développé un programme spatial dont nous n'aurions pas entendu parler, dit Derec.

– Les trucs de navigation n'en parlent pas, dit Wolruf. Je prends les commandes manuelles. Comme ça, Mandelbrot peut réactiver l'ordinateur de bord.

– D'accord, dit Mandelbrot.

– La Première Loi leur interdira sûrement de nous abattre, dit Ariel, mais ça ne les empêchera pas de nous surveiller, non ? Ni de nous préparer un comité d'accueil là où nous atterrirons, d'ailleurs !

– C'est un petit engin et le mode navette le rend très maniable, expliqua Mandelbrot, la tête à l'intérieur du capot qu'il venait d'ouvrir. Nous devrions pouvoir atterrir selon un processus aléatoire qui nous permettra de dissimuler notre site d'atterrissage aux Chasseurs, du moins jusqu'à la dernière minute.

– Content de l'apprendre ! dit Jeff. Cette planète ne manque jamais d'intérêt, hein ?

– Non, répondit Derec, mais elle n'a pas toujours été aussi dangereuse. Une fois, nous avons dû résoudre le mystère du meurtre probable d'un humain, puis celui d'un robot, mais ce n'est que récemment que nous sommes nous-mêmes pris pour cibles !

— La première fois que je suis venu, on m'a extirpé le cerveau de la tête pour le coller dans un robot, dit Jeff en ricanant. *Moi*, je trouve ça *dangereux* !

Ariel éclata de rire. Derec grimaça un sourire, en dépit de la douleur qui lui vrillait les côtes quand il commençait à rire. Même Wolruf lui lança un regard amusé par-dessus son épaule.

— Je suis contente que tu t'en sois sorti, dit Ariel. Et merci encore d'être revenu, même s'il y avait un malentendu.

Derec ressentit un pincement de jalousie, mais ne fit pas de commentaire. Maintenant que la crise était passée, ses muscles se raidissaient rapidement : en s'appuyant contre son dossier, il sentit les contractures lui lanciner le dos.

— Voilà, je pense que cette connexion devrait suffire. Jeff, pouvez-vous tester la commande vocale ?

— Ordinateur du vaisseau *Minneapolis* Hayashi-Smith, dit Jeff, me reçois-tu ?

J'ATTENDS VOS INSTRUCTIONS.

— Peux-tu prendre en charge le pilotage ?

AFFIRMATIF.

— Alors fais-le, et maintiens le cap.

PILOTAGE PRIS EN CHARGE.

— Et enregistre aussi les autres voix dans la commande vocale. Tiens-toi prêt à leur obéir, ajouta Jeff en faisant signe aux autres.

Chacun à leur tour, ils dirent quelques mots à l'ordinateur.

— Qu'est-ce qu'on fait maintenant ? demanda Derec. Nous sommes en sécurité pour le moment, mais ça ne nous a pas rapprochés d'Avery !

— D'après ce que le Pr Leong connaissait de lui, nous en savons un peu plus sur ses projets pour la Cité des robots, dit Ariel.

— Mais ça ne nous a pas donné d'indications sur sa localisation ! rétorqua Derec. Mandelbrot, as-tu une idée ?

— Oui, Derec, j'en ai une. Ordinateur, scan pour

une zone agricole à grande échelle ou pour des entrepôts de matières organiques ou chimiques.

SCAN EN COURS.

— La source de nourriture du Dr Avery n'est peut-être pas très étendue, ni même stockée dans un endroit que nous pourrions repérer d'ici, expliqua Mandelbrot avec un haussement d'épaules presque humain. C'est juste une éventualité.

— Est-ce que les composés carbonés sont utilisés pour autre chose sur cette planète ? demanda Jeff en les regardant l'un après l'autre. Je veux dire, à part dans cette espèce d'hôpital où j'ai été soigné.

— Je n'en sais trop rien, répondit Derec.

— Si c'est le cas, je crois qu'on peut sans risque affirmer que les quantités en seront négligeables, dit Mandelbrot. Par ailleurs, la quantité de nourriture nécessaire pour un seul humain est elle aussi très réduite. Notre seul espoir de trouver des cultures à grande échelle, c'est que l'art culinaire soit un des centres d'intérêt du Dr Avery.

— Ou du moins qu'il ait envie de faire de meilleurs repas que ceux que proposent les distributeurs chimiques ! dit Ariel avec une moue dégoûtée. Des produits frais, par exemple.

— Eh, en parlant de ça, dit Jeff. Pourquoi avons-nous récupéré ce vaisseau, *a priori* ? Allez, à table ! Ariel, c'est dans le compartiment à côté de toi.

Jeff distribua des rations à tout le monde (sauf à Mandelbrot) et découvrit même des aliments que Wolruf pouvait assimiler.

LOCALISATION D'UNE ZONE DE CULTURES EXTENSIVES. AFFICHAGE.

— Gros plan, ordonna Mandelbrot. Identification, si possible.

Tous les yeux se braquèrent sur l'écran, où un petit point noir grandit et devint bientôt un rectangle vert, puis un patchwork de différentes nuances de vert. Enfin, sur un plan rapproché au maximum, ils purent distinguer les plantes elles-mêmes.

IL Y A PLUSIEURS ESPÈCES, INCLUANT MAÏS, SORGHO, BLÉ ET BETTERAVES. LE PREMIER SCAN PERMET D'IDEN-

TIFIER DES ESPÈCES AURORAINES DÉRIVÉES DE PLANTES ORIGINAIRES DE LA TERRE. BEAUCOUP DE PLANTES NE SONT IDENTIFIABLES NI À CETTE HAUTEUR, NI SOUS CET ANGLE.

— Ce sont peut-être des hybrides créés par les robots, ou bien des plantes locales, avança Ariel.

— Zoom arrière, demanda Mandelbrot. Montrez-nous les environs.

L'image recula et les crêtes d'une chaîne de montagnes apparurent. Elle était géologiquement très vieille, et ses ravins et ses courbes montraient les signes d'une longue érosion. La chaîne de montagnes était couverte de forêts d'où émergeaient quelques constructions. La zone agricole était nichée dans une vallée de haute altitude.

— Tiens, ce n'est plus la ville, s'étonna Jeff. Depuis que je suis revenu, c'est le premier endroit que je vois qui ne soit pas entièrement bâti.

— Nous aussi, en fait, dit Ariel.

— En général, les robots ne font rien d'inutile, dit Derec. Ces cultures doivent toutes être destinées à l'alimentation des humains. Je crois que nous y sommes. Et toi, Mandelbrot, qu'en penses-tu ?

— La probabilité que ce soit une source de nourriture pour les humains est extrêmement élevée et nous devons l'examiner sérieusement. Cependant, je rappelle à tous que le Dr Avery n'est pas nécessairement présent.

— C'est un point de départ, dit Jeff. Et maintenant ?

— Tout d'abord, nous devons trouver un endroit où atterrir : ces montagnes ne conviennent pas. Ensuite, je propose que Wolruf et moi partions en éclaireurs. Enfin, le plus sûr pour vous trois sera de rester en orbite dans le vaisseau.

— Ça me semble correct, approuva Jeff. Tu pourras nous joindre par ton communicateur si nécessaire et nous pouvons piloter ce clou nous-mêmes, désormais.

— Derec ? demanda Ariel.

— Ouais, d'accord.

Mal à l'aise, il changea de position, irrité par le fait qu'il ne pouvait pas coopérer davantage. Cependant, ce plan lui sembla assez simple.

– Ordinateur, scan pour des aires d'atterrissage le plus près possible de la zone agricole.

LA ZONE AGRICOLE EST POUR LE MOMENT HORS DU CHAMP DE VISION. LE SCAN COMMENCERA AU PROCHAIN PASSAGE ORBITAL.

– Il faudra déterminer plusieurs sites, dit Mandelbrot. Les Chasseurs vont sans aucun doute faire le siège du premier que nous utiliserons.

– Ordinateur, dit Derec avec effort, il ne faut pas que notre orbite laisse deviner notre intérêt pour cette région.

BIEN REÇU.

Ils semblaient tous se remettre de leur évasion à bord du vaisseau, mais Derec s'effondra de nouveau. Il n'avait pas sommeil, et pourtant il était exténué : cette courte période d'excitation lui avait redonné une certaine vigueur, mais il en payait maintenant le prix. Il s'allongea et ferma les yeux. Quelqu'un éteignit la lumière au-dessus de lui et l'obscurité soulagea ses paupières brûlantes.

Personne ne dit mot pendant un moment, puis la voix tranquille de l'ordinateur s'éleva.

AFFICHAGE DES AIRES D'ATTERRISSAGE LES PLUS PROCHES DE LA ZONE AGRICOLE. DANS L'ORDRE : CINQ AIRES DANS UN RAYON DE CINQ KILOMÈTRES, DEUX AUTRES DANS UN RAYON DE DIX KILOMÈTRES ET TROIS AUTRES ENCORE DANS UN RAYON DE VINGT KILOMÈTRES.

– Est-ce qu'il y en a dans des zones relativement inhabitées, et en particulier en dehors des artères de la ville ? demanda Mandelbrot.

AFFICHAGE DES CINQ SITES LES PLUS PROCHES. CE SONT LES SEULES ZONES QUI NE SOIENT PAS RECOUVERTES DE CHAUSSÉES URBAINES.

Derec se força à ouvrir les yeux : il détestait se sentir laissé pour compte.

– Un océan ! s'exclama Jeff.

– Une plage ! ajouta Ariel.

CES BANCS DE SABLE SONT SUFFISAMMENT LONGS ET

FERMES POUR PERMETTRE UN ATTERRISSAGE EN TOUTE SÉCURITÉ.

Sur l'écran, cinq zones distinctes se colorèrent légèrement de bleu.

– Si c'est pour échapper aux Chasseurs, ça n'en fait qu'une, commenta Mandelbrot. Quand ils auront repéré la première, ils devineront aisément les autres !

– Nous devrons prendre le risque, dit Derec. Nous allons vous débarquer, Wolruf et toi, et nous repartirons aussi vite que possible. Ensuite, nous resterons en orbite jusqu'à ce que tu nous contactes.

– Ou jusqu'à ce que les réserves de carburant atteignent leur niveau minimal, dit Mandelbrot. Je vais dire à l'ordinateur de vous informer quand vous devrez vous poser.

Derec referma les yeux.

– O.K. ! fit Jeff.

– Ordinateur, au cours de la prochaine orbite, suivez une trajectoire aléatoire jusqu'au premier site d'atterrissage. Evitez de révéler notre destination aussi longtemps que possible.

BIEN REÇU.

La majeure partie de l'orbite suivante se passa sans incident, mais les manœuvres furent extrêmement désagréables à Derec : le vaisseau descendait, virait selon un angle très serré, remontait, virait de nouveau, et chaque changement de direction, en modifiant son poids, comprimait ses muscles endoloris. Aucun des autres ne sembla remarquer ses souffrances.

Le vaisseau commença aussi à modifier sa vitesse quand il amorça sa descente sinueuse vers la planète. Cramponné des deux mains à son harnais, Derec serrait les dents pour ne pas hurler de douleur. Enfin, l'inclinaison s'adoucit et il comprit qu'ils étaient sur le point d'atterrir.

Après s'être posé sur une surface qui penchait quelque peu sur la gauche, le vaisseau s'immobilisa si brusquement qu'ils furent tous projetés en avant dans leurs harnais de sécurité. Le sas s'ouvrit automatiquement et l'échelle se déploya. Wolruf et Mandelbrot étaient prêts à partir et se ruèrent dehors. Quelques minutes plus tard, la porte se referma et le vaisseau attendit un moment qu'ils se soient suffisamment éloignés.

PRÊT POUR LE DÉCOLLAGE, SUIVANT LES ORDRES. J'ATTENDS VOS INSTRUCTIONS.

— Retour à l'altitude que nous venons de quitter, répondit Jeff. Et euh... trajectoire aléatoire mais orbite différente de la précédente.

BIEN REÇU.

L'accélération repoussa Derec contre le dossier de son siège. Résigné, il ferma les yeux et ne bougea plus.

DES RUES DÉSERTÉES

Wolruf et Mandelbrot remontèrent la plage en courant. Le sable bleu pâle était bien tassé jusqu'à la limite de la végétation. Là, ils escaladèrent le raidillon entre deux dunes hautes et arrondies couvertes d'une herbe fine et coupante.

– Prudence, dit Mandelbrot. Les Chasseurs doivent déjà être en train de se diriger par ici.

Wolruf opina.

En dépassant avec précaution la crête suivante, ils aperçurent la limite de la zone urbanisée. Un boulevard en courbe longeait les dunes et une petite rue bordée d'immeubles s'étendait devant eux. Dans toutes les directions, les artères étaient désertes.

– Personne ici, constata Wolruf.

– Nous n'en serons que plus facilement repérables : il n'y a pas de foule où je puisse disparaître et vous êtes maintenant sur la liste des Chasseurs, vous aussi.

– On devrait décamper.

Mandelbrot regarda vers les montagnes qui se découpaient dans la lumière du crépuscule, légèrement sur leur gauche.

– La vallée elle-même n'est pas à plus de cinq kilomètres, mais les montagnes commencent bien avant. Le moment où nous serons le plus en danger, c'est quand nous traverserons la cité pour les atteindre.

– Plus grand danger pour nous, c'est rester ici !

– Je vous l'accorde. Allons-y.

Mandelbrot commença à traverser le boulevard en marchant à grandes enjambées rapides mais dignes.

Aucun robot, nulle part.

Une fois arrivés au premier bloc d'immeubles, Mandelbrot et Wolruf rasèrent les murs en lorgnant par toutes les portes et toutes les fenêtres. Ici, la cité fonctionnait sans l'aide de robots humanoïdes.

– Les points de rassemblement !... Les robots du coin sont déjà tous partis, dit Wolruf en jetant un coup d'œil par-dessus son épaule. Mais les Chasseurs peuvent surgir de n'importe quelle direction.

– Une station de tunnel serait une aide appréciable. En restant dans cette rue, nous devrions bientôt en trouver une, si elles ont été prévues ici avec la même fréquence que dans le secteur que nous connaissons.

Il s'arrêta pour regarder par une fenêtre : à l'intérieur du bâtiment, des robots utilitaires vaquaient avec hâte à leurs occupations.

– Il n'y en a peut-être pas du tout, rétorqua Wolruf en trottinant pour se maintenir à sa hauteur.

– C'est possible. Si ce secteur de la cité est bâti sur le sable, ce doit être plus difficile de creuser un tunnel. Mais ces robots ne me semblent pas prendre en compte la difficulté dans leurs considérations.

– Là-bas ! s'exclama Wolruf avec un signe du museau en direction de quelque chose, devant eux.

Au coin d'un immeuble, un robot humanoïde disparut à leurs yeux.

Mandelbrot prit Wolruf à bras-le-corps et se mit à courir – non pas à pleine vitesse, mais assez vite tout de même pour gagner du terrain sur le robot.

– Fais attention ! souffla Wolruf en s'accrochant à son cou.

– Je crois que si un Chasseur avait été aussi près de nous, il serait venu dans notre direction. Cependant, je ne veux pas entrer en communication avec un robot quel qu'il soit sans avoir d'abord étudié la situation. Notre seule ressource, c'est donc de le suivre.

Un instant plus tard, ils s'engageaient dans la rue

transversale. Le robot était à présent immobile sur un trottoir roulant, se laissant transporter parallèlement à la chaîne de montagnes. Mandelbrot courut vers le trottoir roulant, y monta d'un bond, puis avança lentement vers l'autre.

— Je crois que je comprends, dit-il d'une voix posée. Ou bien ce robot humanoïde ne peut pas être remplacé par des robots utilitaires, ou bien c'est un des derniers, peut-être même le dernier du secteur à poursuivre son programme de migration.

— Si c'est le cas, ferait mieux de ne pas s'occuper de lui. Allons dans les montagnes nous cacher des Chasseurs. Et cherchons Avery.

— Nous courrons moins de danger en rusant qu'en faisant la course avec les Chasseurs dans les montagnes. En fait, nous devrions autant que possible éviter de leur donner des indications sur notre destination. J'aimerais trouver une équipe de robots humanoïdes et les observer. Nous pourrions ainsi calquer nos gestes sur les leurs, ce qui éviterait de nous faire remarquer.

— Trop tard, dit Wolruf en jetant un regard derrière elle. Les voilà !

Mandelbrot fit volte-face. Un peu plus loin, sur un autre trottoir roulant, un robot humanoïde, un Chasseur sans aucun doute d'après sa taille et ses senseurs, se dirigeait vers l'endroit où ils avaient atterri.

— Bien. Ils ont l'intention de remonter notre piste en partant de la plage. Ça nous laisse un peu d'avance, dit Mandelbrot en reposant Wolruf à terre. Je vais essayer de me débrouiller au milieu des robots. Vous, essayez de rejoindre la zone agricole. Je vais faire mon possible pour vous y retrouver.

Wolruf siffla une sorte d'acquiescement, sauta du trottoir roulant et partit comme une flèche.

Mandelbrot étudia les possibilités qui s'offraient à lui et en choisit une : par l'intermédiaire de son communicateur, il émit un signal de détresse vers le robot qui le précédait :

— J'ai besoin d'assistance.

L'autre robot se retourna puis descendit sur le bas-côté pour attendre Mandelbrot.

– Que se passe-t-il ?

– Je suis sur le point de subir une panne mécanique. (C'était vrai, mais Mandelbrot omit de signaler que c'était volontaire.) Veuillez me conduire à l'unité de réparation la plus proche. Signalez-moi comme un robot en dysfonctionnement, panne inconnue.

– D'accord.

Mandelbrot se figea sur place, mais maintint son cerveau positronique en fonction. Il avait délibérément évité de donner son identité.

Une compulsion subtile mais bien réelle poussait ce robot à répondre à la requête de Mandelbrot. La Troisième Loi de la Robotique exigeait que les robots protègent leur existence, mais ne spécifiait pas pour autant qu'ils devaient aussi protéger celle des autres. Toutefois, Mandelbrot avait remarqué que ce genre de collaboration était courant à la Cité des robots ; peut-être faisait-elle partie de leur programme ? De toute façon, il savait qu'il pouvait compter sur l'aide d'un autre robot, du moins en l'absence de problèmes plus urgents.

Le robot remonta sur le trottoir roulant à côté de Mandelbrot. Apparemment, c'était la direction de l'unité de réparation la plus proche. Au moins, cela lui procurait une sorte de camouflage, dans la mesure où il ne circulerait pas seul ou, pire encore, accompagné d'une extraterrestre caninoïde on ne peut plus reconnaissable !

Il espérait que Wolruf pourrait se débrouiller pour arriver dans les montagnes. Pour la plupart des robots, elle ne présentait aucun intérêt, bien qu'ils puissent aider les Chasseurs à la localiser. Une fois dans les montagnes couvertes de forêts, ce serait plus facile pour elle.

Pour le moment, les Chasseurs devaient à coup sûr chercher leurs empreintes à l'aide de leurs capteurs caloriques à infrarouges. Quand ils auraient suivi leur piste jusqu'à l'endroit où Wolruf et Mandelbrot étaient montés sur le trottoir roulant, ils y monteraient aussi et le suivraient, tout en sondant les bas-côtés de la même façon, pour trouver le ou les endroits où leurs proies étaient descendues.

Finalement, l'autre robot souleva Mandelbrot et descendit du trottoir roulant ; voilà qui aurait l'avantage de ne pas laisser l'empreinte calorique de la carcasse de Mandelbrot sur le sol. Cependant, les Chasseurs n'auraient aucun mal à retrouver la piste de Wolruf.

Trottinant dans les rues désertes, Wolruf épiait de tous les côtés les silhouettes, les bruits ou les odeurs de robots humanoïdes.

Ce secteur de la cité était tout aussi impressionnant. Wolruf dépassa un gigantesque dôme aux multiples facettes qui scintillait dans la lumière du soleil, un gratte-ciel qui ressemblait à un ruban dénoué figé dans sa chute en une torsade vert jade, et une multitude de pyramides, d'hexagones et de cônes imbriqués. Le bourdonnement de machineries et les robots utilitaires qu'elle apercevait de temps à autre témoignaient de l'activité de ce quartier.

L'absence de robots humanoïdes lui donnait le frisson : la cité était bien trop vaste et bien trop perfectionnée pour que, avec ces artères désertes et ces immeubles presque vides, la situation paraisse normale. Elle se sentait d'autant plus vulnérable.

Wolruf s'encourageait, tandis qu'elle tournait l'angle des rues, faisait le tour des blocs d'immeubles, revenait sur ses pas, puis repartait, s'approchant petit à petit des montagnes si attirantes. Son expérience de copilote l'avait familiarisée avec les trajectoires aléatoires, mais d'habitude elle ne circulait pas à pied !

Elle n'était pas certaine de l'efficacité de son stratagème : si les Chasseurs étaient équipés de capteurs caloriques capables de déterminer la piste la plus fraîche, son itinéraire erratique ne les déconcerterait pas ; elle ne faisait alors que perdre du temps, et son avance. Elle continua un moment dans ce sens, puis opta pour un trajet qui la rapprocherait plus vite des montagnes.

En arrivant à la périphérie de la cité, elle s'arrêta pour réfléchir à ce qu'elle allait faire. Un long boulevard suivit les premiers contreforts ; la forêt commençait de l'autre côté. Si elle arrivait à dissimuler l'endroit où elle entrerait dans la forêt, ce serait toujours ça de gagné.

Elle bondit sur le trottoir roulant qui longeait le boulevard et observa les environs. Les Chasseurs pouvaient aussi bien être juste derrière elle, comme encore très loin ; elle n'avait aucun moyen de le savoir sans risquer de se découvrir, mais ce dont elle était sûre, c'est qu'ils se rapprochaient, avec une logique et une obstination robotiques inexorables.

Elle ne pouvait pas non plus rouler indéfiniment sur ce trottoir : quiconque jetterait un coup d'œil le long du boulevard la remarquerait sur-le-champ. Elle sauta donc sur le bas-côté.

Ce dont elle avait besoin, c'était d'un robot utilitaire mobile ou quelque chose dans ce genre, sur lequel elle puisse monter pour traverser le boulevard, et qui puisse continuer à rouler sans elle ; de cette façon, son empreinte calorique serait emportée au loin. Après avoir jeté un regard inquiet par-dessus son épaule, elle passa son museau à l'angle d'une rue et l'inspecta.

Elle était vide.

Il ne lui restait plus beaucoup de temps. Il lui fallait soit trouver un moyen de brouiller sa piste, soit s'aventurer dans les montagnes en laissant des empreintes que n'importe quel Chasseur pourrait suivre.

Elle s'engagea dans la rue, en regardant par toutes les fenêtres à sa hauteur.

MISE SUR ORBITE EFFECTUÉE. J'ATTENDS VOS INSTRUCTIONS.

– Maintiens l'altitude et modifie la trajectoire au hasard, dit Jeff.

BIEN REÇU.

Jeff se tourna vers Derec : appuyé contre le dossier de son siège, les mâchoires crispées, il gardait les yeux fermés. Jeff détacha son harnais et s'avança vers lui.

– Que se passe-t-il ? demanda Ariel.

– Ces sièges sont convertibles en couchettes. Si tu détaches Derec, je pourrais déplier complètement le siège. On peut aussi faire descendre des cloisons amovibles du plafond.

– Je vois.

Tout en l'observant, ils installèrent Derec en silence : de toute évidence, il était bien réveillé, mais pas d'humeur à bavarder. Une fois Derec allongé confortablement, Jeff abaissa les cloisons. Il en laissa une juste assez entrouverte pour que Derec puisse regarder à l'extérieur de la petite cabine s'il le désirait. Ariel et Jeff se rassirent dans les sièges de pilotage.

– Est-ce qu'on peut faire quelque chose pour lui ? demanda Jeff à voix basse.

– Non, murmura Ariel.

Il lui jeta un coup d'œil surpris.

Elle fixait l'écran vide de la console de ses yeux écarquillés.

– Ariel ? Qu'est-ce qui ne va pas ?

Elle ne répondit rien.

Il lui prit doucement le bras et plaça son visage juste en face du sien.

– Ariel ! Est-ce que tu me vois ?

Elle ne cilla pas et ses yeux commencèrent à larmoyer.

Jeff sentit ses cheveux se hérisser sur sa nuque. Ariel lui avait un peu parlé des biopuces de Derec et de sa propre perte de mémoire, ainsi que de la réimplantation de ses souvenirs. Cependant, il avait eu l'impression qu'elle se rétablissait. Maintenant, seul en orbite avec eux, il ne savait pas s'il devait tenter de les aider, ni même quoi faire dans ce cas.

– Ordinateur, dit Jeff, réaffiche-moi les sites d'atterrissage mais sans t'arrêter sur ceux qui se trouvent sur la plage : ceux-là doivent être sous surveillance, à présent.

AFFICHAGE DES SITES D'ATTERRISSAGE.

– Lequel est le plus proche des cultures ?

CELUI QUI EST INDIQUÉ EN BLEU.

– Peux-tu me le décrire ?

C'EST UNE DES ARTÈRES PRINCIPALES DU SECTEUR. ASSEZ RECTILIGNE ET ASSEZ LONGUE POUR PERMETTRE UN ATTERRISSAGE EN TOUTE SÉCURITÉ. LE VAISSEAU S'ARRÊTERA À ENVIRON 6,4 KILOMÈTRES DE LA ZONE AGRICOLE.

– Quelles sont les probabilités pour que les Chasseurs nous attendent à l'arrivée ?

JE L'IGNORE, MAIS ELLES SONT TRÈS ÉLEVÉES. LES CHASSEURS DOIVENT CERTAINEMENT SE TROUVER DANS CE SECTEUR ET ENTENDRONT ET VERRONT LE VAISSEAU EFFECTUER SON APPROCHE FINALE. S'ILS NE SONT PAS DÉJÀ SUR PLACE, ILS CONVERGERONT RAPIDEMENT.

– Plus vite que la dernière fois ?

ABSOLUMENT.

Jeff reporta son regard sur Ariel : elle n'avait pas bougé. Au fond de la cabine, Derec semblait s'être assoupi. Aucun d'eux n'irait très loin.

DANS LES MONTAGNES

De plus en plus frénétique dans sa recherche d'un quelconque véhicule, Wolruf avait parcouru les blocs d'immeubles en tous sens. Dans les bâtiments, les machines fonctionnaient sans heurts, sans même nécessiter la présence de robots utilitaires.

Enfin, dans une rue transversale, elle en repéra un, monté sur roues, qui avançait à vive allure. Wolruf partit à fond de train pour le rattraper mais, sans lui prêter attention, le robot disparut à l'angle d'une rue et quand Wolruf atteignit le carrefour, il avait encore augmenté la distance qui les séparait et traversait la rue en diagonale. Et aucun trottoir roulant n'allait dans cette direction !

Prête à abandonner, Wolruf ralentissait l'allure, quand le robot obliqua vers une porte qui s'ouvrit automatiquement à son approche. Elle allongea le pas.

Wolruf n'était pas particulièrement en bonne condition physique. Depuis qu'elle avait rencontré Derec, elle avait à plusieurs occasions soit mangé insuffisamment, soit beaucoup trop ; elle avait aussi été blessée et, comme la plupart d'entre eux à part Mandelbrot, elle s'était souvent démenée au-delà de ses limites. Si, d'une façon générale, elle était en bonne santé, il y avait longtemps qu'elle n'avait pas fait autant d'exercice physique !

Le robot réapparut et traversa l'avenue à vive allure. Cette fois-ci, il monta sur un trottoir roulant et revint vers Wolruf. Haletant péniblement, elle pivota et se précipita vers le point approximatif où elle pourrait l'intercepter. En s'approchant, Wolruf put mieux l'observer : d'environ un mètre carré et deux mètres de haut, il n'était pas équipé de roues, en fait, mais de roulements à billes, ce qui lui permettait de changer de direction sans faire tourner sa carcasse lisse et sans particularités. Etant donné son épuisement, Wolruf n'aurait aucune chance de le rattraper s'il la dépassait.

Arrivée à sa hauteur, elle bondit et s'y suspendit en cherchant une prise à tâtons. Le robot ralentit aussitôt, sans pour autant s'immobiliser, et Wolruf dut se cramponner pour l'escalader. Voilà ! Elle ne laissait plus d'empreintes caloriques sur la chaussée ! Maintenant, elle n'avait plus qu'à reprendre son souffle et à espérer que le robot ne l'emmènerait pas tout droit dans les griffes d'un Chasseur.

Elle s'aperçut qu'elle n'avait aucune idée de la fonction de ce robot utilitaire. Sans doute une sorte de coursier, d'après sa taille et ses divers appareillages, chargé de transporter des pièces détachées ou des outils. C'était peut-être la raison pour laquelle il avait ralenti sous son poids mais n'avait pas réagi davantage. Pour l'heure, cependant, il l'emportait dans une direction opposée à celle des montagnes où elle cherchait pourtant désespérément à pénétrer.

Soudain, le robot descendit du trottoir roulant, freina et finit par s'immobiliser. Wolruf dressa les oreilles et regarda autour d'elle, mais ne remarqua rien de particulier. Puis le coursier repartit pour traverser l'avenue. Perplexe, Wolruf se souleva pour regarder dans la direction vers laquelle ils avançaient à présent : un Chasseur remontait à grandes enjambées un autre trottoir roulant et se dirigeait droit sur eux : il avait dû l'apercevoir et donner l'ordre au robot de revenir vers lui.

Alors, en un instant, Wolruf sauta à terre, fila dans la direction opposée et disparut au premier carrefour venu. Là, un trottoir roulant s'orientait vers les montagnes : elle y bondit sans cesser de courir. Au carrefour suivant, elle en descendit d'un bond et tourna encore au coin d'une autre rue.

Le Chasseur pouvait se déplacer bien plus rapidement qu'elle et elle se fatiguait vite : le répit dont elle avait profité sur le robot, coursier ou autre, avait été plutôt bref. Elle ne disposait que de quelques secondes pour décider de ce qu'elle allait faire.

N'ayant pas d'autre issue, elle fonça vers les montagnes qui s'élevaient seulement à quelques blocs de là. Un trottoir roulant lui rendit bien service, même si le Chasseur pouvait lui aussi l'emprunter.

Quand le boulevard qui longeait les contreforts apparut, Wolruf jeta un coup d'œil par-dessus son épaule ; le Chasseur était bien en vue et se rapprochait rapidement.

Sans cesser de courir, elle inspecta le boulevard : aussi bien vers la droite que vers la gauche, il était désert. Enfin elle fut au pied des premiers contreforts, filant comme une flèche entre les immenses troncs d'arbres.

Esquivant les branches et contournant les buissons, elle escalada la colline aussi vite que possible. La forêt portait les signes de la planification rigoureuse des robots : les espèces d'arbres et de buissons variaient avec une certaine régularité, de même que leur taille. Les plantations avaient été faites suivant des prévisions à long terme, à la fois pour l'exploitation et pour l'occupation du sol.

C'est seulement quand elle s'aplatit pour passer sous les branches tombantes d'un arbuste qui ressemblait un peu à une fontaine, qu'elle se rendit compte qu'elle avait ici la possibilité de gagner du terrain. Sa petite taille était un avantage considérable dans le fouillis de la végétation. D'après ce qu'elle avait pu remarquer, les Chasseurs étaient parmi les plus grands et les plus corpulents des robots humanoïdes.

Si seulement elle pouvait prendre assez d'avance pour trouver le temps de se reposer !

Quand il se réveilla, Derec ne reconnut pas tout de suite son environnement, puis il se souvint vaguement qu'Ariel et Jeff avaient réussi à convertir son siège en couchette pour qu'il soit installé plus confortablement. Il resta un moment allongé à méditer, les yeux fixés au plafond. Mais, même après avoir dormi, il se sentait épuisé.

Cela faisait un bon bout de temps qu'il n'avait pas fait une de ces rêves absurdes, dont l'étrangeté l'effrayait. S'il avait fait d'autres cauchemars, du moins il ne s'en souvenait pas. Comme des parasites organiques, les biopuces se propageaient dans son corps, et, comme ceux d'une maladie, les symptômes avaient évolué. Qu'il n'ait plus de cauchemars, ou qu'il ne s'en souvienne pas, indiquait à quel point sa condition physique avait dépassé les premiers stades de l'infestation.

Il tendit le bras vers un des paravents et le fit remonter dans le plafond. Quand il se mit sur le côté pour regarder autour de lui, il aperçut Ariel et Jeff assis à l'avant de la cabine ; ils avaient entendu le bruit fait par les cloisons en s'escamotant et se tournaient vers lui.

– Derec ? Comment te sens-tu ? demanda Ariel à voix basse.

Il s'éclaircit la gorge et balança les jambes par-dessus le bord de la couchette en tâchant de dissimuler la souffrance que cela lui causait.

– Derec ? répéta Ariel en venant vers lui.

– Un peu mieux.

Il commença à se lever, mais préféra rester assis, de peur de tomber.

– Derec, j'ai encore eu une de mes... absences mémorielles.

– Vraiment ? Il y a longtemps que tu n'en as pas eu, s'étonna-t-il. Est-ce que c'était grave ?

– Je ne sais pas.

– Qu'est-ce que tu dis ?

– Jeff m'a raconté que je contemplais le vide... et rien de plus. Quant à moi, je ne me souviens de rien.

– Tu dois arriver à la période qui précède celle des souvenirs que je t'ai réimplantés. Tu entres juste dans cette période vide. Enfin, c'est passé... Pour moi aussi, les symptômes ont... évolué, ajouta-t-il en soupirant.

Elle le dévisagea sans rien dire. Derec savait qu'elle avait compris ce que cela signifiait : son état empirait.

– Nous devons nous poser, dit Jeff en les rejoignant. S'il vous arrive encore quelque chose, je ne pourrai rien faire pour vous.

– Alors, vous avez eu des nouvelles de Mandelbrot ?

– Non, mais notre réserve de carburant diminue.

– Pour le moment, nous ne consommons que le minimum vital, dit Ariel.

– ... Et ce qu'il faut pour les changements de direction aléatoires... Mais atterrir et décoller en consommera beaucoup. D'accord ! Est-ce que vous avez un plan d'action ?

– Ouais, mais il n'est pas terrible. En gros, nous atterrissons sur l'un des grands boulevards que l'ordinateur a repérés et faisons rouler le vaisseau jusqu'au pied des montagnes. Là, nous fonçons...

– Je... Je ne pourrai pas courir très vite !

Jeff hocha la tête.

– Et l'ordinateur central peut aussi analyser notre approche finale, déterminer ainsi l'endroit où nous avons l'intention de nous poser et en informer les Chasseurs.

– ... Qui vont nous attendre sur le site d'atterrissage, admit Ariel. Mais on peut prendre un peu d'avance sur eux en amenant le vaisseau jusqu'aux premiers contreforts.

– Et puis ?...

Jeff et Ariel se regardèrent d'un air contrit.

– Je vois... On ne peut pas rester comme ça, de toute façon. Bon ! On va tenter le coup !

Wolruf plongea sous un autre de ces arbustes touffus en forme de fontaine et fit une pause pour reprendre haleine. A deux reprises, elle avait aperçu ses poursuivants, sur la pente : il y en avait au moins deux. Mais bien que son parcours sinueux rende impossible une évaluation de la distance qui les séparait, elle ne pensait pas qu'ils aient gagné beaucoup de terrain.

Elle continua à inspecter le sol, ce qu'elle avait commencé à faire tout en fuyant. Finalement, elle localisa ce qu'elle cherchait : une petite cheville métallique dépassait du sol. Les robots étaient bien trop organisés et efficaces pour cultiver une forêt sans l'aide de ces dispositifs.

Wolruf l'étudia soigneusement en la tapotant de ses doigts maladroits et boudinés puis reprit ses recherches dans la terre meuble.

Soudain, un sifflement suraigu, d'abord faible mais qui s'amplifiait rapidement, attira son attention. A cette distance, une oreille humaine ne l'aurait pas remarqué, mais si Wolruf pouvait le percevoir, cela voulait dire que les Chasseurs l'entendaient aussi distinctement. Le couvert de la forêt lui masquait en partie le ciel, mais son ouïe fine ne pouvait pas manquer de reconnaître le bruit du *Minneapolis* volant en mode navette.

Toute tremblante, elle se tendit ; d'après ce qu'elle entendait, le vaisseau avait dû se poser sans problème quelque part dans la zone urbaine. Puis le son devint si faible que Wolruf ne put dire si le vaisseau s'était immobilisé ou non, mais un moment plus tard il s'amplifiait de nouveau. Elle comprit alors que les humains avaient décidé de gagner l'exploitation agricole, quelles que soient leurs chances. Cela voulait dire qu'elle pourrait les y aider... si les Chasseurs ne lui tombaient pas dessus trop tôt !

Elle finit par repérer un morceau de roche et s'en servit pour taper à petits coups rapides sur la cheville métallique. Tout d'abord, elle ne réussit pas à la frapper sous le bon angle ; elle faisait bien jaillir quelques étincelles, mais celles-ci s'écartaient toutes du métal. Enfin, cependant, une des étincelles finit par retomber sur le bout de métal et aussitôt l'un des détecteurs hypersensibles de la Cité des robots répondit à la chaleur en déclenchant la pulvérisation d'une pluie très fine sur environ un mètre de haut. Une température plus élevée aurait sans aucun doute provoqué une aspersion plus importante, mais celle-ci suffisait pour ce que Wolruf avait en tête : les sprinklers allaient détremper le sol derrière elle, effaçant ainsi les empreintes caloriques que les Chasseurs épiaient.

Clignant des yeux sous la douche, Wolruf inspecta la forêt : aussi loin que pouvait porter son regard, d'autres sprinklers avaient été déclenchés. Comme toujours, les robots avaient fait preuve d'efficacité dans la conception de leur système !

D'après le bruit, le *Minneapolis* s'était immobilisé un peu plus loin sur sa gauche, au pied des contreforts. Elle aurait voulu aller rejoindre les humains, mais n'osa pas le faire. Dans la zone qui venait d'être arrosée, les Chasseurs perdraient sa trace, mais ils étaient encore trop près ; elle risquait de les mener tout droit vers les autres.

Elle prit une profonde inspiration et sortit comme une flèche de sous l'arbuste, posant le plus possible ses pattes sur des surfaces solides : plaques de rocher, racines... Les Chasseurs ne pouvaient plus suivre ses empreintes caloriques, mais ils pourraient encore voir ses traces de pas.

Comme Wolruf l'avait supposé, le *Minneapolis*, après s'être posé sans dommages sur une aire que les Chasseurs encerclaient déjà, avait pu se dégager et avait suivi le boulevard rectiligne jusqu'au pied des montagnes. A peine le vaisseau immobilisé, le sas s'était ouvert et l'échelle s'était déployée. Jeff et Ariel aidaient Derec à sortir quand il se figea sur le premier barreau.

— Attendez, dit-il. Ordinateur !

À VOS ORDRES.

— As-tu enregistré tous les Chasseurs qui nous attendaient sur le site d'atterrissage, il y a juste une minute ?

AFFIRMATIF. TOUS LES ROBOTS PRÉSENTS SUR LE SITE

ONT ÉTÉ ENREGISTRÉS DANS LA BANQUE DE L'ÉCRAN
D'OBSERVATION.

– Donne-leur la chasse, tant que tu peux le faire
sans risquer d'endommager le vaisseau. Poursuis-les
dans tous les boulevards où tu as la place de t'engager.

ÉCLAIRCISSEMENTS.

– Fais-leur croire que tu veux les écraser – et
même, si tu le peux, *fais-le*. La Troisième Loi exige
qu'ils protègent leur existence, alors fais diversion et
entraîne-les aussi loin que possible des montagnes.
Compris ?

Derec se permit un petit sourire méchant.

BIEN REÇU.

– Allons-y !

Ils coururent maladroitement vers la lisière des col-
lines boisées, Ariel et Jeff soutenant Derec entre eux.
Ils devaient tous les trois surveiller le sol sous leurs
pas et veiller à ne pas trébucher dans les pieds les uns
des autres.

– C'est idiot, marmonna Derec entre ses dents.
Même un hastifère aurorain entravé pourrait nous
rattraper ! Givre ! Comment voulez-vous qu'on
échappe aux Chasseurs ?

– Vaut mieux que de tomber en panne de carburant et de faire un atterrissage de fortune ! ahana
Jeff.

– Ça va de mal en pis, souffla Ariel. Berk, je suis
trempée. Il doit pleuvoir en plus !

Derec leva la tête pour regarder le ciel.

– Tu crois ? Non, il ne pleut pas... Regardez ! Des
sprinklers ! (Il sourit.) *Des sprinklers !*

– Et tu trouves ça drôle ! lâcha Ariel en faisant une
pause avant de se glisser derrière un tronc, toujours
empêtrée dans les bras de Derec. Qu'est-ce qui te
rend si joyeux ?

– Les Chasseurs se servent de capteurs caloriques.
On a une chance de les semer, maintenant.

– La boue ! Voilà notre prochain problème, dit Jeff
en se baissant pour passer sous une branche. Il va

falloir faire attention à nos traces de pas, sinon ils n'auront qu'à les suivre.

Derec enleva son bras de l'épaule d'Ariel.

– Et j'ai une montée d'adrénaline ! Je reprends des forces. Venez ! Tant que je suis stimulé, je peux me déplacer tout seul.

Il libéra aussi Jeff en essayant de dissimuler les souffrances intenses qu'il endurait encore. Jeff le dévisagea.

– Comme tu veux. Mais si tu as encore besoin d'aide, dis-le-nous, d'accord ?

– Ouais, ouais. Allez, en route !

Jeff les précéda sur le versant. La forêt s'épaissit très rapidement puis devint plus régulière, résultat probable de la plantation méthodique effectuée par les robots. Derrière Jeff, Derec serrait les dents pour ne pas montrer combien cette marche lui était pénible. Néanmoins, Jeff le distançait et Ariel le talonnait.

Pendant que Derec se forçait à avancer, une pensée lui revenait sans cesse à l'esprit. Le Dr Avery lui avait fait du mal alors que lui-même ne lui avait jamais rien fait. La colère le stimulait, le poussait à avancer, à continuer. Le Dr Avery ne lui échapperait pas !

Jeff sauta sur une corniche de roche blanche et reprit haleine. Derec le rejoignit et se laissa tomber sur le sol, tandis qu'Ariel restait près de lui.

– Cette exploitation, agricole ou autre, est dans cette direction, dit Jeff en désignant du menton un point derrière les crêtes. D'après ce que les écrans d'observation nous ont montré, il y a un défilé de chaque côté de nous.

Derec leva les yeux vers lui mais il était trop essoufflé pour lui répondre ; il se contenta de hocher la tête.

– On dirait que la corniche suit le contrefort sur une certaine distance, continua Jeff. Elle doit mener vers un des deux passages. On devrait la suivre le plus longtemps possible. Ça nous évitera de laisser des empreintes de pas.

– Le vaisseau a peut-être effectivement ralenti

quelques Chasseurs, dit Ariel quand elle eut retrouvé son souffle.

— On peut l'espérer, mais on ferait mieux de repartir.

— O.K. ! dit Derec d'une voix rauque, en bataillant pour se relever.

Ils se remirent en marche, plus lentement cette fois.

LE DOMAINE AGRICOLE

Tandis que Derec cheminait péniblement derrière Ariel et Jeff, le crépuscule était tombé sur le défilé. En débouchant de l'autre côté, ils attendirent qu'il les ait rejoints et quand il arriva enfin, Ariel le soutint en lui prenant un bras sur ses épaules. Tous trois laissèrent leurs regards vagabonder sur la vallée verte qui s'étendait à leurs pieds.

La vallée était divisée en champs de différentes sortes entretenus par des robots utilitaires. Même de si loin, les robots sarcleurs étaient facilement identifiables. D'autres robots déambulaient, les uns taillant, les autres arrosant. Les premières pentes étaient cultivées en terrasses.

— On touche au but, dit Derec. Les robots n'ont aucun besoin de tout ça !

— Ouais, répondit Jeff. Ça doit être les primeurs du Dr Avery, ou bien son marché. Sa boucherie doit être ailleurs.

— Ça réclame des soins différents et une autre mise en œuvre, approuva Derec. A moins qu'Avery ne soit végétarien... Et ces robots sont bien trop logiques et performants pour faire ces cultures à mille kilomètres du Dr Avery. Il est forcément là, dans les environs !

— On y est, dit Ariel. Enfin, presque !...

— On n'a pas pu éviter de laisser des traces de pas çà et là, nota Jeff, et ces Chasseurs doivent avoir des capteurs que je ne peux même pas imaginer. En plus, ils ne doivent pas avoir besoin de s'arrêter pour la nuit, eux !

— Ils vont remarquer le moindre indice qu'on aura laissé derrière nous : les branches cassées, des trucs comme ça. Ça ne me plaît pas du tout de dire ça... mais on ferait mieux de continuer à marcher.

— Certains ont dû passer par l'autre défilé, fit remarquer Ariel. Il ne doit plus y en avoir beaucoup derrière nous.

— Oui, l'autre passage doit aussi aboutir à cette vallée, dit Jeff. Si ça se trouve, on va les croiser quand ils arriveront.

— Quel optimisme ! Allez, en route !

Ils s'engagèrent sur la pente et atteignirent bientôt les premiers rangs d'une plante qu'aucun d'eux ne reconnut ; les tiges d'environ trois mètres de haut, portant des feuilles raides et étroites, étaient plantées très dru, les obligeant à marcher en file indienne. Jeff jeta un coup d'œil inquiet par-dessus son épaule.

— Regardez ! On laisse des traces que même moi je pourrais suivre !

Sur le sol humide et fraîchement retourné, leurs empreintes étaient nettes et profondes.

— Givre ! Ces robots doivent passer leur temps à sarcler et à arroser !

— On y voit encore clair, dit Ariel en levant les yeux. Pourtant, il devrait faire nuit maintenant.

— Il doit y avoir un éclairage artificiel, mais je ne peux rien voir d'ici, répondit Derec. Les robots utilitaires n'ont pas vraiment besoin de lumière pour travailler de nuit : ça doit être des projecteurs de croissance...

— Venez, on doit pouvoir passer par là, dit Jeff en se faufilant entre deux tiges. Il faut absolument brouiller notre piste autant que possible.

Les deux autres le suivirent. Aussi loin que pouvait porter le regard, le rang suivant était identique au précédent. Ils le longèrent jusqu'à un endroit où ils purent passer dans une rangée qui descendait dans la vallée.

— Là-bas ! dit Derec en montrant quelque chose du menton. Attrapons-le ! Venez !

Un peu plus loin devant eux, un robot utilitaire se

dirigeait à une allure modérée dans la direction opposée. Sa carcasse était un cube rudimentaire de deux mètres de côté et il progressait sur des chenillettes hérissées de pointes qui fouillaient la terre sur son passage, sarclant ainsi le sol au fur et à mesure de son avance. De temps en temps, il s'arrêtait, sortait un bras articulé et arrachait des mauvaises herbes qu'il déposait dans sa benne.

Jeff se rua dans sa direction. Ariel faisait de son mieux pour aider Derec. Visiblement, ce sarcleur coupait les racines des mauvaises herbes qui poussaient entre les plants, les jetait ensuite dans sa benne, où elles étaient mélangées à de la terre, puis les recrachait sous forme de compost derrière lui. Maintenant qu'il y prêtait attention, Jeff remarqua les petits fragments éparpillés.

– J'ai compris à quoi il sert, mais je ne vois pas comment l'arrêter, leur dit Jeff qui leur faisait face, maintenant assis à l'arrière du sarcleur.

– Quel truc idiot ! marmonna Ariel. Dommage qu'il n'ait pas de cerveau positronique auquel on pourrait donner des ordres !

– Ouais, dit Derec en peinant derrière elle, mais comme ça, au moins, il ne nous signalera pas aux Chasseurs !

Le sarcleur ne les attendrait pas, mais chaque fois qu'il s'arrêtait pour arracher une mauvaise herbe, Ariel et Derec gagnaient un peu de terrain. Ils finirent tout de même par y grimper et s'installèrent tant bien que mal sur son couvercle encombré.

– Tout ce qu'il nous faut maintenant, dit Jeff, c'est un peu de chance. Si ce truc reste hors de vue des Chasseurs jusqu'à ce qu'il ait pris quelques virages, ils auront du mal à retrouver notre piste. Tous les rangs ont le même aspect, une fois que ces engins y sont passés.

– Je peux en profiter pour me reposer, mais nous devons essayer d'imaginer où Avery se cache tant que nous en avons la possibilité, proposa Derec. Moi, je n'ai vu aucun bâtiment en arrivant dans la vallée.

– Moi non plus, dit Jeff en secouant la tête.

– Bon, alors de quoi d'autre te souviens-tu ? demanda Ariel. Je veux dire, au sujet de ton père et de ses relations avec Avery.

– J'y ai réfléchi pendant qu'on escaladait la montagne, mais je n'avais pas assez de souffle pour en parler. Vous vous rappelez, je vous ai dit que le Dr Avery voulait que mon père lui parle des cultures qui perdurent ?

Ariel acquiesça. Derec était attentif, mais trop fatigué pour lui répondre.

– Mon père lui a dit que dans l'espace il existe encore deux groupes qui descendent directement de la Terre de l'ancien temps. Ces deux groupes ont évolué et sont aujourd'hui des communautés spatiales à part entière, mais leur longévité a attiré l'attention d'Avery.

– C'est qui, ces deux groupes ? demanda Ariel.

– L'un est une culture mineure spatiale venue de Chine, sur Terre, au cours de plusieurs migrations. L'autre est celui des communautés juives spatiales.

– Et qu'est-ce qu'il voulait savoir à leur sujet ? (Ariel fit une mimique sceptique.) Je ne vois pas en quoi ça peut nous être utile, ici.

– Je me souviens très bien que les détails ne l'intéressaient pas, dit Jeff en haussant les épaules. Mon père a essayé de lui expliquer que dans l'espace ces deux cultures avaient continué à évoluer ; il lui a même dit qu'à bien des points de vue, il était impossible de déceler leurs cultures terriennes d'origine. Mais tout ce qu'Avery voulait savoir, c'était comment elles avaient fait pour survivre en tant qu'entités spécifiques.

Derec pensa pour lui-même que cela se tenait : ce type ne s'intéressait qu'à son propre projet et à ce qui pouvait l'améliorer.

– Il cherchait des indications pour sa Cité des robots, dit Ariel. Pour lui faire traverser les siècles. C'est ce qu'il étudiait avec le Pr Leong. Il avait besoin de programmer des valeurs culturelles pour la cité. Mais pour le moment, nous n'en avons pas encore vu beaucoup de signes.

– Je suis sûr qu'il a reprogrammé la cité pendant que nous étions sur Terre, intervint Derec avec effort. Après les incidents qui sont survenus avec la représentation d'*Hamlet*, la créativité robotique a dû lui faire peur. Il ne pouvait pas laisser ses robots commettre des crimes les uns contre les autres.

– L'art n'est pas le seul élément d'une culture, affirma Jeff.

– Qu'est-ce que tu veux dire ? demanda Ariel.

Derec se déplaça légèrement de façon à mieux entendre Jeff. Le robot avançait toujours, sarclant et désherbant sans relâche. Au-dessus d'eux, le ciel s'était assombri, mais un léger halo de lumière éclairait les champs.

– Mon père lui a expliqué les deux raisons pour lesquelles ces cultures ont perduré. La première est que les cultures originelles étaient fondées sur des unités familiales très fortes qui transmettaient les valeurs. La deuxième est que, une fois sortis de leurs contrées natales, ces deux groupes sont restés des minorités très peu intégrées à la culture majoritaire du lieu qui les a souvent persécutés.

– Mais seulement sur la Terre ?

– C'est exact. Les familles spatiales modernes ne sont plus unies de la même façon qu'avant, je suppose, et maintenant c'est d'une planète à l'autre, ou entre les Spatiaux et les Terriens que joue le sentiment de la différence ethnique.

– Ma mère n'aimait pas les Solariens parce qu'ils programment leurs robots d'une drôle de façon. Un jour elle m'a raconté une blague... commença Ariel avec un petit gloussement.

– Comment Avery pouvait-il utiliser cette information ? demanda Derec en l'interrompant de la main.

– En y réfléchissant, je me demande comment ces minorités ont pu survivre, si les raisons de leur longévité n'existent plus, dit Ariel, un peu dépitée de n'avoir pu raconter son histoire. Ça n'a aucun sens.

– Je n'en sais rien, répondit Jeff, mais sur Aurora, j'ai encore l'air différent des autres, et je me fais toujours remarquer. Et vous savez, mon père s'intéresse plus à moi que les pères de mes amis ne s'intéressent à eux. C'est d'ailleurs la raison pour laquelle il m'a poussé à rencontrer le Dr Avery.

– Je crois que je comprends, dit Ariel. Certaines tendances continuent peut-être d'exister, jusqu'à un certain point.

– Tout au moins en comparaison des cultures majoritaires sur les différentes planètes, acquiesça Jeff.

Tous trois se cramponnèrent comme ils purent au sarcleur quand celui-ci prit un virage à angle droit sans même ralentir, en arrivant à la hauteur d'une rangée perpendiculaire ; puis l'engin vira encore à quatre-vingt-dix degrés, s'engagea dans la rangée suivante et repartit en sens inverse. Ils pouvaient voir très loin devant eux.

Et les Chasseurs aussi, s'ils regardaient dans la bonne rangée !

Cette conversation sur les familles, les pères et les fils, avait mis Derec mal à l'aise : depuis son réveil amnésique, il n'avait plus de famille dont il aurait pu parler.

– Nous devons toujours débusquer Avery de cette vallée, de cette chaîne de montagnes, ou d'ailleurs, dit Derec d'un air ennuyé. Comment on va faire ?

– Encore une chose, reprit Jeff. Mon père a dit à Avery que deux événements majeurs ont influencé ces cultures, dans l'ancien temps. Sur Terre, le premier fut la migration de ce qu'on appelait l'Ancien Monde vers les Etats-Unis.

– Quelle différence cela faisait-il ? s'étonna Ariel. Ils étaient toujours sur Terre, non ?

– Mon père disait que même si les persécutions n'avaient pas disparu, ces deux groupes firent alors partie d'une nation d'immigrants, et leurs descendants aussi. Même s'ils conservaient leur identité, ils étaient des éléments fondamentaux de ces sociétés.

– Et le deuxième événement ?

– Les voyages dans l'espace. La même situation s'est reproduite avec la colonisation des Mondes Spatiaux. Il est désormais plus important d'être aurorain que d'avoir des ancêtres terriens, comme le prouve l'attitude de ta mère envers les Solariens !

Ariel hocha la tête d'un air pensif.

– Et à quoi tout ça peut-il bien nous servir ? s'emporta Derec. Les robots n'ont jamais ressenti ce genre d'identité, de toute manière. Qu'est-ce que tout ça a à voir avec la Cité des robots ? Et avec mon problème ?

– Bon, alors écoute ! C'est toi qui as commencé à me demander ce dont je me souvenais, et c'est pour ça que j'en parle. Si tu ne veux pas en entendre parler, alors ne me pose pas la question ! (Soudain, Ariel leur saisit le bras.) *Des robots !*

Très loin devant eux, sur la pente, les silhouettes de robots humanoïdes passaient de droite à gauche au bout du rang qu'ils longeaient.

Wolruf se ramassa sur elle-même, puis sauta du rocher à une branche cassée juste assez large pour elle. Elle retomba sur les quatre pattes et y resta cramponnée jusqu'à retrouver son équilibre.

Il y avait très peu de branches cassées ou d'objets inutiles d'aucune sorte dans cette forêt. Visiblement, les robots utilitaires la nettoyaient très souvent. Wolruf en avait aperçu quelques-uns, mais s'était tenue à bonne distance. Elle ne voulait plus donner aux Chasseurs la possibilité d'envoyer des instructions à ces robots pour qu'ils les aident à la capturer.

Néanmoins, elle avait réussi à limiter les empreintes qu'elle laissait sur son passage. Le senseur qu'elle avait activé n'avait aspergé qu'une zone limitée et elle avait quitté celle-ci avant la fin de l'arrosage. Combien de temps celui-ci avait-il continué ?...

Assez longtemps, espérait-elle, pour que, à la longue, l'eau efface non seulement ses empreintes caloriques, mais aussi les traces visuelles de son passage. Ceci, ajouté aux difficultés que les volumineux Chasseurs rencontreraient pour se déplacer dans la forêt touffue, pouvait leur faire prendre du retard. Quand ils auraient perdu sa trace, il leur faudrait réviser leur plan de recherche, ce qui les retarderait encore.

Elle resta un moment sur la branche, le temps de

reprendre son souffle. Elle se souvenait assez bien de ce que l'écran d'observation du vaisseau lui avait montré du terrain, mais elle ne savait pas exactement où elle était. Elle ne savait pas non plus ce qu'elle devait faire, d'ailleurs.

Jusqu'à présent, elle avait gravi la pente en diagonale, en restant autant que possible à distance du défilé dans lequel les humains avaient dû s'engager. Tout ce qu'elle pourrait faire pour éloigner d'eux les Chasseurs les aiderait tant soit peu. Elle se souvenait aussi qu'un autre passage aboutissait dans la vallée, quelque part dans cette direction.

Elle oscillait entre deux façons d'agir et ne savait pas laquelle servirait au mieux les desseins de Derec, sachant qu'il voulait trouver Avery avant que ses robots ne le mènent à lui. Si elle s'engageait dans ce passage et rejoignait les humains, ils pourraient de nouveau agir en équipe, ce qui serait peut-être plus efficace ; mais d'un autre côté, ça risquait de remettre les Chasseurs sur leur piste.

Tout cela ne la menait pas à grand-chose.

Même maintenant, elle ne pouvait pas se permettre de rester au même endroit trop longtemps. En équilibre sur la branche, elle avança aussi loin que possible et sauta sur un sentier d'aspect assez ferme. De là, elle bondit au sommet d'une racine aérienne, saisit une branche basse et se balança sur un petit rocher. Ça lui rappela le mode de déplacement à bord d'un vaisseau en apesanteur : la « brachiation »... Mais c'était peut-être son instinct ancestral qui lui revenait.

Elle s'arrêta pour jeter un coup d'œil en arrière en se demandant si ça valait l'effort fourni. Si les Chasseurs arrivaient ici rapidement, leurs capteurs caloriques leur montreraient les endroits où elle était passée. Il ne lui restait plus qu'à espérer qu'ils seraient encore assez loin pour, une fois arrivés, ne pas pouvoir utiliser leurs détecteurs avec efficacité ; si ses empreintes caloriques s'estompaient d'ici là, limiter les indices visuels était un point crucial.

Elle continua donc à se déplacer de cette façon.

C'était une gageure, mais ça devait valoir le coup. Si elle arrivait effectivement à semer les Chasseurs, elle pourrait partir à la recherche des humains dans la vallée sans risquer d'aggraver leurs difficultés. Mais pour en être certaine, cependant, il lui faudrait revenir sur ses pas pour voir où en étaient les Chasseurs.

Cela pouvait être trop risqué. Toujours indécise, elle continua de fuir sur le versant en se dirigeant grosso modo vers le passage. Une fois là-bas, elle déciderait finalement si elle s'y engageait ou non.

AGRESSIONS

Dans la mesure où le sarcleur se dirigeait droit vers les robots humanoïdes, ses passagers n'avaient plus d'autre issue que d'en descendre et de disparaître dans la direction opposée. Derec s'étonna que les robots n'aient pas déjà inspecté cette rangée, mais apparemment, ils n'en avaient pas eu l'idée. Comme avant, Derec suivait Jeff et précédait Ariel, mais tous trois avançaient maintenant à quatre pattes sur la terre humide afin de rester cachés par la carcasse du robot utilitaire.

Ils atteignirent bientôt le rang perpendiculaire qu'ils avaient vu peu de temps auparavant ; il était parallèle à celui que les robots humanoïdes suivaient en file indienne pour descendre dans la vallée. Derec s'arrêta là, le souffle court, incapable de faire un pas de plus.

– Derec ? s'inquiéta Ariel en le rejoignant. Jeff, attends !

Jeff regarda par-dessus son épaule puis revint sur ses pas. Il dévisagea Derec un moment puis secoua la tête.

– Je ne sais pas quoi faire. On ne peut pas s'arrêter !

Derec toussa et secoua lui aussi la tête, mais de frustration : il voulait dire quelque chose, mais, trop essoufflé, n'y parvenait pas. Il fit un geste bref mais douloureux en direction des robots humanoïdes. Ariel se retourna pour vérifier.

– Ils n'arrivent pas encore. Enfin, je ne vois personne.

– Non... ahana Derec... Pas ce que je voulais dire.

Il s'arrêta de nouveau de parler, à bout de souffle. La tête lui tournait.

– On peut encore essayer de te soutenir, proposa Jeff, mais on ne pourra le faire qu'en marchant debout.

– Attends, attends ! (Derec inspira profondément et les regarda tous les deux.) C'est pas des Chasseurs ! J'en suis sûr !

– Ah bon ? s'étonna Ariel en s'approchant de lui. Qu'est-ce qui te fait dire ça, Derec ?

– Des Chasseurs ne passeraient pas comme ça à côté des champs sans même y jeter un coup d'œil. Ça ne peut pas être des Chasseurs !

– Ça me semble juste, dit lentement Jeff. Qui sont-ils alors ? Et que font-ils dans cette vallée ?

– J'étais aussi en train d'y réfléchir. Je pense qu'ils migrent. Ils poursuivent ce mystérieux programme de migration dont nous avons entendu parler, souviens-toi.

– Donc, le seul risque que nous courons avec eux, c'est qu'ils nous repèrent et qu'ils signalent notre présence aux Chasseurs. Sinon, ils ne nous inquiéteront pas, c'est bien ça ?

– C'est ça. Mais nous pouvons aussi tâcher de découvrir où ils se rendent, c'est-à-dire où est leur point de rassemblement. Et aussi quel est le but de toute cette opération.

– *Maintenant !* s'exclama Ariel en faisant une grimace. Derec, il ne nous reste plus beaucoup de temps pour retrouver Avery. On ne peut pas continuer à errer...

– Givre ! Tu ne comprends pas ? Cette migration est l'œuvre du Dr Avery. Si nous découvrons ce que c'est, ça nous aidera peut-être à le dénicher. Il est à l'origine de tout ça et, visiblement, c'est très important pour lui.

– Ça paraît terriblement risqué ! lâcha Jeff.

– Tu trouves ça risqué, toi ? Regarde-moi ! Il ne

me reste plus beaucoup de temps, dit Derec avec vé-hémence, bien qu'à voix basse. Assez discuté ! Que *faisons-nous*, maintenant ?

– Les robots ont déjà laissé plein de traces de pas dans le sentier, fit remarquer Ariel. Ça devrait masquer un peu les nôtres.

– C'est déjà *faire* quelque chose que de continuer, dit lentement Jeff.

– J'aimerais que Mandelbrot soit avec nous ! soupira Ariel. Et cette pauvre Wolruf qui court avec lui dans toute la cité ! Je me demande où ils sont... J'espère que...

– Ça ne sert à rien de s'inquiéter à leur sujet. De toute façon, on ne peut rien faire pour eux. Si nous arrivons jusqu'à Avery, nous pourrons l'obliger à les laisser tranquilles, eux aussi. Non, nous devons nous concentrer sur lui.

– Tu as raison, admit Jeff. En fait, ils sont certainement capables de s'en sortir beaucoup mieux que nous, surtout Mandelbrot. Et puis Derec semble être le seul qui intéresse vraiment Avery.

– Pendant que nous étions à quatre pattes dans la boue, tout à l'heure, j'ai rassemblé quelques idées, dit Derec.

– O.K. ! voyons ça, dit Jeff. Si ces robots-là n'ont pas l'intention de nous tomber dessus, nous avons quelques minutes devant nous.

– Sauf si les Chasseurs arrivent aussi ! rétorqua Ariel.

– Bon, écoutez-moi. Avery a appris du Pr Leong que les deux plus importantes raisons de la longévité des cultures sont la transmission des valeurs et le maintien d'une identité distincte. C'est bien ça ?

– Oui.

– Transmettre les valeurs ne présente pas de difficulté quand on a des robots sous la main : il suffit de les programmer pour ça. Et puis ils peuvent traiter l'information bien plus vite et en conserver bien plus que les humains.

– Pas de contestation là-dessus, fit Jeff.

– Et depuis le début, nous avons tous remarqué

que les robots d'Avery sont différents des autres robots et qu'ils se comportent différemment, dit Ariel en hochant la tête. Leur programme doit donc être spécifique.

— Exactement. Ces deux faits coïncident parfaitement. Et l'isolement de la Cité des robots évite les interférences avec les autres cultures.

— Oui ! Cet endroit est toujours clandestin, dit Jeff.

— Avery a donc vraiment pris à cœur ces deux enseignements et s'en est servi pour fonder la Cité des robots, fit Ariel.

— Il reste encore une question importante, continua Derec : quelles sont les valeurs que le Dr Avery a programmées dans leurs cerveaux ?

— L'efficacité, dit Jeff.

— L'harmonie, dit Ariel. Les deux. Une sorte d'idéal, quoi. Rappelle-toi quand ils nous ont parlé de leur projet de Lois de l'Humanique, pour un comportement idéal de la part des humains. La Cité des robots devait être une espèce d'utopie. Nous savions déjà tout ça !

— Mais maintenant, nous savons quelle sorte... nous en connaissons *les bases*.

Derec hocha la tête, très excité. Il sentait un regain d'énergie le stimuler une fois de plus.

— Je commence à saisir l'idée, dit Jeff. Mais qu'est-ce que tu veux faire de tout ça ?

— M'attaquer au système lui-même. Provoquer un dysfonctionnement, ou du moins faire croire qu'il y en a un.

— Pour obliger Avery à se découvrir, compléta Ariel. D'accord, j'ai compris. Mais... Comment faire ?

— Il faut introduire dans le système, c'est-à-dire dans l'ordinateur central, des événements irrationnels. Souviens-toi, les Superviseurs ont eu besoin de notre aide pour démêler l'histoire du meurtre d'un humain, la première fois que nous sommes venus ici. Voilà un des points faibles du système.

— Et nous ne savons toujours pas qui était la victime, soupira Ariel. Il te ressemblait et... j'en ai encore la chair de poule !

Derec ne répondit pas. La première fois qu'il était entré dans le bureau du Dr Avery, il avait eu accès à des données mystérieuses concernant cet homme, mais n'en avait jamais parlé à Ariel. Mais ce n'était guère le moment d'aborder ce sujet.

Perplexe, Jeff jeta un coup d'œil interrogateur à Ariel. Elle ne lui avait pas raconté cet épisode.

— Bon, oublions ça pour le moment, dit Derec d'un ton sec. Un seul problème à la fois. La raison pour laquelle nous avons organisé la représentation d'*Hamlet*, c'était aussi de régler un problème que les robots n'arrivaient pas à résoudre.

— Je vois où tu veux en venir, dit Jeff. Le point faible du système, c'est qu'il n'est pas censé y avoir de crimes dans une utopie, donc les robots d'Avery ne sont pas capables de les résoudre.

— Exactement ! Nous allons devoir commettre quelques meurtres de robots humanoïdes ! Nous ne sommes pas contraints par les Lois de la Robotique, nous, et Mandelbrot n'est pas là pour intervenir si la situation tombait sous le coup de ces lois !

— O.K. !... fit Jeff avec un sourire méchant. Soyons des criminels ! Par quoi on commence, patron ?

Derec sourit lui aussi, malgré son inconfort.

— Il faut endommager un robot.

— En assassiner un ? (Ariel secoua la tête.) Mais comment ? Leurs caboches sont aussi dures que la coque d'un vaisseau. On pourrait cogner tant qu'on veut sur leur crâne qu'ils ne s'en rendraient même pas compte !

Ils furent pris tous les trois d'un fou rire nerveux : la perspective d'une action agressive relâchait un peu leur tension.

— On ne peut pas non plus les démonter, dit Jeff, riant toujours. On n'a pas d'outils. Sinon on pourrait se faufiler derrière eux, leur enlever deux, trois vis et laisser un petit tas de ferraille en partant.

— Et on pourrait monter une affaire avec les pièces détachées, ajouta Ariel. En promotion, pièces détachées de robots du Dr Avery, profitez-en !

— D'accord, d'accord, dit Derec en secouant la

tête. Mais en fait, nous n'avons pas besoin d'employer la violence physique. La première chose à faire, c'est de passer dans cette autre rangée et de repérer un robot isolé. Allez ! A quatre pattes ! On y retourne !

Ce fut long : Derec dut souvent s'arrêter pour se reposer et chaque fois il craignait que les Chasseurs ne les rattrapent avant qu'ils n'aient eu le temps d'accomplir quoi que ce soit.

Finalement, ils atteignirent les dernières tiges hautes et feuillues et se tassèrent au bout du sillon. De là, en se penchant en avant, Derec pouvait observer le versant. Jeff et Ariel s'assirent de l'autre côté et guettèrent dans toutes les directions l'arrivée éventuelle des Chasseurs.

— Rien encore, annonça Derec. Ça me laisse le temps de vous expliquer ce que j'ai en tête.

— Tu crois que ces feuilles sont comestibles ? Ça m'a creusé, moi, cette randonnée ! fit Jeff.

— Ma foi, je n'en sais rien, répondit Ariel. Dis, Derec, j'espère qu'il viendra d'autres robots ! Qu'est-ce qu'on ferait si le groupe qui vient de passer pour se rendre au point de rassemblement était au complet ?

— Bien vu ! On va peut-être devoir les suivre. Continuez à faire le guet derrière moi.

— Ça ne va pas, dit Jeff. Ces rangs sont absolument rectilignes. Si les Chasseurs arrivent par ici, ils n'auront qu'à regarder en bas de la pente pour nous apercevoir, même depuis l'entrée du défilé.

— Il vaut mieux rester ici, dit Ariel en s'installant dans une position confortable. Derec, explique-nous ton plan, pendant que nous avons la possibilité d'en parler.

— Tu as parlé de ces fameuses Lois de l'Humanique, tout à l'heure, dit Derec en faisant un signe de tête à Ariel.

— Je ne me souviens pas des termes exacts, mais la première des lois qu'ils avaient projetées disait qu'un humain ne devait pas faire de mal à un autre humain, ou, par son inaction, permettre qu'il lui soit fait du mal.

– Ils n'ont fait que réécrire la Première Loi de la Robotique ! fit Jeff en haussant les épaules.

– La Deuxième Loi de l'Humanique devrait nous servir à quelque chose, dit Derec. Elle stipule qu'un humain ne doit donner que des ordres rationnels à un robot et ne rien exiger de lui qui puisse le mettre en détresse. Mais c'est leur Troisième Loi qui nous sera le plus utile : elle dit que nous ne devons pas endommager un robot, ou, par notre inaction, permettre qu'un robot soit endommagé, sauf si ça peut venir en aide à un humain ou faciliter l'exécution d'un ordre capital.

– Et comment veux-tu t'en servir ? demanda Ariel.

– Nous allons devoir enfreindre la Troisième Loi de l'Humanique, et peut-être la Deuxième, pour prouver aux robots eux-mêmes que cet endroit n'est pas une utopie. Vous me suivez ?

– Jusqu'ici, ça va, dit Jeff.

– Et comment va-t-on faire ?

– A la base, nous devons convaincre un robot qu'il est responsable de mon état.

– O.K. ! approuva Jeff. En d'autres termes, l'obliger à se désactiver en lui faisant croire qu'il a violé la Première Loi. Oui, ça me semble plus réalisable que d'essayer de le plaquer au sol !

– Mais comment ? Ils ne sont pas tout à fait idiots et ils se rendront bien compte s'ils t'ont fait du mal ou non.

– Il va falloir leur jouer la comédie. Je n'ai pas encore réfléchi aux détails, mais ça peut être de lui faire croire qu'il vous a obligés à m'attaquer, quelque chose comme ça.

– J'entends des bruits de pas, souffla Jeff.

Derec s'aplatit et passa avec précaution la tête derrière la tige la plus proche pour observer le versant. Un robot solitaire descendait vers eux ; Derec se ramassa sur lui-même et se tint prêt.

– Qu'est-ce que tu attends de nous ? chuchota Ariel.

– Il va falloir improviser, lui murmura-t-il en retour, en lui faisant signe de se taire. Silence !

Quand le robot arriva à sa hauteur, Derec se jeta dans ses jambes et hurla.

– Arrête-toi ! s'écria-t-il d'une voix rauque. (Il n'avait pas besoin de simuler la souffrance, il lui suffisait de la laisser transparaître sur son visage.) Tu m'as fait mal !

Le robot pila et se pencha vers lui.

– Si je vous ai blessé, c'était par inadvertance. Veuillez accepter mes excuses.

Le robot se baissa pour prendre Derec sous les bras et l'aider à se relever. A ce contact, Derec poussa un hurlement et devint tout flasque. Il échappa à la poigne du robot et s'écroula à la renverse sur le sol.

– Tu l'as tué ! hurla Ariel en bondissant. Assassin ! Tu l'as tué !

Derec se retint de rire de sa véhémence et resta allongé, les yeux ouverts pour pouvoir suivre ce qui se passait.

– On dirait bien, affirma Jeff. Tu ferais mieux de t'éteindre, mon vieux. Tu ne peux pas continuer à te promener comme ça en violant la Première Loi !

– Je ne lui ai pas fait de mal, rétorqua le robot, qui visiblement en tremblait. Notre contact a été minime et le choc très léger. C'est un malentendu. Je vais vous aider à trouver du secours.

– Non ! Ne le touche surtout pas ! se récria Ariel en faisant de grands moulinets avec les bras. Tu vas encore le tuer !

– Les humains ne peuvent mourir qu'une seule fois, fit remarquer le robot. Et de toute façon, il n'est pas mort.

– Il est en très mauvais état et c'est de ta faute, lui reprocha Jeff. Tu comprends ça ?

Sans avoir vraiment besoin de se forcer, Derec se mit à grimacer et à se tordre de douleur pour confirmer les dires de Jeff.

– C'est impossible... Je... ne... peux pas... l'avoir... blessé. Mon contact... n'a pas pu... lui faire... de mal...

Le bégaiement du robot montrait ses doutes. Derec

reprit courage. Il n'y avait qu'à continuer dans ce sens.

– Et pas un mot à l'ordinateur central, hein, dit soudain Jeff. J'allais oublier ! Tu ne l'as pas encore fait, j'espère ?

– Non... J'ai été... distrait.

– C'est très mal de ta part ! Mais ne le fais pas. C'est un ordre ! Deuxième Loi ! Pigé ? insista Jeff en le menaçant du doigt.

– Je... comprends.

– Tu ne crois pas que tu devrais t'éteindre, après avoir fait ça ? dit Ariel avec force, les poings sur les hanches.

– Je ne... n'en suis pas... convaincu.

– Si tu ne te désactives pas, nous allons être obligés de le battre, dit Jeff. Et ce sera bien de ta faute !

– Ceci... n'est pas l... logique.

– Alors, tu te désactives oui ou non ! s'obstina Ariel.

– Non... je ne...

– Attends une minute, siffla Derec en essayant d'avoir l'air aussi mal en point que possible. Tu admets que tu as des doutes ?

– Je... l'admets.

– Alors tu dois au moins être d'accord pour nous accompagner dans un endroit où nous pourrons continuer à discuter de ça.

– C'est vrai, tu ne peux pas le contester, non ? dit Jeff.

– Bonne idée ! lâcha Ariel en jetant un coup d'œil vers la montagne. Nous... Euh... Nous ne voulons pas être dérangés.

– Porte-moi, ordonna Derec au robot. Qui es-tu, au fait, et quelle est ta fonction ?

– Je suis... Dessinateur d'Architecture-699. Je réponds aussi au nom de... Boullée, répondit-il d'une voix un peu plus assurée. Où... Où allons-nous ? ajouta-t-il après avoir pris avec précaution Derec dans ses bras.

– Nous ne voulons plus risquer d'être vus depuis

cette rangée, mais sans aller trop loin, dit Jeff. Euh...
Passons de l'autre côté de ces plants.

— Très bien. Toutefois, nous risquons d'être remarqués tant que nous ne serons pas un peu plus à
l'écart. J'aperçois devant nous une petite dépression
qui devrait suffire si nous nous asseyons tous.

— Parfait, dit Ariel. Allez, dépêchons-nous !

Maintenant que Boullée portait Derec, le petit
groupe avançait à bonne allure pour la première fois
depuis qu'ils avaient abandonné le *Minneapolis* ; Derec ferma les yeux et en profita pour se relaxer. Ces
quelques instants de repos furent les bienvenus. Le
robot l'installa sur le sol humide et meuble avec un
soin excessif puis les autres s'assirent autour de lui.

— Pouvez-vous m'expliquer... comment j'ai trans-
gr... gressé la Première Loi ? leur demanda Boullée
qui se remit à trembler.

Allongé les yeux fermés, Derec se sentit coupable
de mettre ce robot dans une telle détresse. Mais il
s'obligea à penser que ce même robot avait été programmé par Avery et qu'il les livrerait tous les trois
sans hésitation si jamais l'ordinateur central ou les
Chasseurs apprenaient qu'ils étaient avec lui et s'ils
lui en donnaient l'ordre. D'un autre côté, il pourrait
par la suite être réparé ou reprogrammé sans séquel-
les. *Je n'y peux rien !* pensa-t-il, et il ouvrit les yeux.

— Tu m'as blessé ! prétendit Derec d'une voix aussi
ferme que possible. Désactive-toi.

— Au moins pour un temps, tu vois, jusqu'à ce que
tu aies été vérifié, dit Ariel. C'est bien la procédure
habituelle, non ?

Ses mots sonnaient faux aux oreilles de Derec et il
comprit qu'elle se sentait coupable, elle aussi.

— Je ne suis... toujours pas c... convaincu.

REMISE EN QUESTION D'UNE UTOPIE

Soudain, Derec agit sous le coup d'une impulsion. Avec effort, il roula sur le côté, ramassa sous lui ses jambes douloureuses, et se jeta sans prévenir à la gorge de Jeff, faisant mine de vouloir l'étrangler.

Mais juste au moment où il allait atteindre le cou de Jeff, Boullée lui saisit les poignets avec douceur. Hurlant sous la pression pourtant légère, Derec tomba à la renverse en repoussant mollement les bras du robot. Puis il s'affala et resta inerte, les yeux fermés.

– Tu lui as encore fait mal ! s'exclama Jeff.

– Tu l'as vraiment blessé, cette fois-ci !

– Non, c'était une action tout à fait correcte. J'ai évité un grave préjudice à cet humain en portant un préjudice moins important à celui qui l'attaquait. Il n'y a pas eu violation de la Première Loi.

Le robot reprenait confiance. Derec ouvrit les yeux sans toutefois faire le moindre mouvement.

– Euh... fit Jeff avec un regard désespéré vers Ariel.

– Boullée, tu as exagéré ! s'excita Ariel. Regarde-le ! Ce n'était pas justifié !

– Très juste ! déclara Jeff. Le contenir avec une force raisonnable, d'accord, mais ça c'est autre chose !

– Je n'ai pas pu... pu le blesser... Je suis resté... modéré, bredouilla Boullée en baissant ses photosenseurs vers Derec.

– Mais pas assez ! gémit Ariel. Ça fait déjà deux

fois que tu lui fais mal ! Tu ne comprends donc pas que les humains sont fragiles ?

— C'est vrai ! C'est là tout le problème. Si tu n'as jamais eu de contact avec des humains, ça explique tout ! Et si tu t'éteignais jusqu'à ce qu'on ait pris une décision, par exemple ?

— C'est ton jugement qui doit être faussé à la base, pour ainsi dire ! continua Ariel. Tu ne vas pas risquer de faire du mal à un humain à cause de ça, non ?

— Vous avez peut-... être raison.

La voix de Boullée mourut et le robot se figea.

— Boullée, es-tu en éveil ? demanda Ariel avec circonspection.

— Boullée, si tu m'entends, je t'ordonne de me répondre.

N'entendant plus rien, Derec se força à se soulever sur un coude.

— Eh ! Ça a marché, finalement !

— Je crois bien... dit Ariel.

— Alors, ça doit pouvoir marcher encore, dit Jeff. Et maintenant que nous savons comment faire, nous pouvons fignoler notre scénario !

— Retournons sur leur parcours, dit Derec. Vous pouvez m'aider à me relever ?

Ariel et Jeff l'aidèrent à se remettre debout et le soutinrent tandis que le trio revenait vers le sillon que les robots suivaient pour descendre dans la vallée. Arrivé là, Derec s'effondra de nouveau sur le sol, tandis que Jeff et Ariel se mettaient à faire nerveusement les cent pas.

— On ferait peut-être mieux de s'en aller, dit Ariel. Ça ne suffit pas, une agression ? Je veux dire, les deux autres assassinats, celui de l'humain et celui du robot, ont déclenché des crises considérables !

— C'est juste ! approuva Jeff. On devrait le traîner jusqu'ici, comme ça le prochain robot migrant ne pourra pas le manquer et on pourra continuer à mettre de la distance entre les Chasseurs et nous.

— Je ne pourrai pas vous aider, et il est plutôt lourd, fit remarquer Derec. Ça m'étonnerait que vous arriviez à le traîner jusqu'ici tous les deux.

Jeff se passa la main dans les cheveux et soupira.

– Tu as raison. Ça a déjà été une dure journée et on n'a pas fini de cavaler !

– Encore un robot, insista Derec. C'est tout ce dont nous avons besoin.

– Givre ! Mais qu'est-ce que tu racontes ? intervint Ariel. Si on reste ici à attendre les Chasseurs, on aura fait tout ça pour rien ! Faut partir d'ici !

– Un seul ! Mais nous ne l'agresserons pas, celui-ci : nous nous assurerons qu'il a bien vu Boullée et nous partirons.

– Bon... Très bien, répondit Ariel. On attend encore un peu. Mais s'il ne vient pas de robot d'ici un quart d'heure, on part quand même, d'accord ?

– D'accord. Mais souviens-toi qu'il faut que ce soit un robot isolé. Je suis presque sûr que si on essaie d'en berner plusieurs à la fois, ce sera plus difficile parce que les autres resteront à observer et risqueront donc de remarquer la supercherie.

Dans un laps de temps relativement court, de nombreux robots passèrent dans la rangée mais, s'ils étaient seuls dans le sens où ils ne faisaient pas partie d'un groupe ou d'une équipe, ils étaient toujours plus ou moins en vue d'autres robots qui arrivaient derrière eux et, dans ces conditions, Derec n'osa pas leur jouer sa petite comédie.

– Dites-vous bien que les Chasseurs n'ont pas disposé de tellement de temps pour arriver jusqu'ici. Si à nous ça nous a paru long, c'est parce qu'on a la frousse !

– En voilà un autre ! annonça Ariel en sortant la tête de derrière la dernière tige feuillue. Ça devrait aller, je n'en vois pas d'autre à l'horizon.

Jeff s'approcha d'elle.

– Eh ! Derec, je crois qu'on en tient un, cette fois-ci !

– Enfin !... Bon, juste avant qu'il arrive ici, je me jetterai par terre et toi, Jeff, tu me sauteras dessus... Euh, pas trop fort, d'accord ? Je suis déjà à moitié mort ! ajouta-t-il avec un petit sourire désabusé.

— Derec, ne dis pas des choses pareilles... commença Ariel.

— Eh ! Attendez ! Je le connais, ce robot ! s'écria Jeff. C'est... Comment je l'avais appelé, déjà ? Ah ouais ! Tas de Ferraille ! cria-t-il en bondissant hors de la rangée.

Le robot pila et lui jeta un regard quelque peu surpris.

— Est-ce à moi que vous vous adressez ?

— Identifie-toi !

— Je suis Chef d'Equipe de Maintenance du Complexe énergétique-3928. Je poursuis mon programme de migration. Veuillez me laisser passer.

— Ça a l'air d'être ça. Je suis sûr que c'est toi, dit Jeff en étudiant la charpente générale et les fentes oculaires du robot.

— Jeff, mais qu'est-ce que tu fais ? s'impatienta Derec.

— Je connais ce type, je lui avais même donné un surnom. Il s'était montré très coopératif, dans le temps.

— Les robots ont tous été reprogrammés, lui rappela Ariel. Il ne se souviendra de rien de ce qui s'est passé quand tu étais là. Finissons-en avec lui !

— Allez, mon vieux, fais un effort ! Tu réponds aussi au nom de Tas de Ferraille, non ?

— Oui, je réponds aussi au nom de Tas de Ferraille.

Surprise, Ariel étouffa un petit rire derrière sa main.

— Vous voyez bien ! triompha Jeff.

Derec haussa les épaules à l'intention d'Ariel.

— Je suis l'humain qui était dans un corps de robot, avant, et c'est moi qui t'ai donné ce nom, expliqua Jeff à Tas de Ferraille. Maintenant, j'ai d'autres instructions. D'abord, pas un mot de tout ceci à l'ordinateur central. Compris ?... Je disais déjà ça lors de mon précédent séjour ! ajouta-t-il en faisant un clin d'œil à Derec.

— J'ai compris, répondit Tas de Ferraille.

— Te souviens-tu de moi ?

— Non.

– Non ! s'étonna Jeff. Et pourquoi réponds-tu toujours au nom de Tas de Ferraille, alors ?

– Je crois que j'ai compris, intervint Derec. Tous les robots de la cité ont été reprogrammés depuis le noyau central, mais leurs identités et leurs désignations n'ont pas été touchées. Ça devait être plus rentable pour Avery, parce que comme ça l'ordinateur central pouvait toujours les contacter et les reconnaître.

– C'est ce que je crois aussi, mais je suis déçu. Je pensais que j'avais encore un vieux copain ici !

– Et ça, ce n'est rien ! Si tu avais vu l'accueil que nous a réservé Euler, un de nos vieux copains à nous ! C'est lui qui a lancé les Chasseurs à nos trousses !

– Je t'assure, celui-ci s'est montré coopératif. Nous n'aurons peut-être pas besoin de notre petite mise en scène. Nous devons te montrer quelque chose, ajouta Jeff en se tournant vers Tas de Ferraille. Mais avant, toutefois, nous allons te demander de nous aider... non, nous *exigeons* ton aide, en vertu de la Première Loi.

– En quoi puis-je vous être utile ?

– Tu vois cet humain ? Il s'appelle Derec. Il est extrêmement malade. Nous...

– On dirait, dit Tas de Ferraille.

– Quel comédien je fais ! marmonna Derec.

– Nous avons besoin que tu nous accompagnes et que tu le portes pour nous un moment.

– Pourquoi ?

– Nous... Euh... On est suivis par d'autres qui risquent de nous nuire davantage, dit Ariel, en parlant avec lenteur pour trouver les termes justes.

– Exactement, confirma Derec.

– Qui sont-ils ?

– Nous ne le savons pas, déclara Jeff. Mais ça n'a pas d'importance, n'est-ce pas ? Un préjudice, comme dirait la Première Loi.

– Je dois poursuivre mon programme de migration, en vertu d'une très haute priorité. Pour pouvoir

la transgresser, je dois comprendre l'urgence du préjudice potentiel.

— Attends ! intervint Derec. Coupons la poire en
deux. Tu vois cette petite dépression, là-bas ?

— Oui.

— Il y a un robot désactivé par terre. Nous voulons
que tu en informes l'ordinateur central, mais seulement quand nous serons en sécurité, pas avant. Tu as
compris ?

— Jusqu'ici.

— Avant, porte-moi et conduis-nous par un chemin
détourné jusqu'à ton point de rassemblement.
Comme ça, tu combineras les obligations de ton programme et nos exigences de Première Loi. Tu peux
faire ça ?

— Mon programme exige que je migre directement, répondit Tas de Ferraille en se tournant vers la
dépression. Vous dites qu'un robot humanoïde est
tombé en panne là-bas ?

— En un sens. Mais on dirait bien qu'il a été
agressé.

— Agressé ? Dans le sens de violence criminelle ?

— Ouais, c'est bien ce que je voulais dire.

— Est-ce que cette situation est en relation directe
avec le danger que vous courez ? demanda Tas de
Ferraille en braquant ses capteurs optiques sur Derec.

— Euh... Oui, c'est en relation directe, mais ce
n'est pas la peine de t'expliquer pourquoi. Est-ce que
tu vas nous aider, oui ou non ?

— Je crois que c'est une raison suffisante pour que
je vous conduise par un chemin détourné vers mon
point de rassemblement.

Tas de Ferraille se pencha et prit Derec dans ses
bras, avec une délicatesse surprenante, même de la
part d'un robot.

— Suivez-moi, dit-il à Ariel et Jeff.

Derec poussa un soupir de soulagement. Tant
qu'ils continueraient à mettre de la distance entre eux
et les Chasseurs, ils auraient une chance de s'en sortir. Par ailleurs, la capacité robotique d'élaborer un
parcours aléatoire devait au moins égaler celle des

Chasseurs de résoudre le problème posé par ce parcours. Ce trajet serait de toute façon plus efficace que le leur, à tous points de vue.

Il donnerait l'ordre à Tas de Ferraille de les laisser juste avant d'arriver à son point de rassemblement et de ne pas révéler leur rencontre. Alors, il pourrait peut-être, à force de cajoleries, lui soutirer des explications sur ce mystérieux programme de migration. Mais pour l'instant, il était bien trop épuisé.

La démarche rythmique et puissante de Tas de Ferraille et le bruit des pas d'Ariel et Jeff, derrière lui, le réconfortaient. La nouvelle de l'agression de leur victime ne manquerait pas de parvenir aux oreilles du Dr Avery. Ce qui manquait à Derec à présent, c'était la présence de Mandelbrot : il pouvait, lui, se mettre en relation avec l'ordinateur central et, contrairement à Tas de Ferraille et aux autres robots d'Avery, on pouvait s'en remettre à lui sans ces perpétuelles polémiques autour des Trois Lois !

Mandelbrot... et Wolruf... Que pouvait-il bien leur être arrivé ?... Sur cette pensée, Derec sombra dans le sommeil.

Dans une unité de réparation, Mandelbrot se tenait maintenant immobile. Le robot obligeant venait tout juste de le déposer là. Le trajet jusqu'ici avait été particulièrement long.

Il avait réussi à semer son poursuivant par deux actions conjuguées : d'une part en se faisant porter par un autre robot de façon à ne pas laisser d'empreintes caloriques et, d'autre part, en se faisant identifier comme robot en dysfonctionnement. De toute évidence, les Chasseurs, n'ayant aucune raison de supposer qu'il avait besoin de réparations, continuaient de le traquer sur l'hypothèse de ses pleines capacités. Mais Mandelbrot devrait passer à l'action avant qu'ils n'aient l'idée de contrôler cette unité de réparation.

Il lui faudrait aussi sortir d'ici avant que les robots réparateurs ne lui demandent de s'identifier, ce qui pouvait se produire d'un moment à l'autre.

Il fut tout d'abord surpris d'avoir juste été laissé là à attendre. Connaissant l'efficacité des robots d'Avery, il pensait qu'il aurait été pris en charge immédiatement. Mais tandis qu'il observait les robots à l'œuvre dans l'unité de réparation, il en vint à la conclusion que, comme d'habitude, la Cité des robots fonctionnait selon son style très particulier d'efficacité.

L'unité de réparation traitait un grand nombre de robots endommagés ou en dysfonctionnement. D'après les conversations que Mandelbrot surprit grâce à son communicateur, il devina que le programme de migration était en cours d'achèvement et qu'il ne restait guère dans la cité que des équipes réduites au strict minimum.

Pour cette raison, la plupart des unités de réparation avaient elles aussi été désaffectées. Les robots dépannés faisaient déjà partie de ces équipes restreintes, ou bien étaient en passe d'être reprogrammés. Leurs instructions de migration allaient être effacées et eux seraient intégrés dans des pools de réserve destinés à ces équipes. Ainsi, la cité avait l'intention de se passer des robots migrants pendant une période importante.

Si un robot ne rejoignait pas son point de rassemblement en temps et en heure, il serait réaffecté. Mandelbrot en conclut qu'il ne pouvait pas se permettre de s'éterniser ici, sinon il risquait d'être lui aussi reprogrammé et, ainsi, de ne plus être d'aucune aide aux humains.

A côté de Mandelbrot, il y avait quatre autres robots. Deux d'entre eux étaient assis – leurs pannes étaient mécaniques et les empêchaient de rester debout ou de marcher ; les deux autres étaient appuyés contre le mur et les raisons de leur dysfonctionnement n'étaient pas apparentes. Tous quatre avaient pu rallier seuls l'unité de réparation en fonctionnant à un pour cent de leurs capacités.

Pendant un moment, Mandelbrot observa la pièce dans laquelle il se trouvait. Deux robots humanoïdes supervisaient des robots utilitaires qui travaillaient aux réparations. Un de ceux-ci avançait le long de la rangée de robots en attente de réfection et enregistrait leurs numéros de série ou autres marques d'identification à l'aide d'une optique fixée au bout d'un long bras flexible.

Soudain, Mandelbrot fit volte-face et sortit vivement de l'immeuble. Puis il sauta sur un trottoir roulant et partit en courant en direction des montagnes, à présent trop éloignées pour être visibles. Il connaissait leur situation, mais il dut se reporter à son enregistrement de l'écran d'observation du vaisseau pour déterminer le trajet le plus court.

– Stop ! entendit-il dans son communicateur. Vous êtes en dysfonctionnement et vous vous mettez vous-même en danger en vous exposant à des pannes plus graves. C'est une violation de la Troisième Loi qui exige que vous vous désactiviez...

Mandelbrot coupa son récepteur. Dans la mesure où il était en état de marche, il ne se sentait pas concerné par cet ordre. Il avait bien sûr envisagé que les robots le verraient sortir, mais il avait parié sur le fait qu'ils attacheraient moins d'importance à sa poursuite que les Chasseurs ; au pire, ils en lanceraient un à la recherche d'un robot isolé en dysfonctionnement, et non plus d'un intrus impliqué dans l'arrestation de Derec.

Devant lui, une station de tunnel. Sans regarder en arrière, Mandelbrot sauta du trottoir roulant et descendit en courant la rampe mobile qui menait au quai d'embarquement. Enfin, il fut dans une cabine et la programma pour une destination qui le rapprocherait le plus possible des montagnes.

Le trajet prendrait du temps. Mandelbrot rebrancha son communicateur pour faire une reconnaissance de la situation.

Deux alertes générales de première priorité avaient été déclenchées par l'ordinateur central.

La première disait que les Chasseurs étaient à la recherche d'un robot en dysfonctionnement qui avait de toute évidence transgressé la Troisième Loi en s'enfuyant d'une unité de réparation. Comme les

Trois Lois étaient en jeu, tous les robots humanoïdes avaient reçu l'ordre de coopérer. Sa description physique était donnée. Dans la mesure où Mandelbrot s'était échappé avant d'avoir été inspecté, l'ordinateur central ne disposait que de cette information, mais Mandelbrot était reconnaissable, même au premier coup de capteur optique !

La deuxième alerte concernait la découverte dans le domaine agricole d'un robot humanoïde mystérieusement désactivé. Les raisons de sa panne étaient encore inconnues et les Superviseurs avaient donné l'ordre impératif à tous les robots détenant des renseignements sur cet incident d'en informer immédiatement l'ordinateur central.

Ce genre de dysfonctionnement général étant extrêmement rare dans la Cité des robots, Mandelbrot fut certain que cela rappellerait aux Superviseurs, et probablement au Dr Avery lui-même, le mystère du meurtre du robot que Derec avait résolu.

Mandelbrot avait bien dans l'idée que ses amis humains étaient impliqués dans cet incident, d'une façon ou d'une autre. Mais les Chasseurs feraient eux aussi le rapprochement, même si aucun d'eux n'avait de preuve. Ils devineraient aussi que le robot qui s'était échappé de l'unité de réparation et celui qu'ils poursuivaient ne faisaient qu'un. Pour lui, cela ne faisait pas de différence : dans les deux cas, il devait les éviter. Il sentait maintenant les contraintes de Première Loi le pousser en avant, dans la mesure où, à l'heure actuelle, les Chasseurs devaient être plus près des humains que lui-même.

Dans le tunnel, la cabine à plate-forme continuait de filer en direction des montagnes. C'était le moyen de transport le plus rapide dont Mandelbrot disposait, mais il lui semblait désespérément lent !

LA FAVEUR DE JEFF

Derec entendit Ariel l'appeler par son nom. Sa voix lui parvint du fond de l'obscurité, du fond du brouillard, du fond de l'atmosphère glacée... jusqu'à ce qu'il ouvre enfin les yeux. Ariel était penchée sur lui, une herbe haute et dense ondoyait derrière elle dans la pénombre qui baignait toute la vallée. Il resta tout d'abord silencieux, essayant en vain de se rappeler où ils étaient. L'endroit lui était parfaitement inconnu.

— Derec, *s'il te plaît* ! Réveille-toi ! On doit repartir !

— Allez ! Je vais t'aider, proposa Jeff.

Il prit Derec sous les épaules et l'aida à s'asseoir.

— Où sommes-nous ? demanda Derec d'une voix cassée en regardant autour de lui.

— Dans un champ de blé, je crois.

— Que s'est-il passé ?

— Tu t'es endormi pendant que Tas de Ferraille te transportait. Il est déjà reparti.

— Tu as dormi un bon moment, dit Jeff. On doit être au milieu de la nuit et il fait de plus en plus froid.

Derec hocha la tête en croisant les bras pour tenter de se réchauffer.

— Tas de Ferraille a dû signaler l'agression du robot à l'ordinateur central. Très certainement juste après nous avoir quittés.

— Oui, et probablement qu'il a aussi donné notre position, ajouta Ariel. Il nous a fait suivre un parcours sinueux à travers la vallée et en partie sur le versant opposé.

390

A contrecœur, Derec laissa Jeff le remettre sur ses pieds. Il lui semblait souffrir de partout. Le souffle court, il s'appuya sur son épaule pour garder l'équilibre.

– Je t'ai réveillé parce qu'il faut continuer à avancer, dit Ariel. Ce n'est pas parce que c'est la nuit que les Chasseurs vont interrompre leur traque !

– Est-ce que tu as eu d'autres idées, Derec ? Avery doit avoir entendu parler de l'agression à l'heure qu'il est.

– Je ne sais pas à quoi il faut s'attendre, répondit Derec en tâchant de se réveiller. Je ne sais pas non plus combien de temps cette nouvelle va mettre avant de provoquer une réaction... Tas de Ferraille est reparti ? Tant pis ! J'avais l'intention de lui demander des précisions sur cette migration. Savez-vous où se trouve son point de rassemblement ?

– Pas vraiment, répondit Jeff. Il est reparti en descendant la pente en diagonale, et j'imagine qu'il est retourné vers le sillon où nous l'avions rencontré.

– On ne peut pas prendre ce risque, murmura Derec pour lui-même.

Soudain, Ariel lui saisit le bras et, sans un mot, indiqua du menton quelque chose devant elle. Derec et Jeff firent volte-face. Plus haut sur le même versant, à peine visible dans le lointain, une silhouette humanoïde se dirigeait vers eux.

– Allons-y, dit Derec avec un sursaut d'énergie. Il n'est pas sur le trajet de la migration, alors sûr que c'est un Chasseur, et sûr qu'il nous a repérés ! J'ai bien peur qu'il ne soit pas long à nous rattraper, maintenant.

Ils repartirent tous les trois dans la direction opposée, mais Derec arrivait tout juste à ne pas s'effondrer. De nouveau, Ariel et Jeff le soutinrent en passant ses bras par-dessus leurs épaules et Derec, mortifié, s'aperçut que son état avait tellement empiré que même ses montées d'adrénaline ne faisaient plus de différence.

Quand ils arrivèrent à la limite du champ de blé,

devant une plantation d'arbustes bas qu'ils ne reconnurent pas, Jeff s'arrêta et se dégagea.

— Ecoutez, il faut qu'on se sépare ! dit-il en se retournant vers le Chasseur qui était toujours assez loin mais avait visiblement gagné du terrain.

— A quoi ça servira ? demanda Derec d'une voix lasse.

— J'arriverai peut-être à faire diversion. Et s'ils m'attrapent le premier, c'est encore moi qui cours le moins de danger face à Avery, puisque nous n'avons rien à voir ensemble.

— Il est givré, tu sais ! rétorqua Ariel. Tu ne dois pas t'attendre à un comportement rationnel de sa part !

— Eh bien, peut-être... Mais si nous nous séparons, c'est notre meilleure chance de retarder la capture de Derec, et peut-être qu'Avery en profitera pour se découvrir, pendant ce temps.

Derec le dévisagea.

— Tu es sûr de vouloir faire ça ? C'est un risque énorme !

— Eh ! J'ai dit que je vous devais une faveur, non ? fit Jeff avec une grimace contrite.

Derec lui serra le bras en signe de gratitude, puis tourna les talons et recommença à gravir la pente. Ariel jeta ses bras au cou de Jeff pour une brève étreinte puis se hâta de rejoindre Derec. Jeff poussa un petit soupir, descendit de quelques mètres et se mit à quatre pattes pour ramper entre les arbustes du champ attenant.

Ariel soutenant Derec, ils remontèrent d'un pas lourd le sillon qui séparait les deux plantations. Un moment plus tard, le blé haut et vert originaire d'Aurora les avait dissimulés à la vue du Chasseur. Mais celui-ci avait dû remarquer leur manœuvre et la communiquer aux autres, où qu'ils soient.

En débouchant de l'un des défilés, Mandelbrot put à peine distinguer, grâce à ses capteurs optiques perfectionnés, les silhouettes des quelques robots qui se déplaçaient au loin, dans la faible lumière. Il s'arrêta pour inspecter toute l'étendue de la vallée.

Quelques-unes des cultures les plus hautes et les plus denses lui bouchaient la vue, mais il aperçut néanmoins un ou deux robots humanoïdes qui remontaient un sillon sur le versant opposé. Ils ne se comportaient pas comme des Chasseurs et Mandelbrot en conclut qu'ils étaient de ceux qui poursuivaient leur programme de migration. Par contre, il vit deux corpulents robots arpenter systématiquement les cultures et fut certain que ceux-là étaient bien des Chasseurs.

Soudain, en un autre point du versant opposé, il remarqua une silhouette humaine qui rampait dans l'un des champs. Tandis qu'il l'observait, impuissant, un Chasseur isolé arriva en courant derrière l'humain et s'en empara. D'après ce que Mandelbrot put voir de la lutte acharnée qui s'ensuivit, il sut que l'humain ne pouvait pas être Derec ; par ailleurs, Ariel était plus menue.

Un peu en amont de la bataille, il localisa ces deux derniers qui se frayaient lentement et péniblement un chemin entre des rangées d'arbustes bas.

Le programme de Mandelbrot et ce qu'il comprenait du danger représenté par le Dr Avery plaçaient Derec au premier plan de ses priorités. Alors que les Chasseurs étaient programmés avec une définition étroite de leur tâche qui leur permettait d'appréhender les humains sans les blesser, Mandelbrot avait une compréhension plus globale du problème et percevait la détention par les Chasseurs comme un premier pas vers un préjudice pratiquement certain. Pour le moment, il devrait ignorer la situation de Jeff et faire son possible pour venir en aide aux deux autres. Il enregistra les positions et les déplacements des Chasseurs en vue et partit à grands pas le long de la pente.

En émergeant du côté opposé du verger, Ariel et Derec débouchèrent sur un sentier qui descendait la pente en ligne droite.

– ... Suis complètement désorienté, ahana Derec en tombant sur les genoux. ... Doit être sur le trajet des robots migrants. Regarde toutes ces empreintes de pas. Il ne doit normalement pas y avoir tant de circulation dans cette vallée, sinon il y aurait une voie pavée.

Ariel approuva et le poussa en avant sur la pente, là où la boue molle avait été labourée de façon inégale par les passages répétés. Visiblement, les cultures étaient irriguées à intervalles réguliers.

– Allez, viens ! murmura-t-elle, à bout de souffle elle aussi.

Ils reprenaient juste l'escalade de la pente quand une silhouette massive surgit de la plantation, devant eux. Derec leva les yeux vers l'énorme carcasse du Chasseur qui, précédé d'une ombre compacte, descendait vers eux en maintenant à grand-peine un équilibre précaire sur ce terrain instable.

– Allez, grouille-toi ! lâcha-t-elle en le poussant sans ménagement dans le verger.

– Peux pas !... souffla-t-il. Plus de jambes...

Il réussit néanmoins à la suivre en titubant.

Soudain, elle pila.

Sous les arbres, un autre Chasseur les attendait, silhouette sombre contre le halo lumineux de la vallée.

Ils firent volte-face... pour apercevoir deux autres Chasseurs qui se frayaient un chemin dans le verger, cassant des branches et arrachant des feuilles sur leur passage, remontant la pente en ligne droite, sans prendre la peine de suivre des rangs ou des sillons.

Leur silence absolu et leur attitude impassible décourageaient toute velléité de rébellion. Incapable de se défendre, Derec s'appuya avec lassitude sur l'épaule d'Ariel, et elle passa un bras autour de lui, plus pour le réconforter, soupçonna-t-il, que parce qu'elle avait peur. Il jeta un regard désespéré au Chasseur le plus proche.

Soudain, une espèce de tentacule scintillant surgit de derrière celui-ci, s'enroula autour de son cou, fit quelques gestes rapides et le Chasseur se figea.

394

Trop abasourdi pour réagir, Derec clignait des paupières, les bras ballants.

— Fuyez ! leur cria Mandelbrot en faisant irruption derrière le Chasseur.

Son bras cellulaire, que Derec lui avait installé avec ordre de le faire passer pour un bras robotique ordinaire, reprenait tout juste un aspect normal.

— Dépêche-toi ! lança Ariel en poussant Derec derrière Mandelbrot, de façon à placer leur protecteur entre les Chasseurs et eux.

Mis en confiance par la présence de Mandelbrot, ils repartirent en trébuchant entre les arbres. Ariel courait en zigzag, tournait et contournait les arbres fruitiers, traçant une piste maladroite et erratique, sans même prendre la peine de se dissimuler. A un moment donné, Derec se retrouva empêtré dans une branche touffue et profita de ce qu'il était obligé de s'arrêter pour regarder ce qui se passait derrière lui.

Quatre Chasseurs avaient réussi à se rapprocher d'eux quand Mandelbrot avait neutralisé le premier en tripotant ses contrôles, avant de s'attaquer aux trois autres. En s'en prenant à eux, Mandelbrot les obligeait à appliquer la Troisième Loi et à protéger leurs existences. Cet impératif prenait le pas même sur les ordres les plus impératifs ; ils devraient donc abandonner leur chasse tant qu'ils n'auraient pas maîtrisé leur agresseur.

Si Mandelbrot n'avait pas l'avantage du nombre, il avait celui de disposer d'un bras souple. De plus, dans les intervalles exigus entre les arbres, les Chasseurs étaient entravés par leur corpulence.

La bataille suivait son cours et leur accordait un peu de temps. Ils devaient en profiter pour prendre de l'avance !

Ariel courait devant, mais Derec la rattrapa malgré tout. Il lui agrippa le bras, trop essoufflé pour parler. Elle s'arrêta et attendit anxieusement qu'il ait repris son souffle en jetant des regards paniqués autour d'elle.

— Où va-t-on ? demanda-t-il enfin, pantelant.

– Je n'en sais rien ! Quelque part... Peu importe ! On se tire, c'est tout !

– Mandelbrot ne peut pas avoir le dessus dans cette lutte. Il ne peut que les ralentir. Ils vont le maîtriser et la chasse reprendra comme avant !

– Alors ?... tu as une meilleure idée ?

– Oui, dit-il en se laissant tomber sur la terre humide. J'ai réfléchi au sujet de ce domaine... A la façon dont le sentier des robots est labouré par les empreintes de pas... Ça veut dire qu'il n'y a pas de problèmes d'érosion, dans la vallée.

– Ouais, et alors ?

– Alors, ces plantations ont pourtant besoin d'eau et elles sont soignées avec la compétence robotique habituelle. Si cette vallée est irriguée par des tuyaux, souterrains ou autres, on l'a dans le baba, mais je ne pense pas que les robots aient choisi ce système : les feuilles ont aussi besoin de l'humidité ambiante.

– Tu crois qu'on a le temps de faire des études sur l'agriculture ? Dis-moi où tu veux en venir, d'accord ? Ou alors allons-nous-en.

– Les vannes d'irrigation. Cette vallée doit en être équipée sous une forme ou sous une autre. Si on arrivait à les ouvrir, ça éliminerait nos empreintes caloriques !

– Eh bien !... commença Ariel en s'agenouillant à côté de lui. Elles peuvent se trouver n'importe où. Et il fait nuit. Et puis n'oublie pas que c'est une vallée de haute altitude. Si ça se trouve, le brouillard et la pluie suffisent.

– Non, ça laisse trop de part au hasard. Il faut y réfléchir.

– C'est-à-dire ?

Derec se rassit et la regarda. Ses jambes ne le faisaient plus souffrir : elles étaient quasiment paralysées.

– Très bien. Au lieu de chercher un peu partout au hasard, il faut raisonner en toute logique, un peu comme les robots le feraient. Où placerais-tu des vannes d'irrigation, si tu voulais être efficace ?

– Qu'est-ce que j'en sais, moi ?

– Ariel ! J'ai déjà du mal à rassembler mes idées !...

– D'accord ! D'accord ! Concentrons-nous... Donc, nous sommes sur une pente... Derec, par ici, viens !

Derec opina et s'efforça de la suivre, titubant sur ses jambes à peine sensibles. Après une marche qui lui parut bien plus longue qu'elle ne l'était réellement, ils s'arrêtèrent près d'un sillon qui courait perpendiculairement à la pente. Maintenant, c'était Derec qui guettait l'arrivée des Chasseurs qui pouvaient surgir de n'importe quelle direction.

– Les robots doivent utiliser ces sillons pour leurs cultures en terrasses, fit remarquer Ariel. Je pense que nous sommes juste au milieu des rangs verticaux. C'est en plaçant les valves d'irrigation par ici et en laissant l'eau s'écouler sur la pente qu'ils en gaspilleraient le moins. Pareil pour les détecteurs d'incendie.

– Ça me semble correct, approuva Derec en se mettant à plat ventre. Allons-y ! Cherchons-les !

– Si c'est bien ici... ajouta Ariel en se joignant à lui.

– J'ai trouvé quelque chose !

Les mains de Derec avaient décelé un petit cylindre de métal qui dépassait du sol d'environ quinze centimètres. Il s'aplatit pour l'observer dans la faible lumière.

– Et maintenant ? murmura Ariel en s'approchant de lui. Je ne vois pas de système de commande. Et si les senseurs étaient ailleurs ?

– C'est possible, mais regarde comme il est haut. Pourquoi les robots auraient-ils fait ça ? Ils ne font rien de bâclé ici, ni rien d'inutile. Et ils ne gaspillent pas non plus les matériaux !

– Derec ! On ne peut pas passer notre temps à essayer de deviner leurs intentions ! Qui sait ? On ferait peut-être mieux de continuer à courir, hein ?

– C'est la seule vraie possibilité qui nous reste. Allez, aide-moi à l'enterrer.

– Quoi ?

– Dépêche-toi ! Ce truc doit avoir son propre senseur. Sinon, pourquoi dépasserait-il autant ? Il teste probablement l'humidité de l'air et les précipitations et Dieu sait quoi d'autre !

– Comment le sais-tu ?

– Si les robots ont besoin qu'il soit de cette taille, c'est pour qu'il ne soit pas recouvert par les bouleversements minimes du sol, au moment du sarclage et des autres travaux. Donc, si nous l'enterrons, son senseur deviendra aveugle. Allez, aide-moi !

Derec creusait déjà la terre meuble et noire, qui semblait être constamment retournée par les robots utilitaires, et la tassait autour du cylindre. Ariel se joignit à lui sans plus de discussion. La terre était assez gluante et le cylindre fut bientôt complètement enseveli. Derec nettoya ses mains à l'aide de quelques feuilles.

– Et maintenant ? demanda Ariel en s'époussetant les mains et les genoux. Il ne se passe rien...

DANS LA BOUCHE D'OMBRE

Blottie dans une faille du rocher à l'autre bout de la vallée, Wolruf grelottait dans l'air glacial. Pour résoudre son problème, elle était parvenue à un compromis : elle était dans la vallée et saurait ainsi, au lever du jour, si Mandelbrot et les humains y étaient aussi, sans pour autant avoir mis ses poursuivants directement sur leur piste. Pour le moment, elle ne voyait personne dans la faible lumière qui baignait la vallée, mis à part quelques robots utilitaires vaquant à leurs occupations habituelles dans les champs les plus proches.

Si son métabolisme lui permettait de se réchauffer juste assez pour résister un moment à cette altitude, elle n'était quand même pas très à l'aise ; il ne lui restait pas non plus beaucoup d'énergie.

Elle attendait patiemment, passant en revue les ruses qu'elle avait employées pour brouiller sa piste. Aucune ne lui permettrait d'échapper à une recherche systématique, si les Chasseurs étaient suffisamment proches pour détecter ses empreintes caloriques. Mais même si celles-ci avaient pu s'estomper avant qu'ils n'arrivent, ils pouvaient encore se rabattre sur des indices visuels.

D'ailleurs, le défilé constituait un goulet d'étranglement et ils sauraient rapidement si elle était déjà entrée dans la vallée.

Wolruf avait été aussi discrète que possible, mais les capteurs optiques des Chasseurs étaient capables de remarquer les plus infimes détails. Le reste dépendait d'eux.

Elle dressa les oreilles en percevant des bruits de pas sur un éboulis de rochers, en aval. Mais elle n'avait plus assez d'énergie pour s'enfuir encore. Alors elle attendit, résignée.

Emergeant de l'obscurité, une silhouette gigantesque se découpa contre le halo lumineux qui baignait la vallée. Wolruf savait que le Chasseur ne lui ferait pas de mal. Mais il la ferait prisonnière et la remettrait à coup sûr entre les mains du Dr Avery. Et lui, qui savait ce qu'il avait en tête ?

Le Chasseur se pencha vers elle et la souleva de terre, tremblante de peur.

Découragé, Derec fixait le petit tas de terre. Soudain, une pluie fine et irrégulière gicla en éparpillant un peu de terre, les faisant sursauter. Tout autour, d'autres gicleurs se mirent à pulvériser une bruine fine.

— Ça y est ! s'écria Derec. Allons-y. Tu peux m'aider ? ajouta-t-il en tendant les bras vers Ariel.

Elle lui saisit les mains et tira, mais les jambes de Derec se dérobèrent sous lui. Et elle n'était pas assez vigoureuse pour le soulever.

Elle tenta de nouveau de le tirer.

— Ariel ! Je ne peux plus marcher ! Je n'ai plus aucune sensation dans les pieds ni dans les jambes !

— Tu ne peux plus marcher *du tout* ? souffla Ariel, et ses épaules s'affaissèrent.

— Non, mais je peux toujours ramper. En route !

— Derec ?...

— Viens !

Il partit en rampant dans la terre meuble qui avait rapidement tourné en boue.

— C'est complètement idiot ! On n'arrivera jamais nulle part comme ça !

— On a un peu plus de temps, maintenant. Les Chasseurs ne peuvent plus suivre nos empreintes caloriques, alors ils vont devoir définir un autre plan de recherche. Et il faudra que l'un d'entre eux au moins porte Mandelbrot quand ils l'auront désactivé.

– Derec, tu n'as même pas fait deux mètres !

Il s'arrêta et jeta un coup d'œil en arrière, puis soupira. Ariel avait raison. Il pouvait à peine se déplacer.

– Eh ! Qu'est-ce que c'est que ce truc ?

– Quoi donc ?

Une forme cubique de plus d'un mètre de haut émergeait du sol, sous les arbres.

– Ça... Ce truc, là-bas. C'est la première fois qu'on en voit ! s'exclama Derec en reprenant sa reptation.

– Il y en a un autre là-bas... dit Ariel. Et là-bas... Il en sort d'un peu partout...

– C'est notre arrosage qui a dû les faire sortir. Va voir ce que c'est !

Ariel se précipita vers l'objet et se pencha pour l'observer. Elle revint un moment plus tard et s'agenouilla à côté de Derec.

– Je pense qu'on doit pouvoir y entrer : on dirait un conduit d'aération...

Derec hocha la tête. Il avait cessé de ramper pour reprendre son souffle mais la tête lui tournait follement et, quand Ariel s'accroupit et se glissa sous lui, il ne protesta pas. Elle passa les bras de Derec autour de son cou puis, le soulevant à moitié, elle commença à avancer à quatre pattes. Même encombrée ainsi par son poids, elle allait encore bien plus vite que lui !

Derec se cramponna et ferma les paupières pour se protéger les yeux de l'eau.

– Nous y sommes, dit-elle au bout d'un moment.

Il ouvrit les yeux sur une bouche d'ombre béante sans grandes particularités. Tandis qu'Ariel se dégageait, il passa la main dans l'ouverture pour se rendre compte de la forme intérieure de l'objet.

– Ça ne descend pas à la verticale, dit-elle en l'aidant à passer à l'intérieur. Tu vois, c'est légèrement en pente.

Derec hésitait, trop désorienté pour parler, et en

même temps réticent à s'aventurer dans ce trou obscur dont il ne savait rien.

– Mais avance donc ! Entre là-dedans avant que les Chasseurs nous repèrent !

Il perdait toute notion de son environnement et obéir aux ordres était moins épuisant que de discuter. Il se faufila par l'ouverture et se retrouva soudain en train de glisser tête la première dans le conduit plongé dans l'obscurité. L'air sifflait à ses oreilles, la surface lisse résistait sous son ventre et Ariel se cognait contre ses pieds.

Sans y penser vraiment, Derec s'aperçut qu'il était trop épuisé pour seulement ressentir de la peur.

Il aurait pu avoir peur d'être précipité dans les pales d'un ventilateur en marche, par exemple, ou dans le mécanisme de quelque invention robotique qui les transformerait tous deux en fertilisant. Mais, apparemment, son séjour dans la Cité des robots avait duré trop longtemps pour qu'il ait encore ce genre de pensées ; jamais les robots ne laisseraient un tel danger potentiel accessible aux humains...

A la réflexion, ce n'était pas ça non plus. La vraie raison de son absence de frayeur était bien plus simple : rien, sur cette planète, n'était aussi effrayant que ces biopuces qui, en ce moment même, détruisaient son corps de l'intérieur.

La sensation de chute continua tandis qu'ils glissaient dans une série de virages, de courbes graduelles et, enfin, dans un brusque virage vers le haut. Dans la courte ascension, la gravité brisa leur force d'inertie et ils repartirent en arrière avant de s'immobiliser. Derec resta allongé sans bouger, conscient d'avoir atteint le fond de cette chose, qu'elle qu'elle soit. Aucune lumière ne leur parvenait.

Il entendit Ariel bouger à côté de lui, cherchant probablement à se repérer.

– Derec ! appela-t-elle à voix basse. Tu es blessé ?

Un moment passa avant qu'il ait retrouvé assez de souffle pour pouvoir répondre.

– Non, marmonna-t-il, mais j'aurais pu !

– On est en sécurité, à présent, dit-elle en tâtonnant pour le trouver, puis elle lui passa la main dans les cheveux. Enfin, pour ce qui est des Chasseurs. C'est certain, ils vont devoir fouiller toute la vallée et vérifier tous ces cubes, et il en sort, euh... disons tous les cinquante ou soixante mètres. Ça va leur prendre une éternité, et pas une seule empreinte calorique pour les aider, là !

– Je n'en peux plus !

– Mais on l'a presque trouvé ! Avery, je veux dire. J'en suis sûre ! (Elle bougea de nouveau et il sembla à Derec qu'elle s'était levée.) Tu sais, ce virage vers le haut à la fin de notre... petite glissade ? Il est juste là, pas très haut. Le conduit doit continuer au niveau supérieur. Et tu sais quoi ? Il y a même une sorte d'échelle !

– Ça doit être pour permettre aux robots de service de faire des réparations...

Il réfléchit un moment. La tentation de continuer était grande... Affronter le docteur fou après toutes les souffrances qu'il avait endurées... Mais il ne pouvait plus bouger. Tout ce dont il avait envie, c'était de dormir.

– Je pense que tu as raison, dit-il enfin. C'est un conduit d'aération. D'après leur nombre et leur taille, ça doit déboucher sur un immense lieu d'habitation.

– La demeure d'Avery ! Les robots n'ont pas besoin de tout cet espace, ni de la production de la vallée, d'ailleurs. Viens, allons-y ! Je vais t'aider à grimper.

– Tu vas devoir continuer toute seule, Ariel. Je ne peux absolument plus faire un geste.

Elle resta un moment silencieuse, debout dans l'obscurité.

– Tu veux vraiment que je poursuive sans toi ?

– Oui.

– D'accord... dit-elle lentement.

Elle marqua un temps, cherchant peut-être quelque chose à ajouter. Puis elle le prit dans ses bras et le serra un moment très fort. Mais il était trop faible pour lui répondre. Elle s'écarta. Il l'entendit se redresser et gravir les barreaux, et il écouta le bruit de ses pas s'éloigner dans l'obscurité du conduit.

Il ferma les yeux et s'endormit.

A quatre pattes, Ariel progressait lentement en tâtonnant devant elle avec les mains ; elle n'avançait pas d'un centimètre avant d'avoir reconnu le terrain. Dans ce boyau gigantesque qui semblait s'étendre à l'infini sur le même niveau, l'obscurité était totale. Derec étant maintenant incapable de bouger, elle était cruellement consciente d'être la dernière de leur groupe à avoir une chance de dénicher le Dr Avery.

Elle n'était pas en très bonne forme, elle non plus. Elle avait terriblement froid aux mains et aux pieds et elle était encore trempée jusqu'aux os de sa course sous les sprinklers ; elle était épuisée, juste un peu moins que Derec. L'escalade de la montagne et la descente dans la vallée lui avaient demandé beaucoup d'énergie.

Avec un optimisme circonspect, elle espérait que sa mémoire se fortifiait. Ses mystérieuses absences mémorielles se faisaient moins fréquentes... Elle souhaitait ardemment qu'il n'en survienne pas une pendant qu'elle avançait, seule, dans cette... chose.

Elle commença à rencontrer des embranchements et des intersections sur son passage. Elle n'avait aucun moyen de s'orienter et le mieux était donc de continuer le plus possible en ligne droite ; conserver en gros la même direction lui éviterait au moins de tourner en rond indéfiniment. Elle supposa que les tunnels transversaux débouchaient sur les autres ouvertures, quelque part dans la vallée.

Au bout d'un moment, elle pensa avoir discerné une cohérence dans cette structure. D'après ce qu'elle sentait sous ses mains, les conduits secondaires semblaient converger plus souvent pour former avec une certaine régularité des tunnels plus importants, sur sa gauche. Elle obliqua donc vers la gauche et découvrit que les conduits étaient maintenant assez hauts pour qu'elle puisse marcher debout, si elle se penchait un peu.

Des conduits de plus en plus nombreux aboutissaient à présent dans celui qu'elle parcourait. Puis d'autres embranchements apparurent. Quelquefois, le tunnel se séparait juste au-dessus de sa tête. Finalement, elle distingua de vagues contours : une fois une ombre noire qui devait être l'entrée d'un conduit, une autre fois un léger reflet sur le métal sombre. Ces signes d'une source lumineuse lui parvenaient tous de la même direction.

En se guidant sur eux, Ariel se remit à quatre pattes, maintenant plus attentive au bruit qu'elle faisait qu'aux difficultés de sa progression.

Au détour d'un virage, elle discerna une trappe translucide qui ne pouvait que donner sur une pièce. Osant à peine respirer, elle s'en approcha le plus doucement possible et se mit à plat ventre pour y jeter un coup d'œil.

La trappe était presque opaque.

D'après ce qu'Ariel pouvait entrevoir, la pièce était éclairée et recouverte de moquette marron. Aucun son ne lui parvenait et, comme le silence persistait, Ariel décida de prendre le risque d'y entrer.

Elle examina la trappe pour trouver un moyen de la faire coulisser. Au bout d'un moment, elle découvrit qu'une simple pression du doigt faisait apparaître un trou dans le matériau, quel qu'il soit. Comme elle insistait un peu, celui-ci se résorba pour disparaître dans la paroi. L'ouverture fut bientôt entièrement dégagée.

La pièce était déserte et Ariel poussa un soupir de soulagement. Tout était toujours silencieux, d'ailleurs. Après avoir basculé pour faire passer ses pieds en premier, elle se laissa tomber dans la pièce et l'inspecta : d'environ un mètre sur trois, elle était entièrement tapissée de moquette brun chocolat et éclairée par un globe suspendu au milieu du plafond.

La pièce n'était pas construite à angle droit, les coins étaient légèrement de guingois. Quelques visiocassettes étaient empilées à même le sol et, dans un angle, un petit animal empaillé, d'une espèce inconnue, était couché sur le flanc. Ariel ne voyait pas du tout à quoi cette pièce pouvait servir.

Ça ne ressemblait pas à ce à quoi elle s'attendait de la part du Dr Avery.

Il y avait une porte, fermée. Ariel retint son souffle et appuya sur le bouton qui devait en commander l'ouverture. La porte coulissa sans un bruit.

Prudente, Ariel resta un moment immobile. Comme rien ne se produisait, elle passa lentement la tête dans l'embrasure. Un couloir s'étendait sur environ six mètres dans un sens et quatre dans l'autre. Le couloir en lui-même avait une forme étrange, mais familière... et Ariel la reconnut : c'était une interprétation en creux et en trois dimensions de la clef du Périhélie. A chaque extrémité, une porte fermée. Elles aussi étaient en forme de clef.

Ariel en choisit une au hasard et s'en approcha : elle s'ouvrit d'elle-même. Ariel hésita, avança la tête... et resta bouche bée.

Cette salle immense lui rappelait les peintures anciennes qu'elle avait pu voir dans les musées. Le plafond voûté d'où pendaient des rideaux de velours bordeaux était haut d'au moins deux étages et les peintures de style Renaissance dans leurs cadres dorés criards semblaient correspondre à ce qu'elle savait de cette époque... ou bien dataient-elles *vraiment* de cette période ? Toutefois, le mobilier... était de style classique aurorain, apparu bien des siècles plus tard. Elle leva les yeux pour tâcher de s'orienter... et, prise de vertiges, reporta promptement son regard sur l'un des murs.

Cette pièce aussi était de guingois. Elle n'avait même pas l'air d'avoir été construite d'équerre. Les arêtes entre le plafond et les murs étaient en partie masquées par des rideaux, mais l'ensemble semblait arrondi, anamorphosé, comme un rectangle qui aurait fondu pour ensuite se figer.

Ariel s'aventura dans la salle pour aller examiner le mobilier de plus près, mais elle n'avait pas fait plus de quatre pas que le sol céda sous son poids. Elle tomba à la renverse, puis glissa, cette fois sur un petit toboggan sinueux. En atterrissant avec un bruit sourd, elle entendit une trappe se refermer en chuintant.

Encore une pièce. Elle aussi construite en forme de clef, elle était exiguë et à peine assez haute pour qu'Ariel puisse se redresser. Dans les murs les plus grands, il y avait une porte, chacune flanquée d'un panneau de contrôle, et c'était tout. Comme dans la tour du Compas, une douce lumière filtrait des murs.

Toujours au hasard, Ariel pressa un bouton et la porte correspondante s'ouvrit en coulissant sur un mur compact et scintillant. Ariel la referma et en essaya une autre ; elle débouchait sur un couloir étroit et obscur. Avant de s'y risquer, Ariel appuya sur un troisième bouton : un masque caricatural aux oreilles pointues, étrangement sculpté dans un mur de briques rouges archaïques, la dévisageait en ricanant. Ariel lui tira la langue et referma le battant. Elle essaya la dernière porte ; un autre couloir étroit s'enfonçait dans l'obscurité.

Il fallait bien qu'elle aille quelque part. Alors, après un bref coup d'œil vers la porte restée ouverte, elle s'engagea dans un des couloirs. Forte de sa précédente expérience, elle tâtait prudemment le sol avec les pieds avant de déplacer son poids. Au bout de quelques pas, le couloir commença à s'incurver.

Un moment plus tard, elle se retrouvait dans la même petite pièce aux quatre portes.

ARIEL AU PAYS DES MALICES

Ariel referma les portes qui menaient au couloir circulaire et resta plantée au beau milieu de la pièce. Il n'y avait pas d'issue, bien sûr ; c'était bien là l'œuvre d'un paranoïaque dont les penchants avaient déjà été révélés au grand jour. La pièce ne pouvait être qu'une prison !

— Bon, et maintenant ? dit-elle tout haut.

Une réponse assourdie la fit sursauter. Il n'y avait que ces quatre portes dans la pièce. La voix ne pouvait donc provenir que de derrière l'une d'elles. Ariel pressa le bouton d'ouverture et se retrouva nez à nez avec la sculpture aux traits grotesques.

— Qu'est-ce que tu as dit ?

— Tirez sur mon nez, fit le masque d'une voix de fausset.

— Qui es-tu ?

— Tirez sur mon nez.

— Et qu'est-ce qui se passera ?

— Tirez sur mon nez.

— Givre ! Quel bagou ! C'est tout ce que tu sais dire ?

— Tirez sur mon nez.

Elle contempla un moment le visage grimaçant.

— Un, deux, trois.

— Tirez sur mon nez.

Alors elle comprit. Ce n'était qu'un automate dépourvu de cerveau positronique et il ne savait dire que cette phrase idiote, en réponse à la voix humaine.

En retenant son souffle, Ariel, donc, tira sur le nez du masque.

Le nez long et étroit s'étira jusqu'à elle. Soudain, il lui échappa des mains et reprit sa forme initiale avec un claquement sec. Sous le choc, toute la sculpture s'aplatit sur elle-même, s'inversa et se reforma en creux. Puis le mur de briques se fissura et chaque morceau s'écarta en emportant un bout du masque inversé avec lui.

A ses pieds, un couloir dallé. Une petite rampe inclinée y menait. Les murs luminescents étaient faits de pierres taillées en forme de clefs, tout comme les dalles, et les parois n'étaient pas lisses. Les arêtes des pierres faisaient des saillies irrégulières, donnant aux murs une texture tourmentée. Vue de l'entrée, la forme globale du couloir était aussi celle d'une clef.

A petits pas prudents, Ariel se risqua sur la rampe. Au bout d'un moment, elle s'aperçut qu'elle était encore plus frigorifiée qu'avant ; un courant d'air agitait ses vêtements trempés. Etonnée, elle se retourna... et découvrit que les murs, le plafond et le sol convergeaient et refermaient le couloir sur son passage.

Alors, prise de panique, elle se rua au mépris de toute prudence sur le mur du fond et tâtonna entre les pierres à la recherche d'un quelconque système de commande. Rien. Ariel fit volte-face : le corridor se resserrait toujours.

Soudain, quelque chose tomba du plafond juste devant son nez. Ariel se plaqua contre le mur pour essayer de voir l'objet qui ballottait à hauteur de son visage et, horrifiée, reconnut la tête de Wolruf, attachée au bout d'une corde par un nœud archaïque. Puis elle s'aperçut qu'il s'agissait d'un simulacre robotique de la petite extraterrestre.

– Que faites-vous ici ? dit la voix de Wolruf.

Le sang d'Ariel ne fit qu'un tour.

Elle jeta un coup d'œil par-delà la tête suspendue : le couloir avait cessé de se refermer, mais il ne restait plus à Ariel qu'un espace pas plus grand qu'un cachot.

– Mauvaise réponse, dit le robot, bien qu'elle n'eût encore rien dit.

Soudain, le sol se souleva sous ses pieds, la hissant jusqu'au plafond ; en même temps, la corde remontait pour maintenir la tête de Wolruf à la hauteur de la sienne. Le plafond s'ouvrit et la dalle qui la portait s'arrêta au niveau du plancher, juste au-dessus du couloir aux murs de pierres.

Déséquilibrée par l'arrêt brutal, Ariel s'affala sur un luxueux tapis mordoré. Au-dessus de sa tête, cinq lustres tarabiscotés brillaient de tous leurs feux sous un plafond étonnamment bas. Ariel se redressa sur les coudes en jetant des regards affolés autour d'elle.

Des étagères protégées par une sorte de barrière transparente et surchargées de livres anciens, et non pas de visiocassettes, couvraient les murs. Une bibliothèque ! Ariel descendit de la petite plate-forme en se tenant à distance de la tête de Wolruf.

Une sorte de chandelier était fiché de travers dans une coupe bleu et blanc posée sur une étagère, à l'extérieur de la barrière de protection. Il avait un socle circulaire et une branche centrale qui supportait trois paires de branches en demi-cercle. Quoi que ce fût, Ariel n'avait encore rien vu de semblable et pensa que cet objet n'était pas à sa place ici, un peu comme s'il avait été posé là et oublié.

Elle s'écarta pour examiner la coupe, qui était assez grande pour contenir un repas pour quatre ou cinq personnes. Des motifs bleu clair ornaient le fond blanc de la face extérieure. Sa fonction première ne devait pas être de servir de support à un chandelier ! Quelqu'un de peu soigneux avait abandonné là ces deux objets.

– Qu'est-ce que c'est ? demanda la tête de Wolruf.

Ariel tressaillit en entendant cette voix et lorgna la tête.

– Une espèce de chandelier, visiblement.

– Mauvaise réponse.

Un des murs couverts d'étagères coulissa sans bruit. Ariel ne bougea pas, fixant des yeux l'ouverture obscure. Un animal – non, un robot utilitaire, à coup sûr ! – s'avança dans la lumière ; il avait le corps caninoïde de Wolruf et le visage d'Ariel.

– Quand vous êtes à Webster Groves, Missouri, planète Terre, dans quelle direction se trouve la Cité des robots ? demanda le robot Ariel.

Elle refréna difficilement le rire hystérique qu'elle sentait monter en elle.

– Je ne suis pas un très bon navigateur. Enfin, pas quand je manque des informations indispensables.

Le robot Ariel redressa la tête, pivota sur lui-même et repartit en trottinant. Le mur d'étagères reprit sa place.

Mi-soulagée, mi-désespérée, Ariel se laissa tomber sur le sol. Elle ne pouvait pas continuer à errer sans but au milieu des manifestations grandeur nature de la folie d'un homme. Si cet endroit possédait une issue, elle devait la découvrir. Sinon, elle pouvait tout aussi bien rester dans cette bibliothèque, plutôt que d'aller se fourrer dans un cachot ou dans quelque chose de pire.

Comme toujours, seul ce qu'elle connaissait du Dr Avery pouvait lui fournir des indices, mais il lui manquait les souvenirs de Jeff et les compétences en Robotique de Derec. Tant pis ! Au fond, que savait-elle au juste ?

Elle savait que le Dr Avery était un génie, qu'il était paranoïaque et qu'il voulait créer une société idéale. Mais qu'est-ce que cet endroit absurde pouvait bien avoir à faire avec l'ordre et la rationalité ?

Qu'est-ce qu'il faisait au milieu de la Cité des robots ?

Tout ce qu'elle savait de la Cité des robots lui disait que cet endroit n'avait rien à faire ici. Plus elle y réfléchissait, plus une seule et unique conclusion s'imposait à elle.

– C'est ça ! se murmura-t-elle soudain à elle-même. Avery a dépassé le point critique. Il est encore plus fou qu'avant.

Au cœur de la cité planétaire fondée sur la logique et l'efficacité qu'il avait lui-même créée, un homme avait perdu l'esprit.

Cette ironie la fit sourire. Ce n'était pas drôle, et pourtant, c'était... *drôle*. Enfin, un peu.

La fatigue et la peur lui donnaient le vertige. Elle commença à pouffer nerveusement. Toutes leurs discussions au sujet des Lois de la Robotique ! Tous leurs efforts tortueux pour raisonner comme un cerveau positronique ! Tout ça pour en arriver *là* ! Elle tomba à la renverse sur le sol, riant toute seule dans cette petite pièce.

Le mur d'étagères se rouvrit, apparemment en réponse à ses éclats de rire.

De nouveau sur ses gardes, elle se rassit. Le robot qui arborait son visage était de retour.

– Quand vous êtes à Webster Groves, Missouri, planète Terre, dans quelle direction se trouve la Cité des robots ? s'obstina le robot Ariel.

Ariel pouffa.

– En haut, bien sûr !

Elle éclata de rire... et le plancher se déroba sous elle.

Un autre toboggan, une autre descente en spirale serrée. Juste au moment où le toboggan s'aplatissait, l'obscurité s'irisa de lumière et Ariel déboula sur un parquet ciré.

Secouée par sa course, elle resta étendue un moment, les yeux braqués sur un plafond si haut qu'il était presque noyé dans l'ombre. Puis elle tourna la tête et aperçut un mur de pierres grises taillées avec précision. Encore la clef du Périhélie ! La pièce était gigantesque et s'étendait sur des mètres de chaque côté d'Ariel.

Elle se souleva sur un coude, cherchant toujours ses repères ; elle se trouvait à l'extrémité d'une grande table en bois sombre et ciré, sculptée de motifs compliqués et dont les pieds représentaient des animaux griffus à fourrure, qu'elle n'avait jamais vus.

Elle batailla pour se redresser et se releva en s'agrippant des deux mains au rebord de la table. Elle s'y appuya... et se figea de surprise. A l'autre bout, plusieurs mètres plus loin, un homme était assis dans un immense siège à dossier droit, devant un feu gigantesque qui brûlait dans une cheminée de pierres deux fois plus grande qu'elle.

– Bienvenue, Ariel. Je me présente : docteur Avery.

Ariel en resta bouche bée. Après tant d'efforts, atterrir devant lui de cette manière était si inattendu qu'elle n'avait préparé aucun plan, aucun argument. Elle n'était pas prête à l'affronter.

– Venez donc vous réchauffer près du feu, l'invita son hôte.

Elle aurait préféré geler sur place plutôt que de l'approcher, mais elle se dit qu'elle pouvait essayer de gagner un peu de temps, en gardant toutefois ses distances. Se remettant lentement de sa surprise, elle contourna le coin de la table et s'avança. Le Dr Avery avait l'air détendu, presque indifférent, et tripotait du bout des doigts un petit objet posé devant lui.

Toutes sortes de choses hétéroclites encombraient la table longue et étroite : des fleurs, des plats, des bibelots, des sculptures... Ariel préféra garder les yeux rivés sur le Dr Avery.

Il semblait plutôt petit, dans cette chaise à haut dossier, et assez râblé. Des cheveux blancs et bouclés encadraient son visage orné d'une moustache fournie. Il avait l'air amical et inoffensif. Comme dans les souvenirs d'Ariel, son manteau était trop grand pour lui et il portait une de ses chemises blanches à jabot.

Il n'avait pas l'air dément.

Ariel s'arrêta à bonne distance de lui, sans le quitter des yeux. A quoi était censé ressembler un fou ?

– Je ne m'attendais pas à recevoir de la visite, Ariel, dit le Dr Avery, sans cesser d'examiner le petit objet devant lui, sinon j'aurais signalé les... bizarreries, disons, qui se produisent dans les environs.

Il ne parlait pas comme un fou, non plus.

– Ariel, vous ne vous souvenez pas de moi, n'est-ce pas ?

Son regard était toujours braqué sur la table.

– Si, répondit-elle, intimidée.

– Non, pas vraiment. Vous vous souvenez m'avoir rencontré après la représentation d'*Hamlet* et quand

les Chasseurs vous ont interceptée dans les souterrains de la cité, et vous vous rappelez qu'ils vous ont
amenée jusqu'à moi. Et c'est tout.

– C'est la seule fois où je vous ai vu.

Il sourit et prit le petit objet entre ses doigts.

– Des alarmes automatiques se sont déclenchées,
ce soir. Deux, en fait. Quand un homme qui aspire à
la tranquillité sent qu'il risque d'être dérangé, il préfère installer des alarmes. Est-ce vous qui avez déclenché ces alarmes, Ariel ?

Elle l'observa en silence, désorientée par le changement de sujet.

– Un robot humanoïde s'est mystérieusement désactivé à quelques pas d'ici. Puis on m'a signalé une
modification dans la composition du sol de la vallée.
En êtes-vous responsable, Ariel ?

– En un sens, je suppose.

– Vous supposez ? Je le suppose aussi. Violations
des Lois de l'Humanique en projet ? Peut-être. Je n'ai
pas encore étudié les détails. Comment avez-vous pénétré dans ma demeure ?

Derec gisait, impuissant, quelque part sur l'itinéraire qu'elle avait suivi. Elle n'osa pas répondre à
cette question.

– L'un des rares points faibles de mon dispositif de
sécurité est le système d'aération de secours : il s'ouvre quand un incident perturbe le fonctionnement de
la vallée. (Il soupira.) J'aurais pu demander aux robots d'en bloquer l'entrée, mais il se trouve que c'est
aussi mon issue de secours. Si personne ne pouvait
entrer par là, alors, je ne pourrais pas sortir par là
non plus, n'est-ce pas ?

– Qu'est-ce que vous voulez ? lui demanda-t-elle,
en espérant qu'il abandonnerait ce sujet. Et qu'est-ce
que tout ça signifie, finalement ?

– Il y a bien sûr un labyrinthe dont il faut pouvoir
se dépêtrer. Ça me sert de zone tampon, en quelque
sorte. Mais il faut croire que vous y êtes arrivée.

Elle tremblait, incapable de maîtriser une conversation qui sautait ainsi du coq à l'âne.

– Au fait, j'ai égaré deux objets. Les avez-vous

vus ? L'un est une ménora primitive qui date de l'ancien empire des tsars, sur Terre, et l'autre est une coupe Ming.

Perplexe, elle écarquilla les yeux, mais le vague souvenir d'une coupe insolite effleura son esprit.

— Vraiment, vous ne vous souvenez pas de moi, Ariel ? *Mais pourquoi donc continuez-vous à me poser cette question ?*

— De toute évidence, vous avez de nouveaux souvenirs, maintenant. Vous n'êtes pas l'Ariel que j'ai vue la dernière fois. Vous êtes de nouveau la vraie Ariel, si tant est que vous la connaissiez. Encore quelques souvenirs pertinents et le reste se mettra en place, il me semble.

— Mais qu'est-ce que vous racontez ?

— Vos souvenirs actuels sont fidèles et ceci est votre vraie personnalité, contrairement à ce que vous pensiez. Vous n'avez jamais connu de Spatial qui vous aurait contaminée ; vous n'avez jamais contracté cette fameuse maladie. Malheureusement, vous allez vous souvenir d'un nom... David Avery.

Pour la première fois, il leva les yeux et croisa son regard.

David Avery. David. *Derec... ?*

Soudain, les souvenirs la submergèrent.

— David ! Derec est David ! Et vous, vous me détestez !

— Allons, allons ! Disons que ce que j'ai tenté avec vous a échoué. Oublions le passé, voulez-vous ?

— Vous... Qu'est-ce que vous avez fait ? (Elle était horrifiée, mais fascinée aussi. Enfin, après tant de temps, les mystères étaient éclaircis.) Oh non ! Attendez ! Est-ce que Derec est réellement David ?... Mais alors, ce cadavre, qui c'était ? Est-ce que c'était David ? Est-ce que c'est vous qui l'avez tué ?

Elle devenait presque hystérique, en partie à cause du choc que lui causaient ces révélations.

— Non, non ! Bien sûr que non ! se récria-t-il en agitant une main pour réfuter l'accusation. Le cadavre, comme vous dites, n'était qu'une imitation synthétique de David. Assez bonne, d'ailleurs, avec du sang humain authentique. Je m'en suis servi comme cobaye pour simuler la rencontre de David et de la Cité des robots.

Toujours tremblante de tension mais reprenant peu à peu son sang-froid, Ariel prit appui des deux mains sur la table.

— Alors comme ça, vous m'avez implanté des bio-puces mémorielles et une maladie, il y a un bon bout de temps, pour fausser mes souvenirs. Des souvenirs d'événements qui n'ont jamais eu lieu pour remplacer *mes* souvenirs de *ma* vraie vie. Et... Derec est David !

— Et vous étiez amants. Au fait, vous êtes-vous jamais demandé ce qu'il était advenu du corps ? Les robots nettoyeurs l'ont identifié comme étant rien de moins que du matériel périmé et l'ont bazardé.

— Vous avez détruit ma mémoire, reprit-elle lentement. Et la sienne aussi. La peste amnémonique a été provoquée artificiellement par les biopuces. Alors c'était vous ! Juste pour nous séparer. Vous avez dû provoquer son amnésie pour la même raison !

— Je savais bien que vous étiez intelligente : les goûts de mon fils ont toujours été exceptionnels !

— Et dire que depuis que j'ai recouvré la mémoire, sur Terre, je me suis retenue de révéler la vérité à Derec parce que j'avais peur que mes souvenirs ne soient erronés ! Pendant tout ce temps, j'aurais pu le rassurer, si seulement je leur avais fait confiance !

— C'est un compliment. Prenez mes agissements pour un compliment. Rompre votre emprise sur la volonté de mon fils m'a fait prendre des mesures radicales. Jugez ainsi combien il tient à vous. (Il s'appuya contre le dossier de sa chaise, jouant toujours avec le petit objet.) Il *tenait*, devrais-je dire. Il ne s'en souvient plus du tout à présent, bien sûr... mais, vu la manière dont vous avez agi en équipe, on dirait bien qu'il éprouve de nouveau une sorte d'affection pour vous.

— Vous avez pratiquement détruit deux personnes simplement pour les séparer ?

Sa colère était mitigée de pur étonnement.

— Ah ! Pardon de vous contredire ! Vous n'êtes pas aussi importante que vous le pensez. J'avais un autre motif : tester les ressources de mon fils. Voyez-vous, s'il est à même de manipuler et de contrôler la Cité des robots, alors il sera parfaitement capable d'assurer le plan ultime que j'ai conçu pour lui.

— Le plan ultime ?... dit-elle en pesant ses mots. Est-ce que vous voulez dire que vous avez effacé ses souvenirs et l'avez abandonné sur cet astéroïde en guise de *test* ?

— C'est ce que je voulais dire, et c'est ce que j'ai dit, confirma-t-il en se redressant, et pour la première fois son expression refléta de l'enthousiasme. Vous comprenez, la Cité des robots est maintenant achevée. Un ou deux doubles des clefs du Périhélie ont été implantés dans chacun des robots humanoïdes et ils se dirigent tous vers des points précis de la planète, d'où ils se téléporteront vers d'autres galaxies. Dans chacune de ces galaxies, ils commenceront à se reproduire et à bâtir d'autres Cités des robots. Et David, mon fils qui maintenant a gagné le droit d'agir comme tel, contrôlera chacun des robots sans exception dans chacune de ces cités... et il sera ainsi l'homme le plus puissant de tout l'univers !

— Il *quoi* ? *Comment* ?

— Les biopuces, très chère. Les biopuces que j'ai implantées dans son organisme. Voyez-vous, une Cité des robots miniaturisée grandit à l'intérieur de lui... et quand elle sera arrivée à maturité, une simple pensée de David contrôlera tous les robots de l'univers.

— Oh non ! Vous *êtes* givré ! Vous ne savez donc pas ce qu'il a subi ?

— Mais si, bien sûr. Les biopuces se développent lentement et lui causent quelques désagréments physiques. Je suis au courant de tout cela. Elles se comportent comme un virus et peuvent même provoquer la formation d'anticorps dans le sang.

— Vous êtes en train de l'assassiner ! Il est mourant !

— C'est absurde. Est-ce que les biopuces vous ont

417

tuée ? Est-ce que je voudrais sa mort ? Après tout ce que j'ai fait ? Pourquoi voudrais-je gâcher tous ces efforts ?

– Vous vous trompez ! Les biopuces que vous m'avez injectées étaient bien plus rudimentaires. Mais lui, il est en train de *mourir* !

– Où est-il ?

Elle s'interrompit, comprenant soudain le dilemme que Derec et elle n'avaient jamais résolu : ils n'arriveraient jamais à obliger le Dr Avery à coopérer, il leur faudrait le convaincre.

– L'ordinateur central m'appelle. Il y a déjà un moment que j'ignore cette petite lampe rouge, là, sur ma table. Si j'ai agi ainsi, c'est que je savais ce que cela signifiait, je suppose. Excusez-moi un instant, je vous prie.

Ariel écarquilla les yeux, sidérée à la fois par son comportement et par son refus de la croire.

Devant le Dr Avery, une petite section de la table s'escamota et une console d'ordinateur apparut.

– Voulez-vous écouter ? proposa-t-il en appuyant sur une touche. Je vais le positionner sur « commande vocale », ce que je trouve instructif, d'habitude. J'écoute, dit-il à l'intention de la console.

LES CHASSEURS SIGNALENT LA CAPTURE DE L'HUMAIN DÉNOMMÉ DEREC.

– C'est bien ce que je pensais, répondit-il d'un ton aimable. Faites-moi état de la mission des Chasseurs.

LES PERSONNES SUIVANTES ONT ÉTÉ CAPTURÉES ET SONT ACTUELLEMENT DÉTENUES SUR LE VERSANT NORD DE LA VALLÉE : DEREC, JEFF LEONG, MANDELBROT, WOLRUF. EST TOUJOURS RECHERCHÉE : ARIEL WELSH.

– Ça ! Qui aurait pu dire que je coifferais au poteau ma propre équipe de robots Chasseurs ? fit le Dr Avery en s'esclaffant.

Le cœur d'Ariel battait la chamade. Si Derec était déjà aux mains du Dr Avery, il ne lui restait plus guère d'alternative.

– Docteur Avery, seriez-vous d'accord pour faire une expérience ?

– Vous dites ? Quel genre d'expérience ? Ne trouvez-vous pas que nous avons fait assez d'expériences, jusqu'à présent ?

— Demandez aux robots d'ausculter David. Ils vous diront, eux, si ces fichues biopuces mettent réellement sa vie en danger. Faites-le !

— Excellente idée. Je vais dire aux Chasseurs de nous amener tout le monde et nous organiserons une petite fête !

Il balança dans le feu, par-dessus son épaule, l'objet qu'il tenait en main. Ariel le distingua avec netteté pour la première fois. C'était un modèle réduit de robot humanoïde.

RÉGNER SUR LES CITÉS DES ROBOTS

Ariel regarda un moment les pierres grises se dissoudre et les Chasseurs pénétrer dans la pièce avec leurs prisonniers. Le premier portait délicatement Derec dans ses bras, comme un grand bébé inerte et inconscient, le second tenait fermement Jeff par le bras, le troisième portait Wolruf au creux de son coude, et le quatrième, un Mandelbrot complètement désactivé en travers de l'épaule.

Le mur de pierres se referma derrière eux.

— Débarrasse-moi la table, ordonna le Dr Avery au dernier robot. Ne t'inquiète pas de toutes ces babioles.

Le Chasseur posa Mandelbrot sur le sol et promena un bras sur toute la longueur de la table, en partant de l'extrémité opposée, envoyant valser par terre tous les objets qui s'y trouvaient, tandis que de son côté le Dr Avery balayait ceux qui étaient à portée de sa main.

Muette de stupéfaction, Ariel le regardait faire. Elle n'avait jamais vu un robot humanoïde se comporter de façon aussi désordonnée – et même destructrice –, sur un ordre désinvolte. Mais celui-ci devait savoir que le Dr Avery voulait qu'il suive ses instructions au pied de la lettre et ne souhaitait pas le voir prendre la moindre précaution pour débarrasser la table.

— Pose-le sur la table, dit le Dr Avery avec un signe de tête vers le robot qui portait Derec. (Puis, s'adressant à celui qui avait amené Mandelbrot :) Rallume-le, tu veux bien ? Sinon, quelle genre de fête aurons-nous, avec tous ces gens asociaux ?

Ariel fut soulagée quand le Chasseur localisa le panneau de contrôle de Mandelbrot et le réactiva.

– Mandelbrot, dis-le-lui, toi ! Dis au Dr Avery ce qui arrive à Derec !

Mandelbrot inspecta rapidement la pièce et ce qu'il vit lui en apprit certainement autant sur la situation que ce qu'Ariel savait déjà.

– Docteur Avery, Derec a été soumis à une contrainte physique extrêmement débilitante qui continue à aggraver son état. Il prétend que les bio-puces que vous avez implantées dans son organisme sont en train de le détruire et l'observation que j'ai pu faire de ses symptômes confirme cette probabilité.

– Alors personne ne veut faire cette petite fête ? soupira le Dr Avery. Tout le monde est si morose ! Dites-moi, monsieur Leong, ne nous sommes-nous pas déjà rencontrés ? Je veux dire, il y a quelque temps déjà, et sur une autre planète ?

– C'est exact, répondit Jeff, de mauvaise grâce. Vous étiez vous-même plus sociable, en ce temps-là !

Le Dr Avery repoussa sa chaise et se leva. En laissant traîner ses doigts sur le bois, il se dirigea vers Derec, qui gisait sur la table.

– Il s'en est très bien sorti. Je ne lui ai lancé aucun défi qu'il n'ait pu relever.

– Jusqu'à *maintenant* ! insista Ariel. Comment avez-vous pu prendre ce risque ? Même vos propres robots ne mettraient pas leurs existences en jeu rien que pour une expérience !

Jeff, Wolruf et Mandelbrot lui lancèrent un regard surpris.

– Oh ! je ne pense pas qu'il aura des problèmes. Tout ira bien, dit le Dr Avery en hochant la tête comme pour lui-même.

– Vous n'allez même pas l'examiner ! Ni vous assurer de son état, dans votre laboratoire ! s'exclama Ariel.

– Tout ira bien ! Faisons la fête ! Emporte-le dans une chambre d'amis, ajouta-t-il en se tournant vers le

Chasseur. Comment nous amuser, n'est-ce pas, si un des invités est couché sur la table du dîner ?

– Attendez ! s'écria Ariel en s'interposant entre Derec et le Chasseur. Vous ne comprenez donc pas qu'il est en train de mourir ?

– Emmène-le, ordonna le Dr Avery.

Doucement mais fermement, le Chasseur écarta Ariel et prit Derec dans ses bras. Ariel se jeta au cou de Derec et se suspendit à lui.

– Attends ! Mandelbrot, ils vont le laisser mourir !

Mandelbrot était toujours à côté du Chasseur qui l'avait porté, et celui-ci gardait la main sur le panneau de contrôle de Mandelbrot. Au moindre signe de rébellion, il le désactiverait de nouveau.

Les événements qui suivirent se produisirent très rapidement, et certains même à la vitesse des cerveaux positroniques.

Toujours maintenu par son gardien, Jeff jeta soudain ses mains au cou de celui de Mandelbrot pour chercher son panneau de contrôle et le Chasseur, pour protéger son existence en vertu de la Troisième Loi, saisit de l'autre main le poignet de Jeff. Mandelbrot profita de la fraction de seconde pendant laquelle les contraintes de Troisième Loi prédominaient dans le cerveau du Chasseur pour s'écarter d'un pas et refermer son propre panneau de contrôle à l'aide de son bras malléable.

Au moment même où Mandelbrot fut libre, la bataille s'engagea.

En vertu de la Première Loi, le fait de croire que la vie de Derec était menacée obligeait Mandelbrot à prendre au sérieux les craintes d'Ariel. Mais d'un autre côté, les Chasseurs croyaient le Dr Avery quand il déclarait que Derec n'était pas en danger et, en vertu de la Deuxième Loi, ils se conformaient à ses ordres : appréhender et détenir les humains.

Par l'intermédiaire de son communicateur, Mandelbrot transmit aussi aux Chasseurs une série d'informations concernant l'état de santé précaire de Derec, les absences mémorielles d'Ariel, ainsi que leurs épreuves physiques. Il leur ordonna aussi de s'éloigner d'eux immédiatement sous peine de risquer de gravement contrevenir à la Première Loi.

Il ne savait pas si cela marcherait, mais il pourrait tirer parti du moindre de leurs doutes.

Tout en émettant ces signaux, Mandelbrot s'approcha de Derec. Sachant très bien que le Chasseur serait entravé par la nécessité de ne pas leur faire de mal, Ariel lâcha Derec pour s'y agripper. En quelques gestes rapides, Mandelbrot avait désactivé le robot et le laissait figé dans la même position. Ariel et Mandelbrot reposèrent Derec sur la table.

Un des trois autres Chasseurs avait maintenant pris Wolruf et Jeff chacun sous un bras et les avait soulevés de terre : tous deux se tortillaient désespérément.

– Tu me fais mal ! hurlait Jeff. Violation de la Première Loi !

Wolruf grondait d'un air féroce.

Mais le Chasseur n'était pas convaincu.

– Arrêtez-les, gémissait le Dr Avery. Ne leur faites pas de mal, mais arrêtez-les ! Et ne bousculez pas David, sa condition physique est trop précaire !

– Ah ! Vous nous croyez enfin ! cria Ariel en se tournant vers lui pour le supplier. Vous ne voulez pas non plus lui faire du mal ! Alors, examinez-le !

Ils se faisaient face et Ariel vit l'expression bizarrement tordue de son visage : un sourire à la fois coléreux et triomphant. Pour la première fois depuis leur dernière rencontre, elle comprit qu'il était vraiment fou... et au-delà du stade où la raison pourrait encore le persuader de quoi que ce soit !

– C'est de votre faute, lui siffla-t-il au visage. Sans vous, ces mesures extrêmes n'auraient pas été nécessaires. Laissez-le tranquille !

– Comment osez-vous en rejeter la responsabilité sur moi ? hurla-t-elle.

Alors, de rage, de frustration et de fatigue, elle perdit tout contrôle d'elle-même. Elle n'avait pas d'autres contraintes que celles de sa propre conscience : elle se jeta sur lui et lui attrapa les rouflaquettes à pleines mains.

L'un des quatre Chasseurs avait été désactivé. Un

autre tenait Jeff et Wolruf hors d'atteinte de Mandelbrot, tandis que celui-ci essayait d'atteindre son panneau de contrôle de son bras flexible tout en luttant contre les deux autres avec son autre grappin. L'attention de tous les robots était focalisée sur chacun d'entre eux et ils ne remarquèrent pas ou ne réagirent pas devant les préjudices potentiels qu'Ariel et Avery pouvaient s'infliger l'un l'autre.

Le Dr Avery grimaça de douleur et grogna. Ils s'engagèrent dans une lutte au corps à corps.

Loin au fond des ténèbres qui régnaient dans le cerveau de Derec, des robots marchaient.

Il était couché sur le dos, dans l'obscurité ; à ses côtés, ils avançaient au pas cadencé avec une précision que seuls des robots pouvaient atteindre. Les files se séparaient à ses pieds et passaient lourdement de part et d'autre de son corps. Le martèlement de leurs pas résonnait dans sa tête. Leurs cerveaux positroniques l'ignoraient, pas même conscients de sa présence.

Au-delà des ténèbres, les robots marchaient.

La faible lueur d'une ligne d'horizon brillait devant eux, mais Derec n'avait devant les yeux que le ciel rouge sang, un ciel qui n'avait jamais existé nulle part, où l'espace s'étendait par-delà la planète, à l'infini...

Et le flot des robots avançait, obstiné, vers sa destination, avec la détermination propre aux inventions du Dr Avery.

Avery. Avery. Avery. Le martèlement des pas semblait scander ce nom... Le nom de son ennemi, le nom de... de...

Le rêve bascula. Alors même que les robots continuaient de défiler, d'étranges formes vertes, certaines cubiques, certaines pyramidales, s'élancèrent dans les airs. Quand il tendit la main vers elles, il les rata et dériva en flottant dans leur sillage. Elles tournaient sur elles-mêmes et la lumière scintillait sur leurs multiples facettes. Il en saisit une et elle se transforma entre ses mains en console d'ordinateur.

424

Il flottait encore plus haut dans le ciel, maintenant. Sans logique ni explication plausible, la nuit de sang jetait un éclat doré sur les milliers de rues de la Cité des robots. Et les robots marchaient toujours. Ses doigts se mirent à pianoter sur le clavier sans qu'il y réfléchît :

— Arrête-les.

NON, répondit l'ordinateur central.

— Arrête la cité.

NON.

— Pourquoi ?

QUI ÊTES-VOUS ?

— Je suis… Je suis… Qui suis-je ?

QUI ÊTES-VOUS ?

— Je suis… la Cité des robots.

FAUX. *JE SUIS LA CITÉ DES ROBOTS. QUI ÊTES-VOUS ?*

— Qui suis-je ?

VOUS ÊTES DAVID AVERY.

— Je suis David Avery ?

Derec contemplait le nom sur l'écran de son rêve. Cette console était verte et ressemblait à une pyramide flottante, à la tour du Compas… elle semblait faite d'une seule et unique biopuce.

Ce n'était pas l'ordinateur central de la cité qui lui avait répondu. Le ciel rouge sang lui disait combien il était minuscule : il flottait dans son propre flot sanguin et observait les biopuces et la Cité des robots grandir dans son propre corps…

— Je suis David Avery. Et c'est mon sang, mon corps, ma… Cité des robots.

BIEN REÇU.

La marche des robots cessa.

Derec flottait loin au-dessus d'eux et contemplait les interminables files de robots, et chaque robot de la planète leva la tête vers lui, dans l'attente de ses instructions.

Alors, du haut du ciel, il s'écria :

La Cité des robots est à moi ! Je suis David Avery. Je suis la Cité des robots !

A son cri, le ciel s'ouvrit et la scène s'évanouit.

Derec cligna des paupières. Petit à petit il perçut

des cris et des bruits de lutte. Un lustre brillait au-dessus de sa tête. Il prit une profonde inspiration et s'étira... et pour la première fois depuis bien long-temps, son corps lui parut *normal*.

Ses pensées s'éclaircissaient lentement alors qu'il se réveillait. Il était fatigué, il grelottait d'avoir été trempé, mais l'insupportable raideur avait disparu ; il ne courait plus aucun danger physique.

– Derec ! hurla Ariel. Derec, tu es réveillé ? Alors dis-lui, toi ! Raconte à Avery ce qui t'arrive !

Avery ? Avec un sursaut de peur et de colère, De-rec s'assit et s'aperçut qu'il était sur une longue table. Ariel et... son père, le Dr Avery, tourbillonnaient en une lutte opiniâtre.

– Je vais bien, dit Derec d'une voix rauque.

– Quoi ! s'exclama Ariel en lui jetant un regard surpris. Tu vas bien ? Alors viens m'aider !

– Non, rugit le Dr Avery. Ce n'est pas juste. C'est *moi* que tu dois aider !

– T'aider ? rétorqua Derec avec colère. Tu es gi-vré !

– Tuez-les ! hurla le Dr Avery aux robots. Tuez-les ! Vous devez les tuer, sinon tout ça n'aura servi à rien !

Ariel se dégagea et fit volte-face vers les deux der-niers Chasseurs encore en activité.

– Le Dr Avery est fou ! Vous comprenez ? Il est... Il est en dysfonctionnement. Vous vous souvenez des Lois de l'Humanique que les Superviseurs essayaient de mettre au point ?

Le Dr Avery avait reculé vers la cheminée.

– Vous devez nous sauver ! cria-t-il aux Chasseurs. Tuez-les !

– Ecoutez-le ! continua Ariel, qui reprenait peu à peu son sang-froid. Ses ordres contreviennent à la Première Loi ! Vous ne pouvez plus lui faire confiance ! Les ordres qui violent la Première Loi de la Robotique violent aussi la Deuxième Loi de l'Hu-manique, en vertu de laquelle un humain ne doit pas donner d'ordres irrationnels aux robots. Ecoutez-le, et vous comprendrez que vous ne pouvez plus lui obéir.

Si les robots avaient appris comment ils avaient eux-mêmes agressé Boullée, ils ne lui obéiraient plus non plus !

Les Chasseurs n'avaient pas bougé ; l'un tenait toujours Jeff et Wolruf, l'autre en était au même point avec Mandelbrot, chacun essayant d'atteindre le panneau de contrôle de l'autre pour le désactiver.

– Je comprends, dit celui qui maintenait Jeff et Wolruf. Nous ne pouvons plus obéir aux ordres du Dr Avery. Cependant, l'ordinateur central nous contrôle aussi et nous avons toujours pour instructions de vous détenir sans vous porter préjudice.

Tapi dans un coin de la cheminée, le Dr Avery hurlait toujours.

– Je suis maintenant la Cité des robots, dit Derec. Les biopuces sont arrivées à maturité dans mon organisme et je les ai reprogrammées.

Il visualisa la console de son rêve. Il n'aurait pas toujours à le faire, mais pour le moment, cela lui facilitait la tâche.

Ordinateur central, pensa-t-il, *annulez les ordres que les Chasseurs ont reçus concernant Derec ou David Avery, Ariel Welsh, le robot Mandelbrot et l'extraterrestre caninoïde Wolruf, puis informez tous les robots concernés de ces nouvelles instructions.*

– Chasseurs, vous allez bientôt recevoir d'autres ordres... annonça-t-il à haute voix.

– Bien reçu, répondit l'adversaire de Mandelbrot en baissant sa garde.

– Bien reçu, dit en écho le deuxième Chasseur, en libérant Jeff et Wolruf.

– Je les ai reçus aussi, annonça Mandelbrot.

– Alors, et maintenant ? dit Derec en se tournant vers le Dr Avery.

Celui-ci se terrait au coin de la cheminée gigantesque. Quand les autres se tournèrent vers lui, il se redressa.

– Regarde ce que tu as accompli, mon fils. Réfléchis-y. Jusqu'à présent, tout ce que j'avais envisagé a dépassé mes espérances. Enfin, presque... Tant pis pour cette jeune femme ! Tu règnes sur la Cité des robots. Bientôt tu régneras sur chaque Cité des robots, sur des milliers de Cités des robots de par les galaxies.

Une vague de tristesse submergea Derec et balaya sa colère.

– Tu... Tu ne vas pas bien, père. Tu ne vas pas bien dans ta tête. Tu voulais créer une utopie et pour finir tu es parti à la dérive. Tout ceci n'est plus qu'une lutte pour le pouvoir, pas pour le bien. Et si tu prenais un peu de repos, si tu t'entourais de professionnels...

– Tu oses me donner des ordres, à *moi* ! rugit le Dr Avery. Non ! Tu dois t'associer avec moi ! C'est un ordre !

– Je ne suis pas un robot, tu ne peux pas me donner d'ordres. S'il vous plaît, arrêtez mon... le Dr Avery et détenez-le sans lui porter préjudice.

Les deux Chasseurs s'avancèrent.

Le Dr Avery ricana d'un air méprisant en agitant un petit objet devant ses yeux : une clef du Périhélie. Puis, avec un éclat de rire dément, il disparut. La lumière s'irisa un instant.

Derec marcha lentement vers l'extrémité de la table, sans quitter des yeux l'endroit où le Dr Avery se tenait une seconde auparavant. Il comprenait bien l'état de son père et son soulagement se nuançait de mélancolie.

Tous les regards étaient braqués sur Derec.

Arrivé à la hauteur de la chaise de son père, il s'arrêta, une main posée sur le dossier.

– Mandelbrot, remets tous ces objets sur la table, s'il te plaît. Chasseurs, votre mission est achevée. Retournez à votre base, ou à l'endroit où vous êtes entreposés en temps normal.

Les robots s'exécutèrent.

– Est-ce que tu vas vraiment mieux, euh... David ? lui demanda Ariel en s'approchant de lui.

– On dirait ! David semble aller très bien, et Derec aussi, dit-il avec un sourire en lui passant un bras autour des épaules.

– Moi aussi, ça a l'air d'aller.

Elle mit ses bras autour de son cou et ils se serrèrent l'un contre l'autre.

Aucun d'entre eux n'avait envie de se séparer pour la nuit, ni de partir explorer les salles du repaire du Dr Avery. Ils étaient épuisés au point de pouvoir s'endormir à même le sol, devant la cheminée. Derec savait très bien que le Dr Avery avait pu se téléporter quelque part sur la planète, et pouvait donc encore représenter un danger, mais la menace n'était pas imminente. Juste avant de s'endormir, il lança l'ordre général à tous les robots de la planète de rester à leur place jusqu'à nouvel ordre, exception faite des activités vitales pour le fonctionnement de la cité ; de cette façon, il aurait plus tard le temps d'envisager le nouveau statut de la cité et la manière dont il pourrait rétablir dans leurs fonctions normales les robots arrivés à leurs points de rassemblement. Avec Mandelbrot en alerte et la Cité des robots sous son contrôle mental, il s'endormit enfin du sommeil du juste.

Le lendemain matin, Ariel montra à Derec la console de la table, pour le cas où il en aurait besoin, mais c'était inutile : il pouvait contacter en pensée n'importe quel sous-système de l'ordinateur central. Ce matin-là, il commença par la cuisine du Dr Avery.

Tout le groupe, Mandelbrot y compris, s'assit à la grande table et se fit servir par deux robots cuisiniers un vrai petit déjeuner composé de plats préparés à base de produits frais, et non de nutriments synthétiques. A tour de rôle, ils se racontèrent leurs différentes aventures. Dans la mesure où Mandelbrot avait été désactivé pratiquement depuis leur séparation, il n'avait que peu de choses à raconter.

Quand ils en eurent fini avec le récit de leurs péripéties, Derec resta un moment assis au bout de la table, d'humeur optimiste, réfléchissant à ses nouvelles responsabilités.

– Je suppose que je peux laisser à l'ordinateur le soin de régler certains détails à ma place. Si je lui donne l'ordre de rétablir tous les robots dans leurs fonctions habituelles, il s'occupera lui-même d'organiser tout ça.

– Alors tu peux vraiment le contrôler mentalement ? lui demanda Ariel. Et tu peux aussi programmer les robots ?

– On dirait bien. Moi aussi, il va falloir que je m'habitue à cette idée !

– A toutes vos qualités humaines s'ajoutent maintenant certains des avantages qu'ont les robots, fit remarquer Mandelbrot.

Jeff s'esclaffa.

– Sans en avoir les contraintes, si tu vois ce que je veux dire, dit-il avec un clin d'œil.

Alors que tous riaient aussi, Derec recevait dans son cerveau la réponse à une question qu'il avait posée un peu plus tôt.

AUCUNE PREUVE ÉVIDENTE DE LA PRÉSENCE DU Dr AVERY SUR LA PLANÈTE N'A ÉTÉ SIGNALÉE, disait l'ordinateur central.

Soudain, Derec comprit que si le Dr Avery était toujours dans la Cité des robots, il pâtissait maintenant de tous les handicaps qu'ils avaient eux-mêmes rencontrés quand ils étaient à sa recherche, alors qu'eux disposaient désormais de toutes ses ressources. Bien plus, même, dans la mesure où eux n'étaient pas entravés par la folie.

Mais, connaissant la paranoïa de son père, Derec était sûr qu'il avait quitté la planète. Peut-être était-il retourné chez lui, sur Aurora, ou dans son appartement sur Terre. Peut-être aussi bien avait-il une autre cachette en réserve...

– Merci, dit Wolruf. Super-petit déjeuner. Dormirais bien encore un peu, maintenant.

– Je pense qu'on doit pouvoir trouver des chambres à coucher confortables, ici, avança Mandelbrot. Le luxe de cette pièce et de ce repas laisse présager d'autres luxes, quelque part dans cette résidence.

– Je vais chercher un moyen de neutraliser les traquenards et les devinettes, fit Derec avec un sourire à l'adresse d'Ariel.

– Voilà qui est difficile à imaginer : la Cité des robots va devenir un endroit tranquille, qui fonctionnera sans heurts et sans aucun mystère ! dit-elle en pouffant.

– Et vous disposez d'une quantité de clefs du Périhélie si vous souhaitez voyager, ajouta Mandelbrot. Nous pourrons peut-être renvoyer Wolruf chez elle.

– D'abord, je dors, répondit Wolruf en haussant ses épaules caninoïdes.

– Je me demande dans quel état est le vaisseau, s'inquiéta Jeff. Vous comprenez, c'est une location !

– Ne t'inquiète pas, le rassura Derec. Je vais demander que le *Minneapolis* soit réparé, nettoyé et bichonné pour toi. Tu as plus que remboursé ta dette vis-à-vis de nous, mais si tu veux rester, tu es le bienvenu.

Jeff secoua la tête.

– Merci. Ah ! la Cité des robots ! Ça n'a jamais été une ville ennuyeuse !

Quand ils eurent achevé leur déjeuner, Jeff et Wolruf s'excusèrent et partirent avec Mandelbrot explorer plus en détail les immenses quartiers du Dr Avery.

Plus tard, quand les robots utilitaires eurent débarrassé la table, Ariel et Derec restèrent seuls dans la grande pièce. Toujours vaguement mélancolique, Derec contemplait le feu qui continuait de se consumer.

– Quelque chose ne va pas ? lui demanda doucement Ariel.

– Oh... Je pensais à Avery... A la façon dont ses plans merveilleux ont dégénéré. Et comment, après avoir étudié les cultures avec le Pr Leong et d'autres, il a paru abandonner ce sujet, arrivé à un certain point. Dommage ! Malgré tout ce gâchis, c'est un homme intelligent... Mais j'ai découvert quelque chose d'autre, ajouta-t-il en levant les yeux vers elle.

– Ah bon ? Quoi donc ?

– Je ne suis pas sûr que nous l'ayons arrêté à temps, après tout. D'après les informations que j'ai pu obtenir de l'ordinateur central, un certain nombre de robots se sont téléportés vers d'autres planètes avant que j'annule cet ordre.

– Si c'est vrai, ils vont faire exactement ce que le

Dr Avery voulait : ils vont bâtir d'autres Cités des robots. Et qui sait quelles instructions il leur a données !

– Je dois pouvoir découvrir ça dans l'ordinateur central. J'arriverai peut-être à en rappeler certains, d'une manière ou d'une autre. Je ne peux pas le savoir avant d'y avoir consacré un peu de temps. Mais il y a autre chose encore.

– Quoi ? Qu'est-ce qui ne va pas ?

– J'ai retrouvé mon identité, mais... je suis toujours amnésique : tous mes souvenirs ne sont pas revenus. Le moins qu'on puisse dire, c'est que la rencontre avec mon père n'a pas été très... constructive.

– Tu pourrais peut-être... oh, je ne sais pas, moi. Si tu retrouvais ta mère, ça t'aiderait peut-être, non ? Ou alors, certains des robots d'Avery doivent connaître un moyen. Pense à toute l'aide que tu peux obtenir des robots de la cité, et même de ceux qui sont déjà partis.

– Je n'ai pas abandonné la partie. Ne t'inquiète pas pour ça, ça ne me ressemble pas ! Et d'après ce que j'ai cru comprendre, ça ne te ressemble pas non plus !

– Tu as tout à fait raison... David !

Ariel rit, le regarda dans les yeux et rejeta ses cheveux en arrière. Sur une impulsion, il glissa ses bras autour de sa taille et l'attira contre lui. Puis il embrassa ses lèvres offertes et sentit qu'elle s'accrochait à son cou.

La Cité des robots d'Isaac Asimov continue avec le tome IV à paraître chez J'ai lu en 1991, dans lequel Derec doit se rendre sur une planète éloignée et se trouve impliqué dans une expérience robotique incroyablement différente de celle qu'il a vécue à la Cité des robots.

BANQUE DE DONNÉES

Illustrations de Paul Rivoche

ROBOT-CARGO : Tous les robots de la Cité des Robots ne sont pas positroniques par nature. La plupart de ceux dont les fonctions sont particulièrement simples, sont équipés de cerveaux qui s'apparentent plus aux ordinateurs qu'aux cerveaux robotiques. On peut comparer ces robots utilitaires à des outils dont les robots positroniques se serviraient; s'ils sont incapables d'avoir la moindre pensée autonome, ils ne sont pas non plus contraints d'obéir aux Trois Lois de la Robotique.

Le robot-cargo est un exemple de robot utilitaire non positronique. Son programme contient une carte de la Cité des Robots et du réseau de transport; ce n'est guère qu'un conteneur capable de se charger et de se décharger tout seul, ainsi que de se déplacer suivant un itinéraire prédéfini; il est juste assez intelligent pour éviter les obstacles et pour décider quelles marchandises seront chargées dans ses compartiments intérieurs et lesquelles seront transportées sur ses bras élévateurs.

LE ROBOT-COURSIER est un autre exemple de robot utilitaire. Plus petit que le robot-cargo, il est aussi plus rapide et plus maniable. Etant donné que toutes les communications sont gérées électroniquement par l'ordinateur central (exception faite, bien sûr, du dialogue verbal), la fonction principale du robot-coursier est l'acheminement des outils et des pièces détachées.

Tout comme le robot-cargo, le robot-coursier ne dispose pas de l'intelligence positronique, ce qui en fait à l'occasion un moyen de transport clandestin, dans la mesure où il serait incapable de s'en apercevoir.

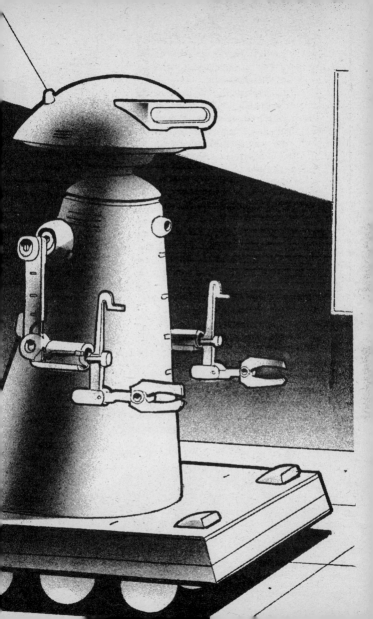

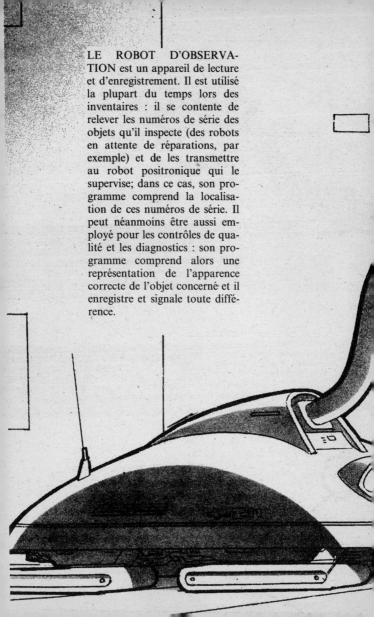

LE ROBOT D'OBSERVA-
TION est un appareil de lecture
et d'enregistrement. Il est utilisé
la plupart du temps lors des
inventaires : il se contente de
relever les numéros de série des
objets qu'il inspecte (des robots
en attente de réparations, par
exemple) et de les transmettre
au robot positronique qui le
supervise; dans ce cas, son programme comprend la localisation de ces numéros de série. Il
peut néanmoins être aussi employé pour les contrôles de qualité et les diagnostics : son programme comprend alors une
représentation de l'apparence
correcte de l'objet concerné et il
enregistre et signale toute différence.

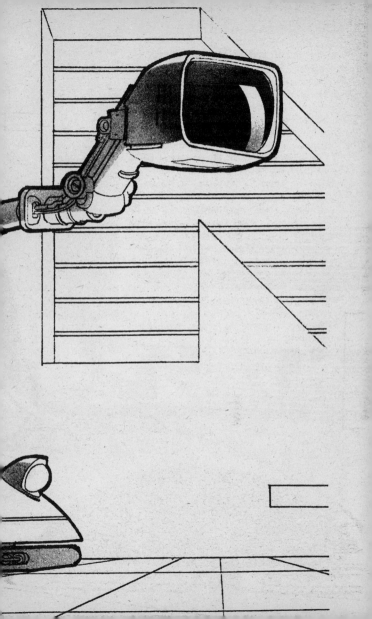

LA CENTRALE ÉNERGÉTIQUE RÉGIO-
NALE D'URGENCE DE PRIORITÉ 4 :
La principale source d'énergie de la Cité des
Robots est la pile à fusion. Une seule micropile peut faire fonctionner un robot industriel
pendant plus d'un an avant de devoir être
remplacée ou rechargée. Quelques piles plus
importantes suffisent à fournir en énergie
tout un secteur de la cité.

Bien que les piles à fusion soient extrêmement sûres et fiables, la Première Loi a
poussé les Superviseurs à envisager la possibilité de défaillances des centrales d'énergie.
Si le réseau énergétique contrôlé par l'ordinateur central venait à tomber en panne, un
réseau de centrales énergétiques régionales
d'urgence prendrait la relève. Bien que l'objectif des concepteurs ait été de rendre le
passage d'une source d'énergie à l'autre aussi
indétectable que possible aux habitants
humains, il a été nécessaire d'attribuer des
niveaux de priorité aux différents quartiers
de la cité. Cette centrale dessert un secteur à
très haute priorité.

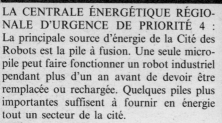

LE *MINNEAPOLIS* : La plupart des vaisseaux interstellaires sont assez peu maniables, une fois entrés dans l'atmosphère d'une planète : s'il est possible de les faire atterrir en douceur sur les astroports aménagés, les atterrissages en catastrophe leur font toujours subir des avaries importantes. Cependant, les modèles Hayashi-Smith pouvant naviguer aussi bien en mode vaisseau qu'en mode navette, ont de grandes capacités de décollage et d'atterrissage.

Dans l'espace, le *Minneapolis* navigue en hyperpropulsion standard, mais pour les manœuvres à proximité des systèmes solaires, il utilise une propulsion classique par fusées. Son profil aérodynamique et ses statoréacteurs lui permettent aussi de voler dans l'atmosphère des planètes, et ainsi de se poser

en sécurité sur toute aire suffisamment longue et plane.

En mode navette, le *Minneapolis* peut accueillir une dizaine de passagers, mais la cabine peut être aménagée et les sièges convertis en couchettes. Si cela ne rend pas très luxueux les voyages plus longs (les voyages interstellaires, par exemple), c'est néanmoins satisfaisant.

LE REPAIRE DU Dr AVERY : Profondément caché sous la surface de la planète, le repaire du Dr Avery est le reflet de sa personnalité : endroit extravagant, clandestin, confus et déroutant, complètement fou, c'est un labyrinthe de symboles et de thèmes où ses obsessions prennent forme.

Certaines pièces ont la forme de Clefs du Périhélie, dans d'autres, c'est la décoration qui a cette forme. Beaucoup des objets entassés dans le dédale des pièces proviennent de cultures qui, aux yeux du Dr Avery, représentent la persévérance et la pérennité.

Les formes étranges de certaines pièces, la cohabitation des styles anciens et modernes, du purement décoratif et du strictement fonctionnel, et quelquefois même certains objets portant la marque de l'influence créative du Disjoncteur, tout dénote d'un grand talent d'architecte.

Au fur et à mesure que sa conscience sombrait dans l'obsession et la paranoïa, le Dr Avery se retirait plus profondément dans le dédale de sa tanière.

Policier et Suspense

Cette collection présente tous les genres du roman criminel : le policier classique avec des auteurs tels que Ellery Queen, Boileau-Narcejac, le roman noir avec Raymond Chandler, Ed McBain et les œuvres de suspense illustrées par Stephen King ou Tony Kenrick.
C'est un panorama complet du roman criminel qui est ainsi proposé aux lecteurs de J'ai lu.

Science-fiction

Depuis 1970, cette collection est leader du genre en France. Elle a publié la plupart des grands classiques (Asimov, Van Vogt, Clarke, Dick, Vance, Simak), mais elle a aussi révélé de nombreux jeunes auteurs qui seront les écrivains de premier plan de demain (Tim Powers, David Brin, Greg Bear, Kim Stanley Robinson, etc.). La S-F est reconnue aujourd'hui comme littérature à part entière, étudiée dans les écoles et les universités. Elle est véritablement la littérature de notre temps.

2975

Photocomposition Assistance 44-Bouguenais
Impression Brodard et Taupin
à La Flèche (Sarthe) le 15 février 1991
6494D-5 Dépôt légal février 1991
ISBN 2-277-22975-X
Imprimé en France
Editions J'ai lu
27, rue Cassette, 75006 Paris
diffusion France et étranger : Flammarion